NEUES KAPITEL: LIEBE

ELIZABETH LULY

Sapphire Springs
Red Tractor Farm
Old Cedar Tea Rooms
Antiques
Sapphire Blooms
Levi's Farm
Dippin' Donuts
Novel Gossip
Blake's Medical Clinic
Cherry Lane
General Store
Store
PUB
Builders Arms
TRAIN STATION
Breakback Ridge
MAIN STREET
Van Hoorn's Creamery
Creamery
Dockside Park
Kayak Rental
River's Edge
Bandstand
Hudson River

Red Tractor Farm

HANNAH

RUHE UND FRIEDEN. Endlich.

Ich atmete die warme, nach Kiefern duftende Luft ein, lehnte mich auf dem Balkon zurück und genoss die Aussicht. Durch das dichte, grüne Laub der Eichen und Tannen, die mein neues Zuhause umgaben, erhaschte ich einen Blick auf den Hudson River, der im Sonnenschein glitzerte.

Nachdem ich monatelang den Kontakt zu Menschen vermieden hatte, hatte die Kommunikation mit drei stämmigen und unerwartet gesprächigen Umzugshelfern meine – ohnehin schon hohe – Anspannung noch verschlimmert. Aber jetzt waren sie weg, und die Anspannung in meiner Brust löste sich langsam. Abgesehen von dem gelegentlichen Boot, das in sicherer Entfernung den Fluss hinunterfuhr, gab es keine Anzeichen von menschlichem Leben.

Ich würde dies jederzeit unserer – ich meine, Tanias – eleganten Wohnung in der Upper West Side vorziehen.

Ein kleiner blauer Vogel mit einer flauschigen, weißen

Brust flog über mich hinweg und landete auf der Dachrinne hinter mir.

„Hallo, kleiner Freund", murmelte ich.

Er schaute mir direkt in die Augen, neigte den Kopf, hinterließ einen riesigen Haufen auf einem der Liegestühle und flog dann davon.

„Danke für das Einweihungsgeschenk", rief ich ihm lachend hinterher, als er hinter den Bäumen verschwand. Immer noch grinsend wandte ich meine Aufmerksamkeit wieder der Aussicht zu.

Mein Handy klingelte leise und unterbrach die Beschaulichkeit des Augenblicks. Ich wurde nervös. *Verdammt, wer konnte das sein? Tania?* Bei dem Gedanken wurde mir ganz flau im Magen. Wir mussten zwar über die Aufteilung unserer Vermögenswerte sprechen, um unsere Scheidung endlich abwickeln zu können, aber ich hatte gehofft, dass das noch etwas Zeit hätte. Oder rief Barb an, um sich danach zu erkundigen, wie der Umzug gelaufen war? Das wäre mir um einiges lieber. Ich runzelte die Stirn. *Wo zum Teufel ist mein Handy überhaupt?*

Ich eilte in mein winziges neues Wohnzimmer, in dem unzählige Umzugskartons standen, und suchte in dem chaotischen Durcheinander nach meiner roten Handy-hülle. *Könnte sie in eine der Kisten gefallen sein, die ich gerade auszupacken begonnen hatte?* Ich hatte es tatsächlich geschafft, mein Hörgerät für das linke Ohr beim Umzug zu verlegen, und ohne war es schwieriger, zu wissen, woher ein Geräusch stammte. Mein rechtes Ohr, das nicht von einem Hörverlust betroffen war, hatte auch so schon genug zu kämpfen.

Ich durchsuchte verzweifelt die offenen Kisten. *Hier ist es nicht. Was habe ich damit gemacht?* Als ich den Raum absuchte, sah ich etwas vertrautes Rotes unter einem

Stapel Unterwäsche aufblitzen, den ich auf dem Sofatisch abgelegt hatte. Meine Hände zitterten, als ich die Unterwäsche achtlos beiseite warf und einen schwarzen Spitzen-BH von meinem Handy zog. Ich schaute auf den Bildschirm.

Ein Videoanruf von Emma. *Wenigstens ist es nicht Tania.*

Aber ich war trotzdem angespannt. Emma war eine wunderbare Agentin und eine enge Freundin, aber ich wollte jetzt nicht über Bücher sprechen – insbesondere nicht über mein Buch. Mein so gut wie nicht-existierendes Buch. Ich seufzte, holte tief Luft und nahm ihren Anruf entgegen.

Emmas lächelndes Gesicht erschien auf meinem Handybildschirm, eingerahmt von ihren langen, blonden Haaren. „Hannah! Wie geht es dir?"

„Gut, gut! Ich bin gerade eingezogen. Wie geht es dir?"

Emmas Blick veränderte sich. Sie kniff die Augen zusammen und grinste mich neckisch an. „Ohhh! Was hast du so getrieben?", fragte sie.

Ich runzelte verwirrt die Stirn und merkte dann, dass sie den schwarzen Spitzen-BH sehen konnte, den ich von meinem Handy gelöst und auf den Sessel hinter mir geworfen hatte.

Ich verdrehte die Augen und lachte. „Umzugskartons ausgepackt, Emma. Keine Orgie mit meinen Umzugshelfern oder was auch immer du gerade gedacht hast."

„Entschuldige, entschuldige. So ist das nun mal, wenn die Hälfte deiner Klienten erotische Liebesromane schreibt. Übrigens, herzlichen Glückwunsch zum Umzug." Emma hielt einen Moment inne, bevor sie in den Geschäftsmodus wechselte. „Sag mir ruhig, wenn es dir gerade nicht gut passt, aber ich habe mich heute mit Michael und dem PR-

Team unterhalten, und es gibt ein paar Dinge, die ich gern mit dir besprechen würde."

Vor einem Monat hatte ich ein angespanntes erstes Treffen mit Michael, meinem neuen Lektor, in Midtown Manhattan. Er war zwar sehr ernst, aber ein recht angenehmer Kerl, jedoch war eine gewisse Befangenheit angesichts der Situation mit Tania unvermeidlich. Vor diesem Hintergrund hatte ich darum gebeten, dass Michael und das Werbeteam die Kommunikation vorerst über Emma laufen ließen.

Emma fuhr fort: „Sie wollten wissen, ob sie den Erscheinungstermin für den vierten Band verschieben sollen. Das PR-Team würde es vorziehen, bei März nächsten Jahres zu bleiben, aber wenn sie es verschieben, haben sie vor, es stattdessen im Februar oder März des übernächsten Jahres zu veröffentlichen."

Panik stieg in meiner Brust auf. „Was? Warum sollten sie es um ein ganzes Jahr verschieben?"

„Sie haben ihren Veröffentlichungsplan bereits fertig ausgearbeitet und wollen nicht zu viele große Fantasy-Bücher in einem Monat veröffentlichen, um zu vermeiden, dass sich die Bücher gegenseitig ins Gehege kommen, was sich in den Verkaufszahlen bemerkbar machen könnte."

Mist. Mein Verleger konnte vielleicht noch ein Jahr warten, aber ich nicht.

„Falls es dich tröstet, sie glauben nicht, dass du Leser verlierst, wenn du noch ein Jahr wartest, vor allem, wenn man bedenkt, dass *Im Reich der Furien* Ende Juni erscheint."

Stirnrunzelnd rieb ich mir mit der freien Hand die Stirn.

Ich hatte noch ein paar Ersparnisse auf dem Konto und die Veröffentlichung von *Im Reich der Furien* würde meinen Finanzen hoffentlich einen willkommenen Schub geben, aber ohne eine weitere Buchveröffentlichung im nächsten Jahr bestand die reale Gefahr, dass ich nicht in der Lage wäre, Barbs Rechnungen für das Seniorenheim oder auch nur meine eigene Krankenversicherung zu bezahlen, die ich für einen horrenden Betrag hatte abschließen müssen, da ich nun nicht mehr über Tanias Versicherung abgedeckt war. Die Tantiemen aus meinen früheren Büchern würden nicht einmal annähernd ausreichen, und außerdem wurden sie langsam immer knapper. Es schnürte mir die Kehle zu. Barb konnte nicht in das schreckliche Seniorenheim zurückkehren, in dem sie früher gelebt hatte. Ich war durchaus bereit, meine Lebenshaltungskosten zu senken und sogar auf eine Krankenversicherung zu verzichten. Aber ich war nicht bereit, den Komfort meines geliebten ehemaligen Kindermädchens zu opfern.

Ich presste die Lippen zusammen. Es gab vieles, was mir daran gefiel, Autorin zu sein, aber das Fehlen eines garantierten, vorhersehbaren Einkommens gehörte nicht dazu. Die Leute gingen davon aus, dass die Bestsellerautoren der *New York Times* Millionäre seien, aber das war weit gefehlt – zumindest bei mir. Die Vorschüsse wurden in Raten ausgezahlt und die Tantiemen, die sich auf nur ein paar Dollar pro verkauftem Buch beliefen, waren erst fällig, wenn ich den Vorschuss wieder hereingeholt hatte. Nachdem Emma ihren Anteil und das Finanzamt seinen Anteil erhalten hatten, war es nicht so lukrativ, wie man hätte meinen können.

Bevor Tania und ich uns getrennt hatten, hatte mich das nicht beunruhigt. Tania hatte ihre Wohnung abbezahlt und ich verdiente genug, um meinen Anteil an den Ausgaben und Barbs Rechnungen zu bezahlen. Und obwohl ich mich nie darauf verlassen musste, hatte mir Tanias Treuhandfonds eine gewisse Sorglosigkeit ermöglicht. Eine Sorglosigkeit, die ich dank des Ehevertrags und unserer bevorstehenden Scheidung nun nicht mehr hatte. Sorglosigkeit, die auch Barb nicht hatte.

„Wenn wir den Veröffentlichungstermin nicht verschieben, musst du das Buch bis spätestens Mitte Juli einreichen, was, wie ich weiß, knapp wird." Emmas Stimme wurde leiser. „Du hast im Moment viel um die Ohren, also sag mir Bescheid, wenn der Termin nicht realistisch ist, und ich kümmere mich darum."

Ich schluckte. Ich war nicht ganz ehrlich zu Emma gewesen, was meine Fortschritte – oder eher meinen Stillstand – beim vierten Band der Serie anging. Es war jetzt Ende Mai und bis Mitte Juli waren es nur noch sieben Wochen. Nicht viel Zeit, um einen ganzen Fantasy-Roman mit 100.000 Wörtern zu schreiben. Aber die Veröffentlichung zwölf Monate zu verschieben, war auch keine Option.

Ich ging zurück auf die Terrasse und hoffte, dass die frische Luft mir beim Nachdenken helfen würde.

Schreiben war schon immer wie eine Flucht für mich gewesen. Die Tatsache, dass der Abgabetermin bevorstand und gleichzeitig Barbs Zukunft auf dem Spiel stand, war eventuell genau die Motivation, die ich brauchte, um mich nicht mehr mit den jüngsten Ereignissen aufzuhalten, und endlich mit dem Buch weiterzumachen. *Vorausgesetzt, ich kann ohne Tania schreiben ...*

„Nein, Juli bekomme ich hin!", platzte es aus mir heraus. *Ich habe schon vor Tania geschrieben. Ich kann es wieder tun.*

„Das ist großartig. Ich sage dem Team Bescheid", erwiderte Emma mit einem Strahlen im Gesicht.

Ich setzte mich auf den Liegestuhl und spürte sofort etwas Feuchtes an meinem Hintern.

„Verdammt!", schrie ich und ärgerte mich innerlich.

„Was ist los?", fragte Emma besorgt.

„Ich habe mich gerade mitten in Vogelkacke gesetzt", stöhnte ich.

Emma grinste. „Das hast du davon, dass du mich verlassen hast und aufs Land gezogen bist. Apropos, könntest du nächste Woche in die Stadt kommen? Die Bücher für die Werbeaktion zur Vorbestellung sind zum Signieren bereit."

Ich schloss die Augen. Dieser Anruf lief alles andere als gut.

New York war früher mein absoluter Lieblingsort auf der Welt gewesen. Der Broadway. Unglaubliche Kunstgalerien. Fantastische Cocktails. Köstliche Bagels, gefüllt mit Lachs und einer dicken Schicht Frischkäse. Aber im Moment könnten mich keine zehn Pferde dorthin bringen. Tania und ich waren fünf Jahre zusammen gewesen. Fünf Jahre, in denen wir in der ganzen Stadt Erinnerungen geschaffen hatten. Fünf Jahre voller Erinnerungen, wegen derer ich gerade aus New York geflohen war, weil ich ihnen unbedingt entkommen wollte.

„Könnten wir die Bücher hierherschicken lassen?" Ich überlegte angestrengt, warum ich die eineinhalbstündige Zugfahrt in die Stadt nicht auf mich nehmen konnte, fand aber keine überzeugende Ausrede und ließ die Frage daher offen.

Emma zögerte. „Ich kann es mal prüfen. Ich vermute, da du derzeit eine ihrer meistverkauften Autorinnen bist, sollten sie in der Lage sein, dir achthundert Exemplare bis vor die Haustür zu liefern."

Ich blinzelte. *Ich musste mich wohl verhört haben.* „Entschuldigung, wie viele?"

„Achthundert und", Emma hielt inne und versicherte sich wahrscheinlich noch einmal, dass dies die richtige Anzahl war, „-einundvierzig."

„Wow, okay."

Ich schüttelte den Kopf und vergaß für einen Moment meine Sorgen, als mir die Zahl bewusst wurde. Es war immer noch unfassbar für mich, dass die Leute meine Bücher lesen wollten, geschweige denn, dass sie speziell signierte Exemplare vorbestellten.

Achthunderteinundvierzig Exemplare. Das war unglaublich, aber auch ein logistischer Albtraum. Ich betrachtete das kleine Wohnzimmer, das in eine ebenso kleine Küche mit Essbereich überging. Mein Schlafzimmer war auch nicht gerade geräumig, ebenso wenig wie das winzige zweite Zimmer, das ich als Arbeitszimmer nutzen wollte. Es war unmöglich, dass achthunderteinundvierzig Bücher in meine neue Bleibe passten.

„Ähm, ich glaube nicht, dass hier genug Platz dafür ist." Ich grübelte angestrengt nach und überlegte, wie ich eine Alternative finden könnte, ohne mit der Metro North U-Bahn Linie zurück nach Manhattan fahren zu müssen, aber mir fiel nichts ein.

„Lass mich mal nachsehen ... vielleicht gibt es einen örtlichen Buchladen oder eine Bibliothek, zu der wir sie liefern könnten." Es folgte eine weitere Pause, während Emmas manikürte Fingernägel auf der Tastatur klapperten und ihr Blick über den Bildschirm huschte. „Laut Google Maps gibt es in Sapphire Springs ein Café mit angeschlossenem Buchladen namens Novel Gossip. Mal sehen, ob ich ein paar Beziehungen spielen lassen kann, damit die Bücher dorthin geliefert werden", erklärte Emma.

Ich atmete aus. „Das wäre großartig. Danke, Emma." Eigentlich hatte ich vorgehabt, ein ausgesprochen zurückgezogenes Leben zu führen, und dazu gehörte ganz sicher nicht, nach Sapphire Springs zu fahren, aber es war unendlich besser, als wieder einen Fuß in die Stadt zu setzen.

Aber meine Erleichterung war nur von kurzer Dauer, als mir etwas klar wurde. *Verdammt.* Wenn ich die Bücher vor Ort signierte, musste ich meine Identität mindestens einer neuen Person preisgeben. Mein Herz setzte einen Schlag aus.

Das ist immer noch besser, als nach New York zurückzukehren – gerade so.

2

———

GEORGE

„ES TUT MIR LEID, George." Ben hustete so laut, dass ich mein Handy vom Ohr weghielt. „Ich habe meinen Wecker nicht gehört und fühle mich schrecklich."

„Es ist nicht deine Schuld. Mach dir keine Sorgen. Wir schaffen das schon." Ich warf einen Blick auf die wachsende Schlange von Kunden, die darauf warteten, Bestellungen aufzugeben, und auf die schmutzigen Tische, die abgeräumt werden mussten. Schweiß rann mir über das Gesicht, aber ich konnte nichts tun. Ben war krank und es gab niemanden, den ich um Hilfe bitten konnte. Ich holte tief Luft, um mich zu beruhigen. Ich hatte das Novel Gossip, meinen Traum von einem Café mit Buchladen, von Grund auf aufgebaut und in den letzten drei Jahren mein Herz und meine Seele hineingesteckt. Wenn nötig, würde ich mich bis zum Umfallen abrackern, um den Laden am Laufen zu halten und meine Kunden zufriedenzustellen.

Romina läutete die Glocke, um mich wissen zu lassen, dass eine Essensbestellung fertig war, also klemmte ich mir das Telefon zwischen Schulter und Ohr und eilte in die Küche. Ein Frühstücksburrito war fertig und lag auf der

Theke. Ich warf Romina einen vorsichtigen Blick zu, die die Stirn runzelte, während sie aggressiv eine Avocado schnitt. Sie war eindeutig immer noch schlecht gelaunt.

Ben räusperte sich. „Ach ja, gestern kam eine Frau vorbei, nachdem du gegangen warst, und sagte, sie würde sich gerne auf die freie Stelle bewerben. Ich habe ihr gesagt, sie solle heute wiederkommen, wenn du arbeitest. Sie schien nett zu sein – freundlich, in den Dreißigern, ein bisschen schüchtern. Sie ist gerade mit ihrem Mann in die Gegend gezogen. Sie könnte genau das sein, was wir brauchen."

Ich reichte Dan, dem Besitzer des Pubs am Ende der Straße, mit einem entschuldigenden Lächeln den Frühstücksburrito und einen Eiskaffee. Dann griff ich nach der Zange, um den Muffin des nächsten Kunden in eine Papiertüte zu stecken, während ich Bens Kommentar verarbeitete.

Die Nachricht von einer potenziellen neuen Mitarbeiterin löste eine gewisse Anspannung in meiner Brust. *Hoffentlich hat sie noch keinen anderen Job gefunden. Dippin' Donuts würde sie sofort einstellen.* Es war schade, dass sie aufgetaucht war, nachdem ich früher nach Hause gegangen war, um Maximus, meinen Golden Retriever, zum Tierarzt zu bringen. Ein zusätzliches Paar Hände war genau das, was wir gerade brauchten. Eigentlich brauchten wir zwei oder drei zusätzliche Angestellte, aber ich nahm, was ich kriegen konnte. Zu dieser Jahreszeit war in Sapphire Springs immer viel los, da es ein beliebtes Ziel für Großstädter war, die auf der Suche nach einem Ort zum Entspannen waren. Seit Jules vor drei Wochen gekündigt hatte, um nach Brooklyn zu ziehen, hatten wir Mühe, das Arbeitspensum zu bewältigen. Und jetzt, da Ben krank war, war die Situation ziemlich hoffnungslos.

Ich überprüfte die nächste Bestellung. Zwei Cappuccinos zum Mitnehmen. Ich musste das Gespräch mit Ben beenden, bevor ich anfing, sie zuzubereiten, sonst würde er wegen des Lärms nichts hören können.

„Das hoffe ich. Das wäre toll!" Ich zog den Siebträger aus der Espressomaschine.

„Ich bin sicher, dass ich dir noch etwas sagen wollte, aber es ist mir entfallen. Ich schreibe dir eine Nachricht, sobald es mir wieder einfällt", erklärte Ben mit müder Stimme.

„Hör mal, ruh dich aus und werde schnell wieder gesund, okay? Und mach dir keine Sorgen um uns. Nimm dir so viel Zeit, wie du brauchst", sagte ich.

Kaum hatte Ben den Anruf beendet, legte ich mein Handy auf die Theke und konzentrierte mich darauf, die ausstehenden Kaffeebestellungen abzuarbeiten und die wartenden Kunden zu bedienen.

Heute war ich allein im Laden und Romina und Shane waren in der Küche. Es war eigentlich ein Luxusproblem, dass ich viel zu tun hatte, aber wenn ich meinen Kunden nicht den gewohnten Service bieten konnte, machte ich mir Sorgen, dass sie woanders hingehen würden. Nämlich zur Dippin' Donuts-Filiale an der Ecke. Deren Kaffee und Speisen konnten zwar nicht mit denen des Novel Gossips mithalten, und sie verkauften auch keine Bücher, aber sie waren schnell und billiger. Zu meiner großen Bestürzung hatte ich bereits heute Morgen ein paar Kunden bemerkt, die zur Tür hereinkamen, die lange Schlange sahen und dann auf dem Absatz kehrtgemacht hatten.

Während ich Milchschaum in ein paar Becher zum Mitnehmen goss, leuchtete mein Telefon auf. Ich warf einen Blick darauf. Mom. Sie rief wahrscheinlich an, um Flugtickets für ihren Besuch im Juni zu buchen. Ich warf einen Blick auf die Schlange wartender Kunden. Ich würde sie heute Abend zurückrufen müssen. Ein Anflug von Schuldgefühlen durchfuhr mich, weil ich ihren Anruf zur Mailbox gehen ließ, aber ich musste mich konzentrieren.

„Bitte sehr. Entschuldigen Sie, dass es so lange gedauert hat", sagte ich, während ich der nächsten Kundin ihren Kaffee reichte.

Ich nahm die Bestellungen der restlichen Kunden entgegen und machte mich dann daran, sie so schnell wie möglich zu bearbeiten.

Ich hatte einem Vanilleeis-Latte für eine der Lehrerinnen aus der Gegend, Maya, gerade den letzten Schliff gegeben und wollte die kurze Pause nutzen, um schnell ein paar Tische abzuräumen, als mich ein lautes Poltern zusammenzucken ließ. Ich schaute auf und sah, wie Rory Goldsworthy mich anfunkelte, vier Bücher mit Eselsohren auf dem Tresen vor sich, und seufzte. *Geht das schon wieder los.*

„Ich will eine Rückerstattung", beschwerte sich Rory.

Maya schüttelte verständnisvoll den Kopf, als ich ihr den Latte gab, und machte sich dann klugerweise schnell aus dem Staub. Rory hatte in Sapphire Springs den Ruf, der Griesgram des Ortes zu sein.

„Sie haben die Bücher offensichtlich gelesen. Die Buchrücken sind zerknittert. Sie können sie nicht zurückgeben", erwiderte ich bestimmt und versuchte, nicht die Beherrschung zu verlieren. Das fehlte mir jetzt gerade noch.

Rorys Gesicht färbte sich rot, ein starker Kontrast zu seinem weißen Haar, als er mich mit einem tödlichen Blick ansah. „Es ist mein gesetzliches Recht, eine Rückerstattung zu erhalten."

„Nein, Rory, ist es nicht. In unseren Rückgabebedingungen steht eindeutig, dass für gebrauchte Bücher keine Rückerstattung gewährt wird. Nicht nur das, sondern die Rückgabefrist beträgt dreißig Tage, und Sie haben diese vor über drei Monaten gekauft." Ein leichter Schmerz pochte in meinem Kopf. Ich hatte es kaum durch den morgendlichen Kaffeeansturm geschafft, und jetzt musste ich wertvolle Zeit – die ich hätte nutzen können, um Tische mit schmutzigen Kaffeetassen und Tellern abzuräumen – damit verbringen, Rory davon zu überzeugen, dass das Novel Gossip keine Leihbibliothek war.

„Ich werde mit meinem Anwalt darüber sprechen", brummte Rory.

„Tun Sie das, Rory." Ich schnappte mir das Reinigungsspray und ein Tuch und machte mich auf den Weg zu den schmutzigen Tischen, in der Hoffnung, dass er mir nicht folgen würde.

Ich hatte einen Tisch gereinigt und war gerade dabei, den zweiten zu säubern, als sich die Eingangstür langsam öffnete und einen großen Mann mit Baseballkappe zeigte, der rückwärts ging und einen riesigen Wagen zog, der mit Bücherkisten beladen war. *Sehr* vielen Bücherkisten. Mindestens zehnmal mehr Bücher als bei unserer üblichen Lieferung.

Mir stockte der Atem. *Bitte lass das keine Wiederholung des einen Mals sein, als ich versehentlich zweihundert Exemplare eines Buches über die Weltwirtschaftskrise bestellt habe, statt zwei.*

Ich ging auf den Mann zu. John, unser üblicher Lieferfahrer, war wegen einer Grippeerkrankung ausgefallen, und dies war vermutlich einer seiner Vertreter. „Hallo, ich bin George, die Besitzerin. Ist das alles für uns?"

Bitte sag Nein.

„Ja, alles für das Novel Gossip", erwiderte der Mann lächelnd und sah sich um. Sein Lächeln erstarb, als er die Tische mit dem schmutzigen Geschirr sah. Zumindest war der Buchladen des *Novel Gossips*, der sich von der linken

Seite der Theke bis zum hinteren Teil des Gebäudes erstreckte, nicht in einem ähnlichen Zustand der Unordnung. „Wo soll ich sie abladen?"

Verdammt. Konnte dieser Tag noch schlimmer werden?

„Ähm, dürfte ich mir zuerst die Rechnung ansehen? Ich glaube, da ist ein Fehler passiert. Ich bin sicher, dass wir nicht so viele Bücher bestellt haben."

Er reichte mir die Rechnung, und ich überflog sie. Alles sah normal aus, bis auf den Vermerk am Ende: *Sonderlieferung: 841 x „Im Reich der Furien", H. M. Stuart.*

Mir wurde ganz flau im Magen. *Verdammt.* Wie zum Teufel hatte ich achthunderteinundvierzig Exemplare von *Im Reich der Furien* bestellt? Ja, H. M. Stuart war eine meiner Lieblingsautorinnen, und ich hatte vor ein paar Wochen ein Vorabexemplar von *Im Reich der Furien* verschlungen und es geliebt. Ein Vorteil, wenn man eine Buchhandlung besitzt, war, dass mir Verlage Bücher schickten, bevor sie veröffentlicht wurden. Aber ich könnte niemals achthunderteinundvierzig Exemplare davon in Sapphire Springs verkaufen. Und es sollte auch erst in vier Wochen oder so veröffentlicht werden. Ich schüttelte den Kopf. Die ganze Sache war seltsam.

„Tut mir leid, ich glaube nicht, dass ich diese Bücher bestellt habe." Ich zeigte auf die Endnotiz. „Wenn doch, dann war das ein Fehler. Könnten Sie mir zehn Exemplare hierlassen und den Rest wieder mitnehmen?" Selbst zehn Exemplare zu verkaufen, war optimistisch.

Das Lächeln des Mannes verblasste weiter. „Nein, tut mir leid, Sie müssen für alle unterschreiben. Wenn es ein Problem gibt, müssen Sie mit der Zentrale darüber sprechen."

Zwei Kunden kamen herein. Einer setzte sich an einen Tisch und der andere ging zur Theke. Ich warf einen Blick auf meine Uhr, mein Herz schlug schneller als sonst. Der Mittagsansturm würde bald beginnen, und ich hatte keine Zeit, den Lieferanten davon zu überzeugen, die Bücher zurückzunehmen. Alle Bücher, die das Novel Gossip auf Lager hatte, konnten an den Verlag zurückgegeben werden, sodass ich mir keine Sorgen machen musste, auf den Kosten sitzen zu bleiben. Es war eher ein logistisches Problem. Es war schon schwierig genug, ein Café und eine Buchhandlung in diesen Raum zu quetschen, sodass wir nicht viel Stauraum für überschüssige Bestände hatten und unser Lagerschuppen komplett voll war.

Ein weiterer Stammkunde kam herein. Ich seufzte. Ich musste mich wieder an die Arbeit machen, bevor ich noch mehr in Verzug geriet. „Kein Problem, danke. Ich kümmere mich später darum." Ich schaute mich suchend nach einem Platz um, wo ich die Kisten abstellen konnte. Der Großteil der Rückwand war voller Bücherregale, aber in einer Ecke vor einer Heizung war ein leerer Platz. Bei der Hitze, die bereits herrschte, würde die Heizung in den nächsten Monaten ohnehin nicht gebraucht werden.

„Könnten Sie die Kartons an der hinteren Wand stapeln?" Ich zeigte durch die Bücherreihen in die hintere Ecke. Er nickte, und ich unterschrieb den Lieferschein. „Entschuldigen Sie, ich kümmere mich besser um diese Kunden. Sagen Sie Bescheid, wenn Sie etwas brauchen."

Ich eilte hinüber, um die Bestellungen der Kunden aufzunehmen. Ich hatte gerade angefangen, einen dreifachen Karamell-Latte zuzubereiten, als eine weitere Person durch die Tür kam. Ich unterdrückte ein Stöhnen. Sosehr ich die Treue meiner Kunden auch zu schätzen wusste, brauchte ich jetzt zehn Minuten, um mich auf den Mittagsansturm vorzubereiten.

Ich schaute auf und schaute noch einmal hin, als mein Blick auf die Frau fiel, die hereingekommen war.

Sie war für das warme Wetter gekleidet, in einem weißen Trägertop, einer gerade geschnittenen, hellen Jeans und flachen, hellbraunen Sandalen. Dunkelbraunes, gewelltes, schulterlanges Haar und ein Pony umrahmten ihr Gesicht. Dunkle Augenbrauen betonten ihre braunen Augen. Während sie sich umsah, rückte sie die kleine kastanienbraune Ledertasche zurecht, die über einer ihrer Schultern hing, und schob dann ihre große Schildpattbrille mit einem Finger auf der Nasenbrücke nach oben. Mein Blick fiel auf ihre vollen, rosa Lippen, die an den Mundwinkeln leicht nach oben geschwungen waren, als hätte sie ein Geheimnis, in das sie nur wenige Glückliche einweihte. Ihre blasse Haut ließ darauf schließen, dass sie nicht viel nach draußen ging – oder vielleicht war sie einfach besser als ich darin, Sonnenschutz aufzutragen. *Verdammt.* Sie war umwerfend.

Ich hatte sie noch nie hier gesehen, und ihr Gesicht würde ich nicht so schnell vergessen. Sie musste eine Touristin sein. Eine sehr attraktive Touristin, die mich gerade direkt anstarrte. *Hoffentlich sehe ich nicht so verschwitzt und nervös aus, wie ich mich fühle.*

3

HANNAH

DIESES CAFÉ IST BEZAUBERND. Vorne im Laden standen runde Holztische, die zur Hälfte von Gästen besetzt waren, die ihren morgendlichen Tee oder Brunch genossen. Hinter den Tischen auf der rechten Seite befand sich eine lange Holztheke mit einer riesigen, glänzend roten Espressomaschine und einer einladenden Kuchenauslage. Hinter der linken Seite der Theke erstreckten sich Gänge voller Bücher. Die Wände waren aus unverputztem rotem Backstein, mit Ausnahme der linken Wand, die vom Boden bis zur Decke mit Büchern in Holzregalen bedeckt war. Neben den Regalen standen zwei bequeme Sessel. Perfekt, um es sich mit einem guten Buch und einem heißen Getränk gemütlich zu machen. Das Café duftete nach Kaffee und Backwaren, warm und einladend.

Die Anspannung fiel von mir ab. Abgesehen von einigen frühmorgendlichen Spaziergängen, die ich zeitlich so gelegt und geplant hatte, dass ich menschlichen Kontakt vermeiden konnte, hatte ich mein neues Zuhause seit meinem Umzug nach Sapphire Springs vor vier Tagen nicht verlassen. Ich hatte Angst davor gehabt, heute Morgen aus dem Haus zu gehen, aber jetzt, da ich angekommen war, war es nicht so schlimm, wie ich es erwartet hatte. Buchhandlungen waren meine Wohlfühlorte. Genauso wie Cafés. Während meines Studiums der englischen Literatur an der *New York University* hatte ich als Kellnerin in einem winzigen französischen Café, dem Café Mignon, im West Village, gearbeitet. Es hatte mir gefallen, die Stammgäste kennenzulernen, staunende Touristen zu bedienen, und die köstlichen kostenlosen Mahlzeiten waren ein zusätzlicher Bonus. Obwohl ich meine Tage in der Gastronomie hinter mir gelassen hatte, genoss ich es immer noch, allein in gemütlichen Cafés zu sitzen, einen guten Kaffee zu trinken, zu lesen, Leute zu beobachten oder zu schreiben. Obwohl ich heute nicht in der richtigen Stimmung dafür war, würde ich mir vielleicht, nachdem ich alle Bücher signiert hatte, einen Kaffee zum Mitnehmen gönnen und kurz in den Bücherregalen stöbern, anstatt sofort zu fliehen.

Ich spürte, dass ich beobachtet wurde, und schaute zur Theke hinüber. Eine Frau stand an der Espressomaschine und schäumte Milch auf, während sie mich musterte. Auf ihrem Gesicht breitete sich ein warmes Lächeln aus, als wir einander in die Augen sahen, und ein kleines Grübchen in ihrer rechten Wange kam zum Vorschein. Dafür, dass dies mein erster persönlicher Kontakt zu einer Person der Außenwelt war, seit die Umzugshelfer gegangen waren, fühlte ich mich überraschend wohl. Tatsächlich lächelte ich sie an.

„Setzen Sie sich ruhig hin, wo Sie möchten, ich bin gleich bei Ihnen", rief sie über das Zischen der Espressomaschine hinweg, bevor sie sich wieder den Kaffees zuwandte, die sie zubereitete.

Ich blinzelte. *Ich stand da und schaute mich um. Natürlich würde sie annehmen, dass ich nach einem Tisch suchte.*

Ich ging zur Theke und nutzte die Gelegenheit, während die Frau den Kopf gesenkt hatte, um sie genauer zu betrachten. Vielleicht war es nicht nur ihr warmes, entspanntes Auftreten, das mich beruhigte. Der braune Bürstenhaarschnitt und das zugeknöpfte Oberhemd der Frau schienen geradezu „Ich bin queer" zu schreien. Seit ich mich in meine superfitte, kurzhaarige Yogalehrerin an der Uni verknallt hatte, überzeugt davon, dass sie auch lesbisch war, nur um sie ein paar Wochen später mit ihrem Ehemann und ihrem Baby im Supermarkt zu treffen, vertraute ich meinem Gaydar nicht mehr so ganz. Obwohl die Yogalehrerin natürlich auch queer, bisexuell oder pansexuell gewesen sein könnte. Aber ich fand die Anwesenheit dieser Frau trotzdem tröstlich. *Ich frage mich, wie LSBTIQ-freundlich Sapphire Springs ist? Nicht, dass es darauf ankäme, da ich nicht vorhabe, Kontakte zu knüpfen oder eine Beziehung anzufangen.*

Sie reichte einem Mann in den Fünfzigern einen riesigen Kaffee zum Mitnehmen und wandte sich dann wieder mir zu.

„Entschuldigen Sie, ich dachte, Sie wollten sich setzen. Was kann ich Ihnen bringen?" Ihre Stimme war warm und freundlich.

„Hallo, tut mir leid, ich bin eigentlich nicht wegen eines Kaffees hier. Ich suche George?"

Emma hatte mir per E-Mail bestätigt, dass die Bücher heute Morgen geliefert werden würden, und mir gesagt, ich solle nach George, dem Besitzer, fragen. Ich hatte keinen Mann gesehen, der hier arbeitete. Vielleicht war er in der Küche oder im hinteren Teil des Buchladens? Zum ersten

Mal, seit ich eingetreten war, kehrte meine Nervosität zurück und mein Mund wurde trocken.

Ich bin ein sehr introvertierter Mensch. Ich nahm nicht an öffentlichen Veranstaltungen teil, war nicht in den sozialen Medien aktiv und teilte keine Fotos von mir online. Ich hielt mein Pseudonym geheim, abgesehen von einigen wenigen Schlüsselpersonen – Tania, Barb, Emma, Michael, meinem Lektor und – in einem nervenaufreibenden Moment – George.

„Nun, Sie haben Glück." Die Frau grinste erneut und das Grübchen erschien wieder. „Ich bin George."

„Hannah", sagte ich, während mein Magen aufgrund der Nachricht, dass diese attraktive Frau vor mir George war, vor Aufregung verrücktspielte.

„Schön, Sie kennenzulernen. Sind Sie wegen ...?"

Die Tür zum Café öffnete sich und zwei Frauen kamen herein, lachten und übertönten den Rest von Georges Frage. *Verdammt.* Ich hatte mein Hörgerät immer noch nicht gefunden, und das war genau die Art von Situation, in der ich es wirklich brauchte. Hintergrundgeräusche. Holzböden. George stand zu meiner Linken.

Ich lächelte und nickte – meine übliche Reaktion, wenn ich etwas nicht hörte. In diesem Fall schien das sicher genug zu sein. Sicherlich hatte sie nur gefragt, ob ich hier war, um die Bücher zu signieren?

George lächelte breiter. „Oh, ausgezeichnet! Wann können Sie anfangen?"

Zu meiner Erleichterung schien George in meiner Gegenwart immer noch entspannt zu bleiben. Ich atmete aus. Einer der vielen Gründe, warum ich meine Identität geheim hielt, war, dass ich nicht wollte, dass mich jemand anders behandelte, weil ich war, wer ich war. Aber George war eindeutig kein Superfan meiner Serie.

„Ähm, jetzt gleich?" Ich spannte meine Hände an, in Erwartung einer langen Signierstunde. Wie lange würde es dauern, achthunderteinundvierzig Bücher zu signieren? Ein paar Stunden? Mindestens. Das letzte Mal, als ich etwa zweihundert Bücher signiert hatte, hatte ich weit über eine Stunde gebraucht, und am Ende tat mir die Hand weh. Ich hatte noch nie auch nur annähernd achthunderteinundvierzig Bücher in einer Sitzung signiert.

„Oh, wow." George runzelte die Stirn. „Ich bin mir nicht sicher, ob Sie wirklich anfangen sollten, bevor wir den ganzen Papierkram erledigt haben. Wir sollten wahrscheinlich auch ein richtiges Vorstellungsgespräch führen. Aber ich stecke heute ein bisschen in der Klemme. Ben, den Sie gestern kennengelernt haben, ist krank. Wenn Sie also heute helfen könnten, wäre das großartig. Es könnte für uns beide ein Probelauf sein, und ich werde Sie natürlich bezahlen. Dreiundzwanzig Dollar die Stunde plus Trinkgeld. Ist das in Ordnung? Und darf ich dich duzen, das macht es einfacher?"

Ich starrte sie verständnislos an. *Wovon zum Teufel redet sie? Ben? Vorstellungsgespräch? Trinkgeld?*

Langsam dämmerte es mir. Mir rutschte das Herz in die Hose. George dachte, ich sei hier, um im Café zu arbeiten. *Oh Gott.*

Und es half nicht, dass sie mich mit ihren warmen, braunen Augen erwartungsvoll anstarrte.

Ich öffnete den Mund, während ich nach den richtigen Worten suchte, um diese Situation richtigzustellen – und mir fiel nichts ein.

Jemand hustete, ich schaute hinüber und sah, dass sich vor der Theke eine Schlange von Kunden gebildet hatte, die darauf warteten, zu bestellen. Eine Welle der Panik durchströmte mich. Ich konnte hören, wie mein Herz heftig pochte und mir wurde ganz schwummrig.

„Ja, sicher. Das klingt gut." Ich biss die Zähne zusammen, sobald die Worte meinen Mund verlassen hatten. *Was zum Teufel, Hannah? Warum hast du ihr nicht einfach gesagt, wer du bist?*

Die kurze Antwort war, dass ich in Panik geraten war. Die lange Antwort war, dass ich schon immer dazu neigte, Konflikte zu vermeiden und es allen recht zu machen. Und George hatte etwas an sich – obwohl ich sie überhaupt nicht kannte –, das mich dazu brachte, es ihr recht machen zu wollen. *Aber irgendwann muss ich ihr sagen, wer ich wirklich bin. Diese Bücher signieren sich nicht von selbst. Mist.*

„Oh, super!" Georges Augen leuchteten auf. „Wenn du willst, kann ich deine Tasche in die Schublade unter der Theke legen. Ich schließe sie ab – nicht, dass ich es wirklich müsste. Sapphire Springs ist nicht gerade für seine hohe Kriminalitätsrate bekannt."

Trotz der Situation, die ich gerade geschaffen hatte, konnte ich mir ein Lächeln nicht verkneifen.

„Klar." Ich reichte ihr meine Tasche. „Also, ähm, wie kann ich helfen?", fragte ich, als George meine Tasche verstaut hatte.

„Wenn es dir nichts ausmacht, könntest du der Frau am Tisch neun am Fenster diesen Tee bringen und dann die schmutzigen Tische abräumen. Nach dem Mittagsansturm zeige ich dir, wie man unser Bestell- und Zahlungssystem bedient. In der Zwischenzeit bediene ich diese Kunden."

„Kein Problem", erwiderte ich, nahm den Tee von der Theke und ging wie auf Autopilot zu dem Tisch, während mir selbstkritische Gedanken durch den Kopf gingen. *Du solltest die verdammten Bücher signieren und dich verbarri-*

kadieren, um das Buch zu schreiben, für das du nur sechs Wochen Zeit hast, und nicht einen verdammten Job annehmen, Hannah! 23 Dollar die Stunde reichen nicht aus, um Barbs Rechnungen für das Seniorenheim zu bezahlen.

Die Kundin lächelte und dankte mir für den Tee, den ich ihr hinstellte.

Die nächsten drei Stunden vergingen wie im Flug: appetitlich aussehendes Essen, Kaffee und Kuchen servieren, Tische abräumen und heimlich George beobachten. Sie war extrem unterbesetzt. Selbst zu zweit hatten wir Mühe, mit der Nachfrage Schritt zu halten, aber sie blieb auch unter Druck ruhig, begrüßte die Kunden herzlich, machte Kaffee und gab Bestellungen an die Küche weiter. George kannte die Namen der meisten ihrer Kunden und ihre Kaffeebestellungen auswendig.

Der Mittagsansturm war vorbei, und ich trug einen Stapel schmutziges Geschirr in die Küche, als George lächelnd am Ende der Theke auftauchte.

„Vielen Dank, dass du eingesprungen bist. Der Mittagsansturm war heftig und ich weiß nicht, was ich ohne dich gemacht hätte." Ihr Lächeln verschwand, und sie hob die Hand an die Stirn. „Mist, mir fällt gerade ein – hast du schon gegessen? Du solltest eine Pause machen. Möchtest du etwas zu Mittag essen und einen Kaffee? Such dir etwas von der Karte aus. Es geht aufs Haus."

Ich blinzelte. Ich war so in meine neue Rolle als Kellnerin vertieft gewesen, dass ich vergessen hatte zu essen. Aber jetzt, da George das Thema erwähnte, schoss mein Hunger in Sekundenschnelle von null auf hundert.

„Das wäre toll, wenn das für dich in Ordnung ist. Ich hätte gerne einen Salatteller und einen Latte." Ich hatte schon den ganzen Morgen von dem Salat geschwärmt. Voller frischer Kräuter, Freekeh, Linsen, Granatapfelkernen, Korinthen und Mandelblättchen war er bei den Anwohnern hier sehr beliebt.

„Natürlich ist das in Ordnung. Ein Salatteller und ein Latte kommen sofort. Setz dich einfach hin, wo du möchtest, und ich bringe es dir."

Erleichtert, mich setzen zu können, ließ ich mich auf einen Stuhl an einem Tisch am Fenster fallen. Meine Sandalen waren zwar zum Glück flach, boten aber nicht viel Halt.

Morgen trage ich meine bequemen Ballerinas … Ich fuhr mir mit der Hand durchs Haar. Morgen, Hannah, wirklich? Es wird kein Morgen geben. Du musst mit George reinen Tisch machen, diese verdammten Bücher signieren und wieder mit dem Schreiben anfangen. Ich zuckte zusammen. Ich freute mich auf nichts davon.

Ich biss mir auf die Unterlippe. George kam mir nicht wie jemand vor, der so sehr in Panik verfallen würde, dass sie sich spontan auf einen Berufswechsel eingelassen hätte. Wenn ich ihr gestand, wer ich wirklich war, würde sie mich bestenfalls für verrückt halten. Und obwohl ich sie kaum kannte, wollte ich das ganz sicher nicht.

„Hier ist dein Latte und dein Salat", sagte George ein paar Minuten später und stellte eine Tasse und eine Schüssel vor mich hin.

„Danke." Ich lächelte ihr dankbar zu.

„Lass dir Zeit. Normalerweise wird es erst am Nachmittag zum Kaffeetrinken wieder voller, aber das sollte ich trotzdem schaffen. Sag mir Bescheid, wenn du gehen musst. Wenn nicht, könnte ich dir die Systeme zeigen, aber es ist auch kein Problem, wenn du andere Verpflichtungen hast."

Ja, du hast andere Verpflichtungen – du musst Berge von Büchern signieren, die irgendwo in diesem Laden versteckt sind. Ich musste es George sagen, aber mir fehlten die

Worte, um zu erklären, was passiert war. Mein Blick fiel auf den Salat vor mir und mein Magen knurrte. Vielleicht würde ich nach dem Essen klarer denken können.

„Nein, das passt schon. Ich habe den ganzen Nachmittag Zeit." Innerlich seufzte ich frustriert über mich selbst. Je länger das so weiterging, desto unangenehmer würde es werden, wenn ich George die Wahrheit sagte. Typisch Hannah. Hätte ich den Mut gehabt, Tania zur Rede zu stellen, als ich zum ersten Mal Verdacht geschöpft hatte, hätte ich nicht Jahre mit unserer Beziehung verschwendet.

Ich verschlang mein Mittagessen und genoss den Latte, die beide köstlich waren, und beobachtete dann ein paar Minuten lang das Café. Es war klar, dass jemand – vielleicht George – diesen Ort mit viel Liebe und Bedacht gestaltet hatte. Jeder Gegenstand, von den stilvollen hölzernen Pfeffermühlen auf den Tischen bis hin zu den hölzernen, schwebenden Regalen, den gepressten Zinnfliesen an der Decke und den Messinganhängern, war offensichtlich mit Sorgfalt ausgewählt worden und bildete ein stimmiges Ganzes. Ich warf einen Blick auf die linke Seite des Ladens, wo sich die Bücherregale erstreckten. Ich war gespannt, ob Georges Buchauswahl genauso sorgfältig getroffen war wie der Rest im *Novel Gossip*. Die Tür zum Café schwang auf und eine Gruppe von Menschen kam herein, redete laut und unterbrach meinen Gedankengang.

Ich nahm meine Schüssel und meine Kaffeetasse mit zurück in die Küche, wo ich Romina, einer Frau mittleren Alters mit olivfarbenem Teint und schulterlangem, kastanienbraunem Haar, die den Herd mit wilden Bewegungen schrubbte und die Stirn runzelte, und Shane, dem schlaksigen neunzehnjährigen Küchenhelfer, für das Essen dankte, und ging, um George bei dem Zustrom neuer Kunden zu helfen.

„Ist alles in Ordnung mit Romina?", fragte ich George, als ich in die Vitrine griff, um einen Keks herauszuholen.

„Nein", sagte George. Besorgt warf ich einen Blick hinüber und sah, dass sie grinste. „Sie hat die Muffins heute Morgen etwas zu lange gebacken."

Ich lachte. „Aber sie sehen unglaublich aus." Die Muffins mit Himbeeren, weißer Schokolade und Macadamianüssen waren bei den Kunden ein großer Erfolg gewesen.

„Sie sind unglaublich. Ich musste einen probieren, nur um sie davon zu überzeugen, nicht das ganze Blech wegzuwerfen, und ich kann dafür bürgen." Georges Augen funkelten, als sie den Kopf schüttelte. „Was ich für diesen Laden alles opfern muss."

„Nun, wenn es morgen wieder passiert, bin ich gerne bereit, mich für das Team aufzuopfern und meine Muffin-Esskünste unter Beweis zu stellen." *Gott, warum klang das irgendwie schmutzig?*

George lachte. „Vielen Dank. Aber ja, Romina nimmt es sich sehr zu Herzen, wenn irgendetwas nicht perfekt ist, also haben Shane und ich den ganzen Tag einen großen Bogen um sie gemacht. Entschuldige, das hätte ich erwähnen sollen."

Am späten Nachmittag war der stetige Strom der Kundschaft fast versiegt. Während George die Nachzügler bediente, nahm sie sich ein paar Minuten Zeit, um mir das Bestell- und Bezahlsystem zu erklären, das glücklicherweise recht einfach war.

Als sie fertig war, war es siebzehn Uhr und das Café offiziell geschlossen.

„Ich weiß, dass das alles auf einmal viel zu verarbeiten

ist, also mach dir keine Sorgen, wenn du alles vergisst und ich es dir noch einmal zeigen muss." Ein Hauch von Rot stieg ihr in die Wangen und zum ersten Mal wirkte sie unsicher. „Entschuldige, mir ist gerade klar geworden, dass ich voreilig bin. Du hast heute einen tollen Job gemacht. Ich hätte dich gerne an Bord, aber bist du daran interessiert, den Job anzunehmen?"

Sag Nein, Hannah. N. E. I. N. Vier Buchstaben. Eine Silbe. So schwer ist das nicht.

Aber mein Entschluss wurde durch den hoffnungsvollen, Golden-Retriever-ähnlichen Gesichtsausdruck von George ins Wanken gebracht.

„Ja, das wäre toll!", erwiderte ich schnell, und für ein paar Sekunden war mir Georges erleichtertes Lächeln alles wert. Und dann kehrte die Realität meiner Situation zurück. *Was zum Teufel, Hannah?*

„Fantastisch! Wenn es dir nichts ausmacht, mir deine E-Mail-Adresse zu geben, kann ich dir den Arbeitsvertrag und das Formular für die Gehaltsüberweisung zum Ausfüllen zuschicken. Sag mir einfach, an welchen Tagen und zu welchen Zeiten du arbeiten möchtest, und ich trage dich in den Dienstplan ein. Wenn es dir nichts ausmacht, bis achtzehn Uhr zu bleiben, könnten wir den Laden abschließen und ich kann dir dann eine kurze Führung durch die Buchabteilung geben?"

„Klar", entgegnete ich und lächelte, obwohl ich gerade ziemlich frustriert war. Ich hatte den ganzen Tag darauf gebrannt, die Bücherregale zu erkunden. Und ich hatte ganz sicher nichts dagegen, eine persönliche Führung von George zu bekommen.

4

———

HANNAH

VIERZIG MINUTEN später schlenderten wir den ersten Gang mit Büchern entlang. Als wir die Fantasy-Abteilung erreichten, suchte ich in den Regalen nach meinen Romanen. Wärme durchströmte meinen Körper, als ich sie entdeckte. Jeweils zwei Exemplare, die ordentlich nebeneinanderstanden. Ich lächelte und spürte plötzlich Georges Blick auf mir.

„Liest du gerne?", fragte George.

„Ich liebe es." Die Röte stieg mir ins Gesicht, als die Worte lauter herauskamen, als ich beabsichtigt hatte.

George grinste mich an und hatte meinen Enthusiasmus offenbar bemerkt. „Das ist toll! Wir werden oft nach Empfehlungen gefragt, das wird also sehr hilfreich sein. Was sind deine Lieblingsgenres?"

„Hauptsächlich Fantasy, Romantik, Krimis, Thriller, anspruchsvolle und literarische Belletristik", antwortete ich in der Hoffnung, dass meine Lesepräferenzen bei George auf Zustimmung stießen.

Das Grinsen auf Georges Gesicht wurde breiter und ließ ihr Grübchen zum Vorschein kommen. *Gott, ist das*

Grübchen süß. „Das ist toll. Schön abwechslungsreich. Ben liest nur Science-Fiction, aber zu dritt sollten wir die meisten Bereiche abgedeckt haben."

„Was ist mit dir?", fragte ich, da mich Georges Lesegewohnheiten wirklich interessierten. Sie wirkte so bodenständig. Ich konnte mir vorstellen, dass sie etwas Praktisches las, wie Gartenbücher oder eine Biografie von Jimmy Carter.

George holte ein Buch von Neil Gaiman, das falsch einsortiert war, aus dem Regal und stellte es zurück an seinen Platz, wobei ihr Arm mich fast berührte. „Ja, ich lese auch sehr gerne. Ich lese ziemlich viel, aber Sachbücher – Wissenschaft, Geschichte, Biografien und so weiter – und Fantasy sind bei Weitem meine Lieblingsgenres."

Ich lächelte, erfreut darüber, dass ich Georges Vorliebe für Sachbücher erraten hatte, und war angenehm überrascht, dass Fantasy ebenfalls zu ihren Lieblingsgenres gehörte. *Ich frage mich, ob sie meine Bücher gelesen hat.* Bei dem Gedanken flatterte mir der Magen. *Oh Gott, was ist, wenn sie sie hasst?*

„Was gefällt dir am meisten an Fantasy?", fragte ich, begierig darauf, unser Gespräch am Laufen zu halten, bevor ich in ein schwarzes Loch fiel, in dem ich zu viel über Georges mögliche Ansichten zu meinen Büchern nachdachte.

George runzelte die Stirn und hielt inne. „Hmmm. Interessante Frage. Ich mag das Element des Eskapismus – in eine völlig andere Welt eintauchen zu können. Aber ich mag auch die Freiheit, die die Fantasy-Literatur den Autoren gibt, ernste Themen zu erforschen, ohne sich mit dem Ballast und den vorgefassten Meinungen der Leser auseinandersetzen zu müssen, wenn der Roman in der realen Welt spielt. Ergibt das Sinn?"

„Das ergibt absolut Sinn", antwortete ich, beeindruckt von Georges tiefgründiger Antwort, der ich voll und ganz zustimmte.

Sie lächelte, und wieder zeigte sich der Hauch eines Grübchens. „Oh, und Magie ist auch ziemlich cool."

Ich lachte. „Ja, Magie ist verdammt cool."

Wir sahen uns nur einen Moment lang lächelnd an und mein Herz machte einen Sprung, was einen unerwarteten Adrenalinstoß durch meinen Körper schickte. *Oh Mann.* Ich richtete meine Aufmerksamkeit wieder auf die Bücherregale. Ich konnte mich nicht erinnern, wann ich das letzte Mal eine solche Reaktion auf jemanden gespürt hatte, und es war sowohl aufregend als auch ein wenig beängstigend. Aber eine neue Beziehung war das Letzte, was ich im Moment gebrauchen konnte.

Wir erreichten das Ende des Ganges und mussten um die hoch gestapelten Kisten an der Wand herumgehen.

„Entschuldige, normalerweise ist es hier nicht so unordentlich. Heute Morgen gab es ein Problem mit unserer Lieferung, und es wurden viel zu viele Bücher geliefert. Achthunderteinundvierzig Bücher zu viel, um genau zu sein." George zuckte zusammen und schüttelte den Kopf.

Schuldgefühle überkamen mich und schnürten mir die Brust ein. *Mist. Das sind meine Bücher, die in Georges Laden wertvollen Platz wegnehmen.* Offensichtlich hatte jemand etwas missverstanden. Mein Verlag hätte die Bücher doch sicher nicht ins Novel Gossip geliefert, ohne sich vorher bei George zu erkundigen, ob das in Ordnung sei? Ich sollte es ansprechen und George erklären, warum sie mit diesen Büchern überschwemmt worden war. Aber für jemanden, dessen gesamtes Leben auf Worten basierte, fiel es mir anscheinend richtig schwer, diese jetzt sinnvoll aneinanderzureihen.

Ich öffnete den Mund, aber bevor ich formulieren konnte, was ich sagen wollte, kicherte George. „Das Lustige daran ist, dass es sich bei den Büchern um H. M. Stuarts neueste Veröffentlichung *Im Reich der Furien* handelt, die eigentlich erst Ende Juni erscheinen sollte. Seit ich vor ein paar Monaten ein Vorabexemplar gelesen habe, schwärme ich jedem davon vor, der sich auch nur im Entferntesten für Fantasy interessiert. Es ist, als hätte das Universum mir ein wenig zu gut zugehört und fast jedem Haushalt in Sapphire Springs ein Exemplar geliefert."

„Oh nein. Das sind echt viele Bücher", brachte ich hervor, während sich bei Georges Worten Wärme in meiner Brust ausbreitete, die sich mit Schuldgefühlen vermischte. *Sie mag mein Buch.*

„Das ist in Ordnung. Ich bin sicher, dass der Verlag sie zurücknimmt. Aber unser Lagerschuppen hinten ist bereits voll, sodass es hier im Moment etwas eng ist."

George führte mich durch die restlichen Gänge und erklärte mir ihre Vorgehensweise, die Bücher zu sortieren, und wie Sonderbestellungen funktionieren. Ich hörte ihr interessiert zu. Ich hatte zwar schon mit Buchhändlern gesprochen, aber noch nie einen solchen Einblick hinter die Kulissen erhalten, wie Buchhandlungen tatsächlich funktionieren.

„Ich sollte auch erwähnen, dass wir manchmal abends Veranstaltungen haben. Es wird nicht erwartet, dass du dann auch arbeitest, aber wenn du Interesse hast, kann ich normalerweise zusätzliche Hilfe gut gebrauchen, und es macht viel Spaß. Ich habe ein paar Brettspiel- und Malabende organisiert, die sehr beliebt waren, und ich habe auch einen monatlichen Buchclub gegründet." An Georges lebhaftem Tonfall und ihrem strahlenden Gesicht war zu erkennen, dass sie diese Treffen mit Leidenschaft durchführte. „In letzter Zeit war alles so hektisch, dass ich keine Zeit für mehr hatte, aber ich möchte wirklich, dass das Novel Gossip ein Ort ist, der unsere Gemeinde zusammenführt und Menschen neue Ideen und Interessen näherbringt."

Ich lächelte. „Das klingt großartig. Ich würde mich gerne beteiligen, obwohl ich dir sagen sollte, dass ich kein künstlerisches Talent habe, also müsste ich das dir überlassen. Ich kann jedoch Wein einschenken." Sobald die Worte aus meinem Mund waren, fiel mir ein, dass George bis zu ihrer nächsten Veranstaltung wissen würde, wer ich wirklich war, und es daher unwahrscheinlich war, dass ich die Gelegenheit bekommen würde, meine Fähigkeiten im Weinkellnern unter Beweis zu stellen.

George lachte leise. „Ich überlasse die Kunstanleitung den Experten. Normalerweise leitet eine lokale Künstlerin diese Kurse. Aber die Leute sind überraschend durstig, daher würde ich deine Fähigkeiten als Weinausschenkerin sehr begrüßen." Ihre Augen funkelten.

„Ich stehe zu deiner Verfügung", erwiderte ich grinsend.

„Hervorragend. Und wenn du noch weitere Ideen für Veranstaltungen hast, lass es mich wissen. Ich würde gerne einige Autorengespräche hier haben, aber Sapphire Springs ist so klein, dass ich bezweifle, dass viele Schriftsteller den ganzen Weg auf sich nehmen würden, um ein paar Exemplare zu verkaufen."

„Man weiß ja nie. Viele New Yorker flüchten gerne für eine Auszeit nach Sapphire Springs. Vielleicht würde ein ausgebrannter Schriftsteller die Gelegenheit für einen Tapetenwechsel genießen", antwortete ich und zog die Augenbrauen hoch. Ich war sicher nicht die Einzige.

„Stimmt." George sah nachdenklich aus. „Vielleicht

sollte ich mich an einige meiner Kontakte bei den Verlagen wenden und sie bitten, zu prüfen, ob sie ihre ausgebrannten Schriftsteller dazu bringen können, hierherzukommen."

„Aber nicht *zu* ausgebrannt und zynisch, sonst wollen sie vielleicht nicht über ihr Buch sprechen", erwiderte ich grinsend.

George nickte ernst, aber ihre Lippen zuckten amüsiert. „Richtig. Ich werde Autoren mit einem moderaten Grad an Burn-out anfordern."

Lachend gingen wir zurück zum Tresen. Es tat gut, mit George zu reden, auch wenn es nur alberne Scherze waren. Abgesehen von meinen Gesprächen mit Barb war es das erste Mal seit Monaten, dass ich mich mit jemandem unterhielt, bei dem es nicht um Arbeit, den Umzug oder die Scheidung ging.

Nach der Führung sammelte ich meine Sachen zusammen und George begleitete mich zur Eingangstür.

„Danke noch mal, dass du so kurzfristig eingesprungen bist." Sie öffnete die Tür und lächelte mich hoffnungsvoll an. „Besteht die Möglichkeit, dass du in den nächsten Tagen zur Verfügung stehst? Kein Problem, wenn nicht, aber Ben klang nicht gut, und ich könnte die Hilfe wirklich gebrauchen."

Die Sorge um diese Frau, die ich kaum kannte, ging mir sehr zu Herzen. Wenn die nächsten Tage so wie heute verliefen, würde George es auf keinen Fall allein schaffen. Vielleicht würde ich noch ein paar Tage arbeiten. Bis es Ben besser ging. Dann würde ich kündigen, George sagen, wer ich wirklich war, die verdammten Bücher unterschreiben und mich dem Schreiben widmen. Auf diese Weise würde ich mich nicht so schlecht fühlen, wenn ich George im Stich ließ, vor allem nicht, nachdem sie sich die Mühe gemacht hatte, mich einzuarbeiten.

„Das geht klar. Bis morgen.“

TROTZ MEINER SCHMERZENDEN Füße und Beine – ich war es nicht gewohnt, längere Zeit zu stehen – hatte ich einen ungewohnt beschwingten Gang, als ich die Hauptstraße entlangging. Laubgrüne Ahorn- und Eichenbäume säumten den Bürgersteig. Die meisten der malerischen kleinen Geschäfte hatten zwar für heute geschlossen, aber die Menschen nutzten das herrliche Wetter trotzdem. Die Außenterrassen des örtlichen Pubs, Builders' Arms, waren überfüllt mit Gästen, die ein stetiges Gemurmel aus Gelächter und Geplauder erzeugten, das sich mit der warmen Brise ausbreitete und immer lauter wurde, je näher ich kam. Andere Stadtbewohner spazierten, viele mit Hunden. Einige begrüßten mich sogar mit einem Lächeln und einem Nicken, obwohl ich eine völlig Fremde war. *Das würde in New York* nie passieren. Wahrscheinlicher war es, dass ich finster angeschaut und angemeckert wurde, weil ich nicht schnell genug ging.

Ich hatte mich seit Monaten nicht mehr so beschwingt gefühlt, fast so wie früher. Lag es am Wetter? Am Tapetenwechsel?

Ich dachte über meinen Tag nach. Zum ersten Mal seit Langem war ich völlig in etwas eingetaucht, im Moment präsent, ohne an Tania zu denken oder mir Sorgen um mein Buch oder meine finanzielle Situation zu machen. Ich hatte mich einfach auf die Aufgaben vor mir konzentriert. Und diese Aufgaben waren klein und machbar und sorgten für unmittelbare Zufriedenheit, wenn ich sie erledigt hatte. Einem Rentnerpaar Kaffee bringen, Tische abräumen, den Boden wischen. Vielleicht war es auch deshalb so schwer für mich, George von meinem Pseudonym zu erzählen, weil ich meine Zeit im Novel Gossip so sehr genoss und das nicht aufs Spiel setzen wollte. Im Gegensatz dazu starrte ich im Moment, wenn ich mich an die „Arbeit" machte, nur auf einen leeren Bildschirm, überwältigt von der Aufgabe, ein ganzes Buch schreiben zu müssen, obwohl ich alles andere als inspiriert war.

Das war nicht immer so gewesen. Früher waren die Worte nur so aus mir herausgeflossen und auf meinem Laptop, auf Papierfetzen und in der Notiz-App auf meinem Handy gelandet, zu jeder Tages- und Nachtzeit. Aber jetzt nicht mehr – nicht, seit ich von Tanias Untreue erfahren hatte.

Ich atmete tief durch und lächelte einer Frau zu, die einen Kinderwagen schob. Vielleicht war ich zu voreilig gewesen, als ich mich dazu entschlossen hatte, mich von der Welt abzuschotten. Während meines Aufenthalts in Manhattan und der Zeit mit meinen New Yorker Freunden, die ich mit Tania geteilt hatte, war es zu schmerzhaft gewesen, aber heute fühlte es sich gut an, unter Menschen zu sein. Die Arbeit und der Austausch mit den Kunden machten es mir leicht. Und George, die so aufrichtig und entspannt wirkte, machte es mir besonders leicht.

Ich lächelte, als ich von der Main Street in die Richtung meines Bungalows abbog. Als ich heute Morgen von zu Hause weggegangen war, hatte ich zwar nicht vorgehabt, einen Job in einem Café mit Buchladen anzunehmen, aber vielleicht war das der Durchbruch, den ich brauchte, um mein Leben wieder in die richtigen Bahnen zu lenken.

5

———

GEORGE

ICH SCHLOSS die Vordertür hinter Hannah ab und ging in die Küche. Im hinteren Teil der Küche, hinter einer unscheinbaren Tür, befand sich die Treppe zu meiner Wohnung. Maximus donnerte den Flur entlang, um mich zu begrüßen, und sprang mich mit Begeisterung an, als ich oben auf der Treppe ankam.

„Hallo, mein Hübscher." Ich rieb seinen warmen, goldenen Kopf. „Holen wir deine Leine und gehen spazieren." Nach einem langen Tag auf den Beinen sehnte ich mich nur danach, es mir auf dem Sofa gemütlich zu machen. Aber Max brauchte einen Spaziergang, und Blake, meine beste Freundin, kam in einer Stunde mit Essen vorbei, also mussten wir los. Ich setzte meine Kopfhörer auf und rief meine Mutter zurück, während ich Max fertigmachte.

„Hallo?", fragte Mom mit ihrer vertrauten Stimme, die mich zum Lächeln brachte.

„Hey, ich bin's. Tut mir leid, dass ich deinen Anruf vorhin verpasst habe. Auf der Arbeit war viel los. Was gibt es?“ Ich nahm Max an die Leine und machte mich auf den Weg zur Wohnungstür.

„Entschuldige, ich weiß, dass ich dich tagsüber nicht anrufen sollte. Ich wollte dir nur sagen, dass ich meine Flüge gebucht habe!“ Moms Begeisterung war ihr anzuhören.

„Oh, toll! Könntest du mir die Flugdaten per E-Mail schicken? Max und ich sind spazieren.“ Max konnte es kaum erwarten, spazieren zu gehen, und zog mich praktisch die Treppe hinunter zur Eingangstür des Novel Gossips.

„Ja, natürlich.“

Ich öffnete die Tür und wir traten auf den Bürgersteig. Ich atmete die frische Luft des späten Nachmittags ein. Es war ein weiterer wunderschöner, sonniger Tag. Der Sommer war dieses Jahr früh in Sapphire Springs angekommen.

„Oh, ich wollte dir noch etwas erzählen. Alexis ist mit Sophia Landers zusammen“, sagte Mom.

„Schön für sie.“ Das hatte ich noch nicht gehört, aber es war nicht sonderlich überraschend, dass meine attraktive, berühmte Ex als Politikerin eine Freundin gefunden hatte, die Filmstar und ebenfalls attraktiv und berühmt war.

„Ich bin mal gespannt, ob sie zusammenbleiben. Ich weiß nicht, wie sie das schaffen wollen, bei der Menge an Reisen, die Alexis unternimmt, und Sophia, die ständig zu irgendwelchen Dreharbeiten unterwegs ist.“

Ich verdrehte lächelnd die Augen. Alexis und ich hatten uns vor mehr als drei Jahren getrennt und ich war wirklich über sie hinweg. Ich wünschte meiner Ex zwar alles Gute, war aber nicht wirklich daran interessiert, mit Mom darüber zu spekulieren, ob ihre neueste Beziehung halten würde. Aber Mom liebte es, zu tratschen.

„Vielleicht finden sie einen Weg, die Beziehung am Laufen zu halten", erklärte ich diplomatisch.

„Hmmm. Vielleicht." Mom klang nicht überzeugt. „Ich werde sie zwar weiterhin wählen, aber ich habe ihr noch immer nicht verziehen, wie sie dich behandelt hat."

Ich seufzte. „Mom, das hatten wir doch schon. Wir haben einfach nicht zusammengepasst."

Ich war begeistert, als Alexis Merritts für das Repräsentantenhaus für Tampa Bay kandidiert hatte. Sie war jung, queer und leidenschaftlich, was in der Politik Floridas nicht üblich ist. Ich arbeitete ehrenamtlich in ihrem Wahlkampf und brachte meine technischen Fähigkeiten ein, und zu meiner Überraschung waren wir schließlich zusammengekommen.

Aber nachdem sie die Wahl gewonnen hatte, stellte ich schnell fest, dass ich nicht dafür geschaffen war, die Partnerin einer Politikerin zu sein. Ich war nicht bereit, meine Karriere zu opfern, um meiner Partnerin durchs ganze Land zu folgen, oder alternativ in Tampa zu bleiben und sie kaum zu sehen. Nicht, dass ich sie viel gesehen hätte, als wir in Washington gelebt hatten.

Mom schnaubte. „Du bist für sie umgezogen, hast deinen Job für sie gekündigt, und sie ist keinen einzigen Kompromiss eingegangen." Ich biss die Zähne zusammen. Während ich mit Alexis abgeschlossen hatte, war klar, dass Mom noch nicht so weit war.

„Nun, wir haben es ihr zu verdanken, dass deine Hypothek abbezahlt ist und ich das Novel Gossip gründen konnte." Ich bereute meine Worte, sobald ich sie ausgesprochen hatte. Der Versuch, Alexis zu verteidigen, würde meine Mutter nur noch wütender machen.

Meine Mutter maulte: „Du warst diejenige, die die App

entwickelt hat, nicht sie. Du hast die ganze harte Arbeit gemacht, es ist nur fair, dass du dafür bezahlt wirst.“

„Ich weiß. Aber Alexis hätte die Unterlagen nicht unterschreiben müssen, damit ich sie verkaufen kann. Und das hat sie getan, sogar nachdem ich mit ihr Schluss gemacht hatte.“

Ich rieb mir die Stirn. Nach einem langen Arbeitstag war das das Letzte, worüber ich reden wollte. Ich hatte die Trennung zwar überwunden, aber ich wollte nicht ständig an eine der stressigsten Zeiten meines Lebens erinnert werden.

Mutter murmelte etwas vor sich hin.

Zum Glück kam ein Hund vorbei und bellte Max laut an.

„Entschuldige, Mom, ich muss auflegen. Hab dich lieb!“

„Okay. Tschüss, Schatz.“

Ich legte auf und zog Max von dem bellenden Hund weg.

Wir gingen die Hauptstraße entlang, Max blieb stehen, um an jedem gusseisernen Laternenpfahl und Baumstamm zu schnüffeln, während ich lächelte und den Anwohnern auf Autopilot zunickte. Ohne Mom am Telefon, die über Alexis sprach, wanderten meine Gedanken wie von selbst zu Hannah. *Ein Glück, dass es Hannah gibt.* Der heutige Tag wäre eine absolute Katastrophe geworden, wenn sie nicht durch die Tür gekommen wäre, bereit, sofort loszulegen.

Ich hatte sie den ganzen Tag beobachtet und versucht, nicht allzu auffällig dabei zu sein. Sie wirkte schüchtern, aber aufmerksam und engagiert. Sie hatte darauf geachtet, den Kunden Nachschub für ihren Wasserkrug zu bringen, war mit

Papiertüchern zur Stelle, als ein Kunde seinen Eiskaffee auf sein T-Shirt verschüttet hatte, hatte proaktiv Tische abgeräumt und Essen serviert, ohne dass ich sie darum bitten musste. Sie lernte schnell. Und so nachdrücklich wie sie mir erzählt hatte, dass sie gerne las, war sie ganz sicher auch eine Buchliebhaberin. Ich grinste. Sie war alles, was ich mir wünschen konnte.

Vor meinem inneren Auge erschien das Bild von Hannah, wie sie mich anlächelte, mit ihren Augen, die an den Winkeln leichte Lachfältchen hatten, und mit weißen Zähnen, die von geschwungenen, vollen, rosafarbenen Lippen eingerahmt wurden. Mein Grinsen wurde breiter. Selbst die Erinnerung an ihr Lächeln war ansteckend. Ich versuchte, mich zusammenzureißen.

Alles, was du dir von einer MITARBEITERIN wünschen kannst, George.

Mich in Hannah zu verknallen, konnte ich jetzt wirklich nicht gebrauchen. Ben hatte erwähnt, dass sie mit ihrem Mann hierhergezogen war, also war sie nicht zu haben. Und selbst wenn sie zu haben gewesen wäre, würde ich mich auf keinen Fall mit einer Mitarbeiterin einlassen. Das war definitiv eine schreckliche Idee.

Ich war in Gedanken versunken und erst als wir fast das Ende der Main Street erreicht hatten, fiel mir auf, dass ich die Zeit vergessen hatte.

„Mist." Ich schaute von meiner Uhr zu Max. „Kein Schnüffeln mehr, Max. Wir sollten besser umkehren, sonst wartet Blake auf uns."

Ich riss Max von einem offensichtlich exquisit riechenden Laternenpfahl los und wir machten uns zügig auf den Weg die Hauptstraße hinauf. Es war immer noch warm und die Abendsonne war überraschend stark. Als wir das Café erreichten, entdeckte ich eine vertraute Gestalt, die an der Tür lehnte, zwei Pizzakartons und eine braune Papiertüte zu ihren Füßen.

Ich lächelte. *Blake.*

Als ich vor ein paar Jahren in die Stadt gezogen war, kannte ich niemanden. Anfangs war ich so darauf konzentriert gewesen, meine Vision von einem gemütlichen Café mit Buchhandlung in die Realität umzusetzen, dass ich keine Zeit hatte, Freunde außerhalb der Stammgäste zu finden, mit denen ich bei der Arbeit sprach. Ein paar Monate später war ich beim Einräumen von Büchern von einer Leiter gefallen, und Ben hatte darauf bestanden, dass ich die neue Ärztin aufsuchte, die gerade ihre Praxis in Sapphire Springs eröffnet hatte. Blake und ich hatten sofort eine Verbindung zueinander, die jedoch rein platonisch war. Wir waren nicht nur die einzigen beiden offen homosexuellen Frauen in unserem Alter in Sapphire Springs, die wir kannten, und gehörten eher zu den geschlechtsuntypischen Frauen, sondern wir hatten auch einen ähnlichen Sinn für Humor und liebten Wandern und guten Kaffee. Letztes Jahr war Blake mit Jenny zusammengekommen, in die sie schon als Jugendliche verknallt gewesen und die gerade nach Sapphire Springs zurückgekehrt war. Wenn Jenny lange arbeitete, kam Blake oft zum Abendessen vorbei.

„Hallo. Entschuldige. Ich hoffe, du hast nicht lange warten müssen", sagte ich zu Blake, als Max und ich bei ihr ankamen.

„Das ist nicht deine Schuld. Ich bin zu früh dran. Ich habe Pizza und Salat bei Michael's bestellt, und sie haben alles in Rekordzeit zubereitet", antwortete sie und nahm die braune Papiertüte hoch, bevor Max sie zu fassen bekam. Bei dem Duft von Knoblauch und Käse knurrte mein Magen.

Ich musste lachen. Michael's war berüchtigt für köstliche, traditionelle Pizzen, die quälend langsam zubereitet wurden. „Vielleicht haben sie endlich einen zweiten Holzofen installiert, um der Nachfrage der Pizzabegeisterten in Sapphire Springs gerecht zu werden."

Blake lachte. „Das können wir nur hoffen."

Ich öffnete die Tür und wir gingen hinauf in die Wohnung.

„Fühl dich wie zu Hause", erklärte ich, als ich die Tür hinter Blake schloss und in die Küche ging.

Ich holte Teller, Besteck und zwei Pils aus dem Kühlschrank. „Ist es okay für dich, auf dem Sofa zu essen?", fragte ich Blake, als ich ins Wohnzimmer ging und sah, dass sie bereits darauf saß, Max neben ihr zusammengerollt, die Pizzakartons und der Salat auf dem Sofatisch vor ihr.

„War es das jemals nicht?", erwiderte Blake grinsend.

„Auch wieder wahr." Ich reichte Blake ein Bier und stellte Teller und Besteck auf den Tisch. „Bedien dich."

Nachdem Blake ihren Teller vollgeladen hatte, schnappte ich mir ein paar Stücke Pizza und machte mich schnell darüber her. Ich hatte heute keine Zeit für eine richtige Mittagspause gehabt und nur einen halben Belegten Bagel in der Küche verdrückt, bevor der Mittagsansturm begann, sodass ich jetzt am Verhungern war.

„Wie war dein Tag?", fragte Blake, öffnete das Bier und nahm einen Schluck.

Ich erzählte ihr von der unerwarteten Lieferung der Bücher, Bens Krankheit, Rominas schlechter Laune, Hannahs zufälligem Auftauchen und dann von meinem Telefonat mit Mom.

Blake schüttelte den Kopf, als ich fertig war. „Verdammt, das klingt nach einem ziemlich aufregenden Tag. Ich bin überrascht, dass du nicht schon vor Erschöpfung umgekippt bist. Also, denkst du, du wirst die neue Frau behalten?"

„Hannah? Ja, definitiv. Sie ist großartig. Vorausgesetzt, ihr Papierkram und ihre Referenzen sind in Ordnung." *Das sollten sie besser sein, sonst bin ich geliefert.* Und ich freute mich schon darauf, sie morgen wiederzusehen.

Blake runzelte die Stirn, während sie einen Bissen Pizza hinunterschluckte. „Ich glaube nicht, dass ich sie schon einmal gesehen habe." Blake, die einzige Ärztin in der Stadt, war stolz darauf, jeden zu kennen, der hier lebte.

„Sie ist gerade erst hierhergezogen, aus ..." Ich runzelte die Stirn, als mir klar wurde, dass ich nur sehr wenig über sie wusste. Ben hatte nicht erwähnt, woher sie kam, und ich war heute so beschäftigt gewesen, dass ich keine Gelegenheit gehabt hatte, sie danach zu fragen. „Irgendwoher. Zumindest hat Ben das gesagt. Sie ist vor Kurzem mit ihrem Mann hierhergezogen."

Blakes Gesichtsausdruck wurde nachdenklich. „Wenn du möchtest, kannst du sie einladen, uns morgen Abend zu begleiten. Da Ben krank ist, haben wir eine Karte übrig. Wenn sie gerade erst hierhergezogen ist, freut sie sich vielleicht über Gesellschaft."

Ich zögerte. Hannah zum Freiluftkino einzuladen, wäre eine freundliche Geste. Ich wusste aus Erfahrung, wie schwer es war, nach einem Umzug Freunde zu finden. Aber gleichzeitig war sie eine Angestellte. Würde ich sie in eine unangenehme Lage bringen, wenn ich sie zu einem geselligen Ausflug einlud, sie aber nicht mitkommen wollte? Ich hatte Ben ohne zu zögern gefragt, aber wir arbeiteten seit Jahren zusammen und ich kannte ihn gut genug, um zu wissen, dass er Nein sagen würde, wenn er nicht mitkommen wollte. Vom ersten Eindruck her kam mir Hannah wie jemand vor, der etwas zusagen würde, das er nicht tun möchte, nur um die Gefühle der anderen Person nicht zu verletzen. Ich wollte nicht, dass sie sich unwohl fühlte.

„Ja, vielleicht. Lass mich darüber nachdenken."

Ich stöhnte leise und erinnerte mich daran, dass ich, obwohl meine Beine immer noch schmerzten, heute Abend den Kuchen des Tages für morgen backen musste, sonst wären meine Stammgäste enttäuscht. Wenn ich nicht bald anfing, würde ich lange aufbleiben müssen, bis ich ihn aus dem Ofen nehmen konnte.

„Wenn du mit dem Essen fertig bist, würde es dir etwas ausmachen, wenn ich schon mal damit anfange, den Kuchen für morgen zu backen? Ich dachte an eine Miniaturausgabe für uns zum Nachtisch, wenn es dir recht ist, noch eine Weile zu bleiben. Es wird ein dunkler Schokoladenkuchen mit Datteln und Mandelbaiser mit Sahne und Beeren."

Blake sprang auf und grinste. „Ich unterstütze alles, was damit zu tun hat, dass ich Kuchen essen kann. Wie kann ich helfen?"

Blake hatte viele Talente, aber Kochen gehörte nicht dazu, also ließ ich sie erst das Geschirr abwaschen und dann die Datteln hacken. Ich würde sie auf keinen Fall in die Nähe meines Baisers lassen.

Wir unterhielten uns, während ich das Baiser aufschlug, es mit der Nuss-, Schokoladen- und Dattelmischung unter die Masse hob und dann in den Ofen schob. Als das erledigt war, ließen wir uns mit einem Glas Rotwein auf dem Sofa nieder.

„Das ist offiziell mein neuer Lieblingskuchen", stöhnte Blake, als sie anderthalb Stunden später ihren Teller leergefuttert hatte. „Ich sollte lieber gehen, bevor ich auf deinem Sofa ins Fresskoma falle."

Ich lachte und genoss den letzten Bissen meines Kuchens. Die Schokolade war noch leicht klebrig vom Ofen, und die Sahne und Beeren hatten den reichen Geschmack der Schokolade und Datteln perfekt abgerundet. Der Kuchen war verdammt lecker.

Ich unterdrückte ein Gähnen, als ich Blake zur Tür hinausbegleitete, und mir die Bücherstapel im hinteren Teil des Ladens auffielen. Mir stockte der Atem. *Mist. Ich hatte vergessen, den Lieferanten wegen der* Lieferung von *Im Reich der Furien* anzurufen. Das würde ich gleich morgen früh erledigen. Die Kisten stellten wahrscheinlich ein Sicherheitsrisiko dar. Sollte ich sie in meine Wohnung schleppen, damit sie aus dem Weg waren? Das war etwas, auf das ich nach diesem anstrengenden Tag, einem Glas Rotwein und zu viel Kuchen wirklich überhaupt keine Lust hatte. Ich wollte stattdessen nur noch in meinen Schlafanzug schlüpfen und ins Bett fallen, also beschloss ich, das Ganze auf morgen zu verschieben.

Und zumindest wäre Hannah morgen wieder da, um zu helfen.

6

HANNAH

ICH SUMMTE ein Lied von King Princess, das ich laut unter der Dusche gesungen hatte, und ging den Hügel hinunter in Richtung Main Street. Ich hatte immer noch einen federnden Schritt, und das lag nicht nur an den zweckmäßigen weißen Schuhen, die ich heute angezogen hatte, oder der Tatsache, dass ich zum ersten Mal seit Monaten richtig geschlafen hatte. Tatsächlich schmerzten meine Beine vom Vortag, an dem ich die ganze Zeit gestanden hatte, aber hier war ich und freute mich darauf, das alles noch einmal zu machen.

In New York hatte ich meine Umgebung viel zu oft kaum wahrgenommen, da ich mir um mein Schreiben, Tania oder darum, ob ich wegen U-Bahn-Verspätungen zu spät kommen würde, Gedanken gemacht hatte. Aber heute war ich voll und ganz präsent. Ich kam an hübschen Häusern mit Holzverkleidung und Vorgärten voller Rosensträucher, Pfingstrosen und Kapuzinerkresse in voller Blüte vorbei. Die Gärten waren von weißen, hüfthohen Lattenzäunen und ordentlich geschnittenen Hecken umgeben. Der Duft von frisch gemähtem Gras lag in der Luft. Es war noch nicht einmal acht Uhr morgens, aber die Sonne hatte schon Kraft. Heute würde es heiß werden.

Ich stieß einen glücklichen Seufzer aus. Es war idyllisch. Ich hatte Sapphire Springs während meines Studiums an der Universität von New York einige Male besucht und mich verliebt. Ich hatte immer gedacht, dass ich mich, wenn ich New York irgendwann satthatte, in einer kleinen, friedlichen Stadt wie Sapphire Springs zur Ruhe setzen würde. Es war nur viel früher passiert, als ich es erwartet hatte.

Ich war einmal mit Tania hier gewesen, die von meinen Ruhestandsplänen überhaupt nicht beeindruckt gewesen war. Sie war eine waschechte New Yorkerin, die man nur mit Gewalt aus der Stadt herausbekommen konnte. Ich musste bei dem Gedanken schmunzeln – Tania war immer sehr gefasst und beherrscht –, dann riss ich mich zusammen. *Hm. Das ist das erste Mal, dass ich wirklich an Tania denke, ohne von Gefühlen überwältigt zu werden. Das ist ein Fortschritt, Hannah!* Ich bog in die Main Street ein und lächelte einem Mann mittleren Alters zu, der einen schwarzen Labrador spazieren führte und mich ebenfalls anlächelte.

Sogar der Tinnitus in meinem linken Ohr, der mir seit dem Verlust meines Hörgeräts mehr zu schaffen machte, schien in Sapphire Springs nicht so stark zu sein. Vielleicht lag es daran, dass ich mich auf andere, interessantere Dinge konzentrieren konnte. *Wie zum Beispiel eine sehr attraktive Chefin.*

Meine gute Laune wurde getrübt, als mir ein Gedanke kam. *Verdammt.* Nach dem, was George gesagt hatte, glaubte sie anscheinend, ich sei eine Frau, die mit Ben über die Stelle als Bedienung im Novel Gossip gesprochen hatte. Wenn Ben mich sah oder diese Frau ins Café zurückkehrte, könnte es peinlich werden.

Ich redete mir immer wieder ein, dass ich George nicht angelogen hatte und dass sie verstehen würde, dass ich sie einfach nicht gehört hatte. Aber die Tatsache, dass ich wusste, dass es ein Missverständnis gegeben hatte, und es nicht korrigierte, machte mir ein schlechtes Gewissen. Meine Mutter war Philosophieprofessorin und mein Vater Rechtsprofessor, aber sie waren keine sehr involvierten Eltern gewesen. Sie hatten die Bedeutung von Ehrlichkeit und Integrität jedoch immer wieder betont. Ich vermutete, dass sie die Situation, in die ich mich gebracht hatte, nicht gutheißen würden – nicht, dass ich sie nach ihrer philosophischen Meinung zu meiner misslichen Lage gefragt hätte. Sie machten gerade Urlaub in Griechenland und wir hatten ohnehin nie die Art von Beziehung, bei der ich sie um Rat gefragt hätte, und schon gar nicht bei kleineren moralischen Dilemmata wie diesem. Und dieses hier war im großen Spektrum moralischer Dilemmata eher auf der alberneren Seite angesiedelt. Nicht nur das, sondern es würde auch bedeuten, ihnen Informationen zu geben, die ich ihnen jahrelang vorenthalten hatte.

Mir wurde flau im Magen, als ich über ein unebenes Stück Gehweg stolperte und für eine herzzerreißende Sekunde schwankte, bevor ich mich wieder fangen konnte. *So viel zum Thema „vollkommen präsent sein".* Ich war fast im Novel Gossip angekommen und den größten Teil des Weges die Hauptstraße hinauf in Gedanken versunken gewesen. Aber als ich die Tür zum Café aufstieß, wurde mir flau im Magen und ich wurde unsanft in die Realität zurückgerufen. Würde Ben wieder gesund sein?

Zu meiner Erleichterung sah ich beim Eintreten nur George hinter der Theke, die mir den Rücken zuwandte. Ich blieb einen Moment stehen und bewunderte ihre breiten Schultern. *Ob sie wohl trainiert?* Während meiner

Studentenzeit im Café Mignon hatte ich nicht gerade Muskelmasse aufgebaut, aber vielleicht erforderte die Arbeit im Buchladen des Novel Gossips mehr Anstrengung. Zum Beispiel das Heben all meiner verdammten Bücherkisten, die ich immer noch hinten im Gang gestapelt stehen sah. Bei dem Gedanken überkamen mich heftige Schuldgefühle.

„Hallo!" George drehte sich um. Ihr Lächeln ließ ihr ganzes Gesicht strahlen und ihre Augen funkeln. Ich konnte nicht anders, als ihr Grinsen zu erwidern, und meine Schuldgefühle traten in den Hintergrund. „Danke, dass du heute gekommen bist. Ben hat mir gerade eine Nachricht geschickt, dass er die Grippe hat. Es klingt nicht so, als würde es ihn allzu sehr mitnehmen, aber ich habe ihm gesagt, er solle es ruhig angehen lassen und zu Hause bleiben, bis alle Symptome verschwunden sind. Ich möchte nicht, dass er einen unserer Kunden ansteckt – oder vielleicht sogar einen von uns. Gott sei Dank haben wir anderen uns nicht angesteckt, sonst wären wir total aufgeschmissen."

„Oh nein!", sagte ich und machte ein besorgtes Gesicht. „Ich hoffe, es geht ihm nicht allzu schlecht." Aber obwohl ich das auch so meinte, war ich trotzdem erleichtert. Ich würde noch ein paar Tage im Café arbeiten können, ohne dass Ben mich auffliegen lassen würde. Wenn nicht die Frau, die sich um die Stelle beworben hatte und mit der Ben gesprochen hatte, wieder auftauchte. So seltsam es auch war, ich war noch nicht bereit, meine neue Karriere im Gastgewerbe aufzugeben – oder dass George herausfand, warum ich gestern wirklich im Novel Gossip aufgetaucht war.

„Es klingt, als hätte er das Schlimmste schon hinter sich.

Hey, hast du einen Moment, damit ich dir zeigen kann, wie Hugo funktioniert?"

„Hugo?" Ich starrte George mit hochgezogenen Augenbrauen an.

Sie lachte. „Entschuldige, ich meine die Espressomaschine. Ich hänge sehr an ihm und konnte nicht widerstehen, ihn Hugo zu nennen." Sie tätschelte die glänzende, rote Espressomaschine liebevoll.

Nun, das ist ja einfach bezaubernd. „Klar."

„Hast du viel Erfahrung darin, Kaffee zu kochen?"

„Ich mache es schon seit Jahren nicht mehr, also brauche ich definitiv eine Auffrischung. Und ich habe noch nie eine so fantastische Espressomaschine wie Hugo benutzt." Die Espressomaschine im Café Mignon war nur ein Drittel so groß und bei Weitem nicht so glänzend gewesen.

George lachte. „Keine Espressomaschine ist so fantastisch wie mein Hugo."

George stand nur wenige Zentimeter von mir entfernt und erklärte mir den Prozess der Zubereitung eines Latte. Die gut definierten Muskeln an ihren Unterarmen spannten sich an, als sie den Kaffeesatz aus dem kleinen runden Portafilter leerte, ihn mit frisch gemahlenen Bohnen auffüllte, das Pulver andrückte und dann noch einmal, als sie den Portafilter in Hugo steckte. Jede Bewegung war so stark, überlegt und geschmeidig, fließend ineinander übergehend wie ein sorgfältig choreografierter Tanz. Selbst die Art und Weise, wie sie die Milch aufschäumte, indem sie den Krug sanft absenkte, während die Milch cremig wurde, und ihre dunklen Augen dabei konzentriert auf die anstehende Aufgabe gerichtet waren, ließ mich angenehm erschaudern. Verdammt, wer hätte gedacht, dass Kaffeekochen so sexy sein konnte?

„Warum versuchst du es nicht einmal?", fragte George und wandte sich mir zu, nachdem sie ihre Vorführung beendet hatte.

Zum Glück hatte ich, obwohl ich nicht viel von der Lektion mitbekommen hatte – abgesehen von Georges prächtigen Unterarmen und wie sinnlich die Zubereitung eines Latte sein konnte – das Muskelgedächtnis im Griff. Ich stolperte durch die Schritte und war mir bewusst, dass meine Bewegungen im Vergleich zu denen von George ruckartig und unbeholfen waren. Obwohl meine Technik alles andere als sinnlich war, gelang mir bei meinem ersten Versuch ein ansehnlicher großer, schwarzer Kaffee.

„Gut gemacht!", lobte George. „Warum versuchst du es als Nächstes nicht mit einem Latte?"

Ich fühlte mich sicherer, schlug den Siebträger gegen den Müllbehälter, um ihn zu leeren, füllte ihn mit frisch gemahlenem Bohnenkaffee und drehte ihn sanft in die Espressomaschine. Während der goldene Kaffee in die darunter wartende Tasse floss, füllte ich den Krug mit Milch, stellte ihn unter den Dampfstab und schaltete ihn ein. Ein unangenehmes Quietschen ließ mich zusammenzucken. „Oh Gott, das klingt, als würde ich eine Katze ermorden. Was mache ich falsch?"

George lachte leise. „Das Dampfrohr ist zu tief im Krug. Du musst es knapp unter der Oberfläche der Milch halten und den Krug absenken, wenn sich der Milchschaum aufbaut", erklärte George geduldig.

Ich senkte den Krug ab. „Verdammt!", schrie ich, als Milch aufstieg und Hugos Seite bespritzte. Ich schaltete den Dampf aus. „Entschuldige, Hugo!"

„Du hast es wohl ein bisschen übertrieben." George grinste. „Macht es dir etwas aus, wenn ich dir helfe?"

Ich schüttelte den Kopf, und sie trat näher an mich

heran, sodass wir uns fast berührten. Sie schlang ihre Finger um den Krug. Ihre Hand berührte meine für einen Augenblick, als sie ihren Griff anpasste, und hinterließ einen warmen Abdruck auf meiner Haut.

Mit ihrer anderen Hand schaltete sie den Aufschäumer wieder ein. „Also, anstatt den Krug am Henkel zu halten, wenn du ihn so hältst, kannst du fühlen, wenn die Milch erhitzt wird. Siehst du, wie sich die Milch aufschäumt?" Ich nickte und versuchte, mich auf die Milch zu konzentrieren, die vor mir herumwirbelte, und nicht darauf, wie nah George mir stand. „Jetzt senken wir den Krug langsam ab." George führte den Krug vorsichtig nach unten, ihre Hand nur Millimeter von meiner entfernt.

Unvermittelt tauchte in meinem Kopf das Bild von George auf, wie sie hinter mir stand, die Arme um meine Mitte geschlungen, die Hände auf meinen, und Milch aufschäumte, wie in der Töpferszene aus *Ghost – Nachricht von Sam*. Mein Gesicht rötete sich.

„Wenn es fast zu heiß zum Anfassen ist, weißt du, dass die Milch fertig ist."

Mein Gesicht ist zu verdammt heiß zum Anfassen. Ich hoffte bei Gott, dass George es nicht bemerkt hatte.

Der Krug wurde unter meiner Hand warm.

„Jetzt?" Ich warf George einen Blick zu und nahm die blassen Sommersprossen auf ihrer Nase und ihren Wangen und die goldbraunen Sprenkel in ihren Augen wahr.

George war ganz und gar kein Geist. Sie war sehr real und wunderschön. Sie hatte auch ihre Hand vom Krug weggezogen und nickte mir jetzt zu.

Autsch! Plötzlich spürte ich ein Brennen an meinen Fingern, ließ hastig meinen Griff los und stellte den Krug auf die Theke.

„Ist deine Hand in Ordnung?", fragte George und Sorgenfalten zogen sich über ihre Stirn.

„Ja, alles in Ordnung", sagte ich und ignorierte das leichte Pochen in meinen Fingern.

„Er ist wahrscheinlich etwas heiß, aber der Schaum sieht gut aus", bemerkte George, warf einen Blick auf die Milch und nickte zustimmend. „Jetzt gießt du die Milch einfach langsam und gleichmäßig in die Mitte der Tasse. Du solltest versuchen, etwa einen halben bis einen Zentimeter Schaum obendrauf zu bekommen."

Ich befolgte ihre Anweisungen und starrte eine halbe Minute später stolz auf einen professionell anmutenden Latte.

„Perfekt!", lobte George und grinste mich an, wobei ihr Grübchen zum Vorschein kam. „Wie du Muster in den Milchschaum machst, kann ich dir ein andermal zeigen. Diese Woche habe ich keine Zeit dafür, weil so viel los ist, aber wenn es im Café ruhig ist, kann es Spaß machen, damit zu experimentieren."

Die Aussicht auf eine weitere Einzelstunde in Sachen Kaffeezubereitung mit George ließ mein Herz höherschlagen.

„Die Muffins sind fertig!", rief Romina aus der Küche.

„Ich hole sie", erklärte ich hastig und erleichtert, eine Ausrede zu haben, um George und ihren Unterarmen, Sommersprossen und Grübchen zu entkommen. Es war zwar eine willkommene Abwechslung, sich wieder zu jemandem hingezogen zu fühlen, aber ich fing an, mir Sorgen zu machen, dass meine Schwärmerei für George eine Ablenkung war, die ich im Moment nicht gebrauchen konnte.

7

HANNAH

DREISSIG MINUTEN später war ich gerade dabei, einen köstlich aussehenden Kuchen aus dem Kühlschrank in der Küche in die Vitrine zu stellen, als eine attraktive Frau in einem bunten Overall, Sandalen und kurzen braunen Haaren an die Theke kam. In ihren Händen hielt sie ein Stück Papier. Mir rutschte das Herz in die Hose. *Verdammt, ich wette, das ist die Frau, die sich als Bedienung beworben hat, mit der George mich verwechselt hat, und meine Tarnung fliegt gleich auf.*

Ich stand nervös in der Nähe der Theke und tat so, als würde ich einen hartnäckigen Fleck von der Vitrine wischen, um ihr Gespräch mithören zu können. Glücklicherweise hatte das Café gerade erst geöffnet, sodass die Hintergrundgeräusche minimal waren, obwohl mein Hörgerät immer noch verschwunden war.

Die Frau grinste George an, die gerade versuchte, einen Papierstau im Belegdrucker zu beheben. „Hallo! Entschuldigung, ist das gerade ein schlechter Zeitpunkt?"

George hob den Kopf und lächelte. „Hey, Olivia! Nein,

alles in Ordnung. Der macht immer Ärger. Gut, dass kaum jemand Quittungen braucht. Du bist früher als sonst da."

„Ja, ich dachte, ich schaue mal vorbei, bevor ich aufmache. Ich bin eigentlich wegen ein paar Büchern hier. In den nächsten zwei Monaten hat jeder in meiner Familie Geburtstag, und dieses Jahr versuche ich, wenigstens einmal organisiert zu sein. Ich hatte gehofft, du könntest mir ein paar Empfehlungen geben."

Ich atmete erleichtert aus. Olivia, wer auch immer sie sein mochte, war nicht die Frau, die sich beworben hatte.

„Das klingt nach viel mehr Spaß, als das hier zu reparieren", bemerkte George, stellte den Drucker auf die Theke und widmete Olivia ihre volle Aufmerksamkeit. „An was hattest du gedacht?"

„Vielleicht eine Biografie oder etwas Ähnliches für Blake, einen Fantasy-Roman für Dad und einen Liebesroman für Mom? Du weißt wahrscheinlich besser als ich, was sie mögen. Ich schenke Dave zwei kinderfreie Verabredungen, bei denen Tante Olivia, auf die Zwillinge aufpasst, sodass wir uns keine Sorgen um ein Buch für ihn machen müssen." Olivia verzog das Gesicht. „Ich hoffe nur, dass ich das Chaos des Zwillingstornados überlebe."

George lachte. „Vielleicht brauchst du Blake als Verstärkung." Ihr Lächeln wurde breiter. „Ich habe tatsächlich die perfekte Idee für deinen Vater. Wir beide lieben H. M. Stuart, und ich habe gerade einen ganzen Stapel seiner neuesten Veröffentlichung geliefert bekommen. Das Erscheinungsdatum ist erst Ende Juni, also kann ich es dir jetzt noch nicht geben. Aber wenn ich es bis dahin eingepackt und abholbereit hätte, wäre das in Ordnung?"

Ich unterbrach das Schrubben der Vitrine für eine Sekunde. Als mir der Buchvertrag angeboten wurde, hatte ich aus Gründen der Anonymität darauf bestanden, meine

Initialen und einen anderen Nachnamen zu verwenden. Tania, die zu diesem Zeitpunkt noch meine Lektorin und nicht meine Partnerin war, hatte zwar Verständnis für meine Bitte, aber die Geschäftsleitung des Verlags, die von Autoren erwartete, dass sie ihre Bücher selbst vermarkteten, war nicht begeistert gewesen. Tania hatte hart dafür gekämpft, ihre Vorgesetzten davon zu überzeugen, meinen Wunsch nach Privatsphäre zu respektieren, und eines ihrer Argumente war, dass ein „Vorteil" der Vereinbarung darin bestünde, dass viele Leser annehmen würden, ich sei ein Mann. Laut Tania gab es eine Voreingenommenheit zugunsten männlicher Fantasy-Autoren. Tania hatte recht. Mein Verleger hatte darauf geachtet, mein Geschlecht nicht genau anzugeben, und ich war überrascht, wie viele Leute annahmen, H. M. Stuart sei ein Mann – darunter anscheinend auch George. Ich war mir nicht ganz sicher, was ich davon halten sollte, aber da ich George aufgrund ihres Namens ebenfalls für einen Mann gehalten hatte, konnte ich nicht allzu kritisch sein. Und als ich hörte, wie sie mein Buch empfahl, wurde mir ganz warm ums Herz.

„Perfekt!", rief Olivia.

George hielt einen Moment lang inne und ihr Gesicht zeigte einen nachdenklichen Ausdruck. „Ich glaube, deine Mutter würde Abby Jimenez' neuestes Buch lieben. Es enthält großartige Wortgefechte, einige zum Totlachen komische Momente, aber es werden auch ein paar tiefgründigere Themen behandelt."

Mein Lächeln spiegelte sich in der nun glänzenden Vitrine wider. Abby Jimenez war auch eine meiner Lieblingsautorinnen für Liebesromane.

„Das klingt genau nach ihrem Geschmack. Und dann kann ich es lesen, wenn sie damit fertig ist."

„Und für Blake, mal sehen ..." George ging zum Regal

mit den Sachbüchern, Olivia folgte ihr. Ein paar Minuten später kehrten sie zurück, Olivia mit einem düster aussehenden Buch über politische Geschichte und Ashley Herring Blakes mit *Iris Kelly Doesn't Date*. Das war interessant. Vermutlich war das Buch über politische Geschichte für diesen Blake, den sie erwähnt hatte. War der lesbische Liebesroman für Olivia oder jemand anderen? Ich war begeistert von diesem Buch. Ich konnte mich so gut in beide Charaktere hineinversetzen – die eine Liebesromanautorin mit Schreibblockade und die andere eine Schauspielerin mit Angst- und Panikattacken. Hatte George es ihr empfohlen?

Ich hatte aufgehört, die Vitrine von nicht vorhandenen Fingerabdrücken zu befreien, und wischte nun unsichtbare Krümel vom Tresen. Ich fühlte mich zwar schuldig, weil ich so neugierig war, aber dieses Schuldgefühl war nicht stark genug, um den Rest ihres Gesprächs nicht zu belauschen. Aus irgendeinem Grund wollte ich unbedingt so viel wie möglich über George herausfinden.

George nahm die Zahlung entgegen, verpackte die Bücher und überreichte sie Olivia in einer Papiertüte. „Bitte sehr!"

„Danke! Es ist so gut, dass das jetzt alles erledigt ist." Olivia lächelte George erleichtert an. „Ich komme später mit den Blumen und Kerzen wieder."

Blumen und Kerzen? Ich runzelte beunruhigt die Stirn. Planten sie einen romantischen Abend zu zweit? Sie würden ein äußerst süßes Paar abgeben, aber ich hatte in ihrem Umgang miteinander keine romantischen Untertöne bemerkt. Obwohl Olivia natürlich eine lesbische Liebesgeschichte gekauft hatte ... ein flaues Gefühl in meinem Magen signalisierte Enttäuschung. Ich schüttelte es ab. *Sei nicht albern, Hannah. Du kennst George kaum. Und außerdem ist eine neue Beziehung jetzt das Letzte, was du brauchst.*

Ein Kunde stand von einem Tisch auf, als Olivia den Laden verließ, also ging ich hinüber, um ihn abzuräumen. Auf dem Rückweg, als ich die schmutzigen Teller in die Küche brachte, kam ich an George vorbei, die vor Hugo stand und Milch aufschäumte. Sie drehte sich zu mir um und grinste. „Ich habe gerade ein Exemplar von *Im Reich der Furien* verkauft. Eins weniger, bleiben nur noch achthundertvierzig. Da fällt mir ein, ich muss unbedingt den Vertrieb wegen der Lieferung anrufen, damit ich den Rest nicht selbst verkaufen muss!"

Mir rutschte bei dem Gedanken, dass George den Vertriebspartner anrufen würde, noch mehr das Herz in die Hose. Wahrscheinlich würde sie mit meiner Agentin verbunden werden, die ihr den wahren Grund nennen würde, warum achthunderteinundvierzig Bücher an ihre Haustür geliefert worden waren. Würde George die Zusammenhänge erkennen und herausfinden, wer ich war? *Wahrscheinlich nicht, da sie denkt, dass H. M. Stuart ein Mann ist.*

Der Kommentar zu den Blumen und Kerzen ergab zwanzig Minuten später Sinn, als Olivia mit einem Wagen voller bunter Blumensträuße und Kerzen wieder auftauchte. Ich hatte gerade einem Kunden an einem Tisch in der Nähe einen Kaffee gebracht, also eilte ich zur Tür und versuchte, nicht allzu erfreut darüber zu wirken, dass Olivias Lieferung eindeutig für das Café bestimmt war und nicht dafür, George zu umwerben.

„Danke." Olivia lächelte mich an.

„Hannah, das ist Olivia." George tauchte hinter mir auf. „Ihr gehört der Blumenladen die Straße runter und sie beliefert uns mit Blumen für die Tische. Wir verkaufen auch ihre Kerzen. Olivia, Hannah hat erst gestern hier angefangen."

Olivia ließ den Griff des Wagens los und streckte mir die Hand entgegen. „Schön, dich kennenzulernen, Hannah. Leider habe ich keine Zeit zum Plaudern, ich muss mich beeilen, um aufzumachen."

Ich schüttelte Olivia die Hand und half ihr dann, die leicht verwelkten weißen Gänseblümchen durch leuchtende Sträuße aus gelben und roten Zinnien zu ersetzen, während George das Regal neben der Theke mit rustikal aussehenden Kerzen in braunen Gläsern auffüllte.

„Bis heute Abend!", sagte Olivia zu George, als sie ging. Wieder überkam mich ein mulmiges Gefühl. Vielleicht lief da ja doch etwas zwischen den beiden. *Das ist mir eigentlich egal. Sie scheinen beide reizende* Frauen *zu sein. Ich sollte mich für sie freuen.*

Jedes Mal, wenn eine Frau allein hereinkam, zog sich meine Brust zusammen, in der Erwartung, dass sie die Frau sein könnte, die sich ursprünglich für den Job beworben hatte, deren Stelle ich eingenommen hatte. Aber als der morgendliche Ansturm einsetzte, verschwanden meine Sorgen und ich konzentrierte mich auf die anstehenden Aufgaben – Kaffee und Kuchen servieren, Tische abräumen, einem älteren Mann bei der Suche nach einem Gartenbuch helfen und, wenn George damit beschäftigt war, den Kaffee zuzubereiten, Bestellungen und Zahlungen entgegenzunehmen. Ich bereitete sogar ein paar ansehnliche Kaffees zu, während George eine kurze Pause einlegte, um auf die Toilette zu gehen. Mit dem Zahlungssystem hatte ich keine Probleme, aber es fiel mir schwer, zu hören, was die Kunden sagten, je mehr Betrieb im Café herrschte, insbesondere wenn sie leise sprachen. Ich hasste es, die Leute mehrmals bitten zu müssen, das Gesagte zu wiederholen, und einige taten dies mit einem Hauch von Frustration in der Stimme. Das erinnerte mich an Tania, die in solchen Situationen auch nicht besonders geduldig gewesen war. *Ich muss nur mein verdammtes Hörgerät finden.* Die Hörgerätetechnologie hatte sich in den letzten Jahrzehnten so weit entwickelt, dass mein Hörgerät kaum noch auffiel, wenn ich es trug. Der einzige Nachteil war, dass mein Hörgerät jetzt so klein war, dass ich es leicht verlegen konnte. Ich war mir sicher, dass es irgendwo auftauchen würde – hoffentlich möglichst bald.

„Möchtest du jetzt eine Pause machen, bevor der Mittagsansturm beginnt?", fragte George.

Ich schaute auf die Messinguhr an der Wand und war überrascht, dass es bereits halb zwölf war. Ich hatte heute am frühen Morgen gefrühstückt und draußen auf der hinteren Terrasse meinen Joghurt mit Müsli genossen. Aber jetzt hatte ich definitiv wieder Hunger.

Ich nahm mir einen belegten Bagel aus der Vitrine und setzte mich an denselben Tisch, an dem ich gestern gesessen hatte, mit Blick auf die Theke. Ich redete mir ein, dass ich so beobachten konnte, wie viel Betrieb im Café herrschte, für den Fall, dass George mich brauchte, um einzuspringen und zu helfen, und dass es nichts damit zu tun hatte, dass ich meine unglaublich attraktive Chefin aus sicherer Entfernung beobachten konnte.

Um mich abzulenken, scrollte ich durch meine E-Mails, während ich den Bagel verschlang. Spam. Spam. Emma.

Hallo Hannah,

ich hoffe, du hast dich gut eingelebt. Ich wollte fragen, ob du diese Woche die Bücher signieren kannst? Ich muss den Verlag wissen lassen, wann sie fertig sind, damit sie die Abholung arrangieren können. Sie wollen sie so schnell wie möglich zurückhaben, damit sie sie vor dem Veröffentli-

*chungstermin für den Vertrieb bereitstellen können – Freitag
ist der absolut späteste Termin.*

Vielen Dank,

Emma

Verdammt. Ich hatte mich so sehr auf meinen neuen Job
konzentriert, dass der eigentliche Grund, warum ich überhaupt ins Novel Gossip gekommen war, in meinem Kopf in
den Hintergrund gerückt war. Mein Herz wurde schwer.
Ich hatte mir Sorgen gemacht, dass Ben und die Frau, die
ihn wegen eines Jobs angesprochen hatte, ins Café zurückkehren und meine Tarnung auffliegen lassen würden, aber
jetzt musste ich es selbst tun. Heute war Mittwoch, also
hatte ich nur noch zwei Tage bis Freitag.

Bei dem Gedanken, George alles zu gestehen, wurde
mir flau im Magen. Wie würde sie auf die Neuigkeiten
reagieren? Die Vorstellung, dass sie denken könnte, ich
hätte sie angelogen, bereitete mir Unbehagen. Außerdem
wollte ich nicht, dass meine Identität als H. M. Stuart die
Art und Weise, wie sie mich sah, beeinträchtigte. Sie
schien sehr bodenständig zu sein, aber sie war auch ein
Fan meiner Bücher, und das würde sich vielleicht auf
unsere Freundschaft auswirken. Ich hatte unsere lockeren
Interaktionen genossen. Ich wollte nicht, dass sich das
änderte.

Nicht nur das, sondern auch die Arbeit im Novel
Gossip hatte mir Spaß gemacht. Der Gedanke, in mein
isoliertes Dasein zurückzukehren, schien nicht mehr so
verlockend wie noch gestern Morgen. Ich seufzte. Trotz
allem wusste ich, dass dies keine tragbare Situation war.

Jemand räusperte sich, und ich schaute auf und sah, wie
George mich anlächelte und ihr bezauberndes Grübchen
voll zur Geltung kam. „Ich habe dir einen Kaffee gemacht
und dachte, du möchtest vielleicht auch ein Stück hiervon

probieren." Sie stellte einen Latte und ein großzügiges Stück Schokoladen-Mandel-Dattel-Kuchen vor mich hin.

„Danke! Ich habe diesen Kuchen schon den ganzen Morgen beäugt."

„Das habe ich gemerkt." George grinste.

Mir wurde heiß, als ich daran dachte, dass George gesehen hatte, wie ich sehnsüchtig auf den Kuchen starrte. *Ich hoffe, sie hat nicht bemerkt, dass ich sie und Olivia belauscht habe.* Mir wurde warm ums Herz, als mir klar wurde, dass sie sich auch an meine Kaffeebestellung von gestern erinnerte. Das war so aufmerksam.

„Auch wenn Eigenlob stinkt, muss ich sagen, dass dieser Kuchen einer meiner besseren ist."

Meine Augen weiteten sich. *George hatte ihn selbst gebacken?* Ich war davon ausgegangen, dass Romina alle Backwaren machte. Ich sah ihr zu, wie sie zurück zur Theke ging, und schob mir dann eine Gabel Kuchen in den Mund.

Du meine Güte. Ich schloss die Augen. Der Kuchen war unglaublich. George konnte nicht nur einen guten Latte zubereiten und tolle Buchempfehlungen geben, sondern auch backen. Wenn sie und Olivia ein Paar waren, war Olivia ein echter Glückspilz.

Ich genoss den Kaffee und Kuchen noch ein paar Minuten lang und konzentrierte mich dann wieder auf die Bücher, die signiert werden mussten. Ich seufzte. Es gab kein Entkommen aus meiner misslichen Lage. Ich würde mich am Ende meiner Schicht George gegenüber schuldig bekennen und sie fragen müssen, ob es ihr etwas ausmachen würde, wenn ich länger bliebe, um sie alle zu signieren. Ich hoffte nur, dass mein Geständnis George nicht dazu bringen würde, sich mir gegenüber anders zu verhalten. Und dass ich vielleicht noch ein bisschen länger im Novel Gossip arbeiten könnte.

ES WAR FAST Feierabend und nach einem weiteren arbeitsreichen Tag war es im Café ruhig. Nur ein Mann, der über einen Laptop gebeugt den Rest eines Cappuccinos schlürfte, war noch da.

Ich stapelte saubere Tassen, die noch warm von der Spülmaschine waren, auf die Kaffeemaschine, als George das Wort ergriff.

„Hannah, wenn du damit fertig bist, könntest du dann bitte helfen, die Regale wieder aufzufüllen? Ich habe die Kisten mit neuen Büchern, die wir auspacken müssen, im Kinderbereich gestapelt. Wenn du Zweifel hast, welche Bücher wo hingehören, leg sie einfach beiseite, ich schaue sie mir später an."

Als ich mich umdrehte, lächelte mich George an. Bildete ich mir das ein, oder war ihr Blick gerade von meinem Hintern zu meinem Gesicht geschweift? *Beobachtet George mich?* Bei dem Gedanken machte mein Herz einen Sprung.

„Natürlich." Ich war froh, eine Ausrede zu haben, um mehr Zeit in den Bücherregalen zu verbringen, und ging zum hinteren Teil des Buchladens, um mich an die Arbeit zu machen. Ich warf einen Blick auf den Klappentext jedes Buches, das ich auspackte, und sagte mir, dass es wichtig sei, mich mit den neuen Büchern vertraut zu machen, damit ich den Kunden Empfehlungen geben konnte, bevor mir einfiel, dass meine Tage im Novel Gossip wahrscheinlich gezählt waren. Mir wurde flau im Magen.

Zwanzig Minuten später kniete ich auf dem Boden und öffnete eine weitere Kiste mit Büchern, als George mit gerötetem Gesicht auftauchte.

„Oh mein Gott! Ich habe gerade mit dem Lieferanten

telefoniert und es stellt sich heraus, dass die Lieferung von *Im Reich der Furien* doch kein Fehler war! Anscheinend verbringt H. M. Stuart Zeit in Sapphire Springs und die Bücher wurden hierher geliefert, damit er sie signieren kann. Ich habe am Montagnachmittag früher Feierabend gemacht und die Agentin, die die Lieferung arrangiert hat, hat stattdessen mit Ben gesprochen. Es war so hektisch, dass ich die E-Mail, die Ben mir geschickt hat, übersehen habe."

Ich stand mit zitternden Beinen da und machte mich bereit. *Okay, Hannah. Das ist dein Moment, um George zu sagen, wer du bist und was dich wirklich ins Novel Gossip geführt hat.* Ich holte tief Luft, aber bevor ich anfangen konnte, begann George wieder zu sprechen. Ihre Augen strahlten vor Aufregung.

„Normalerweise bin ich nicht so leicht zu beeindrucken, aber ich bin wirklich nervös, ihn zu treffen. Er ist so ein talentierter Schriftsteller. Hast du eines seiner Bücher gelesen?" Zum Glück war George so aufgeregt, dass sie nicht auf eine Antwort wartete. „Er ist unglaublich gut darin, Welten zu erschaffen, klassische Fantasy-Motive auf den Kopf zu stellen und moralische und ethische Fragen zu thematisieren. Aber irgendwie schafft er es trotzdem, das Tempo rasant zu gestalten und viel Spaß beim Lesen zu bieten. Und er ist wirklich gut darin, komplexe, starke Charaktere zu schaffen – insbesondere weibliche Charaktere."

Ich war stolz, als ich Georges Komplimente hörte.

Ich musste einen seltsamen Gesichtsausdruck gehabt haben, denn George sah mich an und lachte dann, wobei sie den Kopf schüttelte. „Entschuldige. Siehst du, was ich meine? Ich werde mich vor ihm total zum Affen machen, wenn er hereinkommt. Ich brauche dich vielleicht als moralische Unterstützung – oder zumindest, um mich zu treten, wenn ich zu sehr ins Schwärmen gerate."

Ich stieß ein nervöses Lachen aus, unsicher, was ich sagen sollte. Ich wusste, dass ich das nicht weiterlaufen lassen sollte. Je länger es so weiterging, desto tiefer grub ich mir mein eigenes Grab. Aber nach Georges überschwänglicher Rezension fühlte es sich noch unangenehmer an, ihr reinen Wein einzuschenken. George schien so darauf bedacht zu sein, einen guten Eindruck auf H. M. Stuart zu machen, dass es sicherlich grausam wäre, meine Identität zu enthüllen, unmittelbar nachdem sie H. M. Stuart mit Komplimenten überschüttet und ausdrücklich gesagt hatte, dass sie sich nicht vor „ihm" blamieren wolle. Vielleicht könnte ich es ihr morgen sagen, wenn die Erinnerung an dieses Gespräch in ihrem Kopf etwas verblasst war, um die Demütigung zu mildern. Aber suchte ich nach Ausreden, um es ihr nicht zu sagen, oder war ich einfach nur vernünftig? Ich hatte keine Ahnung.

„Der letzte Kunde ist gegangen und ich habe die Eingangstür abgeschlossen, damit ich dir helfen kann, den Rest hier wegzuräumen", erklärte George, beugte sich über die geöffnete Kiste und holte eine Handvoll Bücher heraus.

Erleichtert über den Themenwechsel packte ich ein paar weitere Bücher aus. Während wir arbeiteten, erzählte mir George mit leuchtenden Augen von einigen Büchern, die ihr kürzlich gefallen hatten.

„Das ist ein weiteres großartiges Buch, wenn du Fantasy magst. Ich habe ein Vorabexemplar, das du gerne lesen kannst, wenn du Interesse hast." George hielt ein Exemplar von Chris Chens neuestem Buch aus der Kiste mit den Neuerscheinungen hoch. Ich öffnete den Mund, um zu sagen, dass es mir auch gefallen hatte, und machte dann den Mund wieder zu. Ich hatte ebenfalls ein Vorabexemplar erhalten und eine Rezension für das Buch geschrieben, das George in der Hand hielt. Eine Rezension, die sich nun links auf dem Buchdeckel befand. Ich sollte wohl besser nicht erwähnen, dass ich es gelesen hatte.

„Ich liebe Chris Chen", erwiderte ich stattdessen und suchte in den anderen Büchern in der Kiste nach etwas, das das Gespräch von den Fantasy-Autoren ablenken würde, was sich als schwierig erwies. Meine Augen blieben an einem Buch hängen. „Oh, und auf dieses Buch habe ich mich auch schon gefreut." Ich schnappte mir ein Exemplar von Alison Cochruns neuestem Roman. Ich bekam nur Fantasy-Bücher für Rezensionen, also musste ich wie alle anderen auf die neuerscheinenden Liebesromane warten.

Für einen Moment huschte ein Ausdruck über Georges Gesicht, den ich nicht deuten konnte. Mir wurde heiß, als mir klar wurde, dass ich in meiner Eile, das Thema zu wechseln, ihr vielleicht unabsichtlich signalisiert hatte, dass ich lesbisch war. Nicht, dass nicht auch viele Heteros Liebesromane über Homosexuelle lesen würden, vor allem die großen Namen wie Casey McQuiston, Alison Cochrun und Ashley Herring Blake. Und warum sollte es mich überhaupt interessieren, ob George wusste, dass ich lesbisch war?

„Das habe ich noch nicht gelesen", bemerkte George. „Aber ich fand *Kiss Her Once for Me – Die Liebe ist so magisch wie der erste Schnee* toll. Ich weiß nicht mehr, ob ich das schon erwähnt habe, aber du bekommst einen Mitarbeiterrabatt auf alle Bücher im Laden."

„Das klingt gefährlich." Ich grinste, zog das letzte Buch aus der Kiste und stellte es ins Regal.

Wir standen beide auf.

„Glaub mir, das ist es", erklärte George und um ihre Augen bildeten sich Lachfältchen.

Als wir zurück zum Tresen gingen, räusperte sich George. Ich schaute gerade noch rechtzeitig zu ihr hinüber, um einen weiteren undeutbaren Ausdruck auf ihrem Gesicht zu sehen. „Hey, ich will dich wirklich nicht unter Druck setzen – du hast wahrscheinlich sowieso schon Pläne oder willst einfach nur nach Hause und dich hinlegen –, aber heute Abend gehen ein paar Freunde und ich zu einer Freiluft-Filmnacht unten im Dockside Park. Hast du Lust, mitzukommen? Ben wollte eigentlich kommen, aber er kann offensichtlich nicht, also haben wir eine Karte übrig, die du gerne haben kannst. Das Abendessen ist inbegriffen.".

Plötzlich hatte ich Schmetterlinge im Bauch. Ich hatte seit Monaten mit niemandem mehr richtig Kontakt gehabt. Ich hatte mich gut mit George verstanden, aber das hatte sich ganz natürlich ergeben, während wir zusammen arbeiteten. Der Gedanke, in eine Situation gestoßen zu werden, in der der einzige Zweck darin bestand, mit Fremden zu interagieren, ließ meine Unsicherheit in die Höhe schießen. Vor der Trennung von Tania war meine Ängstlichkeit in sozialen Situationen nicht so schlimm gewesen, aber die Monate, in denen ich Menschen aus dem Weg gegangen war, hatten die Dinge eindeutig verschlimmert. Wäre ich in der Lage, ein Gespräch mit Georges Freunden zu führen? Und ich sollte eigentlich wirklich nach Hause gehen und mir überlegen, wie ich George sagen wollte, dass ich ihre Lieblingsautorin war. Aber Zeit mit George zu verbringen, draußen, an einem wunderschönen Abend, klang viel verlockender. Wenn es schwierig war, mit ihren Freunden zu sprechen, war sie wenigstens auch da. Und vielleicht würde sich in einer entspannteren Umgebung außerhalb der Arbeit die perfekte Gelegenheit bieten, George mein Geständnis zu machen.

„Danke. Das wäre schön", sagte ich und hoffte, dass ich die richtige Entscheidung getroffen hatte.

„Super. Wir treffen uns um zwanzig Uhr dort." George schloss die Schublade unter der Theke auf und gab mir meine Tasche. „Oh, und bevor ich es vergesse, bist du damit einverstanden, einen Ersatzschlüssel für das Café an dich zu nehmen? Nur für den Fall, dass etwas passiert und ich dich bitten muss, eines Tages aufzuschließen oder abzuschließen. Ben hat auch einen Ersatzschlüssel."

Schuldgefühle und Freude stiegen in mir auf. Es war rührend, dass George mir genug vertraute, um mir den Schlüssel für das Novel Gossip zu geben, aber es zeigte auch, wie tief ich bereits in dieser Situation steckte. Würde George mir noch vertrauen, wenn ich ihr sagte, wer ich wirklich war?

8

GEORGE

ENDLICH ZUFRIEDEN MIT MEINER OUTFIT-WAHL – graue Jeans und ein einfarbiges, marineblaues T-Shirt – kein Outfit, für das man zehn Minuten hätte brauchen sollen – schnappte ich mir meine Schlüssel und einen leichten Pullover, streichelte Max über den Kopf und stürmte die Treppe hinunter in die warme Abendluft.

Seit ich gehört hatte, dass H. M. Stuart im Novel Gossip vorbeischauen würde, war ich voller nervöser Aufregung. Er war bekannt dafür, sehr zurückgezogen zu leben. Nachdem ich das erste Buch der neuen Reihe verschlungen hatte, googelte ich ihn und die Biografie auf der Website seines Verlags lautete einfach: „H. M. Stuart gehört den Fantasy-Literaturschaffenden New York Citys an." Keine sozialen Medien. Keine Autoren-Website. Nichts. Es war heutzutage sehr ungewöhnlich, dass Autoren nicht in den sozialen Medien präsent waren.

Ben war – völlig zu Recht – davon ausgegangen, dass ich mich freuen würde, meinen Lieblingsautor persönlich kennenzulernen, als die Agentin angerufen hatte, und hatte zugestimmt, die Lieferung in meinem Namen anzunehmen. In der E-Mail, die Ben mir geschickt hatte und die in dem Berg ungelesener E-Mails, der sich in den letzten Tagen angesammelt hatte, untergegangen war, stand, dass die Agentin darum gebeten hatte, alle Informationen über H. M. Stuart vertraulich zu behandeln und nicht öffentlich bekannt zu machen, dass H. M. Stuart in Sapphire Springs zu Gast war. Diese Bitte hatte mein Interesse an ihm nur noch verstärkt.

Als ich mit dem Lieferservice telefoniert hatte, hatte er mir gesagt, dass die Abholung für Freitagnachmittag geplant sei, sodass meine Begegnung mit meinem Lieblingsautor unmittelbar bevorstand. Irgendwann in den nächsten zwei Tagen würde H. M. Stuart das Novel Gossip mit seiner Anwesenheit beehren.

Das Hochgefühl, das mich bei dieser Nachricht überkam, hatte mich sogar dazu ermutigt, Hannah heute Abend einzuladen. Ich war den ganzen Tag hin- und hergerissen gewesen, ob es eine gute Idee war oder nicht, vor allem nach der unbeabsichtigt intimen Lektion im Kaffeekochen. Jetzt war ich froh, dass ich es getan hatte.

Ich ging die Main Street entlang und überlegte, was ich H. M. Stuart wohl Intelligentes fragen könnte. Ich hoffte, dass er sich nicht als Mistkerl herausstellen würde. Aber ich bezweifelte es, so einfühlsam und scharfsinnig, wie seine Charaktere beschrieben waren.

Als ich das Ende der Main Street erreichte und zum Dockside Park hinüberging, gab ich das Brainstorming von Diskussionsthemen auf und nahm stattdessen die Szene vor mir in mich auf. Die Abendsonne war noch stark genug, um den Hudson River zum Funkeln zu bringen und die Hügel auf der anderen Seite in goldenes Licht zu tauchen. Der grasbewachsene Park war saftig grün. Ich hielt inne, als ich den Bereich entdeckte, der für den Filmabend hergerichtet worden war. *Hm. Das ist viel schicker, als ich erwartet hatte.*

Jenny hatte vorgeschlagen, dass wir hingehen, und Tickets für uns gekauft, und Blake hatte mir in typischer Manier nur gesagt, dass es eine Open-Air-Kinonacht mit Essen inklusive sei. Sie war sich nicht einmal sicher gewesen, welcher Film gezeigt werden würde. Aus irgendeinem Grund war ich davon ausgegangen, dass wir auf Picknickdecken sitzen und Popcorn, Pizza und billigen Wein genießen würden. Ich war zwar überrascht, dass die Tickets 80 Dollar pro Stück kosteten, aber dies war die erste Open-Air-Filmnacht in Sapphire Springs seit Menschengedenken, und ich wollte lokale Initiativen unterstützen, also hatte ich das Geld ohne viel darüber nachzudenken ausgegeben.

Jetzt war mir klar, warum die Tickets so teuer waren. In der Nähe des Flusses war eine große Leinwand aufgebaut. Davor standen Reihen kleiner runder Tische, die mit knackig weißen Tischdecken gedeckt waren und in deren Mitte Kerzen standen. An jedem Tisch standen zwei Stühle nebeneinander, mit Blick auf die Leinwand. Ich zählte vier Gabeln und vier Messer an jedem gedeckten Tisch. Ich zog die Augenbrauen hoch. Es sah so aus, als würden wir statt Popcorn und Pizza ein schickes Vier-Gänge-Menü bekommen. Eine Menge Einheimischer liefen herum und unterhielten sich, während sie darauf warteten, dass man sie an einen Tisch führte.

„George!" Ich drehte mich um und sah Jenny und Blake Hand in Hand auf mich zukommen. Jenny, in einem leuchtend roten Jumpsuit und mit offenem langen, blonden Haar, sah der Influencerin, die sie einmal gewesen war, sehr ähnlich. Blake trug eine marineblaue Chino-Hose und ein weißes T-Shirt. Sie wirkten glücklich und entspannt. Ich grinste. Ich war so froh, dass sie einander gefunden hatten. Als ich sie kürzlich zusammen gesehen hatte, hatte ich darüber nachgedacht, ob ich mich selbst auch wieder auf ein paar Dates einlassen sollte, aber ich hatte so viel zu tun, dass ich nicht einmal Zeit hatte, mich damit zu befassen, geschweige denn, mich mit jemandem zu verabreden.

„Hallo!", begrüßte ich die beiden mit einer Umarmung. „Danke, dass du das organisiert hast. Es sieht unglaublich aus."

Jenny lächelte. „Ich kann es kaum erwarten! Als ich gestern Abend gearbeitet habe, hat Sam mir von den Cocktails im Stil der 1980er-Jahre erzählt, die sie passend zum Essen kreiert hat, und sie klingen fantastisch."

„Oh, toll!" Okay, das würde *viel* schicker werden, als ich erwartet hatte. Sam, die Barkeeperin im River's Edge, dem besten Restaurant in Sapphire Spring, mixte tolle Cocktails, und ich nahm an, da sie hier war, würde das River's Edge auch das Essen zubereiten.

Olivia und Amanda näherten sich in der Ferne, und ich winkte sie zu uns.

„Wow! Das ist ja unglaublich. Das wäre die perfekte Verabredung. Nächstes Mal bringe ich Peter mit", rief Amanda, als sie sich uns anschlossen. Es war Amandas Hochzeit mit Peter im letzten Jahr, bei der Jenny und Blake zusammengekommen waren.

Ein unbehagliches Gefühl, dessen Ursprung ich nicht zuordnen konnte, überkam mich, aber ich schob es beiseite.

„Und hier kommt Hannah", bemerkte Olivia und nickte in Richtung Main Street.

Mein Herzschlag beschleunigte sich, als mein Blick auf Hannah fiel, die in dunkelblauen Shorts, die auf halber Oberschenkellänge endeten, einer weißen, kurzärmeligen Bluse und weißen Turnschuhen auf uns zukam. Sie trug ihr

Haar, das sie heute zur Arbeit zusammengebunden hatte, jetzt offen. Sie sah umwerfend aus. *Verdammt. Sie könnte ein Model für J. Crew sein.*

Hannah strich sich eine Haarsträhne hinters Ohr, während sie die wachsende Menge absuchte. Als sie uns entdeckte, breitete sich ein Grinsen auf ihrem Gesicht aus und sie schlenderte herüber. Ich konzentrierte mich darauf, langsam zu atmen, um meinen Herzschlag zu beruhigen.

Ich hatte sie gerade allen vorgestellt, als der Besitzer des River's Edge, der neben der großen Leinwand stand, anfing, in ein Mikrofon zu sprechen. „Wenn sich bitte alle setzen würden, wir beginnen in Kürze mit der Veranstaltung. Die Plätze sind zugewiesen. Bitte entnehmen Sie die Sitzplatznummer Ihrem Ticket."

Jenny zog die Eintrittskarten aus der Gesäßtasche ihres Jumpsuits und begann, sie zu verteilen. Das Unbehagen, das ich zuvor ignoriert hatte, kehrte zurück, und diesmal war der Grund dafür klar. Wie Amanda bemerkt hatte, sah die gesamte Einrichtung – weiße Tischdecken, Kerzen, zwei Stühle nebeneinander – sehr nach einer Verabredung aus. Es fehlten nur noch Rosenblätter und es könnte eine Veranstaltung zum Valentinstag sein. Und da ich die einzige Person war, die Hannah wirklich kannte, war es natürlich sinnvoll, dass wir zusammensaßen. Wäre es Ben gewesen, hätte ich nicht weiter darüber nachgedacht – außer vielleicht, dass ich mit ihm darüber hätte lachen können. Aber bei Hannah war das anders.

In den letzten zwei Tagen war mein Blick, wann immer ich einen freien Moment hatte, in ihre Richtung gewandert. Ich hatte beobachtet, wie sie freundlich mit den Kunden umging, effizient Essen und Getränke servierte und abräumte und leidenschaftlich über Bücher sprach, wobei ihr ganzes Gesicht vor Aufregung erstrahlte. Es hatte keinen Sinn, zu leugnen, dass ich mich zu ihr hingezogen fühlte. Aber sie war auch meine Angestellte, und sie war verheiratet. Zwei sehr gute Gründe, warum es nicht zu mehr kommen konnte. Und auch zwei Gründe, warum es alles andere als ideal war, unter romantischen Date-Night-Bedingungen nebeneinanderzusitzen.

Das Positive daran war, dass ich sie so zumindest besser kennenlernen konnte. Sie hatte mir gestern Abend ihre Unterlagen geschickt, und in ihrem Lebenslauf gab es eine lange, unerklärliche Lücke. Die letzte Stelle, die sie angegeben hatte, war vor sechs Jahren in einem französischen Café im West Village gewesen. Ich wusste, dass Menschen aus allen möglichen Gründen eine Auszeit von der Arbeit nahmen, und ich wollte nicht neugierig sein, vor allem, weil es in den zwei Tagen, in denen sie mit mir gearbeitet hatte, keine Warnsignale gegeben hatte. Und ehrlich gesagt konnte ich zu diesem Zeitpunkt nicht allzu wählerisch sein. Aber es weckte meine Neugier.

Hannah hatte auch in ihrem Bachelor-Abschluss in Anglistik an der Universität von New York Bestnoten erhalten und ihr Studium mit summa cum laude abgeschlossen. Es überraschte mich, dass sie mit diesen Ergebnissen und der Arbeitsmoral, die sie dafür aufbringen musste, sowie den Studienkrediten, die sie aufgenommen haben musste, ihren Abschluss nicht besser nutzte. Ich schüttelte innerlich den Kopf. *Ähm, du nutzt deinen Abschluss in Informatik auch nicht. Schon vergessen, George? Vielleicht hat sie sich, genau wie du, entschieden, dass sie nicht im Unternehmensleben arbeiten möchte.* Oder vielleicht war ihr Ehemann stinkreich oder sie hatte einen Treuhandfonds und musste nicht arbeiten. Oder sie hatte Kinder und hatte sich eine Auszeit von der bezahlten Arbeit genommen, um sich um sie zu kümmern. Was auch immer der Grund war, meine neueste Mitarbeiterin faszinierte mich.

Jenny räusperte sich. „George, das ist deine Karte. Ich dachte mir, dass du und Hannah zusammensitzen wollt."

Mir wurde heiß, als ich meine Hand ausstreckte. Wie erwartet würden Hannah und ich uns für den Abend einen intimen Zweiertisch teilen.

Ich schluckte und versuchte, die Schmetterlinge in meinem Bauch zu ignorieren.

„Nun, sollen wir rübergehen?", fragte ich Hannah.

„Klar", antwortete sie.

Als wir uns umdrehten, glaubte ich, zu sehen, wie Hannahs Augen sich weiteten, als sie die Szene vor uns aufnahm.

„Gibt es diese Filmabende oft?", fragte Hannah, als wir auf unseren Tisch zugingen.

„Nein", grinste ich. „Tatsächlich ist dies der erste Filmabend im Freien in Sapphire Springs. Wir schreiben heute Abend ein Stück Geschichte."

Hannahs Mund zuckte amüsiert. „Nun, ich fühle mich sehr privilegiert, zu diesem bedeutsamen Anlass eingeladen zu sein."

Wir erreichten unsere zugewiesenen Tische und ohne nachzudenken, zog ich Hannahs Stuhl heraus und stellte mich dahinter.

Hannah warf mir einen amüsierten Blick zu und zog die rechte Augenbraue hoch.

Ich blinzelte, kam zur Besinnung und trat zurück, während mein Gesicht vor Verlegenheit brannte. *Mein Gott, George. Du machst dir zu viele Gedanken darüber, dass sich das wie ein Date anfühlt, und dann wirst du plötzlich ganz galant zu ihr. Wir sind nicht in den 1950er-Jahren.*

Was war nur in mich gefahren? Hannah war mehr als fähig, sich selbst auf einen Stuhl zu setzen.

Anstatt sich zu setzen, trat Hannah an meinen Stuhl und zog ihn mit einer schwungvollen Bewegung heraus. „Madame", sagte sie und bedeutete mir, mich zu setzen.

Sie schaute mir einen Moment lang funkelnd in die Augen und dann brachen wir in Gelächter aus. Die Feministin in mir schätzte Hannahs Reaktion, und ich fand es toll, wie sie die ganze Situation in einen Witz verwandelte.

Wenn ich mein untypisch galantes Verhalten unter Kontrolle halten könnte, würden die nächsten Stunden vielleicht nicht so unangenehm werden, wie ich befürchtet hatte.

9

—————

HANNAH

„DAS IST SO ..." Ich biss mir fest auf die Zunge und suchte verzweifelt nach einem Wort, das *„romantisch"* ersetzen konnte, was mir fast herausgerutscht wäre. „Süß", entschied ich mich schließlich und zuckte zusammen. Na ja, wenigstens war es besser als romantisch.

Von unserem Platz im Dockside Park aus hatten wir einen atemberaubenden Blick auf den Sonnenuntergang. Die Schäfchenwolken waren vom Abendlicht rot und golden gefärbt, und dieselben leuchtenden Farben spiegelten sich auf dem Hudson River wider. Ich nahm einen großen Schluck von meinem köstlichen Piña colada, der sich viel zu leicht trinken ließ. Dazu gab es einen Shrimp-Cocktail, der genauso lecker war, aber nicht viel Alkohol absorbierte. Ein angenehmes, warmes Kribbeln breitete sich in meinem Körper aus. Ich hatte seit Monaten keinen Alkohol mehr getrunken. Ich hatte mich so elend gefühlt, dass ich befürchtet hatte, der Alkohol würde mich nur noch weiter in den Abgrund ziehen, aber an einem wunderschönen warmen Abend wie heute, in meiner neuen Heimatstadt, meilenweit entfernt von Tania und New York, und mit meiner neuen Fast-Freundin-und-Chefin neben mir, war ich in der Stimmung, mich gehen zu lassen. Die einzige graue Wolke, die über meinem Kopf schwebte, war die Tatsache, dass ich George irgendwann heute Abend von meinem Pseudonym erzählen musste.

„Ja. Tut mir leid, ich wusste nicht, dass die Sitzordnung so aussehen würde. Das ist nicht gerade förderlich, um alle kennenzulernen." George sah sich um. Amanda und Olivia saßen an einem Tisch zu unserer Linken, während Blake und Jenny direkt hinter uns saßen. Ich war mir jetzt ziemlich sicher, dass George und Olivia nicht zusammen waren. Wenn sie es wären, hätten sie sich sicherlich einen Tisch geteilt. Diese Erkenntnis hatte mich lächerlicherweise in eine noch bessere Stimmung versetzt als zuvor. Ich war auch begeistert, dass Jenny und Blake eindeutig ein Paar waren und sich nicht scheuten, in der Öffentlichkeit Händchen zu halten. Das war ein gutes Zeichen dafür, dass Sapphire Springs LSBTIQ-freundlich war. *Und vielleicht unterstützt es deine Hypothese, dass George auch lesbisch ist – queere Schwingungen, queere Bücher, queere Freunde ...* ich unterbrach diesen Gedankengang abrupt.

„Wenn der Film nicht zu spät endet, dachten wir, wir könnten danach noch schnell etwas im Builders' Arms trinken gehen, wenn du Lust hast", fuhr George fort.

Ich nickte. „Das wäre schön." George zu erzählen, wer ich war, konnte bis später am Abend warten. Im Moment wollte ich einfach nur den schönen Abend genießen. Vielleicht konnte ich ihr im Pub mein Geständnis machen. „Hey, ich habe vergessen zu fragen. Weißt du, welcher Film gezeigt wird?"

George lachte. „Tut mir leid, nein. Ich habe alle Informationen dazu von Blake, die bekanntermaßen schlecht mit Details ist. Ich hätte wahrscheinlich Jenny fragen sollen.

Ich denke, wenn er schrecklich ist, können wir immer noch gehen, nachdem wir gegessen haben."

Der Veranstalter kündigte an, dass der Film beginnen würde, sobald es dunkel war. George und ich hatten also noch etwas Zeit zusammen, nur wir beide, ohne einen Film, der uns ablenken würde. Nur ich und meine ausgesprochen attraktive Chefin. Ich schluckte.

George stupste mich an. „Was denkst du, ist ihr Hintergrund?"

Sie deutete mit dem Kopf auf einen Mann in den Vierzigern mit grauem Haar, der ein weißes Hemd und eine hellbraune Chino-Hose trug, und auf eine hübsche Frau in den Zwanzigern mit braunen Haaren und einem geblümten Kleid. Ich lächelte. Geschichten über Fremde zu erfinden, war eines meiner Lieblingsspiele. Ich fand es toll, dass George damit angefangen hatte. Ich beugte mich vor, um besser sehen zu können, und berührte dabei versehentlich Georges Schulter, sodass mein Arm an der Stelle kribbelte, an der wir uns berührt hatten. *Konzentrier dich, Hannah.*

„Er ist ein Banker, der an der Wall Street arbeitet, und sie ist seine dritte Frau", erklärte ich selbstsicher. „Er arbeitet seit Monaten an allen Wochenenden – wahrscheinlich hat er eine Affäre mit seiner baldigen vierten Frau – und sie hat ihm die Leviten gelesen und darauf bestanden, dass sie einen romantischen Ausflug nach Sapphire Springs machen."

George lachte leise. „Tatsächlich sind das Mark, der die Eisdiele betreibt, und seine Tochter Kim, die in den Ferien aus Princeton hier ist, wo sie Jura studiert."

Ich funkelte sie lachend an. „Hey! So läuft das Spiel aber nicht. Du musst mit mir wilde Spekulationen anstellen, nicht wissen, wer sie wirklich sind."

George sah mir grinsend in die Augen, und mir lief ein

kleiner Schauer über den Rücken. „Ich finde, so macht es mehr Spaß, da ich genau weiß, wie falsch du liegst."

„Hmmm." Ich musterte George mit gespielter Missbilligung. „Was ist mit dem Paar?" Ich nickte zu einem süßen, grauhaarigen Pärchen in den Siebzigern hinüber. Sie hatten Händchen gehalten, bis das Essen gekommen war, und unterhielten sich jetzt, während sie aßen. „Ich würde sagen, sie waren schon als Jugendliche ein Paar. Sie haben sich am ersten Tag an der Highschool kennengelernt, sich unsterblich ineinander verliebt und haben mit achtzehn geheiratet. Sie haben definitiv mindestens drei Kinder."

George schnaubte. „Das sind Roger und Prue. Sie sind letztes Jahr offiziell zusammengekommen – nach einer skandalösen Affäre, über die im *Novel Gossip viel* getratscht wurde. Aber sie *sind* wahnsinnig verliebt und haben drei Kinder ... jeweils, aber mit anderen Partnern."

Ich lachte. „Autsch, zweiter Fehlschlag. Ich bin nicht sonderlich gut darin. Gibt es hier Paare, die du *nicht kennst?*"

George hielt inne und musterte die Menge. „Die Männer dort drüben. Das müssen Auswärtige sein."

Sie nickte in die Richtung zweier Männer, die an einem Tisch in der Nähe des Flusses saßen und Bermudashorts und Polohemden trugen. Beide schauten auf das Handy eines der Männer.

Ich sah sie lächelnd an. „Nun, was denkst du? Was ist ihr Hintergrund?"

„Auf jeden Fall ein Pärchen. Sie haben sich an der Columbia als Studenten kennengelernt ..." George runzelte die Stirn und konzentrierte sich auf sie, als könnte sie durch sie hindurchsehen und ihre Diplome erkennen, wenn sie nur fest genug hinsah. „Ein Wirtschaftsdiplom. Sie überlegen, ein zweites Haus in Sapphire Springs als Wochenenddomizil zu kaufen, wollen aber erst noch etwas Zeit hier verbringen.“

„Ist das dein Ernst?“ Ich lachte und schüttelte den Kopf.

„Was?“ George starrte mich an.

„Bist du sicher, dass du sie noch nie gesehen oder zumindest von ihnen gehört hast?“

„Absolut. Warum?“

„Weil sie heute in der *Mittagspause im Novel Gossip waren. Ich habe* ihnen Kaffee zum Mitnehmen gemacht und mich mit ihnen unterhalten. Sie leben und arbeiten in Manhattan und suchen hier ein zweites Zuhause. Ich weiß nicht, wo sie studiert haben, aber sie arbeiten im Finanzwesen und ich wäre überhaupt nicht überrascht, wenn sie die Columbia Universität besucht hätten.“

George grinste, sichtlich sehr zufrieden mit sich selbst.

Während wir uns abwechselten, immer lächerlichere Geschichten über die Menschen um uns herum zu erzählen, fragte ich mich unwillkürlich: Wenn jemand dasselbe Spiel über uns spielen würde, was würde er sagen?

Ich hatte schon lange keine richtige Verabredung mehr gehabt. In den letzten Jahren hatten Tania und ich den Dreh nicht mehr rausbekommen. Sie hatte oft bis spät in die Nacht gearbeitet – obwohl ich jetzt wusste, dass das nicht immer der Fall gewesen war – und wenn wir ausgegangen waren, dann meistens mit unseren Freunden. Aber obwohl ich wusste, dass dieser Abend definitiv keine Verabredung war, kam es mir trotzdem so vor. Wie eine schöne Verabredung.

„Was ist mit denen?“ George nickte dem Paar direkt vor uns zu, das die Hände nicht voneinander lassen konnte.

Ich schaute sie mir genauer an. „Sie haben sich letzte Woche im Gemischtwarenladen kennengelernt, als sie beide nach derselben Dose Bohnen griffen, und ihre Chemie war explosiv. Sie gehen heute das dritte Mal miteinander aus und hoffen, heute Abend endlich gemeinsam im Bett zu landen."

„Fehlanzeige!", erklärte George mit leiser Singsangstimme. „Sie sind schon so lange verheiratet, wie ich sie kenne, und haben einen seltenen Abend ohne ihre Kinder."

Ich lachte. „Okay, ich bin offiziell schlecht in diesem Spiel."

Während wir sie anstarrten, trieben es die beiden mit ihrer öffentlichen Zurschaustellung ihrer Zuneigung auf die Spitze, indem sie sich unter die Oberteile fassten und Zungenküsse austauschten. Die Sonne war fast hinter den Bergen verschwunden, aber es war immer noch hell genug, um genau zu sehen, was vor sich ging. Wir schauten weg, um ihnen etwas Privatsphäre zu gönnen, und tauschten amüsierte Blicke aus. Ein Kribbeln lief mir den Rücken hinunter.

„Meine Güte!", kicherte George. „Ich meine, ich möchte, dass sie ihren Abend genießen, aber der Film hat noch nicht einmal angefangen!" Sie zog ein halb grinsendes, halb gequältes Gesicht. „Wenn ich gewusst hätte, dass es so romantisch werden würde, hätte ich deinem Mann vorgeschlagen, mein Ticket zu nehmen."

„Meinem Mann?" Ich starrte George verwirrt an. „Ich bin Single. Na ja, getrennt – ich bin dabei, mich scheiden zu lassen. Von meiner baldigen Ex-Frau." Hitze stieg mir ins Gesicht. *Das ist keine sehr subtile Art, George wissen zu lassen, dass ich auf Frauen stehe.*

George erstarrte für einen Moment und runzelte dann die Stirn.

Mein Herz schlug mir bis zum Hals, als mir die Erkenntnis kam. *Mist. Hatte Ben George gegenüber erwähnt, dass die Frau, die auf der Suche nach einem Job war, verheiratet war?*

„Oh, tut mir leid. Ich muss das missverstanden haben", erklärte George nach einer peinlichen Pause.

Zu meiner Erleichterung begann Musik zu spielen und ein Bild blitzte auf dem Bildschirm auf. Was erwartete uns heute Abend?

Wet Hot American Summer.

Mir wurde flau im Magen. Nach meiner Erinnerung an diesen Film, den ich vor Jahren gesehen hatte, war das nichts, was man sich mit seiner hinreißenden Chefin ansehen sollte.

10

GEORGE

ICH VERFLUCHTE BLAKE. Hätte sie mir gesagt, dass der Film, den wir uns ansehen würden, von geilen Teenagern handelte, hätte ich meine neue Mitarbeiterin nicht eingeladen. Meine neue Mitarbeiterin, von der ich gerade erfahren hatte, dass sie Single und an Frauen interessiert war.

Während ich den Hauptgang, Beef Wellington, zusammen mit einem Amaretto und Whiskey Sour genoss, konnte ich nicht anders, als Hannah immer wieder verstohlene Blicke zuzuwerfen und bei jeder sexuellen Anspielung im Film heftig zu erröten. Gott sei Dank war die Sonne untergegangen, sodass Hannah nichts davon sehen konnte. Allerdings würde es mich angesichts der Röte, die mir in die Wangen gestiegen war, nicht überraschen, wenn sie im Dunkeln leuchteten. Das erinnerte mich an die Verlegenheit, die ich als Kind bei jedem Anflug von Sex in einem Film verspürt hatte, den ich mit meinen Eltern ansah. Ich wusste, dass ich mich lächerlich machte, dass Hannah und ich beide erwachsen waren und dass Sex absolut nichts war, wofür man sich schämen musste. Aber die romantische

Kulisse, Hannahs unmittelbare Nähe, ihr Status als Tabu und möglicherweise auch die zwei Cocktails, die ich in der letzten Stunde getrunken hatte, machten mich besonders empfindlich gegenüber jeglichen Anspielungen auf Sex. Die Tatsache, dass wir uns vor Beginn des Films blendend verstanden hatten, war auch nicht gerade hilfreich.

Hannahs Bein streifte meines und sandte ein Kribbeln in meinem Oberschenkel hinauf. Sosehr ein Teil von mir sich danach sehnte, diesen Kontakt aufrechtzuerhalten, zog ich mein Bein zurück.

Als der Abspann endlich begann, entspannte sich mein Körper. *Gott sei Dank.*

Ich zog mein Handy aus der Tasche, um die Uhrzeit zu überprüfen, und entdeckte eine Nachricht von Ben.

> Fühle mich heute viel besser. Ich denke, ich komme morgen oder Freitag wieder.

Ich atmete erleichtert aus. Während Hannah und ich gerade so zurechtgekommen waren, würde es einen großen Unterschied machen, Ben wieder bei uns zu haben. Außerdem musste ich Hannah bald einen freien Tag geben. Sie stand kurz davor, ihren dritten langen Tag in Folge zu arbeiten, und ich wollte nicht, dass sie sich überlastete. Nun, da mir diese Last von den Schultern genommen war, steckte ich mein Handy weg.

Hannah hob ihre Tasche vom Boden auf und wir standen beide gleichzeitig auf.

„Die Cocktails und das Essen waren unglaublich", erklärte Hannah. „Vor allem das Beef Wellington. Ich glaube nicht, dass ich das schon einmal gegessen habe, aber es war köstlich. Ich verstehe nicht, warum es nach den 1980er-Jahren an Beliebtheit verloren hat."

Ich musste lachen. „Stimmt. Es gibt viele Dinge aus den

8oern, die es verdient hätten, nie wieder das Licht der Welt zu erblicken – Vokuhilas, Klapparmbänder und Fast-Food-Buffets, um nur einige zu nennen – aber das Beef Wellington gehört nicht dazu."

Hannah lachte. „Ich persönlich habe nichts gegen eine gute Vokuhila-Frisur. Sie sind sehr praktisch, wenn man darüber nachdenkt. Sie halten die Haare aus den Augen und schützen den Nacken vor Sonnenbrand." Ich warf ihr einen entsetzten Blick zu. „Schau, ich akzeptiere, dass Vokuhilas umstritten sind. Aber ich kann nicht verstehen, warum jemand etwas gegen Beef Wellington haben sollte. Zartes Rindfleisch, zart schmelzende Pilze, frische Kräuter und eine buttrige, knusprige Kruste. Vielleicht solltest du es als Teil einer Kampagne zur Wiedereinführung von Beef Wellington auf die Speisekarte des Novel Gossips setzen", schlug Hannah vor. Obwohl Hannahs Gesicht nur wenige Zentimeter von meinem entfernt war, konnte ich ihren Gesichtsausdruck im Dunkeln nicht erkennen. Dem spielerischen Ton ihrer Stimme nach zu urteilen, genoss sie unseren Austausch jedoch genauso sehr wie ich.

„Ich werde mit Romina sprechen und sehen, was wir tun können, um dieses wichtige Anliegen zu unterstützen", erwiderte ich und versuchte mein Bestes, um einen ernsten Tonfall beizubehalten.

„Wenn du das tust, verspreche ich, jedem Kunden, der zuhört, davon vorzuschwärmen."

Ich grinste. „Abgemacht. Vielleicht können wir gemeinsam das Schicksal des Beef Wellington wenden und ihm wieder seinen rechtmäßigen Platz auf den Speisekarten im ganzen Land verschaffen."

Im schwachen Licht sah ich, wie Hannah ihre Tasche über die Schulter schwang. „Wo wir gerade beim Thema 8oer-Jahre-Revivals sind, können wir auch die Gürteltasche zurückbringen? Ich verstehe nicht, warum sie so einen schlechten Ruf hat. Die Art und Weise, wie man alles sicher in Reichweite hat, ist einfach so praktisch. Und man muss sich keine Sorgen machen, sie zu vergessen, weil sie immer an einem befestigt ist."

„Ich bin voll und ganz dafür, die Gürteltasche wiederzubeleben, aber wir sollten uns nicht übernehmen. Wir können nicht alles auf einmal retten."

„Na gut! Wir nehmen uns einfach einen 8oer-Jahre-Trend nach dem anderen vor", erwiderte Hannah.

„Hey! Wollt ihr noch schnell etwas im Builders' Arms trinken gehen?", fragte Jenny von hinten.

Plötzlich wurde mir bewusst, wie nah wir beieinanderstanden, und ich trat einen Schritt zurück, wobei ich fast meinen Stuhl umwarf. Eine weitere Hitzewelle stieg mir in die Wangen. *Sehr geschickt, George.*

„Ich bin dabei", bemerkte ich. Ich drehte mich zu Hannah um. „Möchtest du mitkommen?"

Mein Puls beschleunigte sich, während ich auf ihre Antwort wartete.

„Klar. Das klingt toll", erklärte Hannah nach einer Pause.

Ich atmete aus und lächelte in die Dunkelheit. Ich wollte nicht, dass unser gemeinsamer Abend schon zu Ende war.

―――――

„HANNAH SCHEINT NETT ZU SEIN", bemerkte Blake und lehnte sich an die Bar im Builders' Arms, während wir darauf warteten, dass Dan, der Besitzer, einen anderen Kunden bediente. Die Kneipe war voller Anwohner, darunter einige, die den Filmabend besucht hatten.

Das männliche Paar aus Manhattan saß an einem runden, hohen Tisch neben einem der vorderen Fenster und nippte an Rotwein, und Roger und Prue saßen an einem kleinen Tisch in der hinteren Ecke und tranken etwas, das aussah wie Whiskey pur.

Ich warf Blake einen Blick zu. War ihr Tonfall vielsagend oder bildete ich mir das nur ein?

„Ja", erwiderte ich und versuchte, meine Stimme möglichst gelassen klingen zu lassen.

Blake warf mir einen Blick zu und dann einen zu Hannah, die mit Amanda, Jenny und Olivia an einem der rustikalen Holztische im hinteren Teil des Pubs saß. *Okay, dieser Blick hatte definitiv eine Bedeutung.* Ich bildete mir das nicht nur ein.

„Was?", fragte ich.

„Nichts. Hast du gesagt, dass sie verheiratet ist?"

„Das habe ich gesagt, aber ich muss Ben missverstanden haben. Anscheinend ist sie Single. Nun ja, sie lässt sich scheiden. Von einer Frau."

Blake zog überrascht die Augenbrauen hoch.

Hannahs Enthüllung über ihren Familienstand hatte eine Welle der Aufregung, gemischt mit Verwirrung, durch meinen Körper geschickt. Während die Verwirrung durchaus begründet war – ich hätte schwören können, dass Ben gesagt hatte, sie hätte einen Ehemann –, war die Aufregung unbegründet. Sie war eine Angestellte und daher tabu, was Beziehungen anging.

„Okay, großartig." Blake lächelte, ein Ausdruck, der auf ihrem Gesicht nur als verschlagen beschrieben werden konnte.

Ich verdrehte die Augen. Blake konnte manchmal unglaublich wortkarg sein. „Komm schon, spuck es aus. Warum stellst du all diese Fragen über Hannah?"

Blake grinste. „Jenny und ich haben bemerkt, dass ihr zwei euch sehr gut zu verstehen scheint. Wir haben ein paar verstohlene Blicke und augenzwinkernde Anspielungen mitbekommen." Blake verzog das Gesicht zu einem übertriebenen Zwinkern, worüber ich lachen musste. „Wenn wir es nicht besser wüssten, hätten wir gedacht, dass ihr zwei eine Verabredung habt."

Ich schüttelte den Kopf. „Da läuft nichts. Der einzige Grund, warum es so aussah, als wären wir verabredet, ist der, dass wir an einem intimen Zweiertisch saßen und einen Film mit der Altersfreigabe R für starken sexuellen Inhalt angeschaut haben – eine Tatsache, vor der *du* mich nicht gewarnt hast." Trotz meiner Worte stieg ein leichtes Kribbeln in meiner Brust auf, als ich hörte, dass Blake und Jenny gespürt hatten, dass zwischen uns die Chemie stimmte.

Blake lächelte entschuldigend. „Das tut mir leid. Wir wussten wirklich nicht, dass dieser Abend so aussehen würde. Aber um ehrlich zu sein, tut es mir nicht sehr leid. Es sah so aus, als hättet ihr beide den Abend genossen." Sie hielt inne und schaute mich aufmerksam an. „Ich glaube nicht, dass ich schon jemals miterlebt habe, wie du jemanden so ansiehst."

Hannahs Lachen ertönte und ich konnte nicht anders, als zu ihr hinüberzuschauen. Sie redete lebhaft über etwas und ihre Augen funkelten. Es war nicht zu leugnen, dass ich mich zu ihr hingezogen fühlte. Sie war nicht nur wunderschön, sondern auch witzig und süß und es war so einfach, mit ihr zu reden. Und ich hatte die Beziehung, die wir an diesem Abend aufgebaut hatten, wirklich genossen.

„Ich meine, sie scheint toll zu sein. Aber sie ist auch meine Angestellte, also kommt sie nicht infrage. Und außerdem ist die Arbeit im Moment so hektisch, dass ich keine Zeit für eine Beziehung habe."

Blake warf mir einen weiteren vorwurfsvollen Blick zu und ich bereute, etwas gesagt zu haben. Ich hätte einfach leugnen sollen, dass ich mich zu ihr hingezogen fühlte, und das Thema wechseln sollen, anstatt Gründe aufzuzählen, warum es eine schlechte Idee wäre, mit Hannah zusammen zu sein, und Blake damit zu signalisieren, dass ich über das Thema nachgedacht hatte.

Dan kam mit einem warmen Lächeln auf uns zu und wir bestellten unsere Getränke.

„Ich glaube nicht, dass es verboten ist, mit einer Mitarbeiterin auszugehen", bemerkte Blake, als Dan gegangen war. „Als ich im Krankenhaus gearbeitet habe, gab es viele Beziehungen zwischen leitenden und jüngeren Mitarbeitern. Solange du es richtig angehst, was du sicher tun würdest, ist es doch in Ordnung, oder?" Blake zog eine Augenbraue hoch.

„Ja, ich glaube nicht, dass es illegal ist. Aber mit Mitarbeitern auszugehen, ist ein Garant für eine Katastrophe. Es gibt ein massives Ungleichgewicht der Kräfte, was nicht gerade eine gute Grundlage für eine gesunde Beziehung ist. Es könnte auch unglaublich unangenehm werden, wenn es nicht klappt. Wer will schon jeden Tag mit seiner Ex zusammenarbeiten? Oder was ist, wenn ich den ersten Schritt mache und die Gefühle nicht erwidert werden? Es könnte mich – und das Novel Gossip – sexuellen Belästigungsvorwürfen aussetzen." Nachdem ich so hart daran gearbeitet hatte, das Novel Gossip zum Erfolg zu führen, wollte ich nichts tun, um das zu kompromittieren.

Blake runzelte die Stirn. „Ich kenne sie nicht, aber nach dem, was du gesagt hast, ist sie vernünftig, klug und freundlich, sodass mir das alles ziemlich unwahrscheinlich erscheint. Und obwohl ich sie nicht kenne, kenne ich dich, und ich weiß, dass du dich im Falle einer Trennung anständig verhalten und deine Machtstellung nicht ausnutzen würdest."

„*Du* weißt das vielleicht, aber Hannah weiß es vielleicht nicht, und das ist das Wichtigste. Sie könnte Bedenken haben, mit mir Schluss zu machen, aus Angst, ihren Job zu verlieren, selbst wenn die Sorge unbegründet wäre." Ich schüttelte entschieden den Kopf. „Nein, das ist eine Grenze, die ich nicht überschreiten möchte."

Dan stellte unsere Getränke vor uns ab und wir bezahlten.

„Ich will dich nicht zu etwas überreden, womit du dich nicht wohlfühlst, aber es wäre schade, die Möglichkeit komplett auszuschließen, wenn du dich ernsthaft zu ihr hingezogen fühlst", erklärte Blake sanft.

Ich schüttelte den Kopf. „Ich habe diese Art von Machtgefälle im echten Leben bei meinen Eltern und dann mit Alexis erlebt. Vielleicht bin ich deswegen besonders empfindlich, aber aus gutem Grund."

Blake legte den Kopf schief und sah mich an. „Weil deine Mutter die Sekretärin deines Vaters war?"

Ich nickte. „Ihre Beziehung war so unglücklich. Ich habe mich immer gefragt, ob sie ihn verlassen hätte, wenn sie nicht auf ihn angewiesen gewesen wäre, um ihren Job zu behalten oder zumindest für Referenzen."

Blake runzelte die Stirn. „Aber wie passt Alexis da rein? Ich weiß, dass sie praktisch deine Chefin war, als du angefangen hast, dich ehrenamtlich für ihre Kampagne zu engagieren, aber ich dachte, als du mit ihr Schluss gemacht hast, warst du nicht mehr in der Kampagne und hast wieder im technischen Bereich gearbeitet?"

Mir wurde klar, dass Blake zwar von meiner Beziehung zu Alexis und von der App wusste, ich ihr aber nie erklärt hatte, wie eng sie miteinander verbunden gewesen waren.

„Das stimmt. Aber du kennst doch die App, die ich verkauft habe, mit der ich die Schulden meines Vaters begleichen und das Novel Gossip kaufen konnte?"

„Mmmh", sagte Blake, sichtlich verwirrt darüber, was das mit meiner Geschichte zu tun hatte.

„Nun, weil ich sie entwickelt habe, um Alexis bei der Basiskampagnenführung zu helfen, bestand das Technologieunternehmen darauf, als es mir das Angebot zum Kauf unterbreitete, dass Alexis einige Unterlagen unterschreibt, in denen sie alle Rechte daran abtritt."

Blake runzelte die Stirn. „Warum?"

„Weil ich sie entwickelt hatte, während ich als Freiwillige an ihrer Kampagne mitgearbeitet habe, hatten sie Angst, dass Alexis Rechte an der App geltend machen könnte, obwohl ich die ganze Arbeit in meiner Freizeit gemacht hatte."

Blake schüttelte den Kopf, die Stirn immer noch in Falten, und nahm einen Schluck von ihrem Drink.

„Es war schreckliches Timing", fuhr ich fort. „Nicht nur hatte ich gerade herausgefunden, dass Dad Mom bei seinem Tod einen Berg Schulden hinterlassen hatte und Moms Haus von der Zwangsvollstreckung bedroht war, sondern ich hatte auch gerade beschlossen, mit Alexis Schluss zu machen, als ich das Angebot von der Technologiefirma bekam."

Blake zuckte zusammen. „Scheiße."

„Ja", erklärte ich und machte eine Pause, um einen Schluck von meinem Bier zu trinken. „Ich wusste, dass ich mit Alexis Schluss machen musste, bevor ich sie bat, die Unterlagen zu unterschreiben. Andersherum wäre es hinterhältig gewesen. Aber als Moms finanzielle Zukunft auf dem Spiel stand, bekam ich Angst, dass Alexis vor Schmerz oder Wut ausflippen und sich weigern würde, die

Dokumente zu unterschreiben." Ich verzog das Gesicht bei der Erinnerung. Ich hatte solche Angst vor der ganzen Situation gehabt, dass ich angefangen hatte, eine Therapeutin aufzusuchen, der mir helfen sollte, das Ganze zu verarbeiten.

„Wie hat sie es aufgenommen? Ich nehme an, sie hat die Dokumente unterschrieben, da du ja die App verkauft hast?"

Ich presste meine Lippen zu einem schwachen Lächeln zusammen. „Ja, das hat sie. Sie war wirklich traurig über die Trennung, aber sie hat alles ohne zu zögern unterschrieben. Aber diese Zeit war eine der stressigsten meines ganzen Lebens. Ich schwor mir, mich nie wieder in eine ähnliche Lage zu bringen. Ich fände es auch schrecklich, wenn jemand anderes in dieser Lage wäre. So oder so, wenn es ein erhebliches Machtgefälle gibt, ist das kein guter Start für eine Beziehung."

Blake drehte sich mit einem sanfteren Gesichtsausdruck zu mir um. „Okay. Ich sage Jenny, dass sie sich nicht zu sehr freuen soll. Du weißt, wie stolz sie auf ihre Fähigkeiten als Kupplerin ist."

Ein Anflug von Enttäuschung durchfuhr mich. Ein Teil von mir hatte gehofft, dass Blake eine Lücke in meiner Argumentation finden und mich davon überzeugen würde, dass es keine schlechte Idee war, mit Hannah auszugehen.

In diesem Moment ertönte schallendes Gelächter, und wir wandten uns der Quelle zu. Hannah, Jenny, Amanda und Olivia lachten unkontrolliert und Tränen liefen ihnen über die Wangen.

„Sieht so aus, als würden wir etwas Lustiges verpassen. Sollen wir zurückgehen?", fragte Blake.

Ich nickte, unfähig, meinen Blick von Hannah abzuwenden, als wir mit unseren Getränken zum Tisch zurückkehrten. Zu sehen, wie gut sie sich mit meinen Freundinnen verstand, erfüllte mich mit Wärme. Hannah blickte lächelnd auf und sah mich an. Die Wärme wurde durch einen elektrischen Schlag ersetzt.

Ist das einer dieser langen Blicke, die Blake und Jenny beobachtet hatten? Könnte meine Anziehung zu ihr auf Gegenseitigkeit beruhen? Hoffnung keimte in meiner Brust auf.

Ich senkte den Blick und versuchte, das Gefühl abzuschütteln.

Reiß dich zusammen, George.

Wie du gerade Blake erklärt hast, ist Hannah tabu. Und das muss auch so bleiben.

11

HANNAH

„BIST DU SICHER, dass du allein nach Hause gehen kannst?", fragte George, als wir auf dem Bürgersteig vor dem Builders' Arms standen. Es war nach dreiundzwanzig Uhr, aber es war immer noch angenehm warm. Die altmodischen, gusseisernen Laternenpfähle, die die Main Street säumten, verbreiteten einen goldenen Schimmer und beleuchteten Georges Gesicht sanft.

„Ich komme schon klar. Es ist nicht sehr weit weg, und ich erinnere mich genau, dass mir jemand gesagt hat, dass Sapphire Springs nicht gerade für seine Kriminalitätsrate bekannt ist." Ich grinste.

George lachte. „Stimmt."

„Nochmals vielen Dank für die Einladung. Ich hatte einen schönen Abend. Alle sind sehr nett." Und das meinte ich auch so. Ich meinte es wirklich so. Die Verlegenheit über den Filmabend, der sich fast wie eine Verabredung angefühlt hatte, hatte sich im Laufe des Abends gelegt, möglicherweise aufgrund der Anzahl der Drinks, die ich konsumiert hatte, oder weil ich mich in Georges Gegenwart einfach rundum wohlfühlte. Ich war leicht beschwipst, und ob das an den Getränken, die ich getrunken oder an all dem Spaß lag, den ich gehabt hatte, wusste ich nicht genau. Für jemanden, der vorgehabt hatte, ein Einsiedlerleben zu führen, hatte ich es wirklich genossen, etwas mit George und ihren Freundinnen zu unternehmen. Jenny war kontaktfreudig und optimistisch. Blake wirkte anfangs etwas zurückhaltend, hatte aber einen bissigen Humor und stand George eindeutig sehr nahe – sie hatten an der Bar ein intensives Gespräch unter vier Augen geführt. Amanda war direkt und witzig, und Olivia, von der ich erfahren hatte, dass sie Blakes Schwester war, war sehr süß.

Und dann war da noch George. George, die im Schein der Straßenlaternen umwerfend aussah und in deren Augen Besorgnis lag. Je mehr Zeit ich mit ihr verbrachte, desto mehr mochte ich sie. Sie war warmherzig und bodenständig, hatte aber auch eine verspielte Seite, die an diesem Abend wirklich zum Vorschein gekommen war.

Entweder vom Alkohol oder vom Erfolg des Abends beschwingt, trat ich spontan vor und umarmte George. Einen Moment lang genoss ich die Wärme ihres Körpers, ihrem festen Oberkörper, die Wölbung ihrer Brust, die sich an meine presste, und ihren Duft – ein schwacher, holziger Duft. Mein Körper entspannte sich, als ich mich in ihren Armen fallen ließ und meine Augen schloss. Dann fiel mir ein, wen ich da umarmte. Meine heiße Chefin. Die keine Ahnung hatte, dass ich H. M. Stuart war. *Was zum Teufel machst du da, Hannah?*

Mit rasendem Puls löste ich mich und trat zurück. Und meine Wangen röteten sich. „Nun, ich gehe dann mal besser. Bis morgen!"

Ich schaffte es, unbeholfen zu winken, wandte mich um und ging schnell von George weg.

Die Röte in meinen Wangen verschwand, als ich die

Hauptstraße entlangging. Es gab kein Gesetz, das es verbot, seine Chefin freundlich zu umarmen. Nun, zumindest ging ich davon aus, dass es keines gab. Es war in Ordnung. Manche Menschen umarmten andere einfach gerne, und das war für sie völlig normal. Ich war zwar normalerweise kein Umarmungstyp, aber das wusste George ja nicht.

Ich bog von der Main Street ab, immer noch mit George im Kopf. Ich lächelte, als ich mich an ihr Lob für mein Schreiben erinnerte, an die Tatsache, dass ihr gefiel, wie ich klassische Motive der Fantasy neu interpretierte, und meine starken weiblichen Charaktere. Wenn ich das nur für das Buch, an dem ich arbeiten sollte, nachstellen könnte, das Buch, bei dem ich absolut keine Fortschritte gemacht hatte. Der Schwung in meinem Gang ließ nach. Ich versuchte, das flaue Gefühl abzuschütteln, das der Gedanke an das Buch in mir auslöste.

Ich hatte auch heute Abend nicht den Mut gefunden, George zu sagen, dass ich H. M. Stuart war. Ich hatte es zu Beginn des Abends aufgeschoben, weil ich befürchtete, den Abend zu ruinieren, und als der Film zu Ende war, fühlte ich mich zu beschwipst, um das Gespräch zu führen. Verdammt. Mir wurde noch flauer im Magen. *Mach dir heute Abend keine Sorgen, Hannah. Es ist zu spät, um jetzt noch etwas zu tun, und Sorgen bringen nichts.*

Ich befolgte den Rat meiner Therapeutin und konzentrierte mich stattdessen darauf, meine Umgebung wahrzunehmen: den Duft der Rosenbüsche, das Leuchten des Mondes hinter ein paar leichten Wolken und die sanfte Brise in meinem Gesicht.

Und dann wurde mir etwas klar. *Starke weibliche Charaktere.* Das war einer der Punkte, die George an meinen Romanen gefiel. Und was mir in der Gliederung fehlte, die ich meinem Verlag vor Monaten vorgelegt hatte.

In der Handlung, die ich skizziert hatte, war meine Hauptfigur Esmae zu passiv, zu wenig selbstbestimmt. Sie musste ihr Schicksal in die eigene Hand nehmen, Herausforderungen direkt angehen, so wie in früheren Büchern, anstatt dass sich die Handlung darum drehte, dass sie von den beiden konkurrierenden Verehrerinnen gerettet wurde. *Vielleicht haben meine eigenen Gefühle der Hilflosigkeit auf sie abgefärbt.* Mein Puls beschleunigte sich, meine Gedanken rasten, als ich mir die Handlung mit einer neuen und verbesserten, großartigen Esmae vorstellte, die die Führung übernahm. *Verdammt ja!*

Ich beschleunigte meinen Schritt und konnte es kaum erwarten, nach Hause zu kommen, um anzufangen, zu tippen. So hatte ich mich schon lange nicht mehr aufs Schreiben gefreut. Als ich meinen Bungalow erreichte, riss ich das Eingangstor auf und rannte zur Haustür. Meine Hände zitterten, als ich den Schlüssel umdrehte. Ich ließ meine Tasche im Flur fallen, rannte ins Wohnzimmer, schnappte mir meinen Laptop und ließ mich in den Sessel sinken.

Während die Worte aus mir herausströmten, entspannte sich mein Körper. Endlich, zum ersten Mal seit Monaten, war ich total darin versunken, sodass mir das Schreiben leicht von der Hand ging.

Und verdammt, fühlte es sich toll an.

12

GEORGE

ICH KAUERTE vor den Mini-Kühlschränken hinter der Theke und zählte die Milchkartons. Es war kurz vor Ladenschluss und ich nutzte die kurze Pause im Strom der Kundschaft, um meine Bestellliste zu erstellen. Nach dem gestrigen Filmabend freute ich mich auf einen ruhigen Abend zu Hause.

„George."

Ich schaute auf und sah, dass Romina hinter der Theke neben mir stand, ihre schicke schwarze Lederhandtasche über die Schulter gehängt. Romina wäre normalerweise schon gegangen, aber eine Gruppe von Touristen hatte kurz vor Schließung der Küche ein spätes Mittagessen bestellt, was den gesamten Nachmittag durcheinandergebracht hatte.

„Das Maisbrot ist im Ofen. Ich habe den Timer für zwanzig Minuten gestellt. Das zarte Schweinefleisch ist seit heute Morgen im Schongarer, also ist es wahrscheinlich jetzt fertig, aber ich dachte mir, wir lassen es noch ein bisschen drin, damit sich die Aromen entfalten können. Kannst du dich später um beides kümmern?"

Ich nickte. „Ja. Das klingt gut, danke. Tut mir leid, dass du so lange bleiben musstest. Der Schweinebraten riecht unglaublich." Der kräftige Rauchgeruch von Rominas gezupftem Schweinefleisch hatte mir schon den ganzen Nachmittag über das Wasser im Mund zusammenlaufen lassen. Es war unser Mittags-Spezial für morgen.

„Nun, ich habe extra viel gemacht, wenn du also etwas zum Abendessen möchtest, ist genug da." Romina trat von einem Fuß auf den anderen, sichtlich begierig darauf, nach Hause zu kommen.

Ich grinste. „Ich komme auf jeden Fall darauf zurück. Bis morgen!"

Ich zählte die Milchkartons zu Ende und stand dann auf, um das Café zu begutachten. Es waren nur noch zwei Kunden da, und sie schienen auch fast zum Gehen bereit zu sein.

Ich schnappte mir einen Lappen und eine Flasche Sprühreiniger und fing an, die Tische abzuwischen.

Zehn Minuten später hatten beide Kunden bezahlt und waren gegangen. Ich drehte das Schild „*Geöffnet*" an der Eingangstür auf „*Geschlossen*" und machte mich auf die Suche nach Hannah, die sich sofort bereit erklärt hatte, sich um die Buchhandlung zu kümmern. Ich blickte in jeden Gang, bis ich sie entdeckte, sie hatte den Kopf über einen Stapel Bücher gebeugt, die sie in der Hand hielt, während sie eines der Bücher aufmerksam las. Ich lächelte, und Wärme breitete sich in meiner Brust aus. Ich fand es toll, wie sehr sie Bücher zu lieben schien.

„Hannah?"

Sie zuckte zusammen und drehte sich mit leuchtenden Augen zu mir um.

„Entschuldige. Ich wollte gerade Hugo sauber machen

und dachte, ich frage dich, ob du vorher etwas trinken möchtest?", fragte ich.

„Danke für das Angebot, aber ich möchte nichts." Hannah lächelte. „Ich habe gerade Bücher weggeräumt, die herumlagen, und dieses hier ist mir aufgefallen. Hast du das gelesen? Es klingt fantastisch." Sie hielt das Buch hoch, das sie sich angesehen hatte. Es war *Das Glashaus*, ein literarischer Roman eines Debütautors, der in letzter Zeit viel Aufsehen erregt hatte.

Ich schüttelte den Kopf. „Nein. Ich habe schon viel Gutes darüber gehört, bin aber noch nicht dazu gekommen, es zu lesen." In letzter Zeit hatte ich nicht viel Zeit zum Lesen, und es fehlte mir wirklich. „Ich habe tatsächlich ein Vorabexemplar dieses Buches bekommen. Lass mich mal schauen, ob ich es für dich finden kann." Hannah klang so begeistert von dem Buch, und es wäre eine Schande, wenn das Vorabexemplar ungelesen bliebe.

„Oh, wenn es kein Problem ist, es zu finden, wäre das toll", sagte Hannah.

„Nein, das ist in Ordnung. Es ist sowieso eine gute Gelegenheit für mich, dir den Lagerschuppen zu zeigen."

Hannah legte die Bücher beiseite und folgte mir an der Küche vorbei zur Hintertür, die zu einem kleinen Hof mit einem urigen Holzschuppen in einer Ecke führte.

„Oh, wie süß!", rief Hannah aus.

„Leider sieht es innen nicht so süß aus", sagte ich, als wir über die Rasenfläche darauf zugingen.

Ich drehte den Schlüssel und öffnete mit einiger Mühe die Tür. „Hmm, die Tür muss sich bei dem heißen Wetter verschoben haben."

Die Tür fiel hinter uns ins Schloss. Die kleinen Fenster ließen nicht viel natürliches Licht herein, also betätigte ich den Lichtschalter und zuckte zusammen, als der Schuppen erhellt wurde.

„Entschuldige, hier herrscht das reinste Chaos." Ich war seit ein paar Tagen nicht mehr im Schuppen gewesen, und als ich ihn mit Hannahs Augen sah, war er noch schlimmer, als ich ihn in Erinnerung hatte. Die Kisten waren gefährlich hoch aufgestapelt. Es war gerade genug Platz für uns beide. Als ich so nah neben Hannah stand, kam mir die Erinnerung an die unerwartete Umarmung von gestern Abend in den Sinn – Hannahs Körper, der sich warm an meinen schmiegte, ihr leicht blumiger Duft, der mir in die Nase stieg, und mein Körper, der vor Erregung gebebt hatte. *Sie ist eine Angestellte, denk daran.*

„Wow", bemerkte Hannah und schaute sich um. „Kein Wunder, dass du keinen Platz für diese H. M. Stuart-Kisten hattest."

Zu meiner Enttäuschung war H. M. Stuart heute nicht im Novel Gossip aufgetaucht, aber vermutlich würde er morgen früh kommen, da die Bücher am Nachmittag abgeholt werden würden. Bei dem Gedanken flatterte mir vor Aufregung und Nervosität der Magen.

Ich verzog das Gesicht. „Ja. Ich wollte schon länger mal hier reingehen und ein bisschen Ordnung schaffen. Ich hatte in letzter Zeit nur keine Zeit dazu." Ich sah mich um und entdeckte den Stapel mit den Kartons, auf denen „*ARC*" stand. Zum Glück war der Karton in Reichweite. Ich zog ihn heraus und begann, ihn zu durchsuchen.

„Aha!" Ich entdeckte „*Das Glashaus*", nahm es aus dem Karton und reichte es Hannah. „Hier, bitte! Ich bin wirklich gespannt, was du davon hältst."

„Oh, danke! Und ich würde dir gerne helfen, hier irgendwann mal nach Feierabend aufzuräumen, wenn das helfen würde?", bot Hannah mit einem Lächeln an.

Ich grinste sie an. Mit Hannahs Hilfe würde das Aufräumen des Schuppens viel weniger abschreckend und viel angenehmer sein. „Weißt du, ich nehme dein Angebot vielleicht an. Allerdings müsste ich dir dann das Doppelte für die Überstunden bezahlen und ein extra Abendessen servieren, wenn man sich den Zustand dieses Schuppens ansieht."

Ein Essen.

Mein Herz schlug mir bis zum Hals.

„Verdammt!"

„Was ist los?", fragte Hannah mit besorgtem Blick.

„Ich sollte den Schweinebraten und das Maisbrot aus dem Ofen holen." Ich schaute auf meine Uhr und mir rutschte das Herz in die Hose. „Vor zwanzig Minuten. Romina wird mich umbringen."

„Oh nein!' Hannah drehte sich um, drehte den Türgriff und drückte, um sie zu öffnen.

Die Tür rührte sich nicht.

„Verdammt, sie klemmt", erklärte sie. Sie lehnte ihre Schulter gegen die Tür und drückte erneut, wobei sie vor Anstrengung das Gesicht verzog. „Tut mir leid, sie geht nicht auf. Willst du es mal versuchen?"

Hannah ging von der Tür weg und ich trat näher. Ich versuchte, die Tür mit meinen Händen zu drücken, aber sie bewegte sich nicht. Ich trat zurück und rammte die Tür mit meiner Schulter, wobei ich mein ganzes Körpergewicht mit einbrachte. Nichts. *Verdammt noch mal.* Es wurde plötzlich sehr warm und leicht klaustrophobisch hier drinnen.

Ich versuchte noch ein paar Mal, die Tür mit der Schulter aufzustoßen, und hielt dann inne, um wieder zu Atem zu kommen.

Ich drehte mich zu Hannah um. „Hast du dein Handy

dabei? Wir könnten jemanden zu Hilfe rufen." Ich hatte mein Handy auf der Arbeitsplatte liegen lassen.

Hannah schüttelte den Kopf. „Nein, tut mir leid. Ich habe es nicht mitgenommen."

Verdammt.

Mein Puls raste, während ich überlegte, wie wir hier herauskommen könnten. Das war nicht gut. Ich hatte mich damit abgefunden, dass das Maisbrot ruiniert war, aber wenn wir nicht bald hier rauskamen, befürchtete ich, dass es im Ofen anfangen könnte, zu brennen, und das Novel Gossip in Rauch aufgehen würde oder, noch schlimmer, ein Feuer auslösen könnte, das sich ausbreiten könnte. *Verdammt.*

Schweißperlen traten mir auf die Stirn, als ich mich nach etwas umsah, mit dem ich die Tür aufhebeln konnte, aber es gab nur Kartons über Kartons voller Bücher.

„Hey, George", sagte Hannah.

Ich drehte mich um und sah, dass sie auf eines der kleinen quadratischen Fenster starrte, die die Wände des Schuppens säumten, knapp zwei Meter über dem Boden.

„Ich glaube, ich könnte durch das Fenster klettern, wenn wir die Kisten so stapeln, dass ich hinaufklettern, mich umdrehen und mich dann mit den Füßen zuerst hinunterfallen lassen könnte."

Ich betrachtete das kleine Fenster und runzelte die Stirn. Ich würde da auf keinen Fall durchpassen. Aber Hannah mit ihrer schlankeren Figur könnte es vielleicht schaffen. Die Vorstellung, dass Hannah sich dabei möglicherweise verletzen könnte, war nicht gerade angenehm.

„Hmm. Ich möchte nicht, dass du dir wehtust."

„Im Ernst, George. Es ist einen Versuch wert. Sonst sitzen wir hier mindestens bis zum Morgen fest."

Das setzte voraus, dass Romina oder jemand anderes

unsere Hilferufe hier draußen tatsächlich hören würde, was nicht unbedingt sicher war. Und dass das Novel Gossip nicht bis auf die Grundmauern niederbrannte und wir ebenfalls im Feuer festsaßen.

„Lass mich noch ein paar Versuche unternehmen, die Tür zu öffnen", bat ich, noch nicht bereit, mich geschlagen zu geben.

Ich rammte meinen Körper noch dreimal gegen die Tür, ohne Erfolg.

„George, du wirst dich noch verletzen", erklärte Hannah sanft. „Komm schon, lass mich das Fenster probieren."

Hannah hatte recht. Meine Schulter schmerzte. Wenn ich mir den Arm verletzte, wäre ich im Café nur eingeschränkt einsatzfähig, was unsere Personalprobleme nur verschlimmern und zusätzlichen Druck auf Hannah ausüben würde. Aber wenn Hannah sich verletzte, wäre das noch schlimmer.

Als hätte sie meine Gedanken gelesen, sagte Hannah: „Ich schaffe das."

Hannah sagte diese Worte mit einer solchen Überzeugung, dass ich ihr glaubte. Und zu diesem Zeitpunkt kam mir keine andere Möglichkeit in den Sinn.

„Wenn du dir sicher bist ...", erwiderte ich. „Danke."

Wir stapelten Kartons mit Büchern so, dass sie wie Stufen aussahen, die zum Fenster reichten, und dann stieg Hannah vorsichtig hinauf. Ich blieb in Hannahs Nähe, für den Fall, dass sie das Gleichgewicht verlor und ich sie auffangen müsste. Die Kartons wackelten bedenklich, als sie oben ankam. Mein Magen krampfte sich zusammen, und ich legte eine Hand auf die Kartons und die andere auf ihren Arm, um sie zu stützen.

„Danke", sagte Hannah und lächelte mich an.

Hannah öffnete das Fenster und dann hielt ich die Kartons, während sie sich vorsichtig umdrehte. Sie ließ ihre Füße aus dem Fenster baumeln und drehte dann ihren Körper, sodass sie mir zugewandt war.

„Auf geht's!", bemerkte Hannah fröhlich, während sie ihren Körper aus dem Fenster fallen ließ.

Ich stellte mich auf einen der Kartons und spähte hinaus, erleichtert zu sehen, dass Hannah auf ihren Füßen gelandet und anscheinend unverletzt war. *Gott sei Dank.*

Sie schaute mit besorgtem Blick zu mir auf, während sie ihre Brille wieder auf der Nase zurechtrückte. Wir waren so darauf konzentriert gewesen, aus dem Schuppen zu entkommen, dass wir nicht besprochen hatten, was Hannah tun würde, wenn sie erst einmal draußen war.

Jetzt, da Hannah in Sicherheit war, waren das Novel Gossip und Max, der sich oben in meiner Wohnung befand, meine oberste Priorität. „Mach dir keine Sorgen um mich. Wenn du den Ofen ausschalten und das Schweinefleisch aus dem Schongarer nehmen könntest, wäre das großartig. Danke!", sagte ich.

Hannah nickte und rannte ins Café, wo sie aus meinem Blickfeld verschwand. Ich hörte schwach das hohe Piepen des Rauchmelders im Inneren. *Verdammt.* Ich streckte meinen Kopf aus dem Fenster und atmete tief ein. Zu meiner Erleichterung konnte ich weder Rauch sehen noch riechen.

Ich fühlte mich so hilflos, hier drinnen festzusitzen, während Hannah sich um mein Chaos kümmerte. Ich untersuchte das Fenster genauer. Vielleicht würde ich ja doch durchpassen?

Ich wartete noch ein oder zwei Minuten in der stickigen Hütte, trat von einem Bein auf das andere und verlor dann die Geduld. *Scheiß drauf, ich kann es genauso gut versuchen.*

Vorsichtig stieg ich die provisorischen Stufen hinauf. Oben angekommen drehte ich mich wie Hannah, sodass ich zum Boden der Hütte blickte, und begann mich vorsichtig mit den Füßen zuerst aus dem Fenster zu lassen. Ich bekam meine Beine relativ leicht durch.

Okay, das sieht vielversprechend aus.

Und dann stieß der Fensterrahmen an meinen Hintern und *weigerte* sich, ihn durchzulassen. Ich versuchte, mich zu winden und zu drücken, jedoch ohne Erfolg. *Mist.* Mein erster Instinkt hatte sich als richtig erwiesen. Ich passte nicht durch das Fenster.

„George?", sagte eine Stimme, die durch meinen Hintern teilweise gedämpft wurde.

Röte stieg mir ins Gesicht. *Hannah.*

Oh Gott. Ich zuckte zusammen. *Mein Hintern hing halb aus dem Fenster.*

„Ich dachte, ich versuche es mal mit dem Fenster. Wie sich herausstellt, passe ich nicht durch!", rief ich, wobei ich mir bewusst war, dass ich Hannah den Rücken zuwandte und die Schallwellen meinen Hintern überwinden mussten, um durch das Fenster aus dem Schuppen zu gelangen.

Ich versuchte, mich wieder in den Schuppen zu ziehen, aber es schien, als hätte ich mich durch mein Zappeln und Drücken endgültig im Fensterrahmen eingeklemmt. *Verdammt.*

„Soll ich dir helfen, wieder hineinzukommen?", fragte Hannah.

Ich zuckte zusammen und holte dann tief Luft. So peinlich es mir auch war, ich wusste, dass ich Hilfe brauchte.

„Ja, bitte!", rief ich.

Ich spürte, wie Hannahs Arme meine Beine umschlangen. „Okay, ich zähle bis drei. Eins, zwei ... drei!"

Ich stemmte meine Hände gegen die Innenseite des Fensterrahmens und stieß mich nach vorn, während Hannah mich nach oben drückte. Nichts. Mein Puls pochte in meinen Ohren.

„Macht es dir etwas aus, wenn ich meine Hände auf deinen Po lege?", rief Hannah nach einer kurzen Pause. „Ich denke, dann könnte ich dich leichter hochdrücken."

Meine Wangen liefen rot an. *Mein Gott, das ist so demütigend.* Aber Hannahs Hände auf meinem Hintern schienen mir eine bessere Option zu sein, als weiterhin im Fenster festzustecken und Hannah zu bitten, Verstärkung zu rufen. Ich brauchte nicht noch mehr Zeugen für meine missliche Lage.

„Okay!", schrie ich und zuckte zusammen.

Warme Hände drückten gegen meine Pobacken. *Oh Gott.* Das überschritt definitiv einige Grenzen zwischen Arbeitgeber und Arbeitnehmer.

„Eins, zwei, drei!", rief Hannah und drückte dann fest.

Ich stieß mich mit den Händen vom Fensterrahmen ab, wackelte mit dem Hintern und versuchte, nicht daran zu denken, wie das aus Hannahs Perspektive aussehen würde, und plötzlich war mein Hintern frei. Ich kippte nach vorn auf die Kisten und fand gerade noch rechtzeitig mein Gleichgewicht, um nicht auf den Boden zu fallen.

„Bist du okay?", fragte Hannah mit klarer Stimme.

„Ja. Danke", brachte ich hervor, während ich mich mit rasendem Puls an den Kisten entlang nach unten kämpfte. Ich konnte immer noch ihre warmen Hände an meinem Hintern spüren.

Als ich unten ankam, holte ich tief Luft und ging zurück zum Fenster, wo ich mich auf die Kiste stellte, um hinauszuschauen. Ich hatte vorgehabt, Hannah zu fragen, ob es ihr gut ging, aber sie war nicht da.

Ein dumpfes Geräusch in der Nähe der Tür erregte meine Aufmerksamkeit. Ich drehte mich gerade noch rechtzeitig um, um zu sehen, wie die Tür wackelte und sich öffnete. Ich atmete erleichtert aus. Hannah stand da, mit roten Wangen und außer Atem, und hielt einen langen, gebogenen Pizzaschneider in der Hand. Mein Herz machte einen Sprung. Sie sah aus wie die wunderschöne Hauptdarstellerin aus einem Actionfilm, die gekommen war, um die Menschheit zu retten.

Ich widerstand dem Drang, meine Arme um sie zu schlingen und sie zu umarmen. Ich hatte gerade Hannahs Hände auf meinem Hintern gespürt und wollte heute Abend keine weiteren Grenzen zwischen Arbeitgeber und Arbeitnehmer überschreiten. „Vielen Dank! Das alles tut mir so leid. Wie geht es dem Novel Gossip?"

Hannah lächelte. „Alles in Ordnung. Die Küche ist etwas verraucht und das Maisbrot ist definitiv hinüber, aber der Schweinebraten sieht toll aus und riecht fantastisch. Der Abluftventilator war an, das hat sehr geholfen, und ich habe auch ein paar Fenster geöffnet, um frische Luft reinzulassen. Ich glaube nicht, dass es bleibende Schäden geben wird."

Erleichterung überkam mich. „Oh, Gott sei Dank", sagte ich, als ich nach *Das Glashaus* griff und aus dem Schuppen ging, um tief durchzuatmen. Ich schloss die Tür hinter mir ab und beschloss, am nächsten Morgen jemanden anzurufen, der sich darum kümmerte.

Hannah untersuchte den Pizzaschneider. „Hoffentlich habe ich ihn nicht beschädigt. Es war das Einzige, was ich finden konnte, um die Tür aufzuhebeln. Ich kann mir nicht vorstellen, dass Romina begeistert sein wird, wenn er verbogen ist."

„Ich finde, er sieht gut aus, aber ich würde es Romina durchaus zutrauen, etwas zu entdecken, das wir übersehen haben. Um auf Nummer sicher zu gehen, werde ich Pizza vorerst von der Speisekarte streichen", entgegnete ich grinsend. „Und hier ist übrigens das Buch." Ich gab Hannah *Das Glashaus*, das sie auf einer Kiste im Schuppen liegen gelassen hatte.

„Danke. Nach all dem hoffe ich, dass es der Mühe wert war."

Wir gingen zurück ins Novel Gossip und ich atmete die Luft ein. Es roch deutlich nach Rauch, gemischt mit dem köstlichen, intensiven Geruch von Schweinefleisch, aber der Rauch war nicht zu schlimm. Hoffentlich nichts, was sich durch gutes Lüften nicht beheben ließe.

Der Rauchgeruch wurde stärker, als wir in die Küche kamen. Auf dem Herd standen Bleche mit verkohlten Maisbrot-Muffins unter dem Abluftventilator, der auf voller Leistung lief. Hannah hatte den Schongarer mit dem Schweinebraten ausgeschaltet. Ich ging hinüber, öffnete den Deckel und wurde fast von dem köstlichen Geruch überwältigt, der mir in die Nase stieg. Ich nahm einen Löffel aus dem Besteckständer und rührte darin herum. *Puh.* Es hatte sich nicht am Topfboden festgesetzt. Tatsächlich schien es perfekt karamellisiert zu sein.

„Es riecht unglaublich, nicht wahr?" Hannah trat näher an mich heran und spähte in den Topf.

„Allerdings." Ich grinste. „Hey, wenn du Hunger hast, möchtest du etwas davon?"

Hannah sah mich scharf an, ihre Augen weit aufgerissen. „Wird Romina das nicht bemerken?"

Ich lachte. „Das ist okay. Sie hat sogar gesagt, dass es in

Ordnung ist, etwas davon zu essen." Ich fand es toll, dass Hannah bereits erkannt hatte, wer der wahre Chef in der Küche war.

„Das ist viel verlockender als die Reste der Nudeln, die ich eigentlich essen wollte", erklärte Hannah.

„Komm schon. Das ist das Mindeste, was du verdienst, nachdem du aus dem Fenster geklettert bist und die Lage gerettet hast. Und dann meinen Hintern gerettet hast!" Ich grinste.

Die Erinnerung an Hannahs Hände auf meinem Po ließ mich zwar immer noch erschaudern, aber jetzt, da wir sicher aus dem Schuppen heraus waren und das Novel Gossip keinen bleibenden Schaden erlitten hatte, konnte ich auch die lustige Seite sehen. „Ich habe vor, auch etwas zu essen. Ich kann etwas Gemüse dazu dünsten, und obwohl wir leider kein Maisbrot haben, ist noch etwas Kartoffelpüree übrig, das ich aufwärmen könnte."

„Du hast mich überzeugt", sagte Hannah mit funkelnden Augen. ‚Meine traurigen Nudeln in Wodkasoßenresten können da nicht mithalten!'

Ich bereitete das Gemüse zu, und Hannah wärmte das Püree auf, und schon bald saßen wir an einem der Tische im Café und machten uns über das Essen her.

„Nach unserem spontanen Escape-Room-Erlebnis habe ich wirklich Appetit bekommen", erklärte Hannah.

Ich musste lachen. „Ich hatte vergessen, dass manche Leute gutes Geld dafür bezahlen, in einem Raum eingeschlossen zu werden und einen Fluchtplan zu entwickeln. Das macht dann zwanzig Dollar für dieses Privileg, danke." Ich streckte meine Hand aus.

Hannah lachte. „Das sehr reale Risiko, dass das Novel Gossip abbrennt, hat den Druck noch erhöht. Dafür könntest du wahrscheinlich einen Aufpreis verlangen." Sie nahm einen weiteren Bissen und stöhnte. „Gott sei Dank hat das Schweinefleisch überlebt. Ich finde, es ist genauso gut wie das Beef Wellington von gestern Abend, wenn nicht sogar besser – wenn das möglich ist."

Ich zog die Augenbrauen hoch. „Heißt das, dass du unseren Plan, die Hits der 8oer wiederaufleben zu lassen, aufgibst?"

„Nein! Ich bin der Sache voll und ganz verpflichtet." Hannah verzog die Lippen zu einem Lächeln. „Aber ich werde mich auch dafür einsetzen, dass gezupftes Schweinefleisch auf der Speisekarte bleibt."

„Weißt du, nach dem Gespräch von gestern Abend hatte ich schon halb erwartet, dass du heute mit einer Gürteltasche und einem Vokuhila auftauchst." Ich steckte mir eine Gabel Schweinefleisch in den Mund und kaute langsam, genoss das zarte, saftige Fleisch und die kräftigen Raucharomen.

„Eine Gürteltasche wäre für die Arbeit unglaublich praktisch. Vielleicht solltest du sie zum Teil der Dienstkleidung machen. Aber leider habe ich keine herumliegen. Obwohl, man weiß ja nie – ich bin mit dem Auspacken noch nicht fertig, also wer weiß, welche Schätze ich dabei noch finde."

„Bist du erst kürzlich hierhergezogen? Oder gehörst du zu den Menschen, die sich wie ich Zeit lassen, um auszupacken?", fragte ich und ergriff die Gelegenheit, mehr über Hannah zu erfahren. „Ich habe das ungute Gefühl, dass ich noch ein oder zwei ungeöffnete Kartons von meinem Umzug hierher habe, und das ist schon drei Jahre her!"

Hannah lachte. „Das passiert mir auch immer. Aber in diesem Fall bin ich erst letzte Woche hierhergezogen, also habe ich eine Ausrede."

„Hey, ich urteile nicht", sagte ich. „Und willkommen in Sapphire Springs."

„Danke." Hannah schaute sich mit strahlendem Gesicht im Novel Gossip um. „Ich liebe diesen Ort wirklich. Hast du das Novel Gossip selbst eingerichtet oder es so gekauft?"

Stolz stieg mir in die Brust. „Ich habe den Laden selbst eingerichtet. Als ich dieses Lokal gekauft habe, war es ein heruntergekommenes, altes Restaurant, das seit Jahren nicht mehr genutzt worden war."

„Oh, wow! Das ist wirklich eine tolle Leistung. Es ist so ein warmer, gemütlicher Ort. Ich liebe übrigens den Namen." Hannah nahm noch einen Bissen Schweinefleisch.

„Das freut mich." Ich lächelte sie an und für einen Moment begegneten sich unsere Blicke. „Der Name stammt nicht von mir. Es ist der Instagram-Name einer Bookstagrammerin, die ich mag – ich habe sie aber vorher um Erlaubnis gefragt. Ich dachte immer, dass es der perfekte Name für ein Café mit Buchhandlung wäre."

„Das ist er wirklich. Gefällt es dir, selbstständig zu sein?"

„Ehrlich gesagt, ist es großartig. Ich kann zwei meiner Leidenschaften kombinieren – Bücher und gutes Essen. Ich fühle mich wirklich als Teil der Gemeinschaft und liebe die Beziehungen, die ich zu meinen Stammgästen aufbauen konnte." Ich hielt inne und merkte, dass ich das Dasein als Kleinunternehmerin in einem sehr rosigen Licht dargestellt hatte. „Versteh mich nicht falsch, wie bei den meisten Kleinunternehmen ist es nicht stressfrei – vor allem in letzter Zeit mit den Personalproblemen, die ich hatte –, daher war es eine enorme Erleichterung, dich einzustellen. Aber insgesamt liebe ich es." Ich grinste Hannah an. Ich glaubte, einen seltsamen Ausdruck auf ihrem Gesicht zu sehen, aber er verschwand, bevor ich Zeit hatte, ihn zu analysieren.

„Das ist toll", erwiderte Hannah und lächelte wieder. „Ich habe immer gedacht, es wäre großartig, eine Buchhandlung zu besitzen und Menschen dabei zu helfen, neue Bücher zu entdecken."

Ich nickte. „Das ist es auch. Vor allem in den letzten Jahren, in denen die Verlage immer mehr unterschiedliche Geschichten veröffentlichen, liebe ich es, Bücher auf Lager zu haben, für die ich als Kind getötet hätte, Bücher über homosexuelle Menschen wie mich, die ein normales, glückliches Leben führen. Ich lege Wert darauf, Bücher mit unterschiedlichen Darstellungen im Allgemeinen auf Lager zu haben, in der Hoffnung, dass sich alle unsere Kunden darin wiederfinden können."

Hannah nickte energisch. „Es ist zwar noch ein weiter Weg, aber es ist fantastisch, dass es Fortschritte gibt. Ich werde so wütend, wenn ich von Buchverboten höre, und leider ist es in den Staaten, die queere Bücher verbieten, oft am nötigsten, dass junge Menschen Zugriff darauf haben." Hannah hielt inne und ihr Gesicht wurde weicher. „Vielleicht habe ich einfach ein falsches Bild von Florida im Kopf, aber ich kann mir vorstellen, dass es in den 90er-Jahren wahrscheinlich nicht einfach war, als lesbische Jugendliche dort aufzuwachsen."

„Ja. Dunedin, wo ich aufgewachsen bin, ist derzeit eine der liberaleren Gegenden Floridas, aber in den 90er-Jahren war es viel konservativer. Es war ganz sicher kein Ort an dem Homosexuelle akzeptiert wurden. Und ich hatte definitiv keine homosexuellen Vorbilder in meinem Leben."

„Das muss hart gewesen sein. Hatten deine Eltern Probleme damit, dass du lesbisch bist?"

„Es brauchte eine kleine Gewöhnungsphase. Mom und Dad haben sich entschieden, nur ein Kind zu bekommen, weil Dad beruflich viel unterwegs war – zumindest haben sie mir das so erzählt. Vielleicht war ich so anstrengend, dass sie kein zweites Kind wollten."

Hannah lachte. „Das bezweifle ich. Da ich selbst ein Einzelkind bin, kann ich jedoch nicht leugnen, dass ich ähnliche Gedanken hatte. Aber entschuldige, rede weiter, ich glaube, ich habe dich unterbrochen."

Ich grinste. „Kein Problem. Es geht doch nichts über ein bisschen Solidarität unter Einzelkindern. Meine Mutter hatte sich immer eine Tochter gewünscht, also war sie begeistert, als ich ein Mädchen wurde. Zu ihrem Pech stellte ich mich als ziemliche Enttäuschung heraus, was die typische Mädchenrolle anging. Anstatt mit Puppen zu spielen oder Kleider zu tragen, tobte ich mit den O'Brien-Brüdern von nebenan herum, lebte in Shorts und T-Shirts und schnitt meine Haare so kurz, wie es Mom erlaubte. Ich bestand auch darauf, meinen Vornamen Georgina zu George zu kürzen, worüber Mom alles andere als glücklich war."

„Das muss schwierig gewesen sein, vor allem, wenn du damals wusstest, dass deine Mutter das nicht gutheißt", sagte Hannah sanft.

„Ja. Mein Vater spielte in meinem Leben immer eine eher untergeordnete Rolle, daher war es mir eigentlich egal, was er dachte. Aber ich fühlte mich schrecklich, weil ich meine Mutter enttäuscht hatte – aber nicht so schrecklich, dass ich meine Art, mich zu geben, oder meine Freunde geändert hätte. Ich glaube, Mom hoffte, dass es nur eine *Wildfang*-Phase war, aus der ich herauswachsen würde, aber als ich älter wurde und klar wurde, dass es keine Phase war, wurde mir bewusst, dass Mom den Verlust einer

Tochter betrauerte, deren Haare sie frisieren, mit der sie Make-up-Tipps austauschen und die sie für den Abschlussball in einem glitzernden Kleid herausputzen konnte."

Hannahs Gesicht wurde weich. „Das ist echt blöd. Es tut mir leid."

Ich zuckte mit den Schultern. „Schon okay. Trotz allem habe ich nie daran gezweifelt, dass meine Mutter mich liebt, egal was passiert. Und obwohl ich die meisten stereotypen ‚Mädchen'-Hobbys ablehnte, hatten wir die Liebe zum Kochen gemeinsam. Laut ihr bestand ich schon mit zwei Jahren darauf, ihr beim Kochen zu ‚helfen'. An den meisten Abenden bereiteten wir zusammen Abendessen zu und unterhielten uns über unseren Tag. Obwohl wir sehr unterschiedlich waren, brachte uns das Kochen zusammen."

Hannah lächelte. „Oh, das ist so schön. Ich kann mir den süßen kleinen Wildfang George vorstellen, wie er auf einem Hocker steht und beim ‚Helfen', einen Kuchen zu backen, ein komplettes Chaos verursacht. Wenn ich so etwas wie Kochen gehabt hätte, um eine Bindung zu meinen Eltern aufzubauen, hätten wir vielleicht keine so angespannte Beziehung. War alles in Ordnung mit deiner Mutter, als du dich geoutet hast?"

„Ich habe es ihr erzählt, als ich siebzehn war, während ich Karotten für einen Salat schnippelte, als Beilage zu dem Steak, das sie in einer Pfanne anbriet." Ich musste bei der Erinnerung lächeln. „Ich war unglaublich nervös, wie sie reagieren würde. Ich erinnere mich, dass meine Hände so sehr zitterten, dass ich Mühe hatte, die Karotten in Stifte zu schneiden, wie sie es mochte." Obwohl ich es ihr vor weit über einem Jahrzehnt erzählt hatte, war die Erinnerung noch immer so stark in meinem Kopf. „Nach der ersten Karotte brachte ich endlich genug Mut auf, es ihr zu sagen. Mir wurde so mulmig, als ich sah, wie sie schluckte und auf das Steak starrte, während sie die Nachricht verdaute.“

Hannah sah mich mit einem besorgten Gesichtsausdruck aufmerksam an.

„Aber als sie sich zu mir umdrehte, lächelte sie und umarmte mich lange und herzlich. „Möchtest du trotzdem noch mit in die Kirche kommen?‘, war ihre einzige Frage. Meine Mutter hat mich nicht immer verstanden, aber sie war immer für mich da.“ Ich machte eine Pause. "Was ist mit deinen Eltern? Wie haben sie es aufgenommen?“

„Ich war auch so nervös, es ihnen zu sagen. Ich hatte es monatelang aufgeschoben, obwohl sie nie Anzeichen von Homophobie gezeigt hatten.“ Hannah lächelte ironisch. „Aber es war für sie in Ordnung. Die ganze Sache fühlte sich tatsächlich wie ein Antiklimax an. Das Coming-out fühlte sich an, als hätte es ein bedeutsames Ereignis sein sollen, aber als ich endlich den Mut aufbrachte, ihnen die Nachricht am Frühstückstisch zu überbringen, schienen sie der Sache kaum Beachtung zu schenken. Es war, als hätte ich ihnen nur gesagt, dass ich gut geschlafen habe. Ich weiß, dass ich mich nicht beschweren kann, wenn man bedenkt, wie viel Glück ich hatte, dass meine Familie so verständnisvoll war, aber sie sagten buchstäblich nur ‚Okay‘ und wandten sich dann wieder den Morgenzeitungen zu, die sie lasen.“

„Das wäre definitiv ein bisschen enttäuschend gewesen.“

„Ja. So sind meine Eltern.“ Hannah schüttelte den Kopf und klang niedergeschlagen.

Hannah konzentrierte sich auf den fast leeren Teller vor ihr, kratzte mit der Gabel darüber und schob sich die letzten Reste in den Mund. Vor Genuss schloss sie kurz die Augen.

„Möchtest du noch eine Portion?", fragte ich.

„Ich bin so satt, dass ich lieber nicht noch mehr essen sollte. Aber wenn morgen nach dem Mittagsansturm noch etwas übrig ist, wäre das meine erste Wahl fürs Mittagessen", antwortete Hannah.

Ich lächelte und nahm mir vor, etwas für Hannah aufzuheben, damit sie nicht zu kurz kam.

„Perfekt. Ich habe vor, heute Abend noch eine Portion Maisbrot zuzubereiten, damit du es morgen dazu essen kannst."

„Oh, lecker! Ich bleibe gerne und helfe dir, wenn du möchtest."

So verlockend Hannahs Angebot auch war, sie hatte bereits einen langen Tag hinter sich und ich wollte meine einzige gesunde Mitarbeiterin im Servicebereich nicht überanstrengen.

„Danke für das Angebot, aber ich komme schon klar. Maisbrot ist ziemlich einfach zuzubereiten. Wenn ich meine Arbeit gut genug mache, wird Romina den Unterschied vielleicht gar nicht bemerken."

Hannah lachte. „Nun, dein Geheimnis ist bei mir sicher." Ein ernster Ausdruck huschte über ihr Gesicht und sie schluckte. „Ähm, apropos Geheimnisse ..."

Piep. Piep. Piep.

Verdammt. Es klang, als würde der Rauchmelder in der Küche wieder losgehen.

Mir stockte der Atem. *Was war denn jetzt?*

Wir schauten uns einen Moment lang mit großen Augen an und sprangen dann auf und rannten zurück in die Küche.

Als wir dort ankamen, sah ich mich in der Küche um und atmete erleichtert auf. Der Alarm in der Küche war zwar ohrenbetäubend laut, aber es gab keine Anzeichen von neuem Rauch. Hannah hatte einen gequälten Gesichtsausdruck und hielt sich die Hände vor die Ohren.

„Puh!", rief ich Hannah zu, die ihre Hände von den Ohren nahm, um mich hören zu können. „Es sieht so aus, als wäre alles in Ordnung. Anscheinend spielen nur die Sensoren verrückt. Warum gehst du nicht nach Hause und ich kümmere mich darum?"

„Bist du sicher, dass du keine Hilfe brauchst?", rief Hannah.

„Ja!", rief ich. „Ich sollte die Rauchmelder einfach zurücksetzen können. Es ist wirklich einfach. Es hat keinen Sinn, dass wir uns beide das Gehör kaputtmachen, wenn wir diesem Lärm ausgesetzt sind."

Hannah nickte, hielt sich wieder die Ohren zu und wandte sich zum Gehen. Als ich eine Leiter holen wollte, um den Alarm zurückzusetzen, fiel mir ein, dass Hannah etwas sagen wollte, bevor der Rauchmelder wieder losgegangen war. *Ich frage mich, was es gewesen sein könnte?* Vermutlich würde Hannah es mir morgen sagen, wenn es wichtig war.

13

HANNAH

MIT DEM KÖSTLICHEN Abendessen im Magen ließ ich die Ereignisse der letzten zwei Stunden auf dem Nachhauseweg Revue passieren. Wie ich mit George im Schuppen festgesessen hatte. Das äußerst angenehme Gefühl ihres festen, runden Hinterns in meinen Händen. George, die mir bestätigte, dass sie lesbisch ist, eine Erkenntnis, die aufgeregte Schmetterlinge in meinem Bauch herumschwirren ließ. Fast hätte ich ihr gestanden, dass ich H. M. Stuart bin, nur um dann vom Rauchmelder unterbrochen zu werden. Es war ein langer, ereignisreicher Tag gewesen, und ich hätte erschöpft sein müssen, vor allem, weil ich gestern Abend lange aufgeblieben war, um zu schreiben. Aber überraschenderweise war ich es nicht.

Sobald ich das Gartentor zu meinem Bungalow öffnete, schaltete mein Gehirn in den Schreibmodus. Ich schlug die Haustür zu, warf meine Tasche auf den Beistelltisch und ging begierig darauf, weitere Worte aufs Papier zu bringen, schnell ins Arbeitszimmer.

Ich übersprang die Sexszene – die mir immer am schwersten fiel –, aber ansonsten sprudelten die Worte so schnell aus mir heraus, dass meine Finger kaum mithalten konnten.

Schließlich unterbrach meine Blase meinen Schreibfluss. Ich musste dringend zur Toilette, ignorierte den Drang jedoch, bis er zu stark wurde. Widerwillig stand ich auf und machte mich auf den Weg ins Badezimmer. *Wie spät es wohl ist?* Ich hob den Arm und warf einen Blick auf mein Handgelenk. *Mist.* Vier Minuten vor halb eins. Ich musste um acht Uhr im Novel Gossip sein. Ein Teil von mir wollte weiterschreiben, um das Beste aus dem langersehnten Durchbruch beim Schreiben zu machen, aber ich wusste, dass ich es am Morgen bereuen würde. Ich war bereits viel zu lange auf den Beinen und wollte morgen vor George kein übernächtigtes Wrack sein.

Ich zog meinen Schlafanzug an, nahm meine Brille ab und ließ mich aufs Bett fallen, aber ich konnte meine Gedanken nicht abschalten. Ich dachte über neue Ideen für mein Buch nach und nahm den Notizblock, der neben meinem Bett lag, um sie aufzuschreiben. Ich hatte keinen Zweifel daran, dass mir morgen die meisten meiner Ideen lächerlich vorkommen würden, aber ich wusste aus Erfahrung, dass ab und zu eine davon ein genialer Einfall sein konnte. Meine Gedanken wurden langsamer und ich war kurz davor, einzuschlafen, als – *Mist.* Ich riss die Augen auf. Das Problem, das ich den ganzen Tag vor mir hergeschoben hatte, schoss mir durch den Kopf. Ich musste bis fünfzehn Uhr achthunderteinundvierzig Exemplare von *Im Reich der Furien* signieren und hatte George immer noch nicht gesagt, wer ich bin.

Nachdem ich heute Morgen eine E-Mail von Emma erhalten hatte, in der sie mich daran erinnerte, dass die Bücher morgen Nachmittag abgeholt werden würden, hatte ich mir vorgenommen, es George heute zu sagen. Aber wir hatten so viel zu tun, dass es sich nicht ergeben hatte. Ich hatte versucht, es George bei unserem köstlichen Abendessen zu sagen, aber gerade, als ich den Mut aufgebracht hatte, war der Rauchmelder losgegangen. Dann hatte George darauf bestanden, dass ich nach Hause ging. Ich hatte solche Angst, mein Gehör weiter zu schädigen, dass ich auf sie gehört hatte. Jetzt lag ich hier und die Bücher würden in nur vierzehn Stunden abgeholt werden. Und ich hatte es ihr immer noch nicht gesagt.

Mir wurde flau im Magen, als mir klar wurde, dass ich es so lange aufgeschoben hatte, dass ich, selbst wenn ich den Mut aufbrächte, es George am Morgen zu sagen, den größten Teil meiner Schicht damit verbringen müsste, Bücher zu signieren. Und George würde die Arbeit auf keinen Fall ohne mich schaffen.

Mist.

Und dann kam mir ein Gedanke.

Ich hatte einen Schlüssel für das Novel Gossip.

Du kannst sowieso nicht schlafen. Morgen müde zu sein, erschien mir wie eine bessere Option, als die Bücher nicht signieren zu können und meine Leser zu enttäuschen, oder den Tag damit zu verbringen, die Bücher zu signieren und George zu enttäuschen.

Mit neuem Elan setzte ich mich auf und schlug die Bettdecke zurück.

Zeit für eine nächtliche Signierstunde.

EINE HALBE STUNDE später stand ich vor dem Novel Gossip und schaute mich um, um mich zu vergewissern, dass niemand Zeuge meines nächsten Schrittes werden würde. Ich drehte meinen Kopf von einer Seite zur anderen und fühlte mich wie der Bösewicht in einem schlechten Krimi. Ohne darüber nachzudenken, hatte ich mein übliches Hausoutfit angezogen, schwarze Leggings und einen schwarzen Pullover. Jetzt fehlte nur noch eine schwarze Sturmhaube.

Es war nicht überraschend, dass Sapphire Springs an einem Donnerstag um halb zwei Uhr morgens menschenleer war. Mit rasendem Herzen fummelte ich mit dem Schlüssel, den George mir gegeben hatte. Meine Hände zitterten, bis es mir schließlich gelang, ihn ins Schlüsselloch zu stecken. Mit angehaltenem Atem drehte ich den Schlüssel um und drückte vorsichtig die Eingangstür des Novel Gossip auf.

Obwohl ich kein Anzeichen für ein Sicherheitssystem gesehen hatte, war ich darauf gefasst, dass ich eine dramatische Sirene oder eine Roboterstimme auslösen würde, die die Worte „Einbruchalarm" wiederholte, und dass grelle Lichter aufleuchteten, die sofort die Polizei und George zum Tatort rufen würden. *Hör auf, so ein Drama zu machen, Hannah. Du tust nichts Unrechtes. Du benutzt nur einen Schlüssel, den du bekommen hast, um deine eigenen Bücher zu signieren. Das ist nicht gerade ein Verbrechen.* Aber keine noch so rationale Erklärung konnte das Gefühl vertreiben, dass ich etwas Verbotenes tat.

Ich schloss leise die Eingangstür hinter mir, schaltete die Taschenlampe meines Handys ein und ging vorsichtig an den leeren Tischen und Stühlen vorbei, durch die Bücherregale hinunter bis zum hinteren Teil des Cafés, wo die Bücherkartons gestapelt waren. Der schwache Duft von Rominas Schweinefleisch gemischt mit dem Rauch lag noch immer in der Luft. Das Novel Gossip, tagsüber ein so warmer und lebendiger Ort, wirkte nachts unheimlich, dunkel und verlassen. Ich beschleunigte meinen Schritt.

Als ich die Bücher erreichte, blieb ich stehen und starrte auf den Stapel Kisten. Er sah noch größer aus, als ich ihn in Erinnerung hatte. Achthunderteinundvierzig Bücher. Ich schluckte.

„Okay, dann mal los", flüsterte ich und versuchte, mich zu motivieren.

Ich kniete mich hin, riss einen Bücherkarton auf und nahm ein Buch heraus. *Verdammt, sieht das gut aus.* Ich hatte das Cover schon auf meinem Computerbildschirm gesehen, aber dies war das erste Mal, dass ich ein gedrucktes Exemplar in der Hand hielt. Ein warmes Gefühl des Stolzes erfüllte meine Brust, als ich die Vorder- und Rückseite des Buches betrachtete. Ich hoffte, dass dieses Gefühl nie nachlassen würde. Zu sehen, wie eine Geschichte, die ich geschrieben und in die ich mein Herz und meine Seele gesteckt hatte, zu etwas Greifbarem geworden war, war einfach unglaublich.

Ich erinnerte mich daran, warum ich hergekommen war, und schüttelte mich. *Hör auf, dein Buch wie ein verliebter Teenager anzustarren, und fang an zu signieren, Hannah!* Ich zog einen Stift aus meiner Tasche und merkte sofort, dass ich das Licht einschalten musste. Ich konnte unmöglich Bücher signieren, während ich mein Handy hochhielt, um etwas sehen zu können.

Ich stand auf und ging den Gang zurück zur Wand hinter der Theke, an der mehrere Lichtschalter angebracht waren. Ich hatte sie vorher nicht beachtet und sie waren nicht beschriftet. Ich probierte den Schalter aus, der mir am nächsten war, und plötzlich wurde der vordere Teil des Ladens in helles Licht getaucht. *Hoppla.* Hastig schaltete ich das Licht wieder aus und probierte den nächsten, der die Theke beleuchtete. *Nein.* Der dritte strahlte auf die Bücherregale. *Gott sei Dank.*

Als ich mich wieder den Kisten zuwandte, bellte ein Hund. Mir schnürte sich die Brust zusammen. *Verdammt, das klang, als käme es von oben.* Das Novel Gossip befand sich im Erdgeschoss eines zweistöckigen Gebäudes, aber ich hatte nicht darüber nachgedacht, was oder wer sich darüber befand. *Wohnt dort oben jemand?* Ich ging den Rest des Weges auf Zehenspitzen den Gang entlang und ließ mich dann auf dem Boden nieder. Dann zog ich das erste Buch heraus, legte es auf einen Karton und signierte die erste Seite.

VERDAMMT. Ich blinzelte mit müden Augen und setzte den Stift erneut an, allerdings ohne Erfolg. Mein Stift war leer und mein Rücken schmerzte bereits vom vielen Nach-vorn-Beugen. Ich streckte meine Hände aus und zählte die Stapel signierter Bücher. Siebenundsiebzig Stück – ich schaute auf meine Uhr – fünfundvierzig Minuten. Ich überschlug es grob im Kopf und mir wurde flau im Magen. Das konnte doch nicht stimmen. Ich holte mein Handy heraus und öffnete die Taschenrechner-App. *Mist.* Bei diesem Tempo würde es über acht Stunden dauern, bis ich alle Bücher signiert hatte. Ich musste mich beeilen. Und ich brauchte außerdem einen neuen Stift.

Benommen stand ich auf, drehte mich um und – *verdammt!*

Mein Fuß blieb an einem Karton hängen. Mein Herz setzte einen Schlag aus, als ich das Gleichgewicht verlor, schwankte und fiel. Ich verfehlte den Stapel signierter Bücher nur knapp, streckte meine Arme aus, kurz bevor ich auf dem Boden aufschlug, und bremste so meine Landung ab. Ich blieb einen Moment lang auf dem Boden liegen und atmete durch. Ich setzte mich auf und begutachtete meine Lage. Zu meiner Erleichterung waren keine Bücher zu Schaden gekommen. Und glücklicherweise schienen meine Handgelenke den Aufprall überstanden zu haben.

Ich ging den Gang entlang, schnappte mir ein paar Stifte von hinter dem Tresen und eine Handvoll Kaffeebohnen. *Vielleicht helfen sie mir, schneller zu werden.*

Aufmunternde Musik hilft mir, schneller zu laufen. Vielleicht hilft sie auch beim Bücher signieren? Als ich wieder in meiner Signierecke saß, zog ich meine Kopfhörer aus der Tasche, steckte sie in mein Handy, schaltete Charli XCX ein und schob mir ein paar Kaffeebohnen in den Mund. Sie schmeckten etwas bitter und körnig, aber in Kombination mit der Musik schienen sie zu helfen.

Ich war beim vierten Karton Bücher angelangt und ließ mich von „Speed Drive" mitreißen, als mich jemand an der Schulter berührte.

Ich zuckte zusammen und stieß einen erstickten, panischen Laut aus, der irgendwo zwischen einem Kreischen und einem Krächzen lag. Mit klopfendem Herzen riss ich meine Kopfhörer heraus. Ich hielt meinen Stift wie eine Waffe und drehte mich um, um zu sehen, wer sich da angeschlichen hatte.

„Hannah?"

Verdammt.

Es war kein Einbrecher.

Es war viel schlimmer.

Es war George.

Und sie hielt ein Messer in der Hand.

14

———

GEORGE

MIT GERÖTETEN AUGEN und verwirrt starrte ich
Hannah an.

Max' Bellen hatte mich vor etwa einer Stunde geweckt.
Ich hatte angenommen, dass er ein Eichhörnchen hörte,
und war gerade dabei, wieder einzuschlafen, als es einen
lauten Knall gab, der Max erneut aufschreckte. Während
ich dachte, dass der Lärm höchstwahrscheinlich von etwas
kam, das draußen im Wind umgefallen war, beschloss ich
nach einer Weile, die Treppe hinunterzugehen, um nachzu-
sehen. Erst als ich unten ankam und sah, dass dort Licht
brannte, begann ich, die Sache ernst zu nehmen. Mit
rasendem Herzen griff ich eines der großen, scharfen
Messer aus der Küche.

Ich hatte das Messer in der einen und das Handy in der
anderen Hand und hätte nie erwartet, Hannah mit
zerzaustem Haar und zu Musik summend zu entdecken.
Sie saß vornübergebeugt vor einem der Kartons mit
Büchern in der hinteren Ecke der Buchhandlung.

Jetzt starrte sie mich wie ein Reh im Scheinwerferlicht
an. Ihre Augen weiteten sich, als ihr Blick an meinem

Körper entlang zu dem Messer wanderte, das ich in der Hand hielt. Ich legte es hastig auf ein Bücherregal.

„Was zum Teufel machst du da?" Ich erholte mich immer noch von dem Schock und war froh, dass das Novel Gossip anscheinend doch nicht ausgeraubt wurde. Meine Stimme klang ungewöhnlich scharf.

Hannahs Wangen wurden rot. „Ähm ... ich signiere die Bücher."

„Warum?" Mein Gehirn arbeitete auf Hochtouren. Ich starrte auf die Bücher. *Im Reich der Furien.* Vor Wut schnürte sich meine Brust zusammen. Warum um alles in der Welt ruinierte Hannah meine Bücher? Ich könnte jetzt nicht alle Bücher zurückgeben – oder verkaufen. Verdammt.

Hannah fuhr sich mit der Hand durch die Haare und kaute auf ihrer Lippe. „Ich, äh ... weil ich ..."

Ich biss die Zähne zusammen und wartete darauf, dass sie fortfuhr.

Gerade als ich dachte, Hannah hätte die Frage vergessen, sprach sie.

„Weil ich H. M. Stuart bin", platzte es aus Hannah heraus, so schnell, dass mein Verstand die Worte zunächst nicht verarbeiten konnte.

Ich starrte sie verständnislos an.

„Weil du H. M. Stuart bist", wiederholte ich langsam. Ich runzelte die Stirn, als mir schließlich klar wurde, was ihre Worte bedeuteten. „Warte, was?"

Hannah wirkte nervös. „Mein richtiger Name ist Hannah Marie Taylor. Mein Pseudonym ist H. M. Stuart. Ich habe dieses Buch geschrieben." Sie hielt ein Exemplar von *Im Reich der Furien* hoch.

Meine Gedanken ordneten sich nur langsam. Ich war immer noch benommen vom Schlaf. Hannah war

H. M. Stuart? H. M. Stuart war Hannah? Ich blinzelte ein paar Mal und überlegte, mich zu kneifen, um zu überprüfen, ob ich nicht doch träumte.

Ein Wirbel von Gefühlen schoss mir durch den Kopf. Überraschung über Hannahs Offenbarung. Schmerz, dass Hannah mir nicht früher gesagt hatte, wer sie war. Verwirrung darüber, warum Hannah sich mitten in der Nacht ins Novel Gossip geschlichen hatte. Wut über den Schrecken, den sie mir eingejagt hatte. Ich stützte mich mit der Hand auf das nächste Bücherregal.

„Wenn das … warum … warum hast du nicht früher etwas gesagt?", fragte ich.

„Ich … es ist kompliziert." Hannah blickte zur Decke.

Frustration stieg in mir auf. *Wie kompliziert kann es sein?*

Ich hatte wirklich gedacht, dass Hannah und ich in den letzten drei Tagen eine echte Verbindung aufgebaut hatten, die auf Vertrauen und gegenseitigem Respekt beruhte. Warum hatte sie sich also so sehr bemüht, ihre wahre Identität vor mir zu verbergen?

Hannah senkte den Blick und sah mich mit Tränen in den Augen an. Sie verkrampfte die Hände. „Es tut mir so leid. Ich habe es wirklich vermasselt."

Ein Teil meiner Wut und Frustration verflog. Trotz meiner widersprüchlichen Gefühle wuchs mein Drang, Hannah zu trösten. Ich holte tief Luft.

„Hey. Warum mache ich uns nicht beiden ein heißes Getränk und du erzählst mir alles?", fragte ich sanft. Vielleicht gab es eine rationale Erklärung. Ich konnte mir beim besten Willen nur nicht vorstellen, welche.

Hannah nickte und stand auf, ihr Blick fiel kurz auf meine Beine.

Mein Gesicht wurde rot, als mir plötzlich bewusst

wurde, dass ich in Boxershorts und T-Shirt vor meiner Angestellten stand, die ich trotz dieser nächtlichen Aktion, unbestreitbar attraktiv fand. Die Angestellte, deren Hände zuvor auf meinem Hintern gelegen hatten. Die Angestellte, die gerade enthüllt hatte, dass sie keine geringere als H. M. Stuart selbst war. Meine Lieblingsautorin, von der ich dachte, sie sei ein Mann. Gott, wie peinlich. Mein Gehirn fühlte sich an, als würde es explodieren. Es war mitten in der Nacht und ich war nicht in der Lage, all diese neuen Informationen zu verarbeiten.

Ich nahm das Messer – ich wollte nicht, dass ein Kunde morgen beim Stöbern in der Jugendbuchabteilung einen bösen Schock bekam – und ging den Gang entlang. Hannah folgte mir.

Zehn Minuten später saßen Hannah und ich einander gegenüber an einem der Tische und tranken heiße Schokolade, während Hannah von Anfang an erklärte, was passiert war. Wie sie mich anfangs aufgrund einer Einschränkung ihres Hörvermögens falsch verstanden hatte und es ihr dann schwergefallen war, mir zu sagen, warum sie wirklich gekommen war. Wie es sie überraschte, als ihr die Arbeit im Novel Gossip so gefiel. Während sie sprach, bewegte sie ständig ihre Beine, tippte mit dem Zeigefinger auf den Tisch und wandte den Blick ab.

„Es tut mir so leid. Ich fühle mich schrecklich, dass ich dich angelogen habe", schloss Hannah, ihre Stimme stockte, als sie mir direkt in die Augen sah.

Obwohl ich immer noch wütend und verletzt war, war klar, dass sie nicht die Absicht gehabt hatte, mich zu täuschen. Sie schien jemand zu sein, der Schwierigkeiten hatte, Nein zu sagen oder für sich selbst einzustehen. Hannah blinzelte Tränen weg, und mein Herz wurde noch weicher.

Ich streckte die Hand aus und drückte ihre, die auf dem Tisch lag. „Hey. Hör mal, ich wünschte natürlich, du hättest mir die Wahrheit gesagt, anstatt mir einen Herzinfarkt zu verpassen, indem du dich mitten in der Nacht in den Laden schleichst, aber um ehrlich zu sein, haben sich die Dinge für mich ganz gut ergeben." Ich lächelte sie an. „Wenn du den Job nicht angenommen hättest und einfach nur gekommen wärst, um die Bücher zu unterschreiben und wieder zu gehen, wäre ich total aufgeschmissen gewesen. Deine Hilfe in den letzten drei Tagen, während Ben krank war, war ein Geschenk des Himmels."

Hannah brachte ein schwaches Lächeln zustande. „Es tut mir so leid, dass ich dir Angst gemacht habe. Ich hätte es dir wirklich früher sagen sollen." Sie schüttelte den Kopf und lachte. „Ich kann nicht glauben, dass ich es so weit habe kommen lassen, dass ich einbrechen musste." Ihr Gesicht wurde ernst. „Ich sollte wohl einen Termin bei meiner Therapeutin machen."

Dem hatte ich nichts entgegenzusetzen. Therapeuten hatten mir in einigen der schwierigsten Phasen meines Lebens geholfen, wie auch bei der Trennung von Alexis. Und ich war erleichtert, dass Hannah erkannte, dass die ganze Situation außer Kontrolle geraten war, auch wenn ich immer noch nicht verstand, warum sie so große Anstrengungen unternommen hatte, um ihre Identität geheim zu halten.

Meine Neugierde siegte. „Wenn ich fragen darf, warum möchtest du nicht, dass die Leute von deinem Pseudonym erfahren?", fragte ich.

Hannahs Blick fiel auf ihre Tasse mit heißer Schokolade.

„Es ist in Ordnung, wenn du nicht darüber sprechen möchtest – oder es für deine Therapeutin aufheben möchtest", erklärte ich. So fasziniert ich auch war, vielleicht war vier Uhr morgens nicht der beste Zeitpunkt, um eine solche Frage zu stellen.

Hannah blickte auf und lächelte mich leicht an. „Nein, schon okay. Die kurze Antwort lautet, dass ich introvertiert bin und Aufmerksamkeit wirklich nicht mag."

„Könntest du den Leuten nicht einfach sagen, wer du bist, aber keine Buchveranstaltungen und dergleichen machen?", fragte ich.

„Das könnte ich schon. Aber es sind nicht nur große Menschenmengen, die mich stressen. Es ist wirklich jede Art von besonderer Aufmerksamkeit. Das liegt wahrscheinlich alles an meiner Kindheit." Hannah hielt einen Moment lang inne, und ich dachte, sie würde es dabei belassen, aber dann sprach sie weiter. „Als Kind habe ich die meiste Zeit in Fantasiewelten verbracht – entweder in denen der Bücher, die ich las, oder in meinen eigenen."

Ich nickte. „Das ist wahrscheinlich einer der Gründe, warum du so eine unglaubliche Autorin bist." Gott, es fühlte sich so seltsam an, das zu sagen. Ich konnte immer noch nicht ganz glauben, dass es wahr war.

„Ja." Hannah lächelte, aber ihr Lächeln erreichte ihre Augen nicht. „Leider waren meine Eltern nicht so damit einverstanden, dass ich introvertiert bin. Sie sind beide sehr erfolgreiche Akademiker, die es lieben, in der Öffentlichkeit zu sprechen und öffentliche Anerkennung zu erhalten. Und sie erwarteten von mir, dass ich in ihre Fußstapfen trete. Als sie merkten, dass ich nicht das frühreife, extrovertierte Kind war, das sie erwartet hatten, ergriffen sie Maßnahmen und meldeten mich in der Schauspielschule an und, als ich alt genug war, in der Debattiergruppe." Hannah erschauderte. „Ich habe es gehasst. So sehr. Und je mehr sie mich zwangen, desto mehr hasste ich es."

„Das klingt schrecklich." Ich runzelte die Stirn. Introvertiert zu sein, war kein Persönlichkeitsdefekt, der behoben werden musste.

„Ja. Das ging jahrelang so. Sie schienen zu denken, je mehr ich es tat, desto weniger würde es mir ausmachen, und ihre schüchterne Tochter würde sich in eine superselbstbewusste Extrovertierte verwandeln, die später eine tolle Anwältin, Politikerin oder etwas Ähnliches werden würde. Aber es hatte den gegenteiligen Effekt."

„Es tut mir so leid. Es muss schrecklich gewesen sein, zu etwas gezwungen zu werden, das dir unangenehm ist." Ich hatte an der Highschool gerne Theater gespielt, aber ich hatte auch gesehen, wie nervös einige meiner Freunde vor dem Auftritt waren. Gott sei Dank hatten sie keine Eltern wie Hannah, die sie dazu zwangen.

Hannah stieß ein Geräusch aus, das zwischen einem Seufzen und einem Lachen lag. „Das Ironische daran ist, dass ich eigentlich gut im Theaterspielen war. Ich habe mich gern in die Charaktere hineinversetzt und konnte ihre Emotionen auf der Bühne wirklich gut darstellen. Aber ich hasste es, wenn Leute mir zusahen."

Ich nickte. „Es macht Sinn, dass du gut darin bist, wenn man bedenkt, wie wundervoll du glaubwürdige Charaktere ins Leben rufst."

Hannah wurde rot. „Als ich vierzehn war, bekam ich die Rolle der Lady Macbeth in der Schulaufführung von *Macbeth*. Etwa eine Stunde vor der Premiere war ich auf der Toilette und musste mich übergeben, weil ich so enormes Lampenfieber hatte. Ich wollte gerade gehen, als einige der anderen Jugendlichen aus meiner Theatergruppe hereinkamen und über mich redeten. Sie sagten, es sei so seltsam, wie aufgeschlossen und charismatisch ich auf der

Bühne wirkte, aber im wirklichen Leben sei ich so schüchtern und langweilig."

Mir tat die jugendliche Hannah so leid. „Oh Mann. Kinder können so gemein sein."

„Ja. Ich war mir meiner sozialen Unbeholfenheit ohnehin schon sehr bewusst, aber als ich diesen Kommentar hörte, kurz bevor ich auf die Bühne gehen und vor der halben Schule und ihren Familien auftreten sollte, war das der Tropfen, der das Fass zum Überlaufen brachte. Ich hatte eine Panikattacke." Hannah schaute ernst in ihre Tasse. „Als ich mich wieder einigermaßen bewegen konnte, rannte ich zum Jackson Park, der am Ufer des Lake Michigan in der Nähe des Hauses meiner Eltern liegt, und blieb dort. Es war Ende März, also nicht die beste Jahreszeit, um in Chicago viel Zeit draußen zu verbringen. Barb, mein Kindermädchen, das wusste, wie sehr ich diesen Ort liebte, fand mich schließlich eiskalt und zitternd in meinem Versteck."

Hannah rührte geistesabwesend in ihrer heißen Schokolade. „Ich muss schlimm ausgesehen haben, als sie mich fand, denn sie brachte mich ins Krankenhaus, um sicherzugehen, dass ich nicht an Unterkühlung litt."

„Mist! War alles in Ordnung?"

„Es ging mir gut. Meine Eltern waren zu der Zeit nicht da ..."

„Was? Sie kamen nicht einmal zur Premiere?", warf ich empört ein.

Hannah schüttelte den Kopf. „Nein. Barb hat mir ein paar Tage schulfrei gegeben und dafür gesorgt, dass die Zweitbesetzung meine Rolle dauerhaft übernahm, sodass ich etwas Zeit hatte, mich zu erholen. Aber es war so schrecklich, als ich wieder zur Schule gehen musste. Alle starrten mich an und tuschelten."

Ich zuckte zusammen. „Oh verdammt. Das ist der schlimmste Albtraum eines jeden Teenagers."

Hannah verzog die Lippen zu einem kleinen Lächeln. „Das einzig Positive an der ganzen Sache war, dass meine Eltern endlich zustimmten, dass ich die Theatergruppe und den Debattierklub aufgeben durfte und wieder zu meinem introvertierten Selbst zurückkehren konnte. Ich weiß nicht, was Barb zu ihnen gesagt hat – sie hatte jahrelang versucht, sie davon zu überzeugen, mich nicht so zu bedrängen –, aber es war eine enorme Erleichterung."

Ich atmete erleichtert auf. „Gott sei Dank. Obwohl es wirklich schade ist, dass es erst so weit kommen musste, bevor sie bereit waren, dich dein Ding machen zu lassen."

„Ich weiß", sagte Hannah. „Ich würde sagen, dass ich schon immer den Wunsch nach einem Künstlernamen hatte, um meine Privatsphäre zu schützen, weil ich ein privater Mensch bin. Aber ich glaube, diese ganze Erfahrung hat es für mich noch schlimmer gemacht, im Mittelpunkt der Aufmerksamkeit zu stehen. Ich habe auch Angst, dass meine Fans enttäuscht wären, wenn sie herausfänden, wer ich wirklich bin. Genau wie diese Mädchen aus der Theatergruppe. Als würden sie erwarten, dass ich eine großartige Gesprächspartnerin und unglaublich interessant bin, obwohl ich introvertiert bin und die meiste Zeit meines Lebens damit verbringe, mich in meine eigene Fantasiewelt zurückzuziehen."

„Nun, nach dem, was ich gesehen habe, verkaufst du dich völlig unter Wert. Du bist alles andere als eine Enttäuschung." Ich drückte Hannahs Hand noch einmal.

Hannah errötete. „Danke."

„Und es leuchtet mir auch vollkommen ein, warum du das Rampenlicht meidest." Ich hielt inne und überlegte, wie viel ich von meinen Erfahrungen erzählen sollte. „Ich war vor ein paar Jahren mit einer Frau zusammen, die ziemlich bekannt war – Alexis Merritts – und ich hasste die öffentliche Aufmerksamkeit. Auf Galas und anderen Veranstaltungen fotografiert zu werden, aufdringliche Fragen über unser Privatleben gestellt zu bekommen, Gegenstand von Artikeln wie *Wer ist die Freundin von Alexis Merritts, Georgina O'Grady* zu sein. Und ich halte mich nicht einmal für eine besonders schüchterne oder introvertierte Person."

Hannahs Augen wurden groß. „Oh wow. Das muss wirklich heftig gewesen sein. Wie bist du damit zurechtgekommen?"

„Um ehrlich zu sein, bin ich es nicht. Das war einer der Gründe, warum wir uns getrennt haben", erwiderte ich.

„Es tut mir leid", bemerkte Hannah. Ihr Gesicht wirkte besorgt.

Ich zuckte mit den Schultern. „Am Ende hat sich alles zum Besten gewendet."

Hannah schaute auf und hielt meinem Blick stand. „Weißt du, ich glaube, du bist die erste Person – abgesehen von meiner Therapeutin –, der ich diese Geschichte erzählt habe."

Wärme erfüllte meine Brust. „Nun, danke, dass du sie mit mir teilst. Und dein Geheimnis ist bei mir sicher", erklärte ich und erinnerte mich daran, dass Hannah fast genau die gleichen Worte in Bezug auf den Maisbrot-Vorfall früher am Abend verwendet hatte.

Hannah lächelte, und dieses Mal erreichte es ihre Augen. „Das ist gut zu wissen."

Wir saßen eine Weile in behaglichem Schweigen da, während ich versuchte, die Ereignisse der letzten Stunde zu verarbeiten. Mitten in der Nacht hatte ich viele neue Informationen aufnehmen müssen, und ich konnte immer noch nicht alles begreifen.

Hannah trank den Rest ihrer heißen Schokolade aus, schaute auf die Uhr und seufzte. „Ich sollte besser weiter die Bücher signieren."

Ich schob die Gedanken, die in meinem Kopf herumwirbelten, beiseite und konzentrierte mich auf die müde aussehende Frau vor mir. „Warum gehst du nicht nach Hause und schläfst ein wenig? Und kommst dann tagsüber wieder, um zu unterschreiben, wenn du dich ausgeruht hast?"

Hannah schüttelte den Kopf. „Ich kann jetzt auf keinen Fall schlafen." Sie lächelte mich verlegen an. „Ich habe eine riesige Handvoll Kaffeebohnen gegessen und bin total aufgedreht. Ich denke, ich muss mich jetzt einfach durchbeißen." Die Kaffeebohnen und ihre allgemeine Nervosität über die ganze Situation waren die Erklärung für ihre zappelnden Beine und ihren tippenden Finger.

„Bist du sicher?"

Hannah nickte.

„Na gut, dann lass mich dir wenigstens einen der Tische vorne herrichten. Das ist viel bequemer, als sich über Kartons auf dem Boden zu beugen."

Zehn Minuten später hatten wir die Bücherkartons nach vorn ins Café getragen, und Hannah setzte sich auf einen Stuhl, mit ein paar Stiften und einem Glas Wasser auf dem Tisch vor sich, die Kartons auf ihrer linken Seite gestapelt.

Sie lächelte mich an. „Danke. Das ist toll. Es tut mir so leid, dass ich dich geweckt habe. Du solltest jetzt wieder schlafen gehen, sonst bist du morgen erschöpft."

Aber der Gedanke, Hannah allein zu lassen, behagte

mir nicht. „Ich werde einfach alle Kisten öffnen, damit sie für dich bereitstehen."

„Ich denke wirklich, dass du ins Bett gehen solltest ..."

Ich ignorierte Hannah und fing an, die Kartons zu öffnen und auszupacken. Ich legte einen Stapel Bücher links von Hannah ab und sammelte dann die von ihr signierten Bücher ein und legte sie in einen der leeren Kartons. Ich warf Hannah immer wieder Blicke zu, wie sie mit gesenktem Kopf über die Bücher gebeugt dasaß und konzentriert die Stirn runzelte, während sie sorgfältig ein Buch nach dem anderen signierte. Die meisten Menschen, die mitten in der Nacht einen Berg von Büchern signieren müssten, würden sich beeilen und nur eine hastige Unterschrift hineinkritzeln, aber Hannah nahm ihre Verantwortung ernst. Eine gewellte, braune Haarsträhne fiel ihr ins Gesicht, und ich kämpfte gegen den Drang an, sie hinter ihr Ohr zu schieben.

Wärme breitete sich in meinem Körper aus. *Selbst um vier Uhr morgens finde ich diese Frau attraktiv.* Ich wollte mich für diesen Gedanken zurechtweisen, aber dann wurde mir etwas klar. Hannah war keine Angestellte mehr. Der einzige Grund, warum sie hier gearbeitet hatte, war ein Missverständnis gewesen, das nun geklärt war. Das bedeutete, dass es kein Machtgefälle mehr gab. Das bedeutete, dass sie nicht mehr tabu war.

Aber sie *war* die brillante Bestsellerautorin meiner Lieblingsbücher. Die Autorin, von der ich vor Hannah geschwärmt hatte und von der ich annahm, dass sie ein Mann sei. Bei der Erinnerung schoss mir die Röte ins Gesicht.

Zum Glück war Hannah sich meiner Verlegenheit nicht bewusst und konzentrierte sich immer noch auf den

Stapel von *Im Reich der Furien* vor ihr. Ich war damit beschäftigt, eine weitere Kiste signierter Bücher einzupacken, und beschloss, dass jetzt nicht der richtige Zeitpunkt war, um meine Gefühle für Hannah zu verarbeiten.

„Mist!", rief Hannah vierzig Minuten später aus.

Ich drehte mich um und sah, wie sie entsetzt auf das Buch vor ihr starrte.

„Ich muss die Konzentration verloren haben. Ich habe versehentlich eine Linie über die Seite gezogen, und als ich erschrak, ist mein Stift nach rechts weggerutscht, sodass daraus eine Art riesiges L geworden ist."

Ich trat hinter sie, beugte mich über ihre Schulter, um die Situation zu beurteilen, und versuchte, mich nicht zu sehr von meiner Nähe zu ihr und ihrem schwachen Blumenduft ablenken zu lassen.

„Ähm, vielleicht könntest du daraus eine Zeichnung eines Buches machen und *Viel Spaß beim Lesen* schreiben?"

Hannah lachte. „Ich traue mir nicht zu, mit dem Illustrieren anzufangen. Ich bin schon im besten Fall schrecklich im Zeichnen, und fünf Uhr morgens ist *nicht* der beste Zeitpunkt."

„Hier." Ich nahm eine leere Schachtel und einen der Ersatzstifte und hockte mich neben sie, spiegelte die L-Zeichnung auf der Schachtel und zeigte ihr, wie ich sie in ein Buch verwandeln würde. „Ich bin sicher, dass du das kannst."

Hannah studierte meine einfache Zeichnung. „Ja, okay. Das sieht nicht allzu schwer aus. Ich werde es versuchen. Es kann nicht schlimmer aussehen als das hier."

Sie kopierte meine Zeichnung sorgfältig, blickte auf und ab und biss sich auf die Lippe. Ich versuchte, nicht zu genau auf ihre Lippen zu starren, und scheiterte kläglich. Sie sahen so weich aus.

Schließlich legte sie den Stift beiseite. „So! Was hältst du davon?" Sie strahlte mich an.

Es war sicherlich nicht die beste Buchillustration, die ich je gesehen hatte. Aber man konnte erkennen, dass es sich um ein Buch handelte, oder vielleicht um eine Zeitung oder Zeitschrift, was immerhin etwas war. „Ich denke, wer auch immer dieses Buch bekommt, wird von seinem einzigartigen, persönlich illustrierten und signierten Exemplar begeistert sein."

Hannahs Gesicht strahlte noch mehr. „Ich bin froh, dass du so denkst! Hoffentlich passiert das nicht noch einmal. Diese verdammten Bücher zu signieren, ist schon schwer genug, ohne auch noch Illustrationen hineinmalen zu müssen."

Ich hob eine Augenbraue. „Ich weiß nicht. Es könnte eine lustige Herausforderung sein. Du zeichnest zufällige Schnörkel, und ich überlege mir, wie man daraus buchbezogene Zeichnungen machen kann."

Hannah lachte. „Wenn es nicht fünf Uhr morgens wäre und ich nicht all diese Bücher durcharbeiten müsste, wäre ich total für dieses Spiel zu haben. Können wir das verschieben?"

„Natürlich." Ich grinste. „Hey, bevor du wieder anfängst, zu signieren, kann ich dir etwas anbieten? Tee, heiße Schokolade, Kaffee?"

„George, im Ernst. Du wirst morgen völlig fertig sein, wenn du nicht noch etwas Schlaf bekommst." Hannahs sanfte, leise Stimme traf mich mitten ins Herz und ich schaute in ihre sanften, braunen Augen.

„Mir geht es gut, wirklich. Ich bin gestern früh ins Bett gegangen, also habe ich etwas geschlafen. Ich bezweifle, dass ich jetzt noch einmal einschlafen könnte." Hoffentlich würde Ben heute zurückkommen, da Hannah nicht in der Lage wäre, zu arbeiten.

Sie kniff die Augen zusammen. „Wenn es wirklich kein Problem ist, hätte ich gern einen Tee." Sie legte den Stift beiseite und streckte ihre Hand.

Als ich Hannah ihren Tee brachte, war es auch schon wieder Zeit, den Stapel *zu signierender* Bücher zu erneuern, und es gab einen Stapel *signierter* Bücher, die in Kartons gepackt werden mussten. Für eine Weile arbeiteten wir Hand in Hand: Hannah signierte, während ich die unterschriebenen Bücher einpackte und ihr neue Exemplare brachte. Währenddessen warf ich ihr immer wieder verstohlene Blicke zu und versuchte, die Tatsache zu akzeptieren, dass diese wunderschöne Frau, mit der ich in den letzten drei Tagen so viel Zeit verbracht hatte, auch eine geniale Fantasy-Autorin war, die Welten und komplexe Charaktere erschuf. Ich wollte Hannah so viele Fragen stellen, aber ich durfte sie nicht stören, während sie sich auf das Signieren der Bücher konzentrierte.

„Nur noch fünf Kisten. Du hast es fast geschafft", bemerkte ich, als ich eine weitere Kiste mit signierten Büchern fertiggepackt hatte.

„Oh, Gott sei Dank!" Hannah rieb sich die Augen und streckte die Arme.

Ich riss den nächsten Karton auf. Obenauf lag ein Stück Papier. Müde starrte ich es ein paar Sekunden lang an, bevor mir klar wurde, was es war. Unter dem Titel „Personalisierungen" befand sich eine Tabelle mit einer Liste von Namen, Adressen und in einigen Fällen auch Nachrichten. Meine Augen huschten über die ersten paar Zeilen:

Alles Gute zum Geburtstag, Sam!
Viel Glück beim Schreiben, Marj.

Ich schaute zu Hannah auf und fürchtete mich davor, ihr die Nachricht zu überbringen. „Ähm, es sieht so aus, als müssten diese personalisiert werden."

„Oh, Mist." Hannah verzog das Gesicht. „Das hatte ich völlig vergessen."

„Ich wünschte, ich könnte dir dabei helfen, aber das wäre Fälschung. Aber ich könnte sie dir vorlesen – das ginge vielleicht schneller."

„Bist du sicher? Das wäre großartig."

Ich nickte. Sobald Hannah die Bücher, die neben ihr gestapelt waren, fertig signiert hatte, begann ich, die persönlichen Widmungen vorzulesen. Die ersten waren sehr allgemein gehalten und wünschten den Menschen alles Gute zum Geburtstag oder Hochzeitstag.

„Lieber Jeffrey, vielen Dank für deine Unterstützung. Du bist mein Lieblingsleser und ich schätze dich sehr. In Liebe, HM." Ich hielt inne und schnaubte.

„Das steht da doch nicht!" Hannah riss mir das Blatt aus der Hand und starrte es mit großen, ungläubigen Augen an. „Oh mein Gott! Man sollte meinen, dass jemand die überprüft hätte, bevor sie zu mir geschickt wurden. Was soll ich denn jetzt machen? Ich weiß, dass *Jeffrey* jede Menge für die Personalisierung gezahlt hat, aber ich fühle mich nicht wohl dabei, so etwas für einen völlig Fremden zu schreiben, auch wenn ich nicht mit meinem richtigen Namen unterschreibe." Sie stieß einen Laut aus, der zwischen einem Stöhnen und einem Lachen lag.

„Wie wäre es, wenn du den zweiten Satz in *Ich schätze alle meine Leser sehr* änderst? So ist es zumindest nicht Jeffrey-spezifisch."

Hannah biss sich auf die Unterlippe, was mich davon ablenkte, über eine alternative Formulierung nachzudenken, und nickte dann. „Danke. Das wird gehen, denke ich.

Um ehrlich zu sein, bin ich gerade so müde, dass ich nur wenig Mitgefühl für Jeffrey und seine Bitte um Personalisierung habe." Sie nahm ihren Stift und schaute mich mit einem verlegenen Lächeln im Gesicht an. „Ich habe schon wieder vergessen, was du gesagt hast. Könntest du es bitte noch einmal wiederholen?"

15

HANNAH

IN MEINEM HALB traumähnlichen Zustand wurde mir allmählich bewusst, dass sich das Licht um mich herum verändert hatte. Die Sonne ging auf.

Ich legte meinen Stift hin und schaute gähnend auf meine Uhr. Es war kurz nach sechs Uhr morgens und ich hatte den vorletzten Karton Bücher zur Hälfte durch, die glücklicherweise nicht personalisiert werden mussten.

Ich warf einen Blick auf George, die zusammengesunken auf einem der Sessel saß und schlief. Nachdem sie mir den letzten Karton mit den personalisierten Nachrichten vorgelesen hatte, hatte sie uns beiden noch eine heiße Schokolade gemacht und sich auf den Stuhl gesetzt, um sie zu trinken, während ich weitersignierte. Trotz ihrer Behauptung, dass sie keinen Schlaf brauchte, fing sie eine Minute später an, leise zu schnarchen.

Wärme durchströmte meinen Körper, als ich sie beobachtete, die Augen geschlossen und das Gesicht weich und entspannt, während sich ihre Brust langsam auf und ab bewegte. Ich hatte die ganze Nacht darauf bestanden, dass sie wieder nach oben ins Bett geht, aber sie hatte sich standhaft geweigert. Stattdessen hatte sie mir heiße Getränke gemacht, beim Aus- und Einpacken der Bücher geholfen, mich während meiner Handdehnungsübungen wachgehalten, indem sie mit mir plauderte, und mich ein paar Mal gerettet. Ich weiß nicht, wie ich die Nacht ohne sie überstanden hätte. Und das, obwohl ich ins Novel Gossip eingebrochen war und ihr verraten hatte, wer ich wirklich bin. Sie schien zunächst schockiert, wütend und mehr als nur ein wenig verwirrt zu sein, aber der Schock und die Wut hatten sich schnell gelegt, nachdem ich ihr erklärt hatte, wie ich in diese missliche Lage geraten war. Sie war so verständnisvoll gewesen und hatte mir auch von ihren eigenen Erfahrungen mit Alexis Merritts erzählt. George war so bodenständig und selbstbewusst, dass ich mir nicht vorstellen konnte, wie sie die widerwillige Begleitung auf einer politischen Gala wäre oder im Mittelpunkt von Medienspekulationen stehen könnte. Obwohl ich gern sehen würde, wie sie im Smoking aussah ...

Aus Sorge, dass George frieren könnte, nahm ich die Decke vom anderen Sessel und legte sie vorsichtig um sie. Ich blieb kurz vor ihr stehen und bewunderte ihr Gesicht aus der Nähe – ihre braunen Augenbrauen, die blassen Sommersprossen auf ihrer Nase und den Wangen und die weichen, roten Lippen. Ich kämpfte gegen den Wunsch an, mit meinen Fingerspitzen über ihre Lippen zu streichen und mit der Hand durch ihr kurzes Haar zu fahren. Sie gab ein entzückendes kleines Schnarchen von sich und ich lächelte.

Ich riss mich von George los und wandte mich wieder dem Stapel Bücher vor mir zu. Aber ich konnte mir verstohlene Blicke nicht verkneifen, während ich mich langsam durch die Bücher arbeitete. Erschöpft legte ich gerade das letzte der signierten Bücher in einen Karton, als die

Schlüssel in der Haustür klimperten. Ich schaute auf und sah, wie Romina hereinkam.

Sie machte große Augen, als sie mich sah. „Hannah! Was machst du denn so früh schon hier?" Ihr Blick wanderte zu George und ihre Augen wurden noch größer. Romina senkte ihre Stimme. „Sieht aus, als hättet ihr eine wilde Nacht hinter euch."

„Das ist eine lange Geschichte", entgegnete ich und wollte unbedingt vermeiden, zu sehr ins Detail zu gehen.

Romina zog eine Augenbraue hoch, ließ es aber dabei bewenden. „Sag mir Bescheid, wenn du etwas brauchst." Sie eilte in die Küche. Ein paar Augenblicke später deuteten metallische Klänge darauf hin, dass sie mit der Vorbereitung des Essens für den Tag begonnen hatte.

Als ich alle Kisten in einer Ecke gestapelt und die Stifte weggeräumt hatte, war es halb acht und das Café füllte sich mit dem köstlichen Duft der Muffins, die gerade im Ofen backten. Mein Magen knurrte. Ich freute mich darauf, mir einen in den Mund zu stopfen, sobald sie aus dem Ofen kamen.

Normalerweise würde George sich gerade darauf vorbereiten, das Novel Gossip aufzusperren, aber sie schlief immer noch friedlich. Ich wollte sie nicht wecken – nicht, nachdem sie die halbe Nacht wachgeblieben war, um mir zu helfen.

Zu meiner Überraschung fühlte ich mich wacher, jetzt, da ich nicht mehr dasitzen und immer wieder meinen Namen schreiben musste. Ich begann, das Café so leise wie möglich vorzubereiten, indem ich die Kekse aus einem luftdichten Behälter in die Vitrine legte, die Kaffeemühle mit Bohnen füllte und den Geschirrspüler ausräumte.

Ich überlegte gerade, ob ich George wecken sollte, als sich die Eingangstür erneut öffnete und ein großer, attraktiver Mann Mitte zwanzig hereinkam. Er hatte kurze, schwarze Haare und dunkelbraune Haut. Ich wollte ihm gerade sagen, dass das Café noch nicht geöffnet sei, als ich einen Schlüssel in seiner Hand entdeckte.

Er blinzelte und grinste dann. „Hallo, ich bin Ben."

„Ich bin Hannah, die neueste Mitarbeiterin des Novel Gossips." Ich lächelte und atmete erleichtert auf. Ich hatte mir solche Sorgen gemacht, dass Ben wieder auftauchen und meine Tarnung auffliegen könnte, aber jetzt brauchte ich mir keine Gedanken mehr zu machen.

„Das ist toll! Willkommen an Bord." Ben grinste und schaute sich dann um. „Wo ist George? Ich habe ihr vorhin eine Nachricht geschickt, um ihr zu sagen, dass ich heute komme."

Ich nickte in die Richtung des Sessels und Ben zog die Augenbrauen hoch, als sein Blick auf George fiel.

„Ich hatte gestern Abend einen kleinen Notfall, bei dem sie mir geholfen hat. Ich dachte nur, ich sollte sie erst wecken, wenn wir öffnen", erklärte ich.

Bens Grinsen wurde breiter. „Ich überlasse dir die Ehre und gehe das hier schnell abstellen." Er tätschelte seinen Rucksack.

Ich ging zu George hinüber und warf ihr einen Blick zu. Sie sah so friedlich und entspannt aus. Ich wollte sie nicht stören. Aber ich dachte auch, dass es ihr nicht recht wäre, wenn ihre Kunden sie im Café schlafen sehen würden.

Ich legte meine Hand sanft auf Georges Schulter und schüttelte sie leicht. „George", murmelte ich. Sie drehte den Kopf, murmelte etwas und sackte dann wieder in den Stuhl zurück.

„George", sagte ich diesmal lauter, begleitet von einem kräftigeren Schulterklopfen.

George öffnete die Augen und blinzelte. Sie sah sich benommen um.

„Es ist fast acht Uhr morgens", erklärte ich sanft. Sie machte große Augen und starrte mich an.

„Verdammt!" Sie stand schwankend auf.

„Ist schon okay", erwiderte ich beruhigend. „Ben ist wieder da und ich habe alles für den Morgen vorbereitet."

„Oh, Gott sei Dank." Sie richtete ihren Blick auf mich. „Aber was machst du immer noch hier? Du solltest im Bett liegen."

„Es geht mir gut, ehrlich. Ich glaube, ich bin vom Adrenalin aufgedreht, aber ich fühle mich gut. Warum gehst du nicht duschen und Ben und ich halten die Stellung?"

George sah mich streng an. „Im Ernst. Geh nach Hause, Hannah."

Sie sieht heiß aus, wenn sie streng ist. Ich hätte nichts dagegen, wenn sie mich ein wenig herumkommandieren würde.

„Ich bleibe mindestens so lange hier, bis du geduscht hast", erwiderte ich bestimmt.

„Möchte jemand einen Himbeer-Muffin mit weißer Schokolade, frisch aus dem Ofen?" Ben erschien mit einem Tablett voller köstlicher Muffins.

Mein Magen knurrte. „Ja, bitte!", erklärte ich und setzte all meine Willenskraft ein, um nicht hinüberzusprinten und mir gleich zwei zu schnappen.

Er musterte uns von oben bis unten und verzog das Gesicht. „Und vielleicht eine Runde Kaffee? Ihr zwei seht aus, als könntet ihr den gebrauchen."

Um weitere Blicke wie Bens zu vermeiden, beschloss ich, zur Toilette zu gehen, um zu prüfen, wie ich aussah. Hoffentlich nicht zu mitgenommen.

„Ein Kaffee wäre toll, danke! Ich bin gleich wieder da."

Und damit eilte ich los, um zu sehen, welche Spuren eine Nacht des hektischen Schreibens und Signierens an meinem Gesicht und Körper hinterlassen hatte.

Als das kalte Wasser auf mein Gesicht traf, wurde mir klar, wie viel Glück ich hatte, dass George so gelassen auf meinen Einbruch und meine Offenbarung reagiert hatte. Es hätte auch ganz anders ausgehen können. Und wie viel Stress hätte ich mir in den letzten Tagen ersparen können, wenn ich George gleich gesagt hätte, wer ich war.

Ich starrte mich mit triefend nassem Gesicht im Spiegel an.

In dem Manuskript, an dem ich arbeitete, hatte ich beschlossen, meine Hauptfigur Esmae von einer passiven und handlungsunfähigen Person in eine Frau zu verwandeln, die ihr Schicksal selbst in die Hand nahm.

Ich gab meinem Spiegelbild ein Versprechen.

Du musst dir daran ein Beispiel für dich selbst nehmen und lernen, deine Probleme direkt anzugehen.

GEORGE

NACH EINEM LATTE MACCHIATO, einem leckeren Muffin von Romina und einer heißen Dusche fühlte ich mich etwas erfrischt und ging zurück ins Novel Gossip. Der morgendliche Ansturm fing gerade erst an und Ben stand hinter der Theke und bediente Betty und ihre Freundin, die wie üblich den Kuchen des Tages bestellten. Als ich mich umsah, entdeckte ich Hannah, die die Tische abräumte, und runzelte die Stirn. Ich hatte ihr gesagt, sie solle nach Hause gehen, aber sie hatte offensichtlich nicht auf mich gehört.

Als Hannah mit einem Tablett leerer Kaffeetassen in der Hand in Richtung Küche ging, schwankte sie unsicher auf den Beinen.

„Ich nehme das Tablett. Du gehst nach Hause", erklärte ich mit meiner besten autoritären Chefinnenstimme, während ich ihr Gesicht musterte. Sie war noch blasser als sonst, hatte dunkle Ringe unter den Augen und leicht zerzaustes Haar, aber sie sah immer noch wunderschön aus. Starrköpfig, aber wunderschön. „Komm schon, du hast genug getan."

„Ich bin fit ..." Hannah schwankte. Ich packte das Tablett mit einer Hand und ihre Schulter mit der anderen, um sie vor einem Sturz zu bewahren.

„Hannah, du bist erschöpft." Ich stellte das Tablett auf die Theke, damit ich zwei Hände frei hatte, falls Hannah auf dem Boden zusammenbrechen würde. „Ich kann dich in diesem Zustand nicht weiterarbeiten lassen. Du würdest mich und das Novel Gossip einem Haftungsrisiko aussetzen." Ich hatte keine Ahnung, ob das tatsächlich der Fall war, aber es klang überzeugend. Hoffentlich würde es Hannah dazu bringen, nach Hause zu gehen.

Hannah runzelte die Stirn und stützte sich auf die Theke, um sich zu stabilisieren. „Vielleicht brauche ich einfach eine kleine Pause. Ich glaube, die Wirkung der Kaffeebohnen, die ich gegessen habe, lässt langsam nach."

Ich runzelte die Stirn. Sie würde auf keinen Fall in diesem Zustand nach Hause laufen oder fahren können, aber ich hatte auch keine Zeit, sie zu fahren. Während wir uns unterhielten, waren fünf weitere Kunden hereingekommen, und Ben brauchte Hilfe. Mir fiel nur eine Möglichkeit ein. *Gott sei Dank ist meine Wohnung im Moment relativ aufgeräumt.* „Warum legst du dich nicht oben hin? Ich habe ein Gästezimmer. Ben und ich haben alles unter Kontrolle", schlug ich sanft vor.

Hannah zögerte. Sie zog ihre Hand für einen Moment von der Theke, schwankte erneut und nickte dann. „Wenn du sicher bist, dass das in Ordnung ist, würde ein kleines Nickerchen vielleicht helfen."

„Natürlich." Ich führte Hannah vorsichtig durch die Küche, ignorierte Rominas neugierigen Blick und ging mit ihr die Treppe zu meiner Wohnung hinauf.

Max kam durch den Flur gerannt, um uns zu begrüßen.

„Entschuldige, ich habe vergessen, Max zu erwähnen. Ich hoffe, du hast nichts gegen Hunde."

„Überhaupt nicht. Hallo, Kumpel." Hannah beugte sich hinunter, um Max zu streicheln, und taumelte nach vorn, wobei sie fast das Gleichgewicht verloren hätte.

Ich packte sie an den Schultern und richtete sie auf. *Gott, die übernächtigte Hannah, bei der das Koffein gerade nachließ, war irgendwie bezaubernd.* „Lass uns dich ins Bett bringen. Du hast später noch genug Zeit, Max mit Streicheleinheiten zu verwöhnen."

Ich hielt ihren Arm fest, führte sie den Flur entlang zum Gästezimmer und setzte sie sanft auf das Bett. „Bitte schön. Fühl dich wie zu Hause. Ich lege dir ein Handtuch und frische Kleidung raus, falls du duschen möchtest."

„Danke", brachte Hannah hervor, beugte sich vor und zog ihre Schuhe aus.

Um ihr etwas Privatsphäre zu geben, ließ ich sie allein und ging zurück ins *Novel Gossip*, bereit, den Tag ein zweites Mal zu beginnen.

Als ich durch die Küche ging, nahm ich einen Teller mit Zucchini- und Mais-Frittaten, der auf der Theke stand, und brachte ihn zu einem unserer Stammgäste. Auf dem Rückweg hielt ich an, um einen Tisch hinter Betty und ihrer Freundin abzuräumen.

„Es ist eine Schande, dass es hier in letzter Zeit bergab geht. Das Essen und der Kaffee sind immer noch ausgezeichnet, aber es dauert ewig, bis man bestellen kann. Ein paar Mal musste ich selbst schmutziges Geschirr an einen anderen Tisch bringen, nur damit ich einen Platz zum Sitzen hatte", murmelte Bettys Freundin. „Ehrlich gesagt, denke ich, dass ich wie einige der anderen zu Dippin' Donuts gehen werde – wenigstens geht es dort schnell."

Mir zog sich der Magen zusammen. *Mist.*

Betty runzelte die Stirn. „Sie haben vorübergehende Personalprobleme, aber ich bin sicher, dass George das bald in den Griff bekommen wird. Ich gehe auf keinen Fall zu Dippin' Donuts und lasse mir den Kuchen des Tages entgehen." Sie schob sich eine Gabel des besagten Kuchens in den Mund und stöhnte genussvoll.

Bei Bettys Worten wurde mir warm ums Herz. So besorgniserregend die Kommentare ihrer Freundin auch waren, hoffte ich doch, dass die meisten meiner Stammgäste genauso dachten wie Betty. Ich nahm zwar an, dass Hannah nicht mehr im Novel Gossip arbeiten wollte, nachdem der Irrtum nun aufgeklärt war, aber wenigstens war Ben zurück. Und hoffentlich tauchte die Frau bald wieder auf, die Ben gegenüber erwähnt hatte, dass sie an einem Job interessiert sei.

Ich ging zurück in die Küche und sah, dass Romina einen der Maisbrot-Muffins aß, die ich gestern Abend als Ersatz gebacken hatte. *Oh nein.* Ich machte mich auf das Schlimmste gefasst.

„Das Maisbrot ist dir gut gelungen, George. Ein bisschen mehr Zucker als ich reingetan hätte, aber es schmeckt", erklärte sie mit unbewegter Miene.

Ich atmete aus und grinste. Romina entging nicht viel, auch nicht, wie es schien, mein Versuch, das Maisbrot unbemerkt zu ersetzen. Aber Rominas Kommentar war ein großes Lob von ihr und ich war erleichtert, dass sie keine Fragen stellte.

Der Rest des Tages verging schnell und Ben und ich fielen in unseren gewohnten Rhythmus.

Am Nachmittag kam ein Lieferfahrer, um die Kisten mit den signierten Büchern abzuholen. Ich stieß einen Seufzer der Erleichterung aus. Die hintere Ecke des Buchladens war nun nicht länger ein hässlicher Anblick oder eine Stolperfalle.

Während ich nach dem nachmittäglichen Kaffeeansturm die Tische abräumte, bemerkte ich eine kaukasische Frau, deren Haar zu einem langen, braunen Pferdeschwanz zusammengebunden war. Sie unterhielt sich mit Ben an der Theke. Nachdem ich das schmutzige Geschirr abgestellt hatte, winkte Ben mich zu sich.

„George, das ist Josie. Sie ist die Frau, die ich neulich erwähnt hatte. Sie hat Interesse, hier zu arbeiten."

Josie lächelte und reichte mir die Hand. „Schön, Sie kennenzulernen. Entschuldigen Sie, dass ich so lange gebraucht habe, um wiederzukommen. Ich hatte die Grippe. Aber jetzt bin ich wieder völlig gesund", fügte sie hastig hinzu.

Ich nahm mir vor, Blake vor der Grippe zu warnen, die gerade umzugehen schien – zuerst unser Lieferfahrer, dann Ben und jetzt Josie.

„Schön, dich kennenzulernen", begrüßte ich sie, schüttelte ihre Hand und grinste. „Bitte nenn mich George, wir duzen uns hier."

Es schien bergauf zu gehen. Ben war zurück, ich hatte eine weitere potenzielle Mitarbeiterin, der Berg mit Kartons von *Im Reich der Furien* war verschwunden und ich hatte eine wunderschöne Frau, die oben in meinem Bett schlief. *In deinem Gästebett, George. Übertreibe es nicht.*

ALS ICH DIE Eingangstür zum Café abschloss und mich auf den Weg nach oben in meine Wohnung machte, überkam mich die Erschöpfung. Eine unruhige Nachtruhe in Kombination mit einem anstrengenden Tag auf den

Beinen hatte mich schließlich eingeholt. Es war so hektisch gewesen, dass ich keine Zeit gehabt hatte, die Ereignisse der letzten vierundzwanzig Stunden zu verarbeiten.

Die Tür zum Gästezimmer stand offen, also spähte ich vorsichtig hinein. Ich war mir nicht sicher, wie ich mich in einer solchen Situation verhalten sollte. Ich hatte Hannah nicht gehen sehen und Max hatte mich auch nicht an der Tür begrüßt, also nahm ich an, dass sie beide im Gästezimmer waren.

Beim Anblick von Hannah verspürte ich Wärme. Sie schlief tief und fest unter der Bettdecke. Ihr dunkles Haar war auf dem weißen Kissen aufgefächert und Max schnarchte neben ihr. Lächelnd schloss ich vorsichtig die Tür und ging auf Zehenspitzen den Flur entlang zurück in die Küche, wo ich mit der Zubereitung des Abendessens begann.

Ich hatte gerade angefangen, die Zwiebel und den Knoblauch anzubraten, als die Dielen knarrten. Ich drehte mich um und sah, wie Hannah verlegen in der Küchentür stand.

Sie fuhr sich mit der Hand durch ihr zerzaustes Haar und versuchte dann, ihren weiten Pullover glatt zu streichen. „Tut mir leid, dass ich so schnell eingeschlafen bin. Ich sollte dir etwas Freiraum geben und hier verschwinden. Aber vielen Dank, dass ich mich hier ausschlafen durfte." Es hatte etwas sehr Intimes, Hannah leicht zerzaust vom Schlaf zu sehen.

„Möchtest du zum Abendessen bleiben? Ich koche Tomaten-Basilikum-Pasta mit Burrata-Käse." Ich lächelte sie an.

„Oh, danke. Aber lieber nicht." Hannahs Stimme klang nicht sehr überzeugt. Sie kam langsam zur Küchentheke.

Mein Lächeln wurde breiter. „Im Ernst, es ist kein

Problem. Ich habe etwas mehr gemacht, falls du welche möchtest."

„Es riecht wirklich toll", bemerkte Hannah und warf einen interessierten Blick in die Pfanne.

Ich klopfte mit dem Kochlöffel gegen die Pfanne, um ein paar Nudeln abzuschütteln, und drehte mich zu ihr um. „Großartig. Du bleibst also. Möchtest du ein Glas Pinot dazu?"

Sie grinste. „Ja, bitte."

Dreißig Minuten später seufzte Hannah zufrieden und lehnte sich vor ihrem leeren Teller auf dem Esszimmerstuhl zurück. Ihre Wangen waren wieder rosig. „Das war lecker. Nochmals vielen Dank."

„Gern geschehen", antwortete ich und meinte es wirklich so. Ich liebte es, Menschen zu verköstigen, und Hannah war da keine Ausnahme. Es machte mir Spaß, ihr dabei zuzusehen, wie sie die Nudeln verschlang, während ich ihr von Josies Wiederauftauchen, der Abholung ihrer Bücher und einigen unterhaltsamen Kundengeschichten von heute erzählte. So müde ich auch war, Hannahs Anwesenheit gab mir neue Energie.

Bevor ich sie aufhalten konnte, hatte Hannah meinen leeren Teller und das Besteck auf ihren Teller gestapelt und alles in die Küche gebracht.

„Mach dir keine Sorgen um den Abwasch. Ich mache das später", erklärte ich, als ich hereinkam und sah, dass Hannah bereits die Pfanne schrubbte.

„Das ist das Mindeste, was ich tun kann. Und dann gehe ich nach Hause, damit du etwas Zeit für dich hast."

Hannah schien überzeugt zu sein, dass sie eine Last war, obwohl das Gegenteil der Fall war. Trotz meiner Erschöpfung hatte ich ihre Gesellschaft wirklich genossen.

H. M. Stuarts Gesellschaft. Gott, es fühlte sich so seltsam an, nur daran zu denken.

Ich nahm mir ein Geschirrtuch und fing an, das Geschirr abzutrocknen. Max, der sein Abendessen hastig hinuntergeschlungen hatte und sehr enttäuscht war, als er feststellte, dass unser Essen vegetarisch war, tippte sanft mit den Pfoten an mein Bein. Ich schaute nach unten und sah, wie er mich mit seinen großen, braunen Augen musterte. Schuldgefühle überkamen mich. Normalerweise ging ich zweimal am Tag mit ihm spazieren, aber wegen der nächtlichen Eskapaden hatte ich es an diesem Morgen versäumt. Ich musste heute Abend unbedingt mit ihm rausgehen.

„Ich muss mit Max Gassi gehen. Können wir dich auf dem Weg bei dir zu Hause absetzen?" Aus den Anstellungsunterlagen, die Hannah ausgefüllt hatte, wusste ich, dass sie in der Cherry Lane wohnte. Ich würde mich besser fühlen, wenn ich wüsste, dass sie sicher nach Hause gekommen war.

„Das wäre großartig, wenn es nicht zu viel Aufwand ist", antwortete Hannah.

Wir spülten schnell das Geschirr und machten uns dann mit Max auf den Weg.

Eine warme Brise und die Abendsonne trafen uns, als wir nach draußen traten.

„Dieses Wetter ist unglaublich", bemerkte Hannah. „Ich vergesse immer, wie sehr diese längeren, wärmeren Tage meine Stimmung verbessern."

Sie sah so glücklich aus. Ihre Augen strahlten, während sie unsere Umgebung genoss. Mein Herz schlug höher. Obwohl ich in den letzten vier Tagen die meiste Zeit mit Hannah verbracht hatte, wollte ich nicht, dass sie schon nach Hause ging. Mir kam eine Idee. Ich grinste. „Weißt du, was meine Stimmung noch weiter verbessern könnte?"

„Was?“

„Ein Eis.“

Hannah lachte.

„Wirklich! Max und ich könnten bei Van Hoorn's Creamery vorbeigehen. Dort gibt es das beste Eis im Putnam County, vielleicht sogar im ganzen Staat New York. Und möglicherweise sogar auf der ganzen Welt. Möchtest du mitkommen oder sollen wir dich vorher absetzen?“ Ich hob eine Augenbraue. „Es ist wirklich köstlich.“

Hannah lächelte. „Wie könnte ich nach dieser Empfehlung Nein sagen?“

Zehn Minuten später war Max draußen vor der Eisdiele neben einer Wasserschüssel angebunden, während Hannah unter den aufmerksamen Blicken der Besitzer Mark und seiner Frau Cheryl überlegte, welche Geschmacksrichtungen sie probieren sollte. Die Eisdiele befand sich in einem dreistöckigen, viktorianischen Gebäude in der Nähe des Piers. Während die Beschilderung und Einrichtung altmodisch wirkten, waren die Geschmacksrichtungen alles andere als das. Ich hatte mich bereits für ein Erdbeer-, Balsamico- und Pfeffer-Eis in einem Becher entschieden. Nachdem Hannah einige Geschmacksrichtungen probiert hatte, schwankte sie zwischen Roter Kirsche mit Ziegenkäse oder dunkler Schokolade mit Paprika.

„Ach, ich kann mich nicht entscheiden!“ Hannah runzelte die Stirn und sah so süß aus, wie sie ihre Optionen abwog. Dann verzog sie das Gesicht zu einem halben Lächeln. „Ach, was soll's! Ich nehme beide – in einer Waffel, bitte.“

Mark grinste. „Geht klar. Hat euch die Filmvorführung gefallen? Ich habe euch beide dort gesehen.“

„Es war ein toller Abend", sagte ich so lässig, wie ich nur konnte.

Ich aß einen Löffel von meinem Eis und hoffte, dass es die Hitze vertreiben würde, die mir bei der Erinnerung daran, wie ich mit Hannah mehrere Sexszenen und haufenweise sexuelle Anspielungen durchgestanden hatte, in die Wangen kroch. Ich begegnete Marks Blick versehentlich und hätte schwören können, dass in seinen Augen ein wissendes Funkeln lag. Vielleicht war es für ihn genauso unangenehm gewesen, neben seiner Tochter zu sitzen, wie für mich neben Hannah.

Mit Eis in der Hand gingen wir am Musikpavillon vorbei zum Pier und lehnten uns an das Geländer mit Blick auf den Hudson. Es war noch hell und über die blaue Weite des Flusses hinweg konnte man die grünen, bewaldeten Berge sehen. Das Wasser plätscherte um die Pfosten des Piers.

Hannah stöhnte. Der Klang versetzte mir einen elektrischen Schlag und ich riss meinen Kopf in ihre Richtung herum. „Dieses Eis ist unglaublich!"

„Ja, Mark und Cheryl experimentieren leidenschaftlich gern mit neuen Geschmacksrichtungen und Techniken. Ich bin froh, dass es dem Hype gerecht wird", bemerkte ich lachend. „Weißt du noch, wie du vermutet hast, Mark sei ein Banker, der mit seiner Tochter verheiratet ist?" Ich steckte mir einen Löffel Eis in den Mund und genoss die ungewöhnliche Geschmackskombination, die fragwürdig klang, aber irgendwie perfekt funktionierte.

Hannah lachte und schüttelte den Kopf. „Ich hätte mich nicht mehr irren können. Er ist ein Eis-Genie."

Sie leckte noch einmal an ihrem Eis und ihre rosa Zunge glitt über die Schokolade. *Oh Gott.* Ein Schauer der Begierde lief mir über den Rücken.

„Darf ich dich fragen, warum du dich entschieden hast, nach Sapphire Springs zu ziehen?"

Hannah wandte ihren Blick vom Fluss ab und schaute mich an. „Ich habe mich in diesen Ort verliebt, als ich an der NYU studierte. Ich habe Tagesausflüge hierher gemacht, gelegentlich auch mal ein Wochenende hier verbracht. Es fühlte sich immer wie eine ... ruhige Zuflucht aus dem Stadtleben an. All die wunderschönen Gebäude aus dem neunzehnten Jahrhundert, eingebettet in die Natur direkt neben diesem Fluss", Hannah deutete auf den Hudson, „und den Bergen. Und alle, die hier wohnen, schienen immer so glücklich und freundlich zu sein." Es wärmte mir das Herz, zu hören, dass Hannah Sapphire Springs genauso zu lieben schien wie ich.

Ich musste lachen. „Du hast Romina eindeutig noch nicht an einem ihrer schlechten Kochtage erwischt. Oder bist Rory Goldsworthy begegnet."

Hannah grinste. „Nein, ich hatte bisher Glück. Ich weiß, dass es Ausnahmen gibt, aber findest du nicht, dass die Menschen hier im Allgemeinen glücklicher sind als in der Stadt? In New York scheint jeder in Eile zu sein – um irgendwohin zu kommen oder etwas zu erreichen. Während die Menschen hier mehr Zeit zu haben scheinen, im Hier und Jetzt zu sein und das Leben tatsächlich zu genießen."

Hannah leckte langsam und ausgiebig an ihrem Eis. Ihre Zunge wirbelte herum, um ein paar Tropfen aufzufangen, die sich ihren Weg an der Waffel hinunterbahnten. *Ich frage mich, wie es wohl wäre, sie zu küssen. Wie es wäre, wenn diese Zunge meinen Mund erforschen würde ...* Ich blinzelte. *Reiß dich zusammen, George.* Ich riss meinen Blick von ihr los und konzentrierte mich auf die Aussicht auf den Fluss und darauf, Hannahs Frage zu beantworten.

Ich nickte. „Obwohl die Arbeit in letzter Zeit so hektisch ist, muss ich zumindest keine langen Pendelstrecken und anderen Stress des Stadtlebens bewältigen. Und abends mit Max hier spazieren zu können, frische Luft zu atmen und diese unglaubliche Aussicht zu genießen, ohne von anderen Menschen umgeben zu sein, ist die perfekte Art, sich zu entspannen." Hannah hatte einen Moment lang aufgehört, ihr Eis zu schlecken, sodass ich sie wieder ansehen konnte. „Du hast diesen Umzug also schon eine Weile geplant?"

„Nun, ich dachte immer, dass ich irgendwann hier landen würde – oder an einem ähnlichen Ort –, aber meine Pläne haben sich kürzlich beschleunigt." Hannahs Gesicht verfinsterte sich, was darauf hindeutete, dass der Grund für die Beschleunigung nicht erfreulich war. Vielleicht war es die Scheidung, die sie erwähnt hatte?

„Oh, das tut mir leid", erwiderte ich sanft.

„Schon gut." Hannah hob die Eiswaffel an den Mund, öffnete die Lippen und schloss sie dann um das Eis. Dieses Mal konnte ich nicht wegsehen. „Was ist mit dir? Warum hast du dich entschieden, hierherzuziehen?"

Gebannt beobachtete ich, wie Hannah ihr Eis genoss und es dann hinunterschluckte. Sie starrte mich mit hochgezogener Augenbraue an und mir wurde klar, dass ich ihre Frage nicht beantwortet hatte.

„Entschuldige. Ich glaube, ich habe erwähnt, dass ich in Florida, in der Nähe von Tampa, aufgewachsen bin. Aber meine Großmutter wohnte in Sapphire Springs, und ich habe sie mindestens einmal im Jahr besucht." Meine Großmutter, die Mutter meines Vaters, weilte nicht mehr unter uns, aber die Liebe, die wir für diese Stadt empfanden, blieb bestehen. „Wie du habe ich mich in sie verliebt. Im

Vergleich zu dem Ort, an dem ich aufgewachsen bin, ist sie so malerisch. Ich komme aus einem Vorort, einer Ansammlung charakterloser Backsteinhäuser aus den 1960er-Jahren mit Rasengärten in einer geplanten Gemeinde. Dieser Ort hingegen fühlt sich einfach geschichtsträchtig an."

Hannah nickte. „Ich weiß, was du meinst. Auch wenn New York und Chicago – wo ich aufgewachsen bin – großartige, alte Gebäude haben, gibt es dort auch Wolkenkratzer und so viele andere Wahrzeichen des modernen Lebens – wie den Times Square und all seine Werbetafeln." Hannah erschauderte und ich grinste. Ich mied den Times Square jedes Mal wie die Pest, wenn ich in die Stadt kam. „Wohingegen Sapphire Springs seinen Charakter wirklich bewahrt hat."

„Und trotzdem gibt es hier Highspeed-Internet, fließendes Wasser und Strom, ganz zu schweigen von diesem fantastischen Eis", sagte ich und nahm noch einen großen Löffel.

Hannah lachte. „Es ist wirklich das Beste aus beiden Welten."

Das Licht begann zu schwinden, aber die Luft war noch warm. „Ich liebe auch die Jahreszeiten hier. In Florida ist es entweder warm, heiß oder heiß und feucht, aber in diesem Teil der Welt ist jede Jahreszeit so einzigartig. Die Hitze des Sommers, das bunte Laub im Herbst, die Gemütlichkeit des Winters und die Blüten des Frühlings. Ich schwöre, jetzt, wo ich hierhergezogen bin, scheinen meine Erinnerungen stärker zu sein. Ich denke, das könnte daran liegen, dass sie mit den wechselnden Jahreszeiten verbunden sind. Es ist fast so, als würden die Jahreszeiten den Lauf der Zeit markieren." Ich spürte, wie Hannah mich ansah, und mir wurde heiß. Ich hatte mich beim Schwärmen über die

Jahreszeiten hinreißen lassen, ausgerechnet einer äußerst talentierten Autorin gegenüber. „Entschuldige, das ergibt wahrscheinlich keinen Sinn."

Hannah lächelte. „Nein. Ich verstehe es vollkommen. Ich erinnere mich lebhaft an die Wanderung, die ich vor zwei Jahren im September in den Catskills unternommen habe. Und ich glaube, es lag daran, dass es in diesem Jahr das erste Mal wirklich nach Herbst aussah. Die Luft war so kühl und frisch, und die Blätter begannen sich zu verfärben. Wenn das nicht gewesen wäre, hätte sich die Wanderung wahrscheinlich wie all die anderen Wanderungen ange-fühlt, die ich im Laufe der Jahre unternommen habe." Hannah machte eine Pause. „Übrigens, hast du jemals daran gedacht, Schriftstellerin zu werden? Das war sehr poetisch."

Ich musste lachen, erleichtert, dass Hannah verstand, was ich meinte. „Gott, nein, ich bin ganz zufrieden damit, Schriftsteller zu fördern und ihre Bücher zu lesen, aber ich kann mir nicht vorstellen, selbst ein Buch zu schreiben." Ein Gedanke kam mir in den Sinn. „Apropos Schreiben, wie geheim willst du deinen Künstlernamen in Sapphire Springs halten? Deine Privatsphäre ist dir offensichtlich sehr wichtig, aber ich frage mich, ob ich mit Blake darüber sprechen darf. Natürlich sage ich nichts, wenn du es nicht möchtest."

Ich hatte immer noch nicht so ganz verarbeitet, dass Hannah H. M. Stuart war. Jedes Mal, wenn ich daran dachte, war ich überrascht und wusste nicht, was ich davon halten sollte. Meine Gefühle für Hannah waren schon verwirrend genug, ohne dass sie auch noch meine Lieblings-autorin war. Sie war so talentiert und erfolgreich. Es war mir unbegreiflich, dass sie in meinem Café arbeitete und außerhalb der Arbeit Zeit mit mir verbrachte. Hoffentlich würde ich heute Nacht gut schlafen, und dann würde sich Hannahs Offenbarung über ihr Alter Ego morgen vollkommen in Ordnung anfühlen. Wenn nicht, könnte es helfen, mit Blake darüber zu sprechen.

Hannah presste die Lippen zusammen und dachte nach. Ich wollte ihr gerade sagen, dass sie sich keine Sorgen machen sollte, als sie das Wort ergriff. „Wenn du Blake bittest, es niemandem außer Jenny zu erzählen, ist es in Ordnung. Sie wirken nicht wie die Art von Menschen, die mich auffliegen lassen würden." Hannah zuckte zusammen. „Aber wenn du versuchen könntest, die ganze Sache mit der versehentlichen Annahme des Jobs und dem Einbruch ein bisschen weniger seltsam klingen zu lassen, wäre das toll."

„Hmmm. Ich weiß nicht recht." Ich grinste und stieß Hannah leicht in die Seite. „Ein bisschen weniger seltsam. Ist das überhaupt möglich?"

„Hey!" Hannah stieß mich lachend mit dem Ellbogen zurück und täuschte Empörung vor. Unsere Blicke trafen sich und mein Herz machte einen Sprung.

Verdammt, ist sie schön. Die Sonne ging schließlich unter und sandte eine Vielzahl von Gold-, Rosa-, Rot- und Purpurtönen über den Himmel, die Hannahs Gesicht in einem warmen Glanz erstrahlen ließen. *Wie gerate ich immer wieder in diese romantischen Situationen mit ihr?* Eine kleine Stimme in mir flüsterte, dass die Barrieren zwischen uns nun, da ich festgestellt hatte, dass sie Single war, sich für Frauen interessierte und eher eine Autorin als meine Angestellte war, fallen würden. Was würde passieren, wenn ich einfach die Hand ausstrecken und ihre Hand in meine nehmen würde?

Ich schüttelte den Gedanken ab. *Hannah ist H. M. Stuart. Wäre sie wirklich an mir interessiert?*

„Die Sonne geht langsam unter", bemerkte ich, und meine Stimme klang abrupter, als ich es beabsichtigt hatte. „Wir sollten zusehen, dass wir dich nach Hause bringen, bevor es dunkel wird."

Hannah nickte zustimmend, aß den Rest ihres Eises auf und dann machten wir uns gemeinsam auf den Weg zurück die Main Street hinauf in Richtung Cherry Lane.

Während wir plauderten, erreichten wir die Cherry Lane in kürzester Zeit.

„Da wären wir", bemerkte Hannah und hielt ein paar Minuten später vor einem kleinen Vorgarten voller Rosenbüsche und Lavendel an.

Hannah drehte sich zu mir um. Ihr dichtes, braunes Haar umrahmte ihr Gesicht und betonte ihre dunklen Wimpern und rosafarbenen Lippen, die von der schwindenden Sonne sanft beleuchtet wurden. Wie aus dem Nichts kribbelten Schmetterlinge in meinem Bauch. Wenn wir eine Verabredung hätten, wäre dies der Moment, in dem wir uns küssen würden. Oder vielleicht würde Hannah mich hereinbitten. Aber wir waren nicht verabredet. Obwohl ... der Abend hatte sich irgendwie so angefühlt. Abendessen, ein Spaziergang, Eis am Fluss, den Sonnenuntergang beobachten. Aber im Gegensatz zum Filmabend hatten sich die romantischen Elemente des heutigen Abends nicht seltsam angefühlt.

Mal abgesehen von dem jetzigen Moment. Ich hatte Hannah schon länger als einen Augenblick angestarrt und sie hatte meinen Blick erwidert. Waren ihre Augen dunkler als sonst, oder lag es nur am schwindenden Licht? Die Luft knisterte. Alles um mich herum verschwand. Alles außer Hannah. Ein köstlicher Schauer lief mir über den Rücken, und mein Herzschlag beschleunigte sich. Jeder Nerv in meinem Körper schrie nach Kontakt mit Hannah. Benommen trat ich einen Schritt vor.

Und dann pressten wir unsere Lippen aufeinander. Hannahs Mund war so weich, aber der Kuss war es nicht. Er war hungrig, heiß und gierig. Leidenschaftlich und ungeschliffen. Ich umklammerte ihre Taille fester und zupfte mit den Zähnen an ihrer Unterlippe. Hannah stöhnte auf, was meine Erregung aufflackern ließ.

Mein Gott, ich hatte vergessen, wie wahnsinnig toll Küssen sein konnte.

Schließlich lösten wir uns voneinander und die Realität holte uns ein.

Verdammt.

Ich hatte das überhaupt nicht durchdacht. Wie ging es jetzt weiter?

Ich starrte Hannah verständnislos an. *Worte, George. Sag etwas.*

Ich schluckte. „Ich wollte mich nur für deine Hilfe in den letzten Tagen bedanken. Ohne dich hätte ich es wirklich nicht geschafft." Ich zuckte bei meinen ungeschickten Worten zusammen. *Nun ja, wenigstens war das etwas.*

Ein nicht lesbarer Ausdruck huschte über Hannahs Gesicht. *Verdammt.* Mein peinlicher Kommentar war ihr offensichtlich nicht entgangen.

„Ähm, kein Problem", entgegnete Hannah, während sie sich das Haar von den rosaroten Wangen strich. „Jetzt, wo Ben zurück ist und du Josie angeheuert hast, lass mich wissen, was du in Bezug auf Schichten denkst. Ich bin völlig flexibel. Ich könnte auch nur für ein paar Stunden während des Mittagsansturms kommen, weil dann am meisten los ist."

Ich blinzelte, als würde das irgendwie helfen, Hannahs

Aussage zu verdauen. „Also, du … du willst weiterarbeiten? Ich dachte, da du die Bücher signiert und unser, ähm, Missverständnis über deine Identität aufgeklärt hast, würdest du das gern hinter dir lassen?"

Hannah verlagerte ihr Gewicht auf ihren Füßen. „Um ehrlich zu sein, war ich überrascht, wie viel Spaß es mir gemacht hat. Wenn du mich also brauchst, bin ich verfügbar."

Meine Brust fühlte sich eng an. Hannah war also immer noch meine Angestellte. *Verdammt. Ich habe gerade meine Angestellte geküsst.*

Ich holte tief Luft. Daran konnte ich jetzt nichts mehr ändern. Ich konnte sie ja schlecht feuern – *sorry, ich habe mich hinreißen lassen und dich geküsst, und da ich die Regel habe, mich nicht mit Mitarbeitern einzulassen, muss ich dir kündigen* – oder den Kuss aus unseren Köpfen löschen. Und selbst mit Josie an Bord wäre eine weitere Mitarbeiterin eine enorme Hilfe.

Mir brummte der Schädel. Ich sollte nach Hause gehen und etwas schlafen, bevor ich noch etwas Dummes tat.

„Das wäre großartig", erwiderte ich und hoffte, dass meine Stimme meine Verwirrung nicht verriet. „Wenn es dir nichts ausmacht, komm morgen von zehn bis halb drei, das wäre toll. Ist das okay für dich?"

„Perfekt!", antwortete Hannah etwas zu enthusiastisch.

Bevor die Situation noch unangenehmer werden konnte, entschied ich, mich zu verabschieden. „Wir sollten besser nach Hause gehen, bevor es zu dunkel wird. Bis morgen!"

Als ich zurückging, fiel mir ein, dass ich vergessen hatte, den Kuchen des Tages zu backen. *Verdammt.* Jetzt war es zu spät. Betty würde das gar nicht gefallen.

Ich atmete die frische Abendluft ein. Hoffentlich hätte

ich morgen viel klarere Gedanken über Hannah Taylor, auch bekannt als H. M. Stuart, und den Kuss, den wir uns gerade gegeben hatten. Ich konnte es mir nicht leisten, unkonzentriert zu sein und noch mehr Kunden zu verlieren.

17

HANNAH

„HANNAH!"

Ich drehte mich mit einem schmutzigen Teller in der Hand um, den ich gerade von einem Tisch abgeräumt hatte, und sah Olivia, die mich anstrahlte.

„Wir gehen heute Nachmittag auf dem Fluss Kajak fahren. Kommst du mit?"

Ich konnte nicht anders, als einen Blick zu George zu werfen, die hinter der Theke einen Kunden bediente. *Kommt sie auch?* Den ganzen Morgen über hatte ich George verstohlene Blicke zugeworfen und den Kuss von gestern Abend in meinem Kopf wiederholt. Er war unerwartet und verwirrend, aber auch unglaublich schön gewesen. Ich hatte schon lange kein so ein heißes, intensives Verlangen nach jemandem verspürt. Bei der Erinnerung durchlief mich ein Schauer.

Und dann, nach dem Kuss, hatte sich plötzlich alles unglaublich unangenehm angefühlt.

Ich war mit nervöser Vorfreude zur Arbeit gegangen. Zu meiner Enttäuschung schien George, obwohl sie wie immer freundlich war, so zu tun, als wäre nichts passiert, genau wie nach dem Kuss letzte Nacht. Obwohl, um fair zu sein, ich mich genauso verhielt.

Mein natürlicher Impuls war es, unangenehme Gespräche zu vermeiden, und der Gedanke, mich mit George zusammenzusetzen, um unsere Gefühle zu besprechen, sorgte dafür, dass mir ganz flau im Magen wurde. Aber gleichzeitig wollte ich wissen, ob und was zwischen uns vor sich ging. Allerdings sah es nicht so aus, als würde ich es heute Morgen herausfinden. Da George damit beschäftigt war, Josie anzulernen, und ich und Ben mit den Wochenendbesuchern beschäftigt waren, hatten wir keine Gelegenheit, Zeit zu zweit zu verbringen. Und unser Arbeitsplatz schien außerdem nicht der geeignetste Ort zu sein, um über den Kuss zu sprechen.

Nicht, dass ich überhaupt gewusst hätte, was ich dazu sagen sollte. Endlich lief alles gut. Ich hatte diese verdammten Bücher signiert. Ich schrieb wieder und war begeistert von meinem neuen Manuskript. Zum ersten Mal schien es nicht völlig unmöglich, die Frist im Juli einzuhalten. Und wenn doch, wäre Barb noch mindestens zwölf Monate in ihrem Seniorenheim sicher, vielleicht sogar länger, wenn dieses Buch gut ankam. Ich arbeitete auch sehr gerne im Novel Gossip, und meine wachsende Freundschaft mit George und ihren Freunden erinnerte mich daran, dass ich nicht so introvertiert war, wie ich oft dachte. Ich wollte nicht, dass die Dinge mit George kompliziert wurden und wir alles aufs Spiel setzten. Hatte ich überhaupt Zeit für eine Beziehung, wenn man bedenkt, was sonst noch alles in meinem Leben vor sich ging? Und ich konnte den quälenden Gedanken nicht abschütteln, dass, wenn meine Freundschaft mit George in die Brüche ginge, auch meine Fähigkeit zu schreiben darunter leiden würde. Schließlich waren es ihre Worte gewesen, die zu meinem kreativen Durchbruch geführt hatten. Zu guter Letzt gab es noch einen weiteren Grund, warum es keine gute Idee war, eine Beziehung mit George einzugehen: Ich hatte mich erst vor drei Monaten aus einer langjährigen Beziehung getrennt. Mich so schnell in etwas Neues zu stürzen, erschien mir nicht der klügste Schachzug.

Aber gleichzeitig ... George reichte einer Kundin einen Keks in einer Papiertüte. Ihr Lächeln war warm und mein Magen flatterte. Ja, ich hatte mich schon lange nicht mehr so zu jemandem hingezogen gefühlt. Möglicherweise noch nie.

Olivia folgte meinem Blick und grinste, was sie glücklicherweise falsch interpretierte. „Wenn du willst, dass ich mit deiner Chefin rede, kann ich das tun. Du hast jeden Tag gearbeitet, seit du hier angefangen hast. Es muss doch irgendein Arbeitsrecht geben, mit dem ich George drohen kann. Vor allem, wenn man bedenkt, dass sie auch mitkommt. Jenny und Blake werden auch dabei sein."

Ich lachte. „Ich beende meine Schicht heute um halb drei, genau wie George. Josie sollte bis dahin alles gelernt haben, also schließt sie mit Ben ab. Und morgen arbeite ich überhaupt nicht, also glaube ich nicht, dass deine Arbeitsrechtsklage Erfolg haben wird. Aber danke für das Angebot."

Olivia klatschte in die Hände. „Super! Heißt das also, du kommst?"

Ich zögerte einen Moment. Ich hatte vor, den Nachmittag mit der Arbeit an meinem Buch zu verbringen, und ich war *keine* gute Kajakfahrerin. Tatsächlich hatte ich es nur einmal in meinem Leben probiert, mit Tania, und es war eine absolute Katastrophe gewesen. Wir waren in einem Zweierkajak unterwegs gewesen und sie hatte sich immer wieder darüber geärgert, dass ich nicht im Takt mit ihren Paddelschlägen blieb. Schließlich bestand sie verärgert darauf, dass ich ganz aufhöre zu paddeln, damit sie ungehindert von meiner Unfähigkeit Kajak fahren konnte. Ich zuckte zusammen. Wenn ich zurückblickte, hatte es in unserer Beziehung viele Warnsignale gegeben.

Aber trotz meiner Schreibpläne und schlechten Erfahrungen in der Vergangenheit war das Wetter perfekt zum Kajakfahren. Es wäre eine Schande, einen wunderschönen, warmen Nachmittag drinnen zu verbringen. Außerdem hatte ich es genossen, nach dem Kinoabend mit Olivia, Jenny und Blake in der Kneipe zusammenzusitzen. Und obwohl ich derzeit keine Ahnung hatte, was zwischen George und mir vor sich ging, verbrachte ich immer gern Zeit mit ihr. In einer Gruppe würde es hoffentlich nicht zu unangenehm werden.

„Das klingt toll!", erwiderte ich.

An meinem Buch könnte ich später arbeiten. Jetzt, da Ben zurück und Josie angelernt war, hatte ich sowieso mehr Zeit zum Schreiben. Und vermutlich würde ich in meinem eigenen Kajak sitzen und nicht Gefahr laufen, jemandem den perfekten Paddelschlag zu versauen.

GEORGE

HANNAH NAHM Bettys leeren Teller und die Kaffeetasse und sagte etwas, das Betty zum Lachen brachte. Ich hatte mich schrecklich gefühlt, weil es heute Morgen keinen Kuchen des Tages gab, vor allem, nachdem Betty mich gestern in Schutz genommen hatte. Aber zum Glück hatte sich Betty mit einem von Rominas leckeren Muffins abgefunden.

Hannahs Outfit aus dunkelblauen Shorts, weißen Turnschuhen und einer weißen Seidenbluse schmeichelte ihrer Figur und betonte ihre dunklen Augen und Haare sowie ihre rosa Lippen. Mein Blick blieb einen Moment lang auf ihren Lippen haften, bevor ich zur Besinnung kam. *Hör auf, deine Mitarbeiterin anzustarren, George!*

Jemand räusperte sich hinter mir.

„Möchtest du bald in die Mittagspause gehen, George?", fragte Ben. „Wir drei kommen auch so zurecht. Mach dieses Mal wirklich eine richtige Pause – iss nicht nur ein Brot in der Küche und renn dann wieder raus, wie in den letzten Wochen." Ben starrte mich finster an.

Ich lächelte. Es war eine enorme Erleichterung, dass Ben, Hannah und Josie alle mit mir im Service arbeiteten. Endlich hatte ich das Gefühl, dass ich meine Personalprobleme im Griff hatte. *Ein weiterer guter Grund, es mir nicht mit Hannah zu verscherzen.*

„Das wäre toll, danke. Ich schaue mal, ob Blake Zeit hat, sich mit mir im Builders' Arms zu treffen. Wenn ja, mache ich mich wahrscheinlich in einer Viertelstunde auf den Weg."

Ich schrieb Blake eine Nachricht. Eine gute Nachtruhe hatte meine verwirrten Gefühle über die gestrigen Ereignisse nicht geklärt, und ich wollte unbedingt mit ihr darüber sprechen – nur nicht im Novel Gossip, in Hannahs Sichtweite. Mein Handy piepste. Blake konnte es einrichten. Ich atmete auf.

Zwanzig Minuten später lehnte Blake im Biergarten des Builders' Arms an der Wand. Eine warme Brise sandte gesprenkeltes Licht, das von einer großen Eiche gefiltert wurde, in Mustern über die Ziegelsteine.

„Warum treffen wir uns nicht im Novel Gossip? Ich

wollte sehen, was der Kuchen des Tages ist", sagte Blake und sah leicht enttäuscht aus.

Ich verzog das Gesicht. „Es gibt keinen Kuchen des Tages. Ich war gestern Abend mit dem Backen dran und habe es vergessen." Romina und ich teilten uns die Pflicht des Kuchenbackens.

„Das sieht dir gar nicht ähnlich." Blake runzelte die Stirn und beugte sich vor. „Ist alles in Ordnung?"

„Nun, ich wollte eigentlich warten, bis unser Essen kommt, um ins Detail zu gehen, aber wenn du schon fragst ..." Ich verschaffte Blake einen Überblick über die Ereignisse des Vortags, angefangen mit der Entdeckung, dass Hannah kurz vor drei Uhr morgens Bücher signierte, bis hin zum Kuss gestern Abend.

Blakes Augen wurden immer größer.

„Also, ja, deshalb habe ich gestern Abend keinen Kuchen gebacken. Ich war erschöpft und auch mehr als ein bisschen abgelenkt", beendete ich den Satz.

„Wie fühlst du dich heute mit allem?" Blake trank einen Schluck von ihrem Wasser.

Ich runzelte die Stirn. „Ich hatte gehofft, dass mir heute Morgen alles klarer sein würde, aber das war nicht der Fall. Ich finde es immer noch seltsam, dass Hannah mir nicht gesagt hat, wer sie ist, und dass sie sich so viel Mühe gegeben hat, es vor mir geheim zu halten. Aber gleichzeitig scheint es, als hätte sie das Thema eher aus Angst vermieden als aus irgendeinem bösartigen Grund." Nachdem ich von Hannahs schwieriger Kindheit erfahren hatte, spürte ich viel Mitgefühl für sie.

Blake nickte. „Und der Kuss?"

„In dem Moment war es unglaublich. Aber danach war es superpeinlich. Und um die Sache noch schlimmer zu machen, dachte ich, dass sie nicht mehr für mich arbeitet. Aber wie sich herausstellt, tut sie es immer noch. Also bestehen meine Sorgen über ein Machtgefälle weiter." Ich seufzte. „Die ganze Sache ist mir noch sehr unklar – ich bin mir nicht einmal sicher, wer den Anfang gemacht hat. Ich glaube, wir waren es beide. Aber was ist, wenn ich den ersten Schritt getan habe und sie nur aus Verlegenheit mitgemacht hat, oder weil sie das Gefühl hatte, dass sie es musste?" Bei dem Gedanken verzog ich das Gesicht.

Blake hob eine Augenbraue. „George, wurdest du jemals von jemandem geküsst, den du nicht küssen wolltest?"

Ich nickte.

„Und was hast du dann gemacht?"

„Nun, den Jungen in der siebten Klasse habe ich weggestoßen. Als es in einer Lesbenbar in Tampa passierte, habe ich mich von der Frau zurückgezogen."

„Aha. Hat Hannah dich letzte Nacht weggestoßen?" Blake stützte sich auf den Holztisch und starrte mich an.

„Nein."

„Hat sie sich in den Kuss hineingebeugt oder ihre Lippen, ihre Zunge, ihre Hände bewegt?"

Hitze stieg mir in die Wangen, als ich mich daran erinnerte, wie Hannah gestöhnt und ihre Hände auf meinen Rücken gepresst hatte, ihre Zunge in meinen Mund.

Blake grinste. Meine Körpersprache musste mich verraten haben. „Nun, ich fasse das als Ja auf", sagte sie.

Dan, der Besitzer des Builders' Arms, kam mit unserem Essen und stellte einen Burger und Pommes vor mich und einen Caesar-Salat vor Blake.

Sobald er gegangen war, setzte Blake ihr Kreuzverhör fort. „Und hat Hannah irgendetwas getan, das darauf hindeutet, dass es ihr nicht gefallen hat?"

Ich überlegte einen Moment. „Nein."

„Aha. Und wer hat den Kuss beendet?"

„Ich glaube, es war eine Art beiderseitiges Ende. Als wäre der Kuss einfach zu seinem natürlichen Ende gekommen."

Blake grinste. „Also, was denkst du, wie hoch die Wahrscheinlichkeit angesichts all dieser Beweise ist, dass sie den Kuss nicht wollte?"

Ich schüttelte den Kopf und unterdrückte ein Kichern, als mich Erleichterung überkam. „Okay, okay, Sherlock Mitchell. Ich verstehe, was du meinst."

Blakes Grinsen wurde breiter. „Hey, ich bin Ärztin. Ich mag Fakten. Aber ich glaube, du machst dir zu viele Sorgen. Vielleicht liegt es an den schlechten Erfahrungen, die du mit deinen Eltern gemacht hast. Oder an dem, was mit Alexis passiert ist. Es klingt, als hättet ihr beide nett geknutscht."

Ich schnaubte. „Aber selbst wenn du recht hast, ist Hannah immer noch meine Angestellte, also ist sie tabu."

Blake stach mit ihrer Gabel in ein Stück Hühnchen und kaute mit einem nachdenklichen Ausdruck auf dem Gesicht.

Ich starrte sie an und wartete darauf, dass sie schluckte, damit sie die Worte der Weisheit, die sie beim Kauen entwickelte, mit mir teilen konnte.

„Der Grund, warum du dir wegen der Angestellten-Sache Sorgen machst, ist hauptsächlich das Machtgefälle, oder?"

Ich nickte.

„Aber du hast gesagt, sie ist eine Bestsellerautorin. Warum glaubst du, dass sie im Novel Gossip arbeiten will? Vielleicht geht es ihr nicht ums Geld. Vielleicht ist es für sie eher ein Hobby – so wie Dad meine Sprechstundenhilfe ist, damit er mit Leuten plaudern kann – oder vielleicht sogar

Recherche für ihr Buch? Und wenn das der Fall ist, ist das Machtgefälle vielleicht gar nicht relevant. Wenn es zwischen euch nicht funktioniert und sie nicht mehr dort arbeiten möchte, wäre das vielleicht gar keine große Sache für sie. Wenn überhaupt, dann brauchst du sie vielleicht mehr als sie dich, wenn man bedenkt, wie viel du um die Ohren hast."

Ich runzelte die Stirn. „Wir wissen nicht, wie ihre finanzielle Situation aussieht. Sie könnte Schulden abbezahlen oder kranke Familienmitglieder unterstützen und das zusätzliche Geld brauchen."

„Ja, das ist ein gutes Argument." Blake runzelte die Stirn. „Aber gehen wir einmal davon aus, dass das ganze Machtgefälle kein Problem ist. Wärst du daran interessiert, die Sache mit ihr weiterzuverfolgen?"

„Ich denke schon. Sie ist wunderschön, witzig und ich verbringe gerne Zeit mit ihr." Ich machte eine Pause.

„Aber?", fragte Blake.

„Ich schätze, mein größtes Bedenken ist, ob ich im Moment wirklich genug Zeit für eine Beziehung habe. Und die Tatsache, dass Hannah H. M. Stuart ist. In letzter Zeit war es auf der Arbeit so hektisch. Ich habe einige Kunden ans Dippin' Donuts verloren, weil wir unterbesetzt waren, und ich hatte keine Zeit, mich auf die Planung von Veranstaltungen zu konzentrieren."

„Nun, da du Josie und Hannah an Bord hast, löst das nicht das erste Problem?"

„Ja, vielleicht." Blake hatte wahrscheinlich recht, aber mir ging immer noch der Kommentar von Bettys Freundin im Kopf herum. „Ich habe immer noch nicht begriffen, dass Hannah H. M. Stuart ist. Es ... nun, die ganze Vorstellung, mit meiner Lieblingsautorin zusammen zu sein, fühlt sich ein bisschen unwirklich an."

„Ehrlich gesagt, klingt es so, als würdest du dir zu viele Gedanken über die ganze Sache machen. Du warst mit deiner Lieblingspolitikerin zusammen. Warum nicht auch mit deiner Lieblingsautorin?" Blake zog eine Augenbraue hoch. „Im Ernst, was ist das mit dir und berühmten Leuten?" Sie lachte.

Ich rutschte unbehaglich auf meinem Sitz hin und her. Ich hatte diese Verbindung vorher noch nicht hergestellt. Aber Hannah war anders als Alexis. Alexis hatte aktiv die Aufmerksamkeit der Medien gesucht – sie hatte sie gebraucht, um gewählt zu werden. Hannah war das genaue Gegenteil. Die Hannah Taylor, die ich geküsst hatte, war nicht berühmt. Nur ihr Pseudonym, H. M. Stuart, war es. Und da Hannah ihren Künstlernamen geheim hielt, war es nicht so, dass ich mit der Art von unerwünschter Medienaufmerksamkeit zu kämpfen hätte, die ich bei meiner Beziehung mit Alexis erlebt hatte.

„Ja, vielleicht. Aber trotz deiner forensischen Analyse unseres Kusses bin ich immer noch nicht davon überzeugt, dass Hannah daran interessiert ist, tatsächlich mit mir zusammen zu sein."

„Wenn das so ist, warum sprichst du sie dann nicht einfach auf gestern Abend und deine Sorgen über das Machtgefälle an und schaust, was sie dazu sagt? Vielleicht kann sie dich ja beruhigen."

Ich seufzte. „Ich bin sicher, dass es das Vernünftigste wäre. Mein Gehirn ist im Moment einfach überlastet. Ich nehme mir Montag frei – mein erster freier Tag seit Monaten –, also denke ich, dass ich morgen einfach sehen werde, wie es mit Josie läuft, und wie sie am Montag ohne mich zurechtkommen. Wenn alles gut geht, werde ich mir sicher weniger Sorgen darum machen, keine Zeit für eine Beziehung zu haben. Und dann habe ich auch etwas Zeit, um den Rest meiner Gefühle zu verarbeiten." Ich schob mir zwei Pommes in den Mund, kaute und schluckte sie hinunter.

Wenn Blake mit Hannahs Motivation, im Café zu arbeiten, recht hatte, könnte ich es mir vielleicht doch vorstellen, eine Beziehung mit ihr einzugehen, obwohl sie H. M. Stuart ist. Ein Kribbeln der Aufregung stieg in meiner Brust auf.

„Nun, denk mal darüber nach."

„Ja, das werde ich. In der Zwischenzeit werde ich mich Hannah gegenüber einfach freundlich, aber professionell verhalten, was nicht allzu schwierig sein sollte, da sie morgen nicht arbeitet. Olivia hat sie für heute Nachmittag zum Kajakfahren eingeladen, aber zumindest ist das eine Gruppenaktivität, sodass keine Gefahr von versehentlichen Küssen besteht."

Blake grinste. „Du hast mir damals angeboten, mich und Jenny zu begleiten. Wir können uns revanchieren, wenn du möchtest."

Ich lachte leise. „Das sollte kein Problem sein. Kajakfahren ist nicht gerade die romantischste Aktivität, vor allem nicht mit meiner Technik."

„Ach wirklich? Ich freue mich darauf, das zu sehen", bemerkte Blake lachend.

Ich biss in meinen Burger und fühlte mich schon viel besser. Mit Blake zu reden, half immer. Wir hatten zwar eigentlich keine Lösung gefunden, aber sie hatte mir geholfen, meine Bedenken zu verarbeiten. Jetzt musste ich nur noch weitere intime Situationen mit Hannah vermeiden, bis ich Zeit hatte, die neuen Arbeitsabläufe und meine Gefühle für sie unter die Lupe zu nehmen. Montag war in zwei Tagen. Wie schwer konnte das schon sein?

18

HANNAH

GEORGE VERLIESS die Küche in lila Flip-Flops, einer pinkfarbenen Flamingo-Badeshorts, die ihr bis zu den Oberschenkeln reichte, und einem hellgrauen T-Shirt. Ihre Arme und Beine waren gebräunt und athletisch.

Ich verdrängte die schlechte Nachricht, die ich ihr überbringen musste, und starrte sie an, um diesen Anblick zu genießen. Sie sah so entspannt und nach Urlaub aus. Während es mir schwergefallen war, mir vorzustellen, dass sie in Florida aufgewachsen war, konnte ich es jetzt sehen. Dadurch fühlte ich mich wegen dem, was ich sagen wollte, noch schlechter.

George blieb stehen, als sie mich sah, und ein Ausdruck, den ich nicht genau bestimmen konnte, huschte über ihr Gesicht. „Hey! Du bist immer noch hier? Tut mir leid, ich wusste nicht, dass du auf mich wartest.“

Ich wurde rot. Ich war davon ausgegangen, dass wir zusammen zum Kajakverleih gehen würden, eine Annahme, die mein Herz jedes Mal höherschlagen ließ, wenn ich daran dachte. Dieser Spaziergang wäre die perfekte Gelegenheit für uns gewesen, über das zu sprechen, was gestern Abend passiert war.

Die konfliktscheue Seite in mir wollte nicht, dass dieses Gespräch stattfand. Genauso wenig wie die Seite in mir, der es wichtig war, meine Gedanken richtig zu ordnen, bevor ich ein Gespräch wie dieses begann.

Aber gleichzeitig wollte ich wissen, was George dachte. Wenn sie nicht wollte, dass mehr zwischen ihnen passierte, dann würde das der ganzen Sache ein Ende setzen. Ich würde mir keine Gedanken mehr darüber machen müssen, was ich wollte, denn die Entscheidung wäre für mich getroffen. Und nach Georges Verhalten heute schien dies wohl das Wahrscheinlichste zu sein. Sie war mir gegenüber absolut freundlich gewesen, aber unsere Interaktionen waren minimal und ich konnte das Gefühl nicht loswerden, dass sie auf Distanz blieb.

Und dann war da noch dieser Ausdruck, der gerade über ihr Gesicht gehuscht war – war es Bestürzung? Mir wurde flau im Magen. Sie zeigte alle Anzeichen dafür, dass sie unseren Kuss bereute.

Ich hätte erleichtert sein sollen. Schließlich schien es die einfachste Lösung zu sein, wenn George kein Interesse hatte – ich könnte mich wieder auf das Schreiben konzentrieren, im Novel Gossip arbeiten und die Zeit mit George und ihren Freunden genießen, ohne mir Sorgen machen zu müssen, dass ich all das aufs Spiel setzte, indem ich eine Beziehung mit George einging. Aber bei dem Gedanken überkam mich Enttäuschung.

„Oh. Entschuldige. Ich, ähm … ich dachte, wir gehen zusammen, aber ich kann auch jetzt einfach gehen, wenn du das vorziehst", sagte ich und zuckte zusammen, weil ich mich so unbeholfen anhörte.

„Nein, nein. Entschuldige, ich dachte, du würdest dich

zuerst umziehen, aber wenn du das nicht vorhast, macht es natürlich Sinn, dass wir zusammen gehen." Georges Stimme war freundlich und sie lächelte, aber ich spürte ein unterschwelliges Zögern. Meine Brust zog sich zusammen. *Es ist das Beste so, Hannah. Du musst dich zusammenreißen und das Buch fertigstellen, um deinetwillen und um Barbs willen, anstatt eine Affäre mit deiner Chefin anzufangen.*

„Ich habe ein Trägertop unter meiner Bluse, also dachte ich, dass es okay ist, wenn ich das und meine Shorts trage", erklärte ich. Ich hatte auch meine Brille gegen Kontaktlinsen ausgetauscht – ich wollte nicht, dass sie auf dem Grund des Hudson landete.

Für einen Moment herrschte ein befangenes Schweigen. Ich trat von einem Fuß auf den anderen. Gott, dieses Gespräch fühlte sich deutlich unangenehmer an als die lockeren Gespräche, die ich mit George gewohnt war.

„Nun, sollen wir losgehen?", fragte George mit fröhlicher Stimme.

Mist. Ich hatte vergessen, sie die schlechte Nachricht wissen zu lassen. „Ähm ... tatsächlich scheint mit Hugo etwas nicht zu stimmen. Ich habe gerade einen Mokka gemacht, als der Espresso nicht mehr lief. Ich habe den Siebträger herausgenommen und aus diesem Teil kommt kein Wasser mehr heraus." Ich zeigte auf die Stelle, an der normalerweise das Wasser herauslief.

„Verdammt", stöhnte George und warf einen Blick auf die Uhr an der Wand. Wir wollten uns um fünfzehn Uhr unten am Kajakverleih mit allen treffen. „Ich schaue mal kurz nach, ob ich ihn reparieren kann. Wenn du lieber jetzt schon losgehen möchtest, ist das in Ordnung."

Ich hielt inne. Wollte George mich dazu ermutigen, um nicht gemeinsam zu gehen? Der Gedanke, allein nach unten zu gehen, während George wahrscheinlich nur ein paar Minuten nach mir kommen würde, gefiel mir gar nicht. Ich holte tief Luft und atmete wieder aus. Seit dem Kuss gestern Abend fühlte sich alles zwischen uns komisch an. Ich hatte zwar befürchtet, dass die Beziehung zu George mein neues Leben in Sapphire Springs durcheinanderbringen könnte, aber diese Unbehaglichkeit zwischen uns drohte, dasselbe zu tun. Die Arbeit im Novel Gossip und die Zeit mit George und ihren Freunden würden bei Weitem nicht so viel Spaß machen, wenn die herzlichen, angenehmen Interaktionen, die ich mit ihr gewohnt war, durch diese schmerzhaften, verwirrenden Begegnungen ersetzt würden. Bei dem Gedanken daran schnürte sich mir die Kehle zu. So schwierig das Gespräch auch sein würde, wir mussten es führen.

Ich schluckte. „Schon okay, ich warte gerne. Sag mir Bescheid, wenn ich dir bei irgendetwas helfen kann."

George stand mit dem Rücken zu mir und inspizierte Hugo, sodass ich ihre Reaktion auf meine Antwort nicht sehen konnte.

„Es könnte ein Problem mit der Wasserpumpe geben. Ich schreibe einfach allen eine Nachricht, um sie wissen zu lassen, dass wir ein bisschen später kommen." George schickte eine Nachricht und öffnete dann eine der Schubladen unter der Theke und nahm einen Schraubenzieher heraus. Sie fing an, die Kaffeetassen von Hugo zu räumen. Erleichtert, dass ich auch etwas tun konnte, half ich ihr.

Nachdem die Tassen entfernt waren, öffnete George die Maschine und inspizierte ihr Innenleben. Ich hatte zwar keine Ahnung, was George da tat, aber ich war fasziniert von der intensiven Konzentration auf ihrem Gesicht, während sie vorsichtig Dinge justierte – ihre Lippen leicht geöffnet, die Stirn gerunzelt, die Art, wie sich ihre Arme bewegten und dabei schlanke Muskeln in verschiedenen

Winkeln sichtbar wurden. Ich redete mir ein, dass ich nur für den Fall, dass sie mich brauchte, so nah bei ihr stand und sie so aufmerksam beobachtete, aber in Wahrheit konnte ich nicht wegsehen. *Ernsthaft, warum finde ich alles, was diese Frau tut, sexy?*

Meine Augen wanderten immer wieder zu ihrem Mund und ich durchlebte den Kuss der letzten Nacht noch einmal. Ohne nachzudenken, schoss meine Zunge heraus und ich fuhr mir über die Lippen. Ich presste sie schnell fest aufeinander. *Meine Güte, Hannah. Hör auf, in der Öffentlichkeit nach deiner Chefin zu lechzen.* Ich schaute mich im *Novel Gossip* um, um zu sehen, ob mich jemand beobachtete. Zum Glück standen mehrere Leute in der Nähe der Theke und warteten auf ihre Kaffee-Bestellungen zum Mitnehmen, unterhielten sich miteinander oder schauten auf ihre Handys, ohne meine instinktiven Reaktionen auf Georges Attraktivität zu bemerken.

Nach ein paar Minuten trat George einen Schritt zurück. „Okay, hoffentlich ist das Problem damit behoben." Sie schraubte Hugo wieder zusammen, schaltete den Strom ein und versuchte, das Wasser wieder zum Fließen zu bringen. Es floss heraus, ganz normal.

„Super!", bemerkte ich und grinste erleichtert. „Sieht so aus, als müssten die Bürger von Sapphire Springs doch nicht auf ihren täglichen Koffeinschub verzichten."

George lächelte zurück und wandte sich dann Ben zu, der an der Theke Bestellungen entgegengenommen hatte. „Seid ihr sicher, dass ihr zwei ohne uns zurechtkommt?"

„Natürlich!", erwiderte Ben und scheuchte uns aus dem Café.

Auf dem Weg zum Fluss unterhielten wir uns über angenehme Themen, wie zum Beispiel darüber, wie unausstehlich Rory Goldsworthy heute Morgen gewesen war, als er versucht hatte, sein Essen zurückzuschicken, weil es kalt war. Er war zu sehr damit beschäftigt gewesen, sich Youtube-Videos auf seinem Handy anzusehen, als dass er hätte essen können, als ich es dampfend heiß serviert hatte.

George erwähnte den Kuss von gestern Abend nicht und ich auch nicht. Ich versuchte, mich auf das Thema einzustimmen, aber mein Selbstvertrauen war ins Wanken geraten. Was sollte ich sagen? *Hey, du denkst eindeutig, dass der Kuss von gestern Abend ein Fehler war, und das ist völlig in Ordnung. Können wir einfach so tun, als wäre es nie passiert?* Ich schluckte. Es wäre viel einfacher, wenn George das Gespräch einleiten würde. Vielleicht mussten wir gar nicht reden. Ich war mir inzwischen so sicher, dass George kein Interesse hatte, dass ich einfach auf dieser Grundlage weitermachen sollte. Warum brauchte ich eine mündliche Bestätigung?

Wir kamen mit einer Viertelstunde Verspätung am Kajakverleih, einer heruntergekommenen Blockhütte am Fluss, an. Blake, Jenny und Olivia paddelten in Ufernähe und jubelten, als sie uns sahen. Blake und Jenny teilten sich ein Zweierkajak. Olivia saß in einem Einerkajak.

„Vorhin war eine Gruppe von Highschool-Schülern hier, daher haben wir nur noch Zweierkajaks übrig. Ist das okay?", fragte eine junge Frau hinter der Theke, die ein rotes T-Shirt von *Sapphire Springs Expeditions* trug.

George hielt einen Moment inne und sah sich um, fast so, als hoffte sie, zwei Einerkajaks zu entdecken, die die Frau übersehen hatte. Mir stockte der Atem. *Ja, es besteht keine Notwendigkeit für eine mündliche Bestätigung.*

„Für mich ist das in Ordnung", erwiderte George und warf mir einen fragenden Blick zu.

Erinnerungen an Tania, die sich über meine Paddelfähigkeiten beschwerte, kamen mir in den Sinn und ich musste schlucken.

„Ja, ist in Ordnung", antwortete ich und hoffte, dass sich mein Kajakkönnen in den letzten vier Jahren verbessert hatten. Ich war seitdem ein paar Mal auf einem Rudergerät gewesen, das könnte also geholfen haben. George, mit ihren starken Beinen und Armen, war wahrscheinlich eine versierte Kajakfahrerin. Da sie in Florida aufgewachsen war, hatte sie wahrscheinlich die Hälfte ihres Lebens auf dem Wasser verbracht.

„Toll! Ich lasse euch nur noch die Haftungsausschlusserklärung unterschreiben und hole dann Schwimmwesten und das Kajak. Ihr könnt eure Handys entweder am Ufer lassen oder sie in eine wasserdichte Tasche stecken."

Wir entschieden uns dafür, sie am Ufer zu lassen und sie zusammen mit meiner Tasche und Georges Geldbörse in einem Safe hinter der Theke der Verleihhütte einzuschließen. Dann unterschrieben wir unsere Zustimmung zu einer scheinbar übertriebenen Haftungsausschlusserklärung.

Hiermit erklären Sie sich damit einverstanden, uns von jeglicher Haftung für Personenschäden, Tod oder Sachschäden freizustellen, die sich aus oder im Zusammenhang mit dem Kajakfahren ergeben, einschließlich, aber nicht beschränkt auf Ertrinken, Kollision mit anderen Wasserfahrzeugen oder festen Gegenständen, Überanstrengung, Unterkühlung, Schlucken von verschmutztem Wasser, Einklemmen der Füße, Dehydrierung, Flussfauna und andere Wildtiere.

„Ich wusste nicht, dass Kajakfahren so gefährlich ist", murmelte ich zu George, als ich mich an die hölzerne Theke lehnte, und das war nur ein halber Scherz. *Welche lebensgefährliche Flussfauna lebt denn im Hudson River?*

Ein paar Minuten später, nachdem sie uns eine kurze Einführung in die Eigenschaften des Kajaks gegeben hatte, darunter die verstellbaren Sitze, schob die junge Frau unser Kajak ins Wasser. Ich saß vorn und George hinten und wir trugen beide blaue Schwimmwesten.

Das Kajak sah moderner aus als das bunte, dicke Plastikboot, mit dem ich das letzte Mal mit Tania unterwegs war. Hoffentlich bedeutete das nicht, dass es schwieriger zu manövrieren war, sonst wäre ich aufgeschmissen.

„Okay", meinte ich und griff zaghaft nach dem Paddel. *Wie mache ich das noch mal?* Ich hätte um eine Auffrischung bitten sollen.

Ich drehte mich zu George um und verzog das Gesicht. „Ähm, ich hätte das wahrscheinlich sagen sollen, bevor du zugestimmt hast, ein Kajak mit mir zu teilen, aber ich bin nicht sehr gut. Ich habe das bisher nur einmal gemacht und es ist schon lange her."

Sie lachte leise. „Ich hätte dir wahrscheinlich auch sagen sollen, dass ich eine schreckliche Kajakfahrerin bin, bevor du zugestimmt hast, ein Kajak mit *mir* zu teilen."

„Wirklich?", lachte ich erleichtert.

„Ja! Grauenvoll. Als ich es das letzte Mal vor etwa fünf Jahren probiert habe, bin ich nur im Kreis gefahren und habe das Ufer praktisch nicht verlassen. Ich habe dem Kajak die Schuld gegeben, aber ich bin mir ziemlich sicher, dass es an mir lag."

„Na, das ist doch gut. Wir können zusammen richtig schlecht darin sein", bemerkte ich grinsend und fühlte mich schon viel entspannter.

Olivia paddelte mit starken, kraftvollen Zügen, die das Wasser durchschnitten, zu uns herüber. Bei ihr sah es einfach aus. Hinter ihr schaukelten Blake und Jenny in ihrem Kajak und unterhielten sich.

„Wir haben uns überlegt, mit dem Kajak den Fluss hinaufzufahren, am Breakback Ridge vorbei und hinüber zur Battersby Island, auf der sich diese Burgruine befindet. Einverstanden?", fragte Olivia.

Mir kam das ziemlich ambitioniert vor, aber ich wollte keine Spielverderberin sein, also nickte ich.

„Okay, Leute, lasst uns losfahren." Olivia paddelte los.

Ich versuchte, ihre Technik nachzuahmen, aber ich bekam den Winkel des Paddels, mit dem ich ins Wasser eintauchte, nicht richtig hin und spritzte stattdessen eine große Menge Wasser über George.

„Verdammt! Tut mir leid!" Ich wurde nervös und erinnerte mich an Tanias Kritik. Zum Glück saß ich hinten im Kajak, als ich mit ihr gepaddelt war, denn wenn ich sie mit Wasser bespritzt hätte, wäre sie wütend gewesen.

Aber als ich mich umdrehte, lächelte George und wischte sich mit der Hand Wassertropfen aus dem Gesicht. *Gott sei Dank.* „Kein Problem. Es sind siebenundzwanzig Grad heute, also war das eigentlich ziemlich erfrischend. Und wenn du hinter mir sitzen würdest, wäre es viel schlimmer für dich."

Ich entspannte mich und drehte mich wieder um, um zu sehen, wo die anderen waren.

Olivia war uns schon weit voraus. Blake und Jenny waren nicht weit hinter ihr.

Ich konzentrierte mich wieder aufs Paddeln und machte vorsichtig ein paar weitere Paddelschläge. Meine Technik schien sich zu verbessern, aber ich war so zaghaft, dass wir kaum vorankamen. Ich warf einen Blick auf George, die erfolglos mit verschiedenen Griffen zu experimentieren schien.

„Hey! Wie läuft es bei euch?"

Ich schaute auf, sah Olivia vor uns treiben und wäre

fast vor Schreck aus dem Kajak gefallen. *Wie zum Teufel hat sie es so schnell hierher zurückgeschafft?*

„Entschuldige, dass wir so langsam sind. Wir haben den Dreh noch nicht raus", erklärte ich und fühlte mich schuldig, dass wir, obwohl wir zu spät gekommen waren, die anderen jetzt noch weiter aufhielten.

Olivia schien es nicht zu stören. „Möchtet ihr, dass ich euch ein paar Tipps gebe? Ich bin an der Highschool viel Kajak gefahren."

Ich sagte: „Ja, bitte", und George sagte gleichzeitig: „Das wäre toll." Die Tatsache, dass George im selben Boot saß wie ich – ich grinste über mein Wortspiel – nahm mir etwas der Befangenheit, so ungeschickt zu sein.

Olivia zeigte uns, wie man die Paddel hielt, und demonstrierte dann in Zeitlupe, wie man die Paddelblätter durch das Wasser gleiten ließ. Sie lieferte dabei Erklärungen, die über mein Verständnis hinausgingen.

Je mehr wir uns darauf konzentrierten, ihre Bewegungen nachzuahmen, desto unkoordinierter wurden wir. Unsere Paddel kollidierten, ich spritzte George erneut nass und wir fingen an, uns im Kreis zu drehen.

Nach ein paar Minuten, in denen Olivia erfolglos verschiedene Möglichkeiten ausprobierte, uns scheinbar einfache Paddelbewegung beizubringen, ergriff George das Wort. „Danke, Liv. Ich glaube nicht, dass wir es bis zur Insel schaffen werden. Warum fahrt ihr nicht schon mal vor, und wir üben unsere Technik, damit wir euch beim nächsten Mal Gesellschaft leisten können? Wenn das für dich in Ordnung ist, Hannah?"

Ich atmete erleichtert auf, als George diesen Vorschlag machte. Meine Arme schmerzten bereits vom Paddeln und wir hatten das Ufer kaum verlassen.

„Ja, ich denke, das ist eine gute Idee. Wir wollen euch nicht aufhalten", erklärte ich.

„Seid ihr euch sicher? Ich dachte auch, wir könnten hinterher im Biergarten des Builders' Arms etwas trinken gehen, wenn ihr später noch Lust habt. Wenn ihr genug vom Kajakfahren habt, geht ruhig schon vor und wir können uns dort treffen."

„Klingt gut." Ich stellte mir vor, wie ich auf einem Stuhl in der Sonne saß und einen Aperol Spritz schlürfte. Das klang im Moment sehr verlockend. Vielleicht könnten wir direkt dorthin gehen …

Olivia fuhr los und hinterließ eine Spur Blasen.

„Meine Güte, ist die schnell!", bemerkte George, gefolgt von etwas, das ich nicht verstand.

„Entschuldigung, was hast du gesagt?", fragte ich und drehte mich zu ihr um, damit ich ihr Gesicht deutlich sehen konnte, wenn sie antwortete.

„Ich habe gesagt, warum versuchen wir nicht, mit dem Kajak zum Little Pebble Point und wieder zurückzufahren und dann in die Kneipe zu gehen? Es sei denn, du möchtest lieber hier draußen bleiben und weiter üben, natürlich."

George deutete mit der Hand auf eine Stelle, die von grünen Bäumen bedeckt war. Ich blinzelte darauf. Es sah nicht allzu weit entfernt aus – weniger als ein Kilometer, grob geschätzt. *Das sollte machbar sein … und dann gibt es Aperol Spritz.*

„Mir gefällt dein Plan", sagte ich und fühlte mich motivierter.

„Wenn du anfängst, zu paddeln, versuche ich, mich mit dir zu synchronisieren."

„Klingt gut, Käpt'n", sagte ich über meine Schulter zu George, bevor ich mich wieder darauf konzentrierte, Olivias Technik nachzuahmen. Bei den ersten paar Paddelschlägen fühlte es sich völlig falsch an. Aber ohne den Druck von Olivias prüfendem Blick auf mir konnte ich mich etwas mehr entspannen und plötzlich machte es Klick. Mit angespannten Bauchmuskeln und einer Rumpfdrehung, wie Olivia es mir gezeigt hatte, begann mein Paddel rhythmisch durch das Wasser zu schneiden.

„Juhu! Ich glaube, ich habe den Dreh raus!"

George fing ebenfalls an, zu paddeln, und wir legten an Tempo zu. *Das läuft doch schon besser!* Jetzt verstand ich den Reiz, umgeben von glitzerndem Wasser, blauem Himmel und einer wunderschönen Landschaft den Fluss hinunterzupaddeln. Vielleicht konnten wir die anderen ja doch noch einholen und zur Insel fahren. Ich fühlte mich stark und kraftvoll und ...

Wumm! Georges Paddel krachte gegen meins. „Scheiße! Tut mir leid!", schrie George.

„Das ist okay ..."

„Oh, verdammt!", rief George aus.

Das Kajak kippte heftig nach links, sodass mir das Herz in die Hose rutschte. Ich packte die Seite des Kajaks, um mich zu stabilisieren, und drehte mich dann um, um zu sehen, was los war.

George beugte sich stirnrunzelnd aus dem Kajak und versuchte, ihr Paddel zu greifen, das im Wasser lag und schnell von ihren ausgestreckten Fingern wegtrieb. Ich zuckte zusammen. *Das wird sie auf keinen Fall erreichen.*

George musste wohl auch zu diesem Schluss gekommen sein, denn sie gab den Versuch auf, ihr Paddel zu greifen, und lehnte sich auf ihrem Sitz zurück. „Verdammt. Olivia hat einen lockeren Griff empfohlen, aber meiner war eindeutig etwas zu locker – es ist mir aus der Hand gerutscht, als unsere Paddel zusammengestoßen sind. Das tut mir leid. In der Verzichtserklärung stand nichts von Tod durch Paddelpartnerin!" Georges Wangen waren rosa, ob vor Verlegenheit oder vor Anstrengung, konnte ich nicht sagen. So oder so sah sie verdammt süß aus, ganz aufgewühlt und nervös.

Ich lächelte. „Mach dir keine Sorgen. Mir geht es gut. Ich paddle hinterher."

Mit neu gewonnenem Selbstvertrauen steuerte ich auf das im Wasser treibende Paddel zu. *Paddel, paddel, paddel.* Es war jetzt nur noch zwei Meter entfernt. Ich versuchte, das Kajak so zu manövrieren, dass George es erreichen und greifen konnte, aber die einzige Fähigkeit, die ich bisher beherrschte, war die Kunst, geradeauszufahren. Olivias Crashkurs im Kajakfahren hatte keine Tipps zum Wenden und Anhalten enthalten. Tatsächlich schien das Kajak jedes Mal, wenn ich versuchte, es näher an das Paddel heranzubringen, wieder weiter wegzuschwimmen.

Nach einigen erfolglosen Versuchen beschloss ich, zu versuchen, Georges Paddel mit meinem zurückzuziehen.

Ich hielt mein Paddel an einem Ende und legte es vorsichtig über Georges Paddel, um es effektiv festzuhalten, und fing dann an, es näher zu mir heranzuziehen.

„Super! Du hast es fast geschafft!", rief George.

Ein Gefühl der Wärme breitete sich in meiner Brust aus. *Du schaffst das, Hannah.*

Und dann kam eine Windböe auf und das Kajak begann sich zu drehen.

„Mist, Mist, Mist", murmelte ich vor mich hin, während ich mich bemühte, mein Paddel über dem von George zu halten. Ich lehnte mich hinaus und verdrehte meinen Körper in eine unangenehme Position. Das Kajak schlingerte und mit ihm mein Herz. In Panik packte ich wieder die Seite des Kajaks, um nicht hineinzufallen – mit beiden Händen.

„Oh nein!" Mein Magen zog sich zusammen, als mein Paddel ins Wasser glitt. Ich hielt immer noch eine Seite des Kajaks fest und versuchte, es zu greifen, aber es trieb bereits weit außerhalb meiner Reichweite davon.

„Das tut mir so leid!" Ich schaute mich in der Hoffnung um, jemanden zu entdecken, der uns helfen könnte, aber Olivia, Blake, Jenny und der Kajakverleih waren alle außer Sichtweite. Das einzige Lebenszeichen war eine Fähre in der Ferne, die in die entgegengesetzte Richtung fuhr. Ich spähte auf das Wasser hinunter. Die Seiten des Kajaks waren zu hoch, als dass wir mit den Händen zurückpaddeln könnten. Mir wurde flau im Magen. Ich war so nah dran gewesen, Georges Paddel zurückzuholen, und jetzt waren wir noch schlimmer dran als zuvor.

Ich warf George einen Blick zu, um zu sehen, wie sie es aufnahm. „Der Ausdruck ,*Ein Paddel ist wie ein guter Plan: Man merkt erst, wie wichtig es ist, wenn man keins hat*', macht plötzlich viel mehr Sinn für mich", bemerkte ich und verzog das Gesicht.

George brach in Gelächter aus, offenbar unbeeindruckt vom Verlust unserer beider Paddel. „Wir müssen einfach warten, bis jemand vorbeikommt. Zumindest wissen wir, dass Olivia, Blake und Jenny in der nächsten Stunde wieder herkommen werden." George grinste mich an. „Zeit, sich zurückzulehnen und zu entspannen!" Gelassen rutschte sie auf dem Sitz zurück und schloss die Augen.

Ich lachte, aber bei dem Gedanken, eine Stunde oder länger hier draußen festzusitzen, machte sich Unbehagen in meinem Magen breit. Ich beruhigte mich, indem ich George ansah und ihre geschlossenen Augen nutzte, um ihre gebräunten, kräftigen Beine zu bewundern. Die braunen Härchen, die ihre Beine bedeckten, glänzten in der Sonne. Mein Blick wanderte an ihren Beinen hinauf, an der

Flamingo-Shorts, ihrer Schwimmweste und ihrem T-Shirt vorbei zu ihrem Gesicht. Sie sah mit einem leisen Lächeln auf den Lippen so friedlich aus, während sie sich in der Sonne aalte. Mein Blick blieb auf ihrem Mund haften. Trotz all der Gründe, warum es eine schreckliche Idee war, eine Beziehung mit George einzugehen, überkam mich ein Gefühl des Verlustes bei dem Gedanken, diese Lippen nicht noch einmal küssen zu dürfen.

Aus Angst, dass George ihre Augen öffnen und mich dabei ertappen würde, wie ich sie verträumt anstarrte, folgte ich ihrer Anweisung und legte mich zurück. Ich versuchte, meinen Körper zu entspannen und mich auf meine Atmung zu konzentrieren.

Okay, das ist ganz nett. Die Sonne war warm auf meiner Haut und sandte einen goldenen Schimmer durch meine Augenlider. Das Kajak schaukelte sanft im Wasser. Ich atmete tief durch.

„Hey, Hannah." George hielt inne. Ihre Stimme klang anders. Vielleicht zärtlicher als sonst, oder etwas zögerlich?

Scheiße, sie wird über den Kuss reden.

Mein Herz setzte einen Schlag aus.

„Ja?", sagte ich. Ich holte Luft und hielt sie an, während ich auf Georges Antwort wartete.

„Du hast erwähnt, dass dein Hörverlust es dir schwer gemacht hat, im Café zu hören. Gibt es etwas, womit ich dir helfen kann?"

Ich atmete bei dieser unerwarteten Frage aus.

Während ich überlegte, wie ich antworten sollte, schien die Wärme der Sonne tiefer in meinen Körper einzudringen. Mein Hörverlust hatte sich in den letzten Jahren allmählich verschlimmert, die Ursache war unbekannt. In meiner Familie gab es eine Vorgeschichte von Hörverlust, sodass es eine genetische Komponente geben könnte. Die einzige Person, mit der ich wirklich je darüber gesprochen hatte, war Tania, aber sie hatte nicht viel Verständnis gezeigt. Sie hatte mich nie gefragt, ob sie mir irgendwie helfen könne, und jedes Mal, wenn ich die Untertitel im Fernsehen eingeschaltet hatte, hatte sie sich beschwert, dass es ablenkend sei. Ich glaube, ich wusste tief im Inneren, dass Tanias Reaktion nicht angemessen war, aber es hatte mein Selbstvertrauen untergraben und mir jedes Mal ein schlechtes Gewissen gemacht oder Nervosität bereitet, wenn ich sie oder jemand anderen bitten musste, etwas zu wiederholen.

„Danke der Nachfrage. Ich muss nur mein Hörgerät finden." Oder ein neues kaufen, was ich wahrscheinlich tun sollte. Aber der Gedanke, Tausende von Dollar auszugeben, war nicht sehr verlockend. Vor allem nicht, da es im Moment so viele finanzielle Unsicherheiten gab. Sobald ich mein Manuskript eingereicht hatte und *Im Reich der Furien* veröffentlicht wurde und sich, Daumen drücken, gut verkaufte, würde ich mich wohler fühlen, so viel Geld auszugeben. „Aber am wichtigsten ist, mich direkt anzusehen, wenn du sprichst, und dir bewusst zu sein, dass ich Schwierigkeiten haben könnte, dich zu hören, wenn du auf meiner linken Seite stehst. Es hilft auch, wenn du deutlich sprichst und die Hintergrundmusik nicht zu laut stellst, was du sowieso nicht tust."

Die Backsteinwände, die großen Glasfronten und die Holzböden des Novel Gossips waren nicht gerade ideal, was die Geräuschdämmung betraf, aber sie waren wunderschön, und ich würde George auf keinen Fall vorschlagen, sie für mich verkleiden zu lassen.

„Danke. Das ist gut zu wissen. Und wenn du mich nicht hörst, sag es mir bitte. Das ist mir lieber, als dass du versehentlich etwas zustimmst, das du nicht tun willst."

Ich lachte. „Ja. Obwohl es beim letzten Mal ziemlich gut gelaufen ist." Abgesehen von den Tagen, an denen ich mich schuldig fühlte und quälte, weil ich nicht wusste, wann ich es George gestehen sollte, was definitiv nicht angenehm gewesen war. Und als George mich mitten in der Nacht dabei erwischt hatte, wie ich Bücher signierte, und wir beide fast einen Herzinfarkt erlitten.

„Hey, ich will mich nicht beschweren. Das ist die beste Fehlkommunikation, die ich je hatte."

Bei Georges Worten wurde mir warm ums Herz und mein Körper entspannte sich, während ich die Sonne auf mich wirken ließ. Ein Teil der allgemeinen Anspannung, die ich verspürt hatte, löste sich in der warmen, sanften Brise auf. Auch wenn ich mir den Nachmittag nicht so vorgestellt hatte, war es vielleicht genau das, was ich brauchte.

19

———

GEORGE

MIT MEINER MITARBEITERIN, meiner Lieblingsautorin und meinem Schwarm in einem Kajak gestrandet zu sein, entsprach zwar nicht meinem Plan, eine professionelle Distanz zu Hannah zu wahren, bis ich mehr Zeit gehabt hätte, die Situation einzuschätzen, aber es war sehr angenehm. Äußerst angenehm.

Und jetzt, da ich mit geschlossenen Augen auf dem Kajak lag und die Sonnenstrahlen meine Haut wärmten, konnte ich Hannah in ihrem figurbetonten Trägertop, das nur teilweise von der Schwimmweste bedeckt war, nicht sehen. Denn es wäre definitiv unmöglich, sie zu küssen, ohne mit dem Kajak zu kentern, sodass wir beide im Fluss landeten.

So war es auch einfacher, Hannah zu fragen, ob es etwas gab, das ich hinsichtlich ihres Hörverlusts tun konnte – etwas, das mir keine Ruhe ließ, seit sie es am Donnerstagabend erwähnt hatte. Ich hatte Angst, dass ich die falschen Worte wählen oder sie versehentlich beleidigen könnte, aber wenn dem so gewesen wäre, hatte sie sich nichts anmerken lassen. Es war wirklich schade, dass ich nicht genug Zeit gehabt hatte, um mir zu überlegen, was ich wegen unseres Kusses tun sollte, denn dies wäre die perfekte Gelegenheit gewesen, das Thema anzusprechen. Obwohl, vielleicht auch nicht, denn wenn es nicht gut lief, hätte ich nur die Möglichkeit, über Bord zu springen oder in peinlichem Schweigen dazuliegen, bis wir gerettet wurden. Nein, unser jetziger Zustand, in der Sonne zu entspannen, das herrliche Wetter und Hannahs Gesellschaft zu genießen, war zu angenehm. Ich wollte nicht für Unruhe sorgen, indem ich den Kuss zur Sprache brachte. Ich atmete durch.

„Weißt du, ich glaube, ich habe mich seit Monaten nicht mehr so entspannt gefühlt. Vielleicht seit Jahren", sagte ich. Mir war bewusst, dass Hannah die Augen geschlossen hatte. Und sie hatte gerade gesagt, dass es einfacher sei, zu hören, wenn sie das Gesicht des Sprechers sehen könne. Also bemühte ich mich, meine Stimme zu heben und deutlich zu sprechen.

„Wem sagst du das. Vielleicht sollten wir öfter versuchen, mit Kajaks auf dem Fluss zu stranden."

Ich lächelte über die Wärme in Hannahs Stimme. „Wir könnten ein Unternehmen gründen, in dem wir Menschen eine entspannende, meditative Erfahrung in Kajaks ohne Paddel bieten."

„Ja! Wir könnten es das *Paddellose Entspannungserlebnis* nennen."

Ich kicherte. „Oder *Ruderlose Ruhe-Oase*."

Hannah lachte. „Das gefällt mir! Wo kann ich mich anmelden?"

Die nächsten zwanzig Minuten verbrachten wir damit, uns unser neues Unternehmen vorzustellen und immer absurdere Vorschläge zu machen. Einmal lachte Hannah so sehr, dass das Kajak ins Wanken geriet. *Verdammt, ich verbringe gerne Zeit mit ihr.*

Als wir das Thema schließlich erschöpft hatten, lagen wir in wohligem Schweigen da.

Nun, anfangs war es wirklich wohlig.

Je länger ich da lag, desto länger musste ich an Hannah und das unausgesprochene Ding zwischen uns denken: An unseren Kuss.

Je mehr ich darüber nachdachte, desto stärker wurde mein Verlangen, zu wissen, wo ich bei Hannah stand. Es lag nicht in meiner Natur, ein Gespräch wie dieses aufzuschieben. Nicht nur das, sondern mein Plan, bis nach meinem freien Tag zu warten, hatte darauf basiert, dass ich unsere Interaktionen professionell hielt und Einzelgespräche mit ihr vermied. Ich hatte nicht damit gerechnet, dass wir mitten auf dem Hudson River in einem Zweierkajak festsitzen würden.

Würde es mir wirklich mehr Seelenfrieden in Bezug auf meine Personalprobleme verschaffen oder meine Gefühle für Hannah klären, wenn ich bis Dienstag wartete, um mit Hannah zu sprechen? Josie hatte heute großartige Arbeit geleistet. Es schien höchst unwahrscheinlich, dass morgen ohne mich alles zusammenbrechen würde, vor allem, da Ben auch arbeitete.

Ich hatte meine Gefühle in Bezug darauf, dass Hannah H. M. Stuart war, zwar noch nicht richtig geordnet, aber war das wirklich wichtig? Das Wichtigste war, wie Hannah im wirklichen Leben war, nicht ihr Pseudonym oder wie ich mir H. M. Stuart in meiner Fantasie vorgestellt hatte. Und Hannah im wirklichen Leben war großartig. Unsere Zeit in diesem Kajak hatte mir das nur noch mal bestätigt.

Meine Sorge, wie unangenehm es wäre, wenn das Gespräch schlecht liefe, während wir in einem Kajak festsaßen und es keinen Ausweg gab, war zwar berechtigt, aber es wurde jetzt langsam genauso unangenehm, nicht darüber zu sprechen. Ich musste nicht alle Antworten haben, bevor wir miteinander sprachen. Wir konnten es gemeinsam klären. Als Erstes musste ich das Machtgefälle ansprechen.

„Hannah?", fragte ich so lässig wie möglich. „Hör mal, wegen gestern Abend", mein Puls rauschte in meinen Ohren, „ich habe mich in dem Moment ein wenig hinreißen lassen und, ähm ..." Meine Stimme versagte, als ich versuchte, mir zu überlegen, wie ich das, was ich sagen wollte, am besten formulieren könnte. „Aber, ähm, mir ist bewusst, dass es unangemessen war – oder hätte sein können –, da ich deine Chefin bin und dich nicht so hätte küssen dürfen, aber ..."

Verdammt. Ich wollte ihr irgendwie klarmachen, dass ich sie wirklich mochte, und gleichzeitig herausfinden, ob Blakes Theorie, dass das Machtgefälle gar kein Problem darstellte, sich als richtig erwies. Aber wie konnte ich ihr das so sagen, dass sie sich nicht unwohl fühlte, falls sie meine Gefühle nicht erwiderte oder *es doch* ein Machtgefälle *gab*?

Ich holte noch einmal tief Luft, um es zu erklären, als Hannah das Wort ergriff.

„Es ist schon in Ordnung. Ich verstehe das vollkommen. Es ist ja nicht so, dass es nur an dir lag – ich habe dich ja auch geküsst –, aber es wird nicht wieder vorkommen", sagte sie schnell. „Da ich gerade erst eine langjährige Beziehung hinter mir habe, ist es wahrscheinlich eine gute Idee, mich ähm ... in nichts Neues zu stürzen ... und wir einfach nur Freunde sind."

Hannahs Antwort deutete zwar zumindest darauf hin, dass sie bereitwillig mitgemacht hatte, aber ihre Worte erfüllten mich mit Enttäuschung. Ich konnte gut verstehen, dass sie nicht gleich wieder eine neue Beziehung eingehen wollte – so hatte ich mich auch gefühlt, nachdem Alexis und ich uns getrennt hatten – und dieses Ergebnis war weniger kompliziert. Aber das minderte meine Enttäuschung kein bisschen. *Ich frage mich, ob die kürzliche Trennung wirklich der Grund ist oder ob es nur eine Ausrede ist, um mich sanft abblitzen zu lassen?* Ich schüttelte innerlich den Kopf. So oder so, es spielte keine Rolle. Das Endergebnis war dasselbe.

Vielleicht sollte ich etwas sagen, um ihr klarzumachen, dass sie mich im Hinterkopf behalten solle, falls sie in Zukunft wieder an einer Beziehung interessiert wäre? *Gott, das klingt erbärmlich.* Nein, lieber nicht.

„Aber du brauchst dir wegen der ganzen Chefin-Angestellten-Sache keine Sorgen zu machen", fuhr Hannah fort. „Ich glaube nicht, dass die üblichen Dynamiken, die mit dieser Beziehung einhergehen, hier zutreffen. Ich arbeite gerne im Novel Gossip, aber es ist eher ein … Hobby, keine entscheidende Einkommensquelle oder so. Ich denke, es hilft mir beim Schreiben, aber ich brauche es nicht … und ich bin sicher, dass ich einen ähnlichen Job finden könnte, wenn ich müsste."

Ich atmete aus. Blake hatte also recht gehabt. Aber das war nicht mehr relevant, da Hannah kein Interesse an einer Beziehung mit mir hatte.

„Dippin' Donuts würde dich sofort einstellen", sagte ich und versuchte, die Stimmung aufzulockern.

Hannah holte dramatisch Luft. „Ich würde mich nie der dunklen Seite anschließen. Für wen hältst du mich? Ich dachte eher ans Builders' Arms oder Olivias Blumenladen. Nicht an eine seelenlose Kette."

„Okay, okay. Entschuldigung!" Ich lächelte in die Sonne, als ich die gespielte Empörung in ihrer Stimme hörte.

Unser Geplänkel hatte nicht dazu beigetragen, meine

Unzufriedenheit über den Verlauf unseres Gesprächs zu lindern. Ich hatte mich nicht sehr gut ausgedrückt, aber jetzt, da Hannah deutlich gemacht hatte, dass sie nicht an mir interessiert war, würde es die Situation nur noch unangenehmer machen und nichts bringen, wenn ich ihr meine Gefühle erklärte. Hannah wollte, dass wir Freunde blieben, und das musste ich respektieren.

„Das mit eurer Trennung tut mir leid", erklärte ich. Sobald die Worte aus meinem Mund waren, begann ich, darüber überdenken. War ich angesichts meiner Gefühle für Hannah zu neugierig oder war das einfach die Art von Dingen, die eine Freundin und Kollegin sagen würde?

„Das ist okay", erwiderte Hannah und machte eine kurze Pause. „Im Nachhinein war es das Beste so. Wir hatten nicht die gesündeste Beziehung. Aber weil wir so lange zusammen waren, waren unsere Leben eng miteinander verflochten. Wir haben zusammen in einer Wohnung gelebt, alle unsere Freunde waren gemeinsame Freunde, also war es eine enorme Veränderung. Und um die Sache noch schlimmer zu machen, war meine Ex auch meine Lektorin und hat mich mit einer anderen, viel jüngeren Autorin betrogen, mit der sie zusammengearbeitet hat."

Ich zuckte zusammen. „Scheiße. Das klingt hart", erwiderte ich.

„Ja", sagte Hannah. „Und zu allem Überfluss hat sich auch noch herausgestellt, dass in Verlagskreisen und auch in unserem Freundeskreis weithin bekannt war, dass sie mich betrog. Es war also ziemlich demütigend ..."

Ich stöhnte. Ich wusste, wie sehr Hannah es schätzte, ihre Privatsphäre zu schützen, und dass sie es nicht mochte, im Mittelpunkt der Aufmerksamkeit zu stehen. Zu erfahren, dass die eigene Ex einen nicht nur betrogen hatte, sondern dass auch alle anderen davon wussten und vermutlich hinter ihrem Rücken darüber getratscht hatten, musste schrecklich gewesen sein. Kein Wunder, dass sie New York verlassen hatte. Plötzlich kam mir ein Gedanke. „Oh Gott. Ist sie immer noch deine Lektorin?"

„Du klingst ja völlig entsetzt!", lachte Hannah. „Nein, ich habe einen neuen. Ich hätte nach dem, was passiert ist, nicht weiter mit ihr zusammenarbeiten können."

„Oh, Gott sei Dank!", sagte ich erleichtert.

„Wolltest du schon immer ein Café mit Buchhandlung besitzen?", fragte Hannah nach einer kurzen Pause.

Ich musste lachen. „Nun ja, das war schon immer ein Traum von mir, aber nichts, was ich realistisch in Betracht gezogen hätte. Du wirst es nicht glauben, aber ich war in der Schule ein Nerd in Mathe und Naturwissenschaften. Ich habe an der University of South Florida Informatik studiert, um App-Entwicklerin zu werden."

„Du, ein Nerd?", rief Hannah mit belustigter Stimme aus. „Das hätte ich bei deiner Sammlung von Physik- und Geschichtsbüchern über Amerika nie gedacht."

„Hey! Du hast in meinen Bücherregalen herumgeschnüffelt?", fragte ich in gespielter Empörung.

„Ich war allein in deinem mit Büchern gefüllten Gästezimmer. Ich konnte nicht anders. Es ist wie ein Zwang", protestierte Hannah. „Und warum hast du dann deinen Karriereweg geändert?" Sie klang wirklich interessiert.

„Ich habe gern Apps entwickelt. Aber nach einer Weile wurde die Arbeit eintönig und ziemlich einsam. Die Idee, ein Café zu eröffnen, in dem ich ständig mit Menschen in Kontakt sein und meiner Leidenschaft für das Kochen – das ich übrigens als Wissenschaft betrachte – und für Bücher nachgehen kann, wurde immer reizvoller. Und wie bei dir ist auch bei mir eine Beziehung in die Brüche gegangen und ich habe beschlossen, es zu versuchen. Ich habe es nie bereut."

„Sapphire Springs, seit 2021 ein sicherer Zufluchtsort für Lesben, die vor Trennungen fliehen", bemerkte Hannah lachend. „Entschuldige. Ich sollte nicht davon ausgehen, dass du lesbisch bist."

„Nun, ich bin es." Ich grinste.

„Ich auch", antwortete Hannah.

Ich öffnete die Augen und schaute auf Hannah hinunter. Sie lächelte in die Sonne, die Augen immer noch geschlossen.

„Jetzt weiß ich, wen ich anrufen muss, wenn mein Laptop abstürzt", sagte Hannah mit einem neckischen Tonfall.

Ich lachte. „Hast du schon versucht, ihn aus- und wieder einzuschalten? Das wird leider so ziemlich alles sein, was ich an technischer Unterstützung anbieten kann. Was ist mit dir? Wolltest du schon immer Schriftstellerin werden?"

„So ziemlich. Ich glaube, ich habe am Donnerstagabend erwähnt, dass ich eines dieser Kinder war, die vom Lesen und Geschichtenschreiben besessen waren. Meine Eltern haben mich darin bestärkt, aber nur als Hobby. Sie wollten, dass ich in die Wissenschaft gehe oder Jura studiere, so wie sie. Ich habe englische Literatur an der University of New York studiert und überlegt, eine akademische Laufbahn einzuschlagen, aber mein Herz war nicht dabei. Ich wollte mein Leben nicht damit verbringen, die Texte anderer Leute zu analysieren und zu sezieren. Ich wollte selbst etwas Neues schaffen. Zur großen Enttäuschung meiner Eltern verlängerte ich nach meinem Abschluss meine Arbeitszeit in dem Café, in dem ich nebenher aushalf, um mich selbst zu finanzieren, zog in ein chaotisches Haus voller Künstler und Schriftsteller und verbrachte meine gesamte Freizeit damit, an dem zu arbeiten, was das erste Buch in der Reihe von *Im Reich der Furien* geworden ist."

Ich runzelte die Stirn. Meine Mutter war zwar enttäuscht gewesen, als ich beschloss, Florida zu verlassen, aber sie hatte meine Berufswahl immer unterstützt. „Haben deine Eltern ihre Meinung über das Schreiben geändert, als du anfingst, Erfolg zu haben?"

„Ich habe es ihnen nicht gesagt", sagte Hannah nach einer Pause.

Ich riss überrascht die Augen auf. „Was?! Warum nicht?"

„Wie du vielleicht aus dem ganzen *Ich habe versehentlich angefangen, für dich zu arbeiten, und mich dann nicht getraut, dir zu sagen, wer ich bin*-Vorfall herausgehört hast, neige ich dazu, schwierigen Gesprächen aus dem Weg zu gehen", erklärte Hannah verlegen.

„Aber eine Bestsellerautorin zu sein, ist großartig, und deine Bücher sind unglaublich. Sie wären bestimmt sehr stolz auf dich."

Hannah seufzte. „Ehrlich gesagt, glaube ich das nicht. Wie du wahrscheinlich schon bemerkt hast, stehe ich meinen Eltern nicht sehr nahe. Meine Mutter ist Philosophieprofessorin und mein Vater ist Juraprofessor. Während meiner Jugend haben sie immer gearbeitet – sie schrieben akademische Artikel, nahmen an Konferenzen teil und unterrichteten. Mir war klar, wo ihre Prioritäten lagen, und ich gehörte nicht dazu. Wenn sie zu seltenen Gelegenheiten zum Abendessen zu Hause waren, fragten sie mich nicht, wie mein Tag war, sondern stellten seltsame, philosophische Fragen. Zum Beispiel, was ich tun würde, wenn ich ein Zugführer wäre, der kurz davorstand, zehn Menschen zu überfahren, und meine einzige Möglichkeit darin bestand, den Zug auf ein anderes Gleis umzuleiten, wodurch ich nur eine Person töten würde."

Meine Güte. Hannahs Eltern klangen wie die schlimmste Mischung aus distanziert und dominant, die man sich vorstellen kann. Und so verbissen. „Mein Gott. Das klingt nicht nach einem entspannten Gespräch am Esstisch."

„Ja, vor allem nicht, wenn man vier Jahre alt ist und ihnen nur von dem Dinosaurier erzählen möchte, den man in der Vorschule gemalt hat", antwortete Hannah mit einem ironischen Unterton in der Stimme. „Mein Kindermädchen Barb hat mich praktisch aufgezogen und ich stehe ihr bis heute näher als Mom und Dad. Ich habe sie dieses Jahr ein paar Mal angerufen, aber sie haben mich nicht zurückgerufen. Ehrlich gesagt weiß ich nicht, warum ich mir überhaupt die Mühe mache. Währenddessen schickt mir Barb gerne E-Mails in Schriftgröße 18, in denen sie mich über den Klatsch aus dem Altersheim auf dem Laufenden hält, und wir FaceTimen regelmäßig." Ich lächelte über die Wärme in Hannahs Stimme, wenn sie über Barb sprach. Gott sei Dank hatte sie jemanden, der sie unterstützt hatte. „Das Einzige, was meine Eltern mir seit Weihnachten geschickt haben, ist eine E-Mail mit ihrem Reiseplan für Griechenland. Sie schicken mir gerne ihre Reisepläne, falls es eine Naturkatastrophe oder so etwas gibt und sie Hilfe brauchen, aus der Gefahrenzone ausgeflogen zu werden."

Hannah tat mir unendlich leid. Ihre Eltern schienen das absolut Letzte zu sein. Sie drängten sie dazu, jemand zu sein, der sie nicht sein wollte, und ignorierten sie gleichzeitig. Ich werde selten wütend, aber jetzt war ich wütend auf zwei Menschen, die ich nicht mal kannte.

Das Kajak schwankte und ich schaute auf. Ich sah, wie sich Hannah unruhig bewegte, ihr Gesicht ernst, aber ihre

Augen immer noch geschlossen. „Ich hätte es ihnen sagen sollen, als ich den Buchvertrag bekam, aber das habe ich nicht, weil ich überzeugt war, dass es ein Flop werden würde. Ich dachte, sie würden es benutzen, um zu begründen, warum ich keine Schriftstellerin sein sollte. Und als es kein Flop wurde, war ich überzeugt, dass sie etwas sagen würden, das meinem Erfolg einen Dämpfer verpassen würde. Sie sind die Art von Menschen, die nur literarische Belletristik lesen und spöttisch über kommerzielle Romane lächeln. Und jetzt sind fünf Jahre vergangen, seit ich den Buchvertrag unterschrieben habe, und ich stehe kurz davor, mein drittes Buch zu veröffentlichen. Es fühlt sich an, als wäre die Gelegenheit endgültig verstrichen.“

Ich lehnte mich im Kajak zurück, schloss die Augen und ließ alles auf mich wirken. Hannah hatte also nicht übertrieben, als sie sagte, dass sie Schwierigkeiten mit problematischen Gesprächen hatte.

„Ich kenne deine Eltern natürlich nicht, aber ich glaube nicht, dass es jemals zu spät ist, ein Gespräch zu führen. Wenn du es ihnen so erklärst wie mir eben, würden sie es dann nicht verstehen?“

„Ja, vielleicht.“ Hannah klang jedoch alles andere als überzeugt.

„Und was glauben sie, was du beruflich machst?“, fragte ich neugierig.

Hannah lachte verlegen. „Sie denken, ich werde von meiner Frau ausgehalten. Die Verlagsbranche ist nicht sehr lukrativ, aber der Urgroßvater meiner Ex-Frau war der Gründer von Haynes Insurance, also hatte sie ein Treuhandvermögen, das groß genug war, sodass keine von uns arbeiten musste.“

„Oh wow.“ Ich konnte nicht verstehen, warum Hannah es vorzog, dass ihre Eltern dachten, sie sei arbeitslos und auf den Treuhandfonds ihrer Frau angewiesen, anstatt eine Bestsellerautorin zu sein, aber ich wollte nicht weiter nachhaken. Ich wusste aus eigener Erfahrung, wie kompliziert Eltern-Kind-Beziehungen sein konnten.

„Ja. Zusätzlich zu meinem Abscheu vor Aufmerksamkeit und öffentlichen Reden und der Sorge, dass meine Fans von der echten Hannah Taylor enttäuscht sein könnten, sind meine Eltern ein weiterer Grund, warum ich meine Identität so vehement schütze."

„Das tut mir leid." Meine Worte schienen völlig unzureichend. Hannah hatte Besseres verdient.

„George! Hannah!", rief eine vertraute Stimme.

Ich riss die Augen auf und setzte mich, so schnell ich konnte, benommen auf. In der Ferne paddelten Blake und Jenny auf uns zu.

Verdammt! In jeder anderen Situation wäre ich erleichtert gewesen, dass wir endlich aus unserem paddellosen Zustand gerettet wurden. Aber trotz meiner Enttäuschung über den Verlauf unseres Gesprächs bezüglich des Kusses hätte ich gern noch ein paar Stunden mit Hannah im Kajak im Sonnenschein verbracht.

Ich brachte ein schwaches Winken zustande.

Als sie näher kamen, konnte ich Blakes und Jennys Haare erkennen, die ihnen in die Stirnen hingen, und ihre Gesichter waren mehrere Nuancen rosiger als sonst.

„Was ist passiert?", fragte Blake außer Atem. „Und wo sind eure Paddel?"

„Wir haben sie versehentlich ins Wasser fallen lassen. Zuletzt wurden sie dort drüben gesehen." Ich zeigte auf die Weite des blauen Wassers, vorbei an Sapphire Springs, wo sich der Fluss um den baumbestandenen Garrison Point schlängelte und aus dem Blickfeld verschwand.

Blake schüttelte lachend den Kopf. „Ihr treibt also hier

so vor euch hin und wartet darauf, dass euch jemand rettet? Gut, dass wir früher umgedreht sind und die Strömung nicht zu stark war."

„Es war eigentlich überraschend angenehm", sagte ich grinsend. Angesichts des erschöpften Aussehens von Blake und Jenny hatten wir Glück gehabt. Ich zog ein entspannendes Treibenlassen im Sonnenschein mit Hannah einer anstrengenden Paddeltour definitiv vor. Vor allem in Anbetracht der Tatsache, wie hektisch es in letzter Zeit zugegangen war. Und zumindest hatten wir über unseren Kuss gesprochen, auch wenn das Ergebnis nicht das war, was ich mir erhofft hatte.

Hannah, die sich ebenfalls aufgesetzt hatte, drehte sich um und lächelte mich leicht an. Mein Magen zog sich zusammen. Es sah so aus, als wäre Hannah meiner Meinung.

Blake, die sich auf die eigentliche Aufgabe konzentrierte – uns zu retten –, ignorierte meinen Kommentar. „Also, wie sollen wir das machen? Sollen wir euch eins unserer Paddel geben?"

Ich nickte. „Ja, das ist wahrscheinlich das Einfachste."

„Okay, ich reiche es zu dir hinüber, George. Lass es nicht fallen." Blake starrte mich streng an.

Ich verdrehte die Augen und griff nach dem Paddel, obwohl Blake allen Grund zur Sorge hatte. Glücklicherweise verlief die Paddelübergabe reibungslos und innerhalb weniger Minuten fuhren wir langsam zurück zur Kajakvermietungshütte. Ich schien endlich den Dreh beim Paddeln rauszuhaben, mein Körper und das Paddel arbeiteten zusammen und wir glitten durch das Wasser. *Hm. Vielleicht ist Kajakfahren doch gar nicht so schlecht.*

Wir waren nur ein paar Meter vom Ufer entfernt, als

wir auf etwas stießen, das einen Ruck durch das Boot sandte.

Ich runzelte die Stirn. „Weißt du, was das war?", fragte ich Hannah, da ich es von meinem Sitzplatz aus nicht sehen konnte.

Hannah spähte über die Vorderseite des Kajaks. „Es sieht aus, als gäbe es hier ein paar Felsen."

„Ich glaube, ich springe einfach raus und ziehe das Kajak ans Ufer. Ich glaube nicht, dass einer von uns gut genug Kajakfahren kann, um zwischen den Felsen zu manövrieren – nichts für ungut – und das Wasser sieht hier ziemlich flach aus."

Hannah drehte sich zu mir um. „Bist du sicher? Ich kann auch aussteigen."

„Nein, schon gut. Du hast Turnschuhe an, die willst du nicht ruinieren. Ich trage wenigstens Flip-Flops."

„Was stand in dieser Verzichtserklärung über das Einklemmen von Füßen und gefährliche Flussfauna?", fragte Hannah. Ihre Stimme klang neckisch, aber ich glaubte, unterschwellig echte Besorgnis zu hören.

Ich lachte leise. „Keine Sorge. Es wurde seit Jahren kein Hai mehr gesichtet."

„Haie?" Hannah blieb der Mund offenstehen. „Vielleicht solltest du nicht ..."

Ich ignorierte Hannahs Bedenken – Leute gingen ständig im Hudson schwimmen –, hielt mich an der Seite des Kajaks fest und schwang mich aus dem Boot, wobei ich versuchte, es dabei nicht zu sehr zum Schwanken zu bringen. Ich zuckte zusammen, als erst meine Füße und dann meine Beine auf das kalte Wasser trafen. Der Grund des Flusses war felsig und das Wasser war tiefer, als ich erwartet hatte, und reichte mir weit über die Knie. Ich stützte mich ab und watete vorsichtig zum vorderen Teil des

Kajaks. Als ich auf gleicher Höhe mit Hannah war, rutschte mein Fuß auf einem glitschigen Felsen aus.

Verdammt.

Mein Magen zog sich zusammen, als ich das Gleichgewicht verlor.

Ohne nachzudenken, griff ich nach der Seite des Kajaks, um mich festzuhalten. Aber das Kajak war, wie ich bereits bemerkt hatte, nicht sonderlich stabil.

Das Kajak kippte scharf in meine Richtung.

„George!", schrie Hannah, als ihr Körper auf meinen prallte und wir beide nach hinten umfielen.

Kaltes Wasser traf auf meinen Oberkörper, als mein Hintern auf dem Flussbett aufschlug. Ich konnte meinen Sturz gerade noch rechtzeitig mit den Händen abfangen, um zu verhindern, dass mein Kopf unterging. Eine Sekunde später landete Hannah auf meinem Schoß und quietschte, als sie mit dem Wasser in Berührung kam. Ich legte meinen Arm um ihren oberen Rücken, um sie zu stützen.

Wir starrten uns mit großen Augen an, unsere Gesichter nur wenige Zentimeter voneinander entfernt. Trotz des Schocks über den Sturz war ich mir bewusst, dass Hannahs Lippen nur wenige Zentimeter von meinen entfernt waren, meine Hand auf ihrem warmen Rücken lag und ihr wohlgeformter Po auf meine Oberschenkel drückte. Ein elektrischer Strom schoss mir durch den Rücken.

Oh Mann, werden wir uns wieder küssen? Denn ich weiß mit Sicherheit, dass ich es will.

„Alles in Ordnung bei euch?", rief Blake vom Ufer aus und zerstörte den Moment.

Wir blinzelten uns an und dann schien uns die Absurdität der Situation gleichzeitig bewusst zu werden, und wir brachen in Gelächter aus.

„Ich fasse das als Ja auf", rief Blake.

Hannah sprang von mir herunter und stand auf, dann streckte sie eine Hand aus, um mir beim Aufstehen zu helfen.

„Es tut mir so leid, dass ich auf dir gelandet bin. Ich hoffe, es hat nicht zu sehr wehgetan.“

„Ich weiß nicht, warum du dich entschuldigst. Ich bin zu hundert Prozent schuld daran, dass das Kajak gekentert ist“, erwiderte ich, während ich ihre Hand ergriff und mich hochzog.

Unsere Blicke trafen sich für einen Moment und mein Herz machte einen Sprung. Doch dann fing ich mich wieder.

Hannah hat deutlich gemacht, dass sie keine Beziehung will. Das musst du respektieren.

20

GEORGE

EINE STUNDE später saßen wir im Biergarten des Builders' Arms im Schatten einer riesigen, alten Eiche im gesprenkelten Sonnenlicht, genossen unsere Getränke und teilten uns eine Portion Pommes und einen Teller Nachos. Das Wetter war so warm, dass unsere Kleidung im Handumdrehen getrocknet war, obwohl ein leicht muffiger Geruch nach Flusswasser zurückblieb. Hannah hatte ihre durchnässten Turnschuhe ausgezogen und zum Trocknen in die Sonne gestellt. Olivia war vor etwa fünfzehn Minuten zu uns gestoßen, nachdem sie mit dem Kajak den ganzen Weg bis nach Battersby Island und wieder zurück gefahren war. Sie hatte uns Fotos von der zerfallenden Burg gezeigt und wir hatten ihr von unserem Missgeschick im Kajak und unserem versehentlichen Bad im Fluss erzählt.

Ich lehnte mich auf meinem Stuhl zurück und ließ alles auf mich wirken. Der Sommer hob meine Stimmung immer und der heutige Tag hatte sich wie der Inbegriff des Sommers angefühlt, obwohl es erst Anfang Juni war. Endlich ein freier Nachmittag. Und ich durfte ihn mit einigen meiner Lieblingsmenschen verbringen. Mein Blick blieb an Hannah hängen, die sich gerade angeregt mit Olivia unterhielt. Hannah wurde schnell zu einem Teil dieser Gruppe. Unser Gespräch über den Kuss war das einzige Manko an einem ansonsten perfekten Tag gewesen. Aber jetzt, da ich wusste, wo ich bei ihr stand, konnte ich sicher damit abschließen.

„Das hat wirklich Spaß gemacht. Wir sollten es bald wiederholen", erklärte Jenny in einer entspannten Gesprächspause.

Einen Augenblick lang schaute ich Hannah an und sie lächelte zurück, was mein Herz zum Rasen brachte. *Du musst über sie hinwegkommen, George.*

„Ich bin immer für eine Kajakfahrt zu haben", erwiderte Olivia grinsend. „Ist der Bauernhof nächstes Wochenende dran?"

Jennys Augen leuchteten auf. „Oh ja! Das hatte ich ganz vergessen. Hannah, du solltest mitkommen – wenn du nicht zu beschäftigt bist. Wir gehen auf der Red Tractor Farm Obst pflücken."

Hannahs Blick schweifte zu mir. *Fragt sie sich, ob ich einverstanden bin, dass sie mitkommt?* Ich lächelte ihr zur Sicherheit aufmunternd zu.

„Das klingt toll!", bemerkte Hannah.

„Hey, geht es dir gut?", murmelte Blake, die neben mir saß.

„Ja ... warum?" Ich runzelte die Stirn. Diese Worte verhießen normalerweise nichts Gutes. Ich hatte gerade daran gedacht, wie gut ich mich fühlte, aber war ich in den letzten Wochen aufgrund von Stress vorzeitig gealtert? Oder standen mir meine Gefühle für Hannah jedes Mal ins Gesicht geschrieben, wenn ich in ihre Richtung schaute?

„Dein Gesicht ist ganz rot."

Ich berührte mein Gesicht. Es war heiß.

„Hmmm. Vielleicht habe ich einen leichten Sonnenbrand." Ich schaute auf meine Beine hinunter. Der Kontrast zwischen dem kleinen Teil blasser Haut meiner Oberschenkel, der im Kajak durch meine Shorts geschützt gewesen war, jetzt, wo ich saß, jedoch sichtbar war, und dem Rest meiner purpurroten Beine versetzte mir einen kleinen Schock. „Mist. Okay, vielleicht habe ich mir einen heftigen Sonnenbrand geholt." *Verdammt noch mal.* In der Eile hatte ich völlig vergessen, Sonnenschutz aufzutragen.

Ich warf Hannah einen Blick zu. Auch sie sah geröteter aus als sonst.

Ich stand auf. „Ich gehe nur schnell zum Laden und hole etwas Aloe", sagte ich zu Blake.

Zum Glück befand sich der Gemischtwarenladen in der Nähe des Builders' Arms. Nachdem ich die Aloe gekauft hatte, setzte ich mich auf die Bank vor dem Laden und rieb sie mir auf Beine, Arme und Gesicht. Ich atmete erleichtert aus, als das kühle Gel meine strapazierte Haut spürbar beruhigte.

Ein paar Minuten später betrat ich das Builders' Arms erneut. Als ich in den Biergarten kam, wäre ich beinahe mit Hannah zusammengestoßen.

„Hey! Entschuldige, ich bin nur kurz rausgegangen, um etwas Aloe zu holen. Wie du wahrscheinlich sehen kannst, habe ich einen Sonnenbrand", sagte ich und lächelte sie an.

„Ich auch", entgegnete Hannah und verzog das Gesicht. „Ich ärgere mich, dass ich nicht an Sonnencreme gedacht habe. Ich wollte gerade auf die Toilette gehen, um mir Wasser ins Gesicht zu spritzen."

„Nun, du kannst das hier gerne benutzen." Ich wedelte wie eine Närrin mit der Aloe-Flasche in der Luft herum.

Der leidende Ausdruck auf ihrem Gesicht verschwand

und wurde durch ein breites Lächeln ersetzt. „Das wäre großartig. Danke."

Wir gingen zurück in den Biergarten und blieben neben einer Backsteinmauer stehen, die mit grünem Efeu bewachsen war, damit wir den Eingang nicht versperrten. Ich reichte Hannah die Flasche und sie fing an, sich das Gesicht und die Arme einzureiben. Es war seltsam faszinierend, ihr dabei zuzusehen, wie sie die Aloe auf ihre Haut auftrug, und ein Kribbeln durchströmte mich. „Sexy" war normalerweise nicht das erste Wort, das mir in den Sinn kam, wenn es um grüne, gelartige Substanzen ging, aber bei Hannah war es sexy. Ich konnte nicht wegsehen, weshalb mir auffiel, dass sie einen Teil der zarten Haut unter ihren Augen und am Ansatz ihrer Brust unter dem Schlüsselbein ausgelassen hatte, die beide deutlich rosa waren.

„Hier hast du etwas vergessen", bemerkte ich und tupfte mit dem Finger auf die Haut unter meinem Auge. „Und ähm ... auf deiner Brust." Freunden zu helfen, indem man sie mit Aloe eincremte, war doch etwas, was man füreinander tat, oder? Vielleicht nicht Chefs mit ihren Angestellten, aber diesen Gedanken verdrängte ich.

„Hier?", fragte Hannah, während sie mehr Aloe auf ihre Wangen und ihre Brust rieb und die nicht eingecremten Stellen nur teilweise bedeckte.

„Soll ich dir helfen? Du hast immer noch ein bisschen ausgelassen."

„Klar." Hannah lächelte mir dankbar zu und reichte mir die Flasche.

Ich trat näher, drückte einen Klecks auf meinen Zeigefinger und strich damit sanft über die Haut unter ihren Augen. Hannahs warmer Atem kitzelte mein Gesicht. Ihr Mund war nur wenige Zentimeter von meinem entfernt. Unsere Blicke trafen sich und ein Kribbeln durchströmte mich. Ich biss mir auf die Lippe. *FREUNDIN UND KOLLEGIN, denk daran. Hannah hat es sehr deutlich gemacht.*

Ich riss meine Augen von ihren los. Ohne nachzudenken, wanderten sie zu dem Hautfleck auf ihrer Brust, den sie ebenfalls übersehen hatte, und dann weiter zu den weichen Rundungen ihrer Brüste, die sich unter ihrem Trägertop abzeichneten. *Augen hoch, George.* Es war eine schreckliche Idee gewesen, ihr meine Hilfe anzubieten.

Ich schluckte.

„George!", rief Blake viel zu laut, als sie wie aus dem Nichts auftauchte und ihren Arm um meine Schulter legte. „Ich habe mich schon gefragt, wo ihr beiden geblieben seid."

Ich zuckte zusammen und drehte meinen Kopf, um Blake anzustarren. Es war untypisch für Blake, so laut und demonstrativ zu sein. Hatte sie ein Bier zu viel getrunken oder litt sie unter einem Hitzschlag?

Blakes Gesichtsausdruck verriet nichts, aber sie holte mich in die Realität zurück.

„Nun, ich denke, jetzt ist es in Ordnung", sagte ich zu Hannah, mein Gesicht noch geröteter als zuvor.

„Was zum Teufel war das?", flüsterte ich Blake zu, während wir uns auf den Weg zurück zu unserem Tisch machten.

Blake runzelte die Stirn. „Du hast mir gesagt, ich solle auf dich aufpassen, damit du nichts Dummes mit Hannah anstellst."

„Ähm, ich bin mir ziemlich sicher, dass ich gesagt habe, dass ich *keine* Aufpasserin brauche." Obwohl es wahrscheinlich das Beste war, dass Blake uns unterbrochen hatte.

Blake zuckte mit den Schultern. „Du hast definitiv

gesagt, dass du die Dinge mit ihr ‚freundlich, aber professionell‘ halten willst.“

„Ich habe nur Aloe auf ihren Sonnenbrand aufgetragen“, erklärte ich und zuckte zusammen, als ich den defensiven Ton in meiner Stimme hörte.

Blake zog die Augenbrauen hoch. „George, du standst nur wenige Zentimeter von ihr entfernt, hast auf ihre Brüste gestarrt und dir die Lippen geleckt. Das hat für mich nicht nach ‚freundlich, aber professionell‘ ausgesehen.“

Ich stöhnte leise. Dagegen konnte ich nichts sagen. Meine Gefühle für Hannah waren alles andere als professionell. Ich lehnte mich auf meinem Stuhl im schattigen Sonnenlicht zurück, trank einen Schluck Bier und schloss für einen Moment die Augen. Ich musste mich auf das konzentrieren, was ich hatte – Sonnenschein, gutes Essen und Trinken und die Gesellschaft meiner Freundinnen – und akzeptieren, dass das alles war, was Hannah und ich je sein würden. Freundinnen.

21

HANNAH

„BITTE SEHR", sagte George und stellte mir mit einem Lächeln eine Räucherlachsquiche und eine Salatbeilage hin.

„Danke! Ich habe mich die ganze Schicht über auf dieses Gericht gefreut. Es sieht unglaublich lecker aus." Ich lächelte George an und folgte ihrem Blick, während sie sich wieder Hugo zuwandte, um weitere Kaffeespezialitäten zuzubereiten.

Seit unserem ereignisreichen Kajaktrip waren sieben Tage vergangen. Sieben Tage, seit wir beschlossen hatten, nichts weiter als Freundinnen zu sein. Und in diesen sieben Tagen hatte ich unser Gespräch immer wieder in meinem Kopf abgespielt.

Wie George sich dafür entschuldigt hatte, mich geküsst zu haben, und sagte, es sei unangemessen. Und wie enttäuscht ich gewesen war. Ich hatte nur gehört, dass sie den Kuss für einen Fehler hielt, und war instinktiv in den Selbstschutzmodus übergegangen. Ich war damit herausgeplatzt, dass es am besten sei, wenn wir einfach Freundinnen blieben. Aber als ich unser Gespräch im Nachhinein analysierte, wurde ich das Gefühl nicht los, dass George noch etwas anderes hatte sagen wollen, und ich ihr ins Wort gefallen war. Sie hatte nie *gesagt*, dass es ein Fehler gewesen sei oder dass sie sich nicht zu mir hingezogen fühlte. Möglicherweise war ihre einzige Sorge in Bezug auf den Kuss, dass sie meine Chefin war. Aber anstatt ihr Raum zu geben, um ihre Bedenken mit mir zu besprechen, war ich in Panik geraten und hatte das gesamte Gespräch mit meinem Kommentar effektiv beendet.

Ich seufzte. Zumindest war die Stimmung zwischen uns nicht angespannt – die lockere, lustige Atmosphäre, die wir auf dem Kajak gehabt hatten, war immer noch da. George hatte zweimal nach meiner Schicht mit mir Mittag gegessen und gestern Abend hatte ich mich mit George, Olivia, Blake und Jenny für ein paar Getränke im Frankie's getroffen. Aber ich konnte das nagende Gefühl nicht abschütteln, dass ich unser Gespräch auf dem Kajak vermasselt hatte.

Ich nahm einen Bissen von der Quiche, die genauso gut schmeckte, wie sie aussah – knuspriges, buttriges Blätterteiggebäck und eine cremige Lachsfüllung – und stieß einen leisen Seufzer der Zufriedenheit aus. Nachdem ich von zehn bis vierzehn Uhr gearbeitet hatte, war ich am Verhungern und das war genau das Richtige für mich. Ich zog mein Handy aus der Tasche und sah, dass ich gerade einen Face-Time-Anruf von Barb verpasst hatte. Sie hatte mir letzte Woche eine E-Mail geschickt und gefragt, ob ich Zeit für ein Gespräch hätte. Ich hatte vergessen, dass ich ihr gesagt hatte, sie könne mich jederzeit nach Schichtende anrufen.

Im Café war es ruhig, die Mittagspause war vorbei und ich saß an einem Tisch in der Ecke, weit weg von den anderen Gästen. Barb zurückzurufen, würde nicht zu viel Lärm machen, also setzte ich meine geräuschunterdrückenden Kopfhörer auf, wählte ihre Nummer und lehnte dann mein Telefon so an eine von Olivias Kerzen, dass ich auf dem Bildschirm zu sehen war. Ich sah Barbs Kinn auf dem Bildschirm, dann wackelte es und schließlich erschien ihr gesamtes schönes, faltiges Gesicht, eingerahmt von kurzen, grauen Locken mit einem breiten Lächeln im Gesicht.

„Hannah! Wie geht es dir, meine Süße?"

Barbs Stimme erfüllte mich mit Wärme.

„Mir geht es gut! Ich habe gerade meine Schicht beendet. Ich bin immer noch im Café und esse mein Mittagessen. Hoffentlich ist es nicht zu laut. Kannst du mich gut hören?"

„Laut und deutlich, mein Mädchen." Barb kniff die Augen zusammen. „Ich hoffe, das wird dir nicht alles zu viel mit dem Kellnern und dem Schreiben."

Ich lächelte. Barb war schon immer die größte Unterstützerin meines Schreibens gewesen. Sie hatte mir als Kind geduldig zugehört, wenn ich ihr Geschichten erzählte, und mir geholfen, sie auf Papier zu bringen. Dann illustrierte ich die Seiten und wir hefteten sie wie Bücher zusammen.

„Ich arbeite höchstens drei oder vier Stunden im Café und bisher scheint sich das Schreiben mit der Arbeit als Kellnerin ziemlich gut zu ergänzen. Ich schreibe morgens ein paar Stunden und komme dann hierher, um zu arbeiten. Zu schreiben ist so einsam, dass es schön ist, etwas menschlichen Kontakt zu haben und für eine Weile auf andere Gedanken zu kommen. Und wenn ich dann nach Hause komme, normalerweise nach einem leckeren Mittagessen hier", ich hob meinen Teller, damit Barb die Quiche sehen konnte, „bin ich bereit, weiterzuschreiben." In der letzten Woche hatte ich oft bis zum Schlafengehen geschrieben und nur für ein schnelles Abendessen aufgehört, das ich normalerweise auf der Terrasse aß. Ich verbrachte sehr gern Zeit dort draußen umgeben von Natur.

„Oh, kannst du mir das Café zeigen?", fragte Barb mit funkelnden, blauen Augen.

Ich grinste, hob das Telefon hoch und drehte es langsam herum. „Da ist der Buchladenbereich – er ist nicht riesig, aber es gibt eine fantastische Auswahl – und dort ist die Theke. Dahinter befindet sich die Küche. Und hier sind alle Tische ... und der Blick aus den Fenstern." Ich stellte das Telefon wieder auf den Tisch vor mir.

„Es sieht toll aus. Sehr gemütlich", sagte Barb.

„Das ist es wirklich. Du musst mich mal besuchen kommen."

„Das wäre wunderbar. Und war das George, die ich hinter der Theke gesehen habe?" Barbs Augen funkelten.

Ich presste die Lippen zusammen, um mein Lächeln zu verbergen. Wollte sie wirklich wissen, wie das Novel Gossip aussah, oder wollte sie nur einen Blick auf George werfen? Ich hatte Barb nichts von meinen Gefühlen für George erzählt, aber sie war in solchen Dingen schon immer sehr scharfsinnig gewesen.

„Ja, das war George."

„Sie ist sehr attraktiv", bemerkte Barb anerkennend.

Ich lachte. „Wie auch immer, genug von mir. Wie geht es dir?"

Barb fing an, mir den neuesten Klatsch aus ihrer Altenpflegeeinrichtung zu erzählen. Es gab einen neuen, ausgesprochen attraktiven Physiotherapeuten, mit dem einige ihrer Freundinnen ihre Töchter verkuppeln wollten. Susans dreijähriger Enkel war gestern bei einem Besuch verschwunden, war aber in der Küche wieder aufgetaucht, wo er versucht hatte, das Personal davon zu überzeugen, ihm „Chipsies" zu geben. Und Barb hatte sich mit einem anderen Bewohner, Bruce, über Wahlkreismanipulation in die Haare gekriegt.

Während Barb sprach und ich mitlachte, wurde mir ganz warm ums Herz. Sie war die energiegeladene, positive Barb, die ich fast mein ganzes Leben lang gekannt hatte. Vor ein paar Jahren, nachdem sie gestürzt war und sich die Hüfte gebrochen hatte, war das noch ganz anders gewesen. Nach einer Hüftprothese hatte sie Mühe gehabt, allein zurechtzukommen. Sie musste aus der Wohnung, in der sie jahrzehntelang gelebt hatte, in eine nahe gelegene Altenpflegeeinrichtung umziehen. Sie hatte das geschmacklose Essen gehasst, die Herablassung, mit der einige Mitarbeiter sie behandelten, als wäre sie ein Kind, und ihr kleines, dunkles und muffiges Zimmer. Die Einrichtung war heruntergekommen und unterbesetzt und Barb war absolut unglücklich gewesen. Ich konnte erkennen, dass etwas nicht stimmte, aber sie hatte sich mir nicht anvertraut. Erst als ich sie besucht hatte, war mir klar geworden, was los war. Das Seniorenheim, in das ich sie verlegt hatte, war gut ausgestattet. Ihr Zimmer war hell und luftig mit Blick auf einen wunderschönen Garten und das Essen – wenn auch nicht auf dem Niveau des Novel Gossips – war gar nicht so schlecht. Es gab auch hervorragende Reha-Einrichtungen, wodurch sich ihre Mobilität deutlich verbessert hatte. Und es war furchtbar teuer.

Gott sei Dank hatte ich meinen Schreibelan wiedergefunden. Wenn ich mein derzeitiges Tempo beibehielt – gestern hatte ich achttausend Wörter geschrieben, eine persönliche Bestleistung –, würde ich die Frist im Juli locker einhalten. Und das Risiko, dass ich mir die Rechnungen für Barbs Seniorenheim in Kürze nicht mehr leisten könnte, würde erheblich sinken.

„Ich muss jetzt los. Ich muss mich auf meine Sitzung

mit dem neuen Physiotherapeuten vorbereiten." Barb zwinkerte mir zu und ich lachte. „Aber Hannah, ich freue mich so, zu hören, dass du dein neues Leben genießt. Du weißt doch, wie stolz ich auf dich bin, oder Liebes? Du hast deinen Berufswunsch verfolgt, auch wenn deine Eltern dich nicht unterstützt haben, bist ganz allein nach New York gezogen – und dann noch einmal nach Sapphire Springs. Du hattest immer den Mut, das zu tun, was dich glücklich macht, und das ist wirklich bemerkenswert. Viele Menschen tun das nicht."

„Danke, dass du das sagst. Ich hab dich lieb. Bis bald."

Wir legten auf und Barbs Worte hallten noch immer in meinem Kopf wider. Ich hatte mich nie für eine besonders mutige Person gehalten. Ich hatte mich davor gescheut, Tania wegen ihres vermuteten Ehebruchs zur Rede zu stellen. Ich hatte jahrelang vermieden, meinen Eltern von meiner Karriere als Schriftstellerin zu erzählen. Zuletzt hatte ich mich auch noch in eine sehr unangenehme Situation gebracht, weil ich mich nicht dazu durchringen konnte, George zu sagen, dass ich H. M. Stuart war. Aber obwohl ich nicht gut darin war, Menschen direkt zu konfrontieren, war ich bereit, mich auf andere Weise zu engagieren, um meine Träume zu verwirklichen.

Jetzt, da ich endlich in die Stadt gezogen war, in der ich schon seit Jahren leben wollte, wieder mit dem Schreiben begonnen hatte und neue Freunde gefunden hatte, worin bestanden meine Träume jetzt?

Ich starrte George an, die hinter der Theke stand und mit einem Kunden sprach, der einen Stapel Bücher kaufte, und kannte die Antwort.

Ich wollte eine Partnerin. Jemanden, mit dem ich mein Leben teilen konnte. Jemanden, mit dem ich auf einer tiefen emotionalen, intellektuellen und körperlichen Ebene verbunden war. Ich wollte eine Beziehung, in der wir uns umeinander sorgten und uns gegenseitig unterstützten, aber auch viel Spaß miteinander hatten.

George grinste und ihr Grübchen kam zum Vorschein, als sie dem Kunden die Bücher reichte, die sie nun sorgfältig in eine Tasche gepackt hatte. Und mein Herz machte einen Sprung.

Ich hatte mich seit Jahren nicht mehr so zu jemandem hingezogen gefühlt und George war freundlich, witzig und intelligent – alles Eigenschaften, die ich in einer Beziehung als wirklich wertvoll erachtete. Je mehr Zeit ich mit ihr verbrachte, sei es bei der Arbeit, in der Mittagspause oder mit ihren Freundinnen, desto mehr schätzte ich sie.

Und desto mehr Zweifel kamen mir, ob meine Bedenken, mit ihr zusammen zu sein, berechtigt waren. Ich hatte Angst, dass ich das Leben verlieren könnte, das ich mir hier aufgebaut hatte, wenn wir etwas miteinander anfingen und es dann schiefging. Meine wachsende Freundschaft mit George und ihren Freundinnen, das Novel Gossip und vielleicht sogar meinen Elan zu schreiben. Aber je besser ich George kennenlernte, desto weniger schien mir diese Sorge berechtigt. George war warmherzig und vernünftig. Ich konnte mir nicht vorstellen, dass sie nachtragend wäre, wenn die Beziehung in die Brüche ginge. Wir hatten in unserer kurzen Freundschaft bereits einige Probleme gemeistert – diese ganze Sache, dass ich nichts über H. M. Stuart erzählt hatte, und vor Kurzem auch den Kuss – und beide Male hatte sie verständnisvoll und gütig darauf reagiert. Ihre Besorgnis darüber, dass sie meine Chefin war, zeigte auch, dass sie eine Person mit einem ausgeprägten Sinn für Ethik und Fairness war. Und obwohl ich mit keiner meiner Ex-Partnerinnen befreundet geblieben war, war es auch nichts Ungewöhnliches.

Ich nahm noch einen Bissen von meiner Quiche und kaute darauf herum, während ich über meine Bedenken nachdachte.

Obwohl meine Zweifel, nur wenige Monate nach der Trennung von Tania eine neue Beziehung einzugehen, berechtigt erschienen, war es so schwer, Menschen zu finden, mit denen man sich verbunden fühlte. War es klug, eine potenzielle Partnerin abzulehnen, nur weil es nicht der ideale Zeitpunkt war, eine neue Beziehung einzugehen?

Und obwohl die Beziehung zwischen Tania und mir offiziell erst vor drei Monaten zu Ende gegangen war, war das eigentliche Ende schon lange her. Wir hatten schon vor Jahren aufgehört, auszugehen, unser Sexleben war so gut wie nicht existent, und da Tania abends und am Wochenende „lange arbeitete", waren wir eher wie Mitbewohnerinnen, die zusammen arbeiteten und gemeinsame Freunde hatten, als ein Liebespaar. Ich war zwar am Boden zerstört, als ich herausfand, dass sie mich betrogen hatte, aber ein großer Teil des emotionalen Schmerzes, den ich empfand, war darin begründet, dass unsere Beziehung schon seit langer Zeit nicht mehr gut lief und ich mich mit dem massiven Umbruch, den es mit sich bringen würde, abfinden musste. Und dass alle außer mir zu wissen schienen, dass sie mich betrog.

Vielleicht war ich also nicht zu voreilig. Es bestand auch das Risiko, dass, wenn ich diese Gelegenheit nicht ergriff, eine andere kommen und mir George wegschnappen könnte.

George griff nach einer Kaffeetasse oben auf Hugo und sagte etwas zu Ben, das ihn zum Lachen brachte, während sie einen Kaffee kochte. Ich konnte nicht anders, als zu lächeln, während mein Inneres in Aufruhr war.

Es bestand kein Zweifel, dass ich George begehrte.

Und obwohl es durchaus möglich war, dass sie mich nicht wollte, weil ich das Gespräch auf dem Kajak abgebrochen hatte, wusste ich es nicht genau. Bei dem Gedanken, das Gespräch wieder aufzunehmen, drehte sich mir der Magen um. Es könnte äußerst unangenehm werden, wenn George kein Interesse hatte – würde sie denken, dass ich ein Nein als Antwort nicht akzeptieren konnte? *Du hast dir gerade selbst gesagt, was für ein großartiger Mensch George ist, Hannah. Sie wird es verstehen, auch wenn die Antwort Nein lautet.*

Und wenn ich nichts täte, würde nichts passieren. George würde vernünftigerweise davon ausgehen, dass das, was ich auf dem Kajak gesagt hatte, meine Wünsche widerspiegelte, und diese Wünsche respektieren. Ich presste meine Lippen zusammen. Ich musste etwas von der Energie meiner Figur Esmae aufbringen, die gerade ihren bösen Bruder um den Thron herausforderte, und das direkt angehen. Ich musste nur einen guten Zeitpunkt dafür finden. Aber hier und jetzt, in der Öffentlichkeit des Cafés, war definitiv nicht der richtige Moment.

Ich stand auf, nahm meinen Teller, um ihn zurück in die Küche zu bringen, und konnte es plötzlich kaum erwarten, nach Hause zu kommen. Das Gespräch mit Barb hatte mich zusätzlich motiviert, weiterzuschreiben, und ich wollte auch die nervöse Energie, die ich durch die Gedanken an George aufgebaut hatte, in etwas Produktives umwandeln.

„Hey, ich kann das für dich zurückbringen. Ich bin sowieso gerade auf dem Weg", sagte George und streckte mir die Hand entgegen.

„Danke!" Ich grinste sie an. Unsere Blicke trafen sich und mein Herz schlug schneller.

„Ich wollte dich schon die ganze Zeit fragen: Soll ich

dich morgen zum Obstpflücken mitnehmen? Ich könnte dich gegen drei abholen, wenn das für dich passt?"

„Das wäre toll, wenn es nicht zu viel Aufwand ist", entgegnete ich. *Die Autofahrt könnte die perfekte Gelegenheit sein, mit George über uns zu sprechen.*

Auf dem Heimweg durch die von grünen Bäumen gesäumten Straßen beschloss ich, mir keine Gedanken mehr darüber zu machen, was ich morgen zu George sagen würde. Ich wollte mich stattdessen darauf konzentrieren, was ich schreiben würde, wenn ich zu Hause ankam. Vielleicht sollte ich versuchen, die Sexszene in Angriff zu nehmen, um die ich mich neulich gedrückt hatte. Um nicht den Schwung zu verlieren, hatte ich einfach geschrieben „[hier heiße Sexszene einfügen]" und in der Hoffnung weitergemacht, dass mir zu einem späteren Zeitpunkt die Inspiration kommen würde. Ich machte mir keine großen Hoffnungen. Sexszenen waren für mich immer eine Herausforderung und die, die ich zuvor geschrieben hatte, waren von einigen als hölzern und unerotisch kritisiert worden.

Da es heute darum zu gehen schien, schwierige Dinge direkt in Angriff zu nehmen, beschloss ich, es heute Nachmittag noch einmal mit der Sexszene zu versuchen.

Ich schloss mein Gartentor auf und ging zielstrebig auf die Eingangstür zu.

Heute schreibe ich eine heiße Sexszene und morgen werde ich George meine Gefühle gestehen.

HANNAH

NERVÖS SCHAUTE ich auf meine Uhr. George sollte jeden Moment hier sein. Ich atmete ein paar Mal tief durch. Das Schreiben der Sexszene gestern war nicht erfolgreich gewesen. Ich hatte es nach dreißig Minuten, in denen ich nur ausdruckslos auf den Bildschirm gestarrt hatte, aufgegeben und mich stattdessen darauf konzentriert, böse Brüder und Drachen zu bekämpfen. Hoffentlich würde das heutige Gespräch mit George besser laufen.

Ich spähte aus dem Fenster, um nach einem Anzeichen von Georges Wagen Ausschau zu halten. Nichts.

Schmetterlinge schwirrten in meinem Bauch. Unruhig stand ich auf und ging in meinem kleinen Arbeitszimmer auf und ab, bis ich draußen ein Auto vorfahren hörte. *Jetzt geht's los.*

Ich schnappte mir meine Tasche und ging zur Haustür hinaus. Mein Herz schlug schneller, als ich auf der Straße tatsächlich George in ihrem verbeulten, blauen Ford Fiesta sah, und stockte dann, als ich eine weitere Person neben ihr sitzen sah. Olivia. *Verdammt.*

George drehte sich zu mir um, als ich auf den Rücksitz

sprang. „Hey", sagte sie mit leiser Stimme, wobei das Grübchen auf ihrer rechten Wange zum Vorschein kam. Ein Schauer lief mir über den Rücken. Sie grinste und hielt eine Flasche Sonnencreme hoch. „Brauchst du etwas davon?"

Ohne Vorwarnung tauchte das Bild von George in meinem Kopf auf, wie sie meinen Körper mit Sonnencreme einrieb. Mein Atem stockte. Ich sammelte mich und schüttelte den Kopf.

„Nein danke. Ich habe meine Lektion nach unserem Kajakabenteuer gelernt und bin wirklich komplett mit Sonnencreme eingecremt."

Sosehr ich mir auch wünschte, Georges Hände auf meinem ganzen Körper zu spüren, musste ich ihr zuerst sagen, was ich für sie empfand, damit es überhaupt eine Chance gab, dass es dazu kommen konnte. Leider war es mit Olivia im Wagen gerade nicht der richtige Moment.

Die Autofahrt verging schnell und schon bald näherte sich George der Red Tractor Farm, die durch ein großes, rotes Schild neben der Hauptstraße stadtauswärts gekennzeichnet war.

Wir trafen Jenny, Blake und Amanda auf dem Bauernhof. Wir holten uns grüne Eimer und folgten einem hölzernen Wegweiser mit der Aufschrift *Zur Obsternte* über einen Feldweg.

„Dieser Ort ist der Hammer!", erklärte ich und musterte das rustikale Bauernhaus mit einem leuchtend roten Traktor, der in der Nähe geparkt stand, die grünen Felder und Vogelscheuchen. Ich atmete den süßen Duft von Blumen und Gras ein. Auf unserem Weg kamen wir an weiteren Holzschildern vorbei, die in Richtung *Streichelzoo, Weihnachtsbäume, Heuwagenfahrt, Blumenfarm, Maislabyrinth und Kürbisbeet* wiesen. „Hier scheint es alles zu geben!"

„Wir sollten auf jeden Fall im Herbst wieder herkommen", bemerkte Jenny. „Für die Herbstfeste geben sie sich wahnsinnige Mühe. Es gibt eine Heuwagenfahrt, einen Kürbisacker, eine Apfelkanone und fantastische Apfelkrapfen." Sie warf Blake ein strahlendes Lächeln zu, was mich glauben ließ, dass es dazu eine Geschichte gab. Ich nahm mir vor, George später danach zu fragen.

„Sie sind auch mein Hauptlieferant für Blumen für meinen Laden", warf Olivia ein. „Und es ist mir ein absolutes Vergnügen, mit ihnen zusammenzuarbeiten. Ich weiß nicht, was ich ohne sie tun würde."

„Es scheint, als wäre es eine Freude, mit jedem in Sapphire Springs zusammenzuarbeiten", bemerkte ich lächelnd und spürte dann, wie meine Wangen warm wurden, als ich mich fragte, wie George diesen Kommentar wohl auffassen würde.

Der blaue Himmel war mit vereinzelten Wolken übersät und es wehte eine leichte Brise. Ich fühlte mich frei und beschwingt, als wir den Feldweg entlangschlenderten und uns unterhielten und lachten. Ich hatte schon immer davon geträumt, eine solche Gruppe von Freundinnen zu haben.

George ging vor mir und ich konnte nicht anders, als ihren Hintern in der anthrazitfarbenen Shorts und die Art, wie sich ihr weißes T-Shirt um ihren breiten Schultern schmiegte, zu bewundern. Die Erinnerung an meine Hände, die ich gegen ihre Pobacken drückte, während sie im Schuppenfenster festgesteckt hatte, kam zurück. *Verdammt.* Wenn unser Gespräch gut lief, könnte ich vielleicht noch mal mit den Händen darüberstreichen. Ich biss mir auf die Lippe. *Wir wollen mal lieber nichts überstürzen.*

Ein paar Minuten später kam der Obstgarten mit seinen Reihen aus grünen Apfel- und Kirschbäumen in

Sicht. „Die Erdbeeren sind dort drüben", sagte Olivia und zeigte auf ein Feld in südlicher Richtung. „Aber ich denke, wir sollten mit den Kirschen anfangen, da sie sich nach dem Pflücken wahrscheinlich besser halten als die Erdbeeren."

Die Äpfel waren noch nicht reif, aber die Kirschen, die dunkelrot vor dem leuchtend grünen Laub glänzten, waren zum Pflücken bereit. Mein Magen knurrte. Ich liebte Kirschen.

„Weißt du, ob es in Ordnung ist, wenn man beim Pflücken ein paar von den Kirschen nascht?", flüsterte ich George zu.

„Das ist hundertprozentig illegal. Aber keine Sorge, ich werde nicht die Polizei rufen", antwortete George mit einem Augenzwinkern.

„Sollen wir zu zweit arbeiten?", fragte Amanda. „Es sieht so aus, als hinge das meiste Obst weiter oben am Baum, also wäre es vielleicht am einfachsten, wenn eine Person auf den Baum klettert und die andere am Boden bleibt, um die Kirschen aufzusammeln, und bei Bedarf die Leiter zu stützen." Sie betrachtete die rustikalen Holzleitern mit Besorgnis – einige lehnten an den Bäumen, andere lagen unter den Bäumen auf dem Boden. Sie sahen ein wenig wackelig aus.

„Ich bin überrascht, dass wir nicht noch einen Haftungsausschluss unterschreiben mussten, in dem wir alle unsere Rechte im Falle von Verletzungen durch Obstpflücken abtreten", murmelte ich George zu, die darüber lachte.

„Wer weiß, welche anderen Gefahren in diesem Kirschgarten lauern", flüsterte George mir ins Ohr. Ihr sanfter Atem auf meiner Wange ließ meinen Puls in die Höhe schnellen.

„Ich finde Zweierteams gut!", erklärte Jenny und drehte

sich mit einem frechen Grinsen zu Blake um. „Du kannst zuerst auf den Baum klettern."

„Na toll, danke", antwortete Blake und klang alles andere als begeistert.

Plötzlich wurde ich unglaublich nervös. George und ich standen direkt nebeneinander, also war es naheliegend, dass wir zusammen ein Paar bildeten, aber ich wollte nichts überstürzen. Erinnerungen an das Warten darauf, von einem Jungen, an dem ich kein Interesse hatte, auf Schulbällen aufgefordert zu werden, während ich mir insgeheim wünschte, Sadie Charlesworth, mein langjähriger Jugendschwarm, würde zu mir kommen, rauschten zu mir zurück. Ich schüttelte mich innerlich. Es war wirklich überhaupt nicht dasselbe. In diesem Fall waren alle meine potenziellen Kirschpflück-Partnerinnen reizend, im Gegensatz zu einigen der Jungs, mit denen ich zur Schule gegangen war. Aber George war meine Favoritin. Ich schluckte. *Zeit zu handeln, Hannah. Du bist nicht mehr an der Highschool.*

„Möchtest du mit mir pflücken?", fragte ich George so beiläufig, wie ich nur konnte. Ich zuckte zusammen. Du meine Güte, ich klang wie ein nervöses Schulmädchen.

Wenn George das Zittern in meiner Stimme gehört hatte, ließ sie es sich nicht anmerken. Sie drehte sich zu mir um und grinste. „Klingt fantastisch. Ich hoffe, wir pflücken genug, damit ich Kirschkonfitüre und einen Kirschkuchen für das Café machen kann. Nach meinen Berechnungen brauchen wir mindestens drei Eimer voll Kirschen, also müssen wir schnell pflücken, wenn wir auch noch Erdbeeren haben wollen. Bist du bereit für die Herausforderung?" Sie zog eine Augenbraue hoch und ein verspieltes Lächeln huschte über ihr Gesicht.

Die Eimer waren groß. *Perfekt. Viel Gelegenheit für ein*

persönliches Gespräch mit George, sodass ich mit ihr über meine Gefühle sprechen konnte.

„Herausforderung angenommen." Ich streckte meine Hand aus und schüttelte Georges, genoss die sanfte Wärme ihrer Haut auf meiner. *Halte ich sie zu lange fest?* Ich ließ ihre Hand schnell los und Röte stieg mir in die Wangen.

„Ich bin gerne bereit, als Erste die Leiter hochzuklettern", erklärte ich und starrte sehnsüchtig auf einen Haufen saftiger Kirschen an einem Baum, der nur wenige Meter von mir entfernt stand.

George lachte leise.

„Was?", fragte ich.

„Dass du dich freiwillig als Erste auf der Leiter meldest, hat doch nichts damit zu tun, dass du ein paar Kirschen naschen willst, oder?"

„Entschuldige mal! Wie kannst du es wagen!", erwiderte ich mit gespielter Empörung. „Mein Angebot war von purer Selbstlosigkeit getrieben. Ich riskiere mein Leben auf einer wackeligen Leiter, um Kirschen für deinen Kuchen zu pflücken. Das Mindeste, was du tun könntest, wäre, etwas Dankbarkeit zu zeigen."

„Ich bin dir *so* dankbar", erwiderte George und ihr Grübchen kam voll zur Geltung, als sie lächelte. Und wieder hatte ich Schmetterlinge im Bauch. „Dann lass uns loslegen. Wir dürfen keine Zeit verschwenden!" Sie klatschte in die Hände und steuerte direkt auf einen Baum in der Mitte des Obstgartens zu.

Ich ging zügig, um sie einzuholen. *Sollte ich das Thema jetzt ansprechen? George schien es eilig zu haben, also vielleicht lieber nicht.* Oder suchte ich nur nach Ausreden, um das Gespräch hinauszuzögern?

Ich hatte George fast erreicht, als mich ein Geräusch zusammenzucken ließ. Lautes Grunzen und Schnauben erfüllte die Luft. Ich drehte den Kopf, um die Quelle des Geräusches zu identifizieren. George sah ähnlich verwirrt aus.

Ich ging ein paar Schritte auf die Stelle zu, an der George stand. „Wo zum Teufel kommt das her? Das klingt, als wäre eine Herde Wildschweine ausgebrochen. Hast du uns mit deinem Witz über die Gefahren in diesem Obstgarten Unglück gebracht?"

„Wenn es irgendwelche Gefahren gäbe, würden wir sie doch sehen, oder?" George ging auf einen Baum zu. „Es klingt, als käme das Geräusch von oben aus den Bäumen. Schweine klettern doch nicht auf Bäume, oder?" George starrte vorsichtig den Stamm hinauf, als hätte sie Angst, dass ein Schwein herunterfallen und auf ihr landen könnte.

„Ich bin kein Experte für Schweine, aber sicher nicht. Haben sie nicht kurze, stämmige Beinchen? Die scheinen nicht gerade zum Baumklettern geeignet zu sein."

George, die den Baum untersucht hatte, drehte sich plötzlich zu mir um und grinste. „Okay, wir brauchen uns keine Sorgen zu machen, dass wir von Wildschweinen belästigt werden. Ich habe herausgefunden, was den Lärm verursacht." Sie winkte mich zu sich, bis ich unter dem Baum stand, und zeigte nach oben. Am Baum war ein schwarzes, kastenförmiges Objekt befestigt. „Das ist ein Lautsprecher. Sie müssen wohl Schweinegeräusche abspielen, um Vögel zu vertreiben, schätze ich. Wie seltsam."

Der Lautsprecher gab ein besonders lautes Schnauben von sich und ich zuckte erneut zusammen. „Meine Güte! Suchen wir uns einen Baum, der weiter von den Lautsprechern entfernt ist. Das ist nicht gerade der ideale Soundtrack für einen entspannten Nachmittag beim Kirschenpflücken." *Oder für die Art von Gespräch, die ich mit George führen möchte.*

Wir fanden einen Baum in sicherer Entfernung von den Lautsprechern und stellten die Leiter unter einen Ast, der voller Kirschen hing. Über das leise Grunzen der Schweine hinweg konnte ich die anderen in der Ferne lachen hören, aber sehen konnte ich sie nicht. Zum ersten Mal an diesem Tag waren wir allein. Jetzt war meine Chance gekommen, dieses Beziehungsgespräch zu führen. Ich schluckte.

„Hast du es dir anders überlegt, auf den Baum zu klettern? Ich mache es gerne, wenn du willst", bot George sanft an und hatte offenbar bemerkt, dass mich etwas beschäftigte.

„Nein, nein. Es ist in Ordnung." Ich starrte auf die glänzend roten Früchte. Mir lief das Wasser im Mund zusammen und ich beschloss, dass möglicherweise unangenehme Gespräche mit George warten konnten, bis ich ein paar Kirschen probiert hatte. Ich hatte heute frühzeitig Mittag gegessen und es war wahrscheinlich am besten, das Gespräch nicht auf nüchternen Magen zu führen. Vor allem nicht, wenn es so leckeres Obst gab, das ich genießen konnte.

Ich kletterte die Leiter hinauf und schaute mich um. Es war wunderschön hier oben, umgeben von grünen Blättern und roten Kirschen. Ich griff nach ein paar Kirschen und pflückte sie eine nach der anderen. Dann beugte ich mich nach unten und ließ sie vorsichtig in den Eimer fallen, den George hochhielt. Eine behielt ich zum Probieren in der Hand.

Ich steckte sie mir in den Mund, während ich die Zweige nach den nächsten Früchten absuchte, die ich pflücken konnte. Süßer, leckerer Kirschsaft explodierte auf meinem Gaumen. *Mmmm.* Köstlich. Aber jetzt hatte ich einen Kirschkern im Mund. Wenn ich allein gewesen wäre, hätte ich ihn einfach auf den Boden gespuckt. Aber ich war nicht allein und vor meiner Angebeteten einen Kirschkern auszuspucken, schien mir keine todsichere Methode zu sein, ihr zu zeigen, wie sehr ich sie mochte. Ich verfluchte die Tatsache, dass meine Shorts keine Taschen hatte, während ich mich umsah, wo ich die Kirschkerne lassen konnte. Vielleicht gab es ein kleines Loch im Baumstamm, in dem ich sie verstecken konnte. Aber mir fiel nichts ins Auge. *Verdammt.* Ich hatte kein Glück. Ich musste sie einfach diskret ausspucken, weit weg von George, damit sie es nicht bemerkte. Ich zielte vorsichtig auf die andere Seite des Baumes und spuckte den Kern unentdeckt aus.

Ich widmete mich dem nächsten Zweig mit vielen Kirschen und steckte mir eine weitere in den Mund, während ich den Rest in den Eimer warf. Ich wusste, dass ich diese *Eine für mich, der Rest für den Eimer*-Methode nicht lange weiterführen konnte, aber verdammt, die Kirschen waren so lecker. Ich spuckte den Kirschkern erneut aus. Mir rutschte der Magen in die Hose, als der Kern von einem der Äste abprallte und nach hinten in Richtung George flog. Ein ersticktes Jaulen kam aus meinem Mund. George schaute gerade in dem Moment zu mir auf, als der Kirschkern direkt auf ihr Gesicht zu sauste. Ich zuckte zusammen. *Oh Gott.*

„Mist! Es tut mir so leid", rief ich, als der Kirschkern von ihrer Wange auf den Boden prallte. „Alles in Ordnung?" Ich wartete nervös auf Georges Reaktion. George brach in Gelächter aus.

Und sofort entspannte ich mich. *Gott sei Dank hat George Sinn für Humor.*

Nach einer gefühlten Minute hörte George auf zu lachen. „Ich meine, Aufnahmen von aggressiven Schweinen und Kirschkerne, die wie Geschosse fliegen, sind nicht genau das, was ich mir vorgestellt hatte, als ich mich bereit erklärte, Kirschen pflücken zu gehen", sagte sie und starrte mich an. „Aber glücklicherweise bin ich von diesem winzigen Kern komplett unverletzt geblieben."

Ich beschloss, vorerst keine weiteren Kirschen zu essen, und konzentrierte mich stattdessen auf die eigentliche Aufgabe: genug Kirschen zu pflücken, damit George Marmelade einkochen und Kuchen backen konnte.

Nach zehn Minuten waren alle Kirschen in Reichweite gepflückt. Eine große, besonders saftig aussehende Ansammlung von Kirschen lag knapp außerhalb meiner Reichweite. Es wäre vernünftig gewesen, von der Leiter herunterzusteigen und sie neu zu positionieren, aber ich wollte mich noch ein paar Minuten von dem Kirschkern-Vorfall erholen, bevor ich mich George stellen musste. *Vielleicht könnte ich mich hinüberlehnen und mich auf dem Ast vor mir abstützen, um danach zu greifen ...*

Ich streckte die Hand aus und griff nach dem Ast vor mir. Mir stockte der Atem, als der Ast unter meinem Gewicht nachgab. *Mist.* Ich verlor das Gleichgewicht und einen Moment lang dachte ich, ich würde fallen. Ich packte gerade noch rechtzeitig einen dickeren Ast, holte tief Luft und versuchte, die Panik zu unterdrücken.

„Alles in Ordnung da oben?" George schaute mit besorgtem Gesichtsausdruck zu mir auf. Ich lehnte in einem fast Fünfundvierzig-Grad-Winkel, meine Füße auf der Leiter, aber der größte Teil meines Gewichts wurde von dem Ast getragen, den ich gerade umklammert hatte.

Ich versuchte, mein Gleichgewicht zu verlagern, um mich in eine aufrechte Position auf der Leiter zu bringen, aber es gelang mir nicht. *Verdammt.*

Ich schaute wieder zu George hinunter. „Ich glaube, ich stecke fest." Ich verzog das Gesicht.

„Was hältst du davon, wenn ich die Leiter so verschiebe, dass sie näher an deinem Kopf ist? Meinst du, das würde helfen?"

Angst überflutete mein Gehirn und machte es mir schwer, klar zu denken. „Ich denke schon."

Meine Arme schmerzten und ich konzentrierte mich darauf, mich am Ast festzuhalten, während George die Leiter vorsichtig näher zu mir schob.

„Mist. Ich kann die Leiter nicht weiterbewegen. Da ist ein Ast im Weg. Warte kurz, ich komme hoch", erklärte George.

Oh Gott, ich hoffe, die Leiter trägt uns beide.

Die Leiter wackelte unter meinen Füßen und dann spürte ich einen warmen Arm an meiner Hüfte.

„Okay, ich halte mich an einem Ast fest. Bei drei versuche ich, dich hochzuziehen, und du versuchst, dein Gewicht wieder auf die Leiter zu verlagern. Bist du bereit?", fragte George.

„Ja", sagte ich. Mein Arm fühlte sich an, als würde er jeden Moment nachgeben.

„Eins, zwei, drei!"

Ich stieß mich mit den Händen vom Ast ab und George hob mich an der Taille nach oben. Die Leiter wackelte bedrohlich, sodass mir das Herz in die Hose rutschte. Aber Georges Griff um meine Taille war fest. Als sie mich hochgezogen hatte, lag mein Schwerpunkt wieder auf der Leiter. Fast aufrecht griff ich nach einem weiteren Ast, um mich zu stabilisieren und George zu entlasten, und richtete mich dann auf der Leiter auf. *Puh.*

„Alles in Ordnung?", fragte George, die eine Sprosse unter mir stand, ihren Arm immer noch um meine Taille geschlungen und ihren Körper an meinen gepresst. *Gott, fühlt sich das gut an.*

Ich atmete zitternd aus. „Ja. Aber ich glaube, ich brauche einen Moment Pause."

„Lass mich zuerst runterklettern." George kletterte die Leiter hinunter und hielt sie dann fest.

Erleichterung überkam mich, als ich endlich wieder festen Boden unter den Füßen hatte.

„Das tut mir leid", sagte ich zu George und spürte, wie mir die Röte ins Gesicht stieg. „Ich habe ein großes Bündel besonders saftiger Kirschen entdeckt, das außerhalb meiner Reichweite hing, und war ein wenig zu ehrgeizig." Ich runzelte die Stirn, als ich mich an meine Mission erinnerte. „Verdammt! Ich hätte sie pflücken sollen, sobald ich das Gleichgewicht wieder erlangt hatte." Ich starrte in den Baum und war nicht davon überzeugt, dass ich so kurz nach meinem Beinahe-Absturz wieder auf die Leiter steigen wollte.

George grinste. „Hey. Wenn du eine Pause vom Pflücken machen brauchst, kann ich hochklettern und diese ,saftigen' Bündel für dich holen." George wackelte mit den Augenbrauen. Und obwohl ich mich noch nicht ganz von der Tortur erholt hatte, in einem Kirschbaum festzustecken, musste ich lachen.

„Wenn du sicher bist, dass du nach deiner Kopfverletzung durch den Kirschkern keine Gehirnerschütterung davongetragen hast, dann übernehme ich gerne vorerst den Eimerdienst. Und danke, dass du mich gerettet hast."

„Ich hätte dich doch nicht hängen lassen." Georges Augen funkelten.

Ich verdrehte die Augen und unterdrückte ein Kichern.

Und mit dieser Abschiedsbemerkung kletterte sie die Leiter hinauf und machte sich ans Kirschenpflücken.

„HEY! George, Hannah! Wir gehen jetzt zu den Erdbeeren!", rief Jenny.

Gott sei Dank. Meine Arme schmerzten vom Halten des jetzt sehr vollen Eimers, mit dem ich die von George gepflückten Kirschen auffing. Erdbeeren waren nah am Boden. Weniger Gelegenheit für bedauerliche Zwischenfälle. Nicht, dass es welche gegeben hätte, seit George auf die Leiter gestiegen war.

Kirschen pflücken – zumindest so, wie wir es machten, mit einer Person auf einem Baum und der anderen darunter –, war auch nicht förderlich für ernsthafte Gespräche. Es war jedoch förderlich, um die Waden der Person auf dem Baum zu begutachten. Und George, so hatte ich beschlossen, hatte sehr schöne Waden – kräftig, gebräunt und wohlgeformt. Wenn sie ihr Gewicht verlagerte, sah ich, wie ihre Muskeln sich anspannten. Diese Waden begannen jetzt ihren Abstieg die Leiter hinunter und innerhalb von dreißig Sekunden erschien George neben mir auf dem Boden.

Sie warf einen Blick auf den fast überquellenden Eimer. „Ich glaube, wir haben jetzt genug. Sollen wir uns den anderen anschließen?"

Ich nickte und wir nahmen die Eimer – drei mit Kirschen gefüllt, zwei leer für die Erdbeeren – und gingen zu den Erdbeerfeldern, wo wir Jenny und Blake in einer Reihe von Erdbeerpflanzen entdeckten. Amanda und Olivia waren nirgends zu sehen. Vielleicht pflückten sie noch Kirschen oder hatten aufgegeben und waren ins Hofcafé gegangen, um etwas zu trinken.

Jenny steckte Blake eine Erdbeere in den Mund und George stieß einen Laut aus, der zwischen einem Stöhnen und einem Kichern lag. „Warum fangen wir nicht dort drüben an, damit die Turteltauben etwas Privatsphäre haben?"

Ich nickte und wir gingen zu der Stelle, die George vorgeschlagen hatte, in sicherer Entfernung von Jenny und Blake.

„Sind sie schon lange zusammen?", fragte ich, als ich mich neben eine Erdbeerpflanze kniete und anfing, die reifen Früchte zu pflücken. Ich atmete den süßen, erdigen Duft ein.

„Seit dem Herbst." George kicherte, als sie sich mir gegenüber auf der anderen Seite der Erdbeerpflanze hinkniete. „Versteh mich nicht falsch. Ich freue mich für sie. Und es ist süß, wie sehr sie sich mögen, aber ich halte lieber Abstand, wenn sie in dieser Stimmung sind."

War jetzt ein guter Zeitpunkt, um unsere Beziehung anzusprechen? Das Thema Beziehungen war aufgekommen, also könnte es eine Gelegenheit sein, auf uns überzugehen. Oder wäre es seltsam, wenn ich uns sofort ansprechen würde, nachdem wir über zwei Menschen gesprochen hatten, die offensichtlich total verliebt ineinander waren? Ich starrte George an, die vorsichtig eine Erdbeere von einer Pflanze pflückte.

Tania hatte mir Feedback zu meinem letzten Roman gegeben, der eine romantische Nebenhandlung hatte, dass Leser es hassten, wenn die Partner nicht kommunizierten. Ich hatte ihr Feedback ohne Widerspruch angenommen, aber diese Erfahrung erinnerte mich daran, wie verdammt schwer Kommunikation sein konnte. Besonders wenn man nicht genau wusste, was die andere Person fühlte und man sich möglicherweise der Gefahr einer Ablehnung aussetzte. Und wenn ich zurückblicke, waren Tania und ich auch nicht gerade gut in Sachen Kommunikation gewesen. Wir waren es immer noch nicht.

Ein Gespräch darüber, wie wir unser gemeinsames Vermögen aufteilen sollten, war längst überfällig – ein Gespräch, das ich immer wieder aufgeschoben hatte. Aber George war anders und ich wollte aus meinen Fehlern lernen.

Ich schaute auf die Pflanze vor mir und pflückte eine weitere Erdbeere. „Ich kann mir vorstellen, dass es als queere Person in einer Kleinstadt wie Sapphire Springs schwierig sein muss, jemanden kennenzulernen. Ich nehme an, dass die Auswahl an potenziellen Partnern ziemlich begrenzt ist. Es ist so schön, dass Blake und Jenny einander gefunden haben." Ich schaute zu George auf. Unsere Blicke trafen sich und mein Herz stand still.

Ich bin auch so froh, dass ich dich gefunden habe. Die Worte waren so laut in meinem Kopf, dass ich für einen Moment in Panik geriet und dachte, ich hätte sie laut gesagt. Aber es stimmte. Es war erst zwei Wochen her, seit ich George kennengelernt hatte, aber in dieser Zeit hatte sich mein Leben drastisch verbessert. Ich schrieb wieder und genoss es sogar. Ich ging wieder unter Menschen und genoss auch das. Ich fühlte mich mehr wie ich selbst als in den letzten Jahren.

Ich senkte den Blick zu Georges Grübchen, dessen Andeutung ich auf ihrer Wange sehen konnte, und dann auf ihre weichen Lippen.

Konzentriere dich auf die Erdbeeren, Hannah. Ein Erdbeerfeld war viel zu öffentlich für eine weitere Knutscherei, auch wenn ich das Gefühl hatte, dass George darauf stehen könnte. Bei dem Gedanken durchfuhr mich ein Kribbeln.

Ich ließ den Blick zu Boden sinken und pflückte eine weitere saftige, rote Erdbeere, während ich mir vorstellte, wie George und ich sie in einer romantischen, nach Erdbeeren duftenden Szene teilten. Ich schüttelte mich innerlich. Einer der Nachteile des Autorendaseins war eine überaktive Fantasie.

Ich glaubte, Georges Blick auf mir zu spüren, als sie mein Gesicht musterte, aber ich wagte nicht, aufzuschauen.

Mir wurde flau im Magen. Das war der Moment. Wir waren allein und entspannt, ohne Schweineaufnahmen oder Freunde in der Nähe, die uns stören könnten. *Du schaffst das, Hannah.*

Langsam hob ich den Blick und sah, dass George sich auf die Erdbeerpflanze vor sich konzentrierte. Ich holte tief Luft. *Los geht's. Mögliche Ablehnung im Anflug.*

„Hey, George", sagte ich. George sah mich erwartungsvoll an und ich schluckte. „Ich habe das Gefühl, dass ich mich bei dem Gespräch, das wir im Kajak über uns geführt haben, nicht sehr gut ausgedrückt habe. Und dass ich dir vielleicht ins Wort gefallen bin, bevor du zu Ende gesprochen hattest." Alles – mein Magen, meine Brust, meine Kehle – fühlte sich wie zugeschnürt an. Aber ich musste weitermachen. Ich räusperte mich. „Ich weiß, dass ich gesagt habe, ich hätte einige Vorbehalte, eine neue Beziehung zu beginnen, nachdem ich gerade eine langjährige Beziehung hinter mir habe. Aber ich habe noch einmal darüber nachgedacht und in Wirklichkeit war meine letzte Beziehung schon vor sehr langer Zeit vorbei. Schau, ich, ähm ... mag dich wirklich gern und wenn du Interesse hast, bin ich bereit, es zu versuchen. Aber natürlich ist es völlig in Ordnung, wenn du das nicht willst." Die Worte sprudelten aus mir heraus, zu schnell und durcheinander. Es war definitiv keine romantische Rede, die meiner Romane würdig war – *‚bereit, es zu versuchen'. Wirklich, Hannah?* –, aber wenigstens hatte ich es gesagt.

Mit angehaltenem Atem und ohne mich zu bewegen, betrachtete ich Georges Gesicht, um ihre Reaktion zu beobachten. Sie lächelte ein wunderschönes, zärtliches Lächeln, das mir Schauer über den Rücken jagte. Das war doch ein gutes Zeichen, oder? Sie beugte sich über die Erdbeerpflanze. Auch vielversprechend.

„Hannah?" Ihre Stimme war leise und sanft.

„Mmmm?" Ich sagte es und versuchte, mir nicht zu große Hoffnungen zu machen.

Georges Blick war intensiv.

„Ich versuche, dich zu küssen, aber wenn ich mich noch weiter vorbeuge, falle ich in diese Erdbeerpflanze. Kannst du mir auf halbem Weg entgegenkommen?"

„Oh, Mist! Entschuldige." Ich lachte. Mit ihren Worten verflogen all meine Sorgen, dass das Erdbeerfeld zu öffentlich für diese Art von Liebesbekundung sein könnte.

Ich schaute weiter in Georges warme, braune Augen, beugte mich vor und spürte, wie die Aufregung in meiner Brust prickelte. Ich schloss die Augen, als sich unsere Lippen trafen. George schmeckte leicht nach Kirschen und ihr Mund war weich und warm. Ich stöhnte auf. *Verdammt.* Ich hätte nicht gedacht, dass ich Kirschen noch mehr mögen könnte, als ich es bereits tat, aber das war der Himmel. Der Kuss fing langsam und sanft an, wurde aber schnell leidenschaftlicher, sodass ich ins Schwanken geriet. Um die Erdbeerpflanze nicht zu zerquetschen, packte ich George an der Taille, um mich festzuhalten. Sie verlor das Gleichgewicht, sodass sie fast nach hinten kippte.

„Entschuldige!", murmelte ich.

„Entschuldige dich nicht." Georges Atem war warm auf meinem Gesicht. Sie küsste mich sanft. „Das war nicht" – ein weiterer Kuss – „die beste" – und noch einer – „Position, um dich zu küssen." George zog sich sanft zurück. „Ich konnte einfach nicht anders. Und falls es nicht deutlich genug war, ich bin auch ‚bereit, es zu versuchen'."

HANNAH

ICH LEHNTE mich an die Küchentheke und beobachtete, wie George den Kuchenteig auf die bemehlte Arbeitsfläche stürzte. Es war zwei Stunden her, seit wir uns über den Erdbeerpflanzen geküsst hatten, und so hatte ich mir den weiteren Verlauf der Dinge nicht vorgestellt, als wir in Georges Wohnung zurückgekehrt waren.

Fasziniert davon, wie George den Teig mit den Händen bearbeitete, durchzuckte mich ein nervöses Kribbeln der Vorfreude. Wir hatten endlich das Gespräch geführt und uns darauf geeinigt, es „zu versuchen" – ich erschauderte erneut bei der Erinnerung an meine ungeschickte Wortwahl – und jetzt waren wir, bis auf Max, der auf dem Sofa schlief, allein in Georges Wohnung. Ich wollte diese starken Hände auf mir spüren. Mein Blick wanderte von Georges Unterarmen zu dem T-Shirt, das ihren Oberkörper bedeckte, und dann an der Geraden ihres Rückens hinunter. Ich wollte ihren Körper unbedingt erkunden. Und ich war *nicht* in der Stimmung, einen verdammten Kuchen zu backen.

„Ich dachte, die Einladung, dir beim Kuchenbacken zu helfen, sei nur ein Trick, um ein bisschen mehr Privatsphäre zu haben?", fragte ich.

George grinste. „Das war es. Alles Teil meines bösen Plans, etwas Zeit mit dir allein zu verbringen."

„Nun, diese ganze Backerei sendet mir sehr gemischte Signale", erklärte ich, ging zu George und legte meine Hand auf ihren Rücken.

George ließ den Teig auf die Arbeitsplatte fallen und drehte sich zu mir um. Sie schaute mir tief in die Augen, beugte sich zu mir vor und gab mir einen langsamen, sinnlichen Kuss. *Verdammt.* Ich öffnete den Mund, um den Kuss zu vertiefen, aber sie zog sich zurück.

„Ist meine Botschaft jetzt klar?", fragte George mit funkelnden Augen. „Aber ich muss zuerst den Teig und die Füllung vorbereiten und sie in den Kühlschrank stellen, damit sie abkühlen, wenn morgen Kirschkuchen auf der Speisekarte stehen soll. Also müssen wir beide einfach etwas Selbstbeherrschung üben."

Die Hitze von Georges Körper, ihr warmer, süßer Atem in meinem Gesicht und ihre weichen Lippen so nah an meinen waren fast unerträglich. Erregung breitete sich in meinem Körper aus. Ich schlang meine Arme um ihren Rücken und zog sie zu einem weiteren Kuss an mich.

„Uh-uh", erwiderte George lachend, schüttelte den Kopf, löste sich sanft aus meinem Griff und hinterließ Mehl auf meiner Haut. „Selbstbeherrschung, schon vergessen?" Sie starrte mich streng an, kniff die Augen zusammen und knetete dann weiter den Teig.

Ich stöhnte dramatisch und lehnte mich gegen die Theke, noch erregter als zuvor.

„Ich schätze, ich möchte Betty nicht erklären müssen, dass ich der Grund dafür bin, dass es keinen Kuchen des

Tages gibt", gab ich mich widerwillig geschlagen. „Kann ich irgendwie helfen?"

„Nun, da du so ein Experte im Entsteinen von Kirschen bist", erwiderte George grinsend, „kannst du siebenhundert Gramm davon waschen und entsteinen."

Ich warf einen Blick auf den Beutel mit den frisch gepflückten Kirschen und dann wieder auf George. „Okay. Ich bin zwar eine Expertin darin, Kirschen mit dem Mund zu entsteinen, aber ich bin mir nicht sicher, wie ich das auf eine, ähm, hygienischere Weise machen soll. Gibt es da eine spezielle Technik?"

„Hmmm", antwortete George und begegnete meinem Blick. Sie trat wieder näher an mich heran und sandte mir einen Schauer der Vorfreude über den Rücken. *Selbstbeherrschung wird überbewertet.*

„Ja, vielleicht solltest du dir die Mundarbeit sparen – zumindest vorerst", erklärte sie und ließ ihren Blick auf meinen Lippen ruhen.

Anstatt sich zu mir zu lehnen, wie ich gehofft hatte, beugte sich George vor, öffnete eine Schublade und holte ein Metallutensil heraus. „Du kannst das hier verwenden."

George reichte es mir langsam, als würde sie meine Folter absichtlich hinauszögern.

Ich riss es ihr aus der Hand, fest entschlossen, diese verdammten Kirschen so schnell wie möglich zu entsteinen.

Ich war in meinem ganzen Leben noch nie so konzentriert in der Küche gewesen. Als Frau mit einer Mission machte ich kurzen Prozess mit den Kirschen. Als ich fertig war, mischte George sie mit den anderen Zutaten, die sie für die Füllung vorbereitet hatte.

„Okay, das sollte reichen." George tauchte einen Löffel in die Mischung und kostete. „Ja, ich denke, das ist gut. Willst du mal probieren?"

Ich nickte, und sie tauchte einen weiteren Löffel ein und führte ihn vorsichtig an meinen Mund.

Ich beugte mich vor, um ihn zu probieren, öffnete den Mund und sie zog den Löffel mit einem frechen Lächeln im Gesicht weg.

„Du bist so eine verdammte Verführerin, George O'Grady", bemerkte ich und schüttelte den Kopf.

Sie lachte und hob den Löffel wieder zu meinem Mund. Ich schloss die Augen, als die Kirschen mit einem Hauch von Zitrone und Mandelextrakt in meinem Mund explodierten. „Oh, wow, das ist unglaublich lecker."

„Das ist nur ein Vorgeschmack auf das, was noch kommt", flüsterte George mir ins Ohr und ihr heißer Atem ließ meine Nervenenden kribbeln. „Du, warte dort."

George stellte die Kirschmischung in den Kühlschrank, wusch sich die Hände und drehte sich zu mir um.

Ihre Augen waren so intensiv, dass mir der Atem stockte. Alles um uns herum schien zu verblassen. *Oh, verdammt.* Verlangen und nervöse Vorfreude durchfluteten meinen Körper und ich hatte Schmetterlinge im Bauch.

George trat auf mich zu, schlang ihre Arme um meine Taille und zog mich an sich.

„Ich glaube, das Warten hat jetzt ein Ende", murmelte sie und strich mir zärtlich mit den Fingern über die Wange. „Verdammt, Hannah", bemerkte sie mit heiserer Stimme. „Du bist so verdammt hinreißend."

Mir stockte der Atem. „Du bist ..." Ich rang darum, in Worte zu fassen, wie attraktiv ich George in jeder Hinsicht fand, also beschloss ich, es ihr stattdessen zu zeigen, beugte mich vor und küsste sie langsam und mit Bedacht. Ich ließ meine Hände unter ihr T-Shirt gleiten, damit ich ihren warmen, glatten Rücken spüren konnte. George stieß ein leises Stöhnen aus, das durch mich hindurchvibrierte und mir direkt unter die Haut ging. Unser Kuss wurde leidenschaftlich, fast schon verzweifelt. George schob ihre Hände unter mein Oberteil und streichelte meinen Rücken.

„Darf ich dir das T-Shirt ausziehen?", fragte George zwischen Küssen.

„Mmmhmm", stöhnte ich in ihren Mund, da ich unseren Kuss nicht unterbrechen wollte, solange es nicht unbedingt nötig war. Ich zog mich kurz zurück und nahm meine Brille ab, damit George mir das Oberteil über den Kopf ziehen konnte.

„Deins auch?", fragte ich atemlos und zupfte an ihrem T-Shirt, weil ich unbedingt mehr von Georges nackter Haut auf meiner spüren wollte. Sie nickte und ich zog ihr T-Shirt aus, wobei meine Hände vor Ungeduld zitterten. Darunter trug sie einen schlichten schwarzen Sport-BH, der ihre starken, sexy Schultern betonte. Ich warf ihr Top auf den Boden und wir pressten unsere Körper und Lippen wieder aneinander. Ich genoss den Hautkontakt. George fühlte sich stark, athletisch und unglaublich sexy an und mein Körper pulsierte vor Aufregung bei dem Gedanken, sie weiter zu erkunden.

George zog sich für einen Moment zurück und schaute mit dunklen Augen hinter mich.

„Ist alles in Ordnung?", fragte ich.

Sie grinste und zog mich wieder an sich. „Ja, ich dachte nur, es wäre heiß, wenn du da oben sitzen würdest." Sie nickte in Richtung Küchentheke. „Aber so gern ich auch eine dieser muskulösen Liebesroman-Liebhaberinnen wäre, die jemanden mühelos auf die Arbeitsplatte heben können, denke ich, dass ich mein Fitnessprogramm deutlich intensivieren müsste, bevor ich dieser Herausforderung gewachsen bin."

Ich lachte. *Das wäre heiß.* Ich trat einen Schritt zurück

und stützte mich mit beiden Händen auf der Arbeitsplatte hinter mir ab. „Ich glaube, wenn du mir einen Schubs gibst, schaffe ich es, mich hochzustemmen."

George legte ihre Hände um meine Hüften und hob mich an, während ich mich hochdrückte.

„Na also! Nicht besonders anmutig, aber es hat funktioniert!", erklärte ich und lächelte George an, die jetzt ein oder zwei Zentimeter kleiner war als ich. Diese Position ermöglichte mir einen verlockenden Blick auf ihr Dekolleté.

Sie trat zwischen meine Beine, schlang ihre Arme um meine Taille und wir küssten uns weiter. Ich ließ meine Hände über ihre Schultern und ihren oberen Rücken wandern und kam schließlich zu dem Teil ihres Körpers, nach dem ich schon seit einiger Zeit gelüstet hatte. Ich fuhr mit meinen Fingern durch ihr kurzes Haar und zog sanft daran, woraufhin George erneut stöhnte.

„Darf ich?", murmelte George und griff um mich herum, sodass ihre Hände auf dem Verschluss meines BHs lagen.

„Ja", erklärte ich und biss mir auf die Lippe.

George öffnete meinen BH und warf ihn beiseite. Ihr Blick blieb auf meinen Brüsten hängen, bevor sie ihren BH über den Kopf zog und zwischen meine Beine trat, um mir einen weiteren intensiven Kuss zu geben.

„Gibt es eine Stelle, an der du nicht berührt werden möchtest?", fragte ich und nutzte die Gelegenheit, um Georges runde, fest wirkende Brüste und ihre dunklen, rosigen Brustwarzen zu bewundern. Meine Hände kribbelten, weil ich mich danach sehnte, sie zu streicheln.

„Nein. Du?", fragte George mit rauer Stimme.

„Nein", erwiderte ich und ließ meine Hände nach unten gleiten, um ihre Brüste zu umschließen und mich an ihrer Schwere zu erfreuen. Ich biss mir auf die Lippe, während ich mit den Fingern über ihre zusammengezogenen Brustwarzenvorhöfe strich und um ihre Brustwarzen kreiste.

George glitt mit ihrem heißen Mund an meinem Hals hinunter und machte mich vor Verlangen verrückt.

„Verdammt", wimmerte ich.

George küsste mich weiter, bis sie ihren Mund auf eine meiner Brustwarzen drückte. Ich stöhnte vor Lust, als sie mit ihrer Zunge darum kreiste und dann sanft daran saugte. Sie wandte sich meiner anderen Brust zu, um sie auf die gleiche Weise zu verwöhnen, und ich packte sie an den Haaren.

Mein ganzer Körper vibrierte vor Verlangen. Während George sich weiter meinen Brüsten widmete, ließ sie ihre Hand nach unten gleiten und knöpfte meine Shorts auf. Sie schob ihre Finger zwischen die Shorts und mein Höschen und ich krallte mich noch fester in ihr Haar.

„Mmmm, du bist so feucht", murmelte George.

Sie umkreiste meine Klitoris mit den Fingern, behielt ihren Mund weiter auf meinen Brüsten und alle meine Nervenenden begannen zu glühen.

„Das fühlt sich unglaublich gut an", stöhnte ich und zog etwas zu heftig an ihren Haaren, während meine Erregung in den intergalaktischen Bereich schoss. George stöhnte erneut.

George ließ ihre Finger unter den oberen Rand meines Slips gleiten und hielt dann inne. Sie schaute mich mit gehobenen Augenbrauen an, als würde sie eine stumme Frage stellen.

Ich nickte und biss mir auf die Lippe und George tauchte ihre Finger tiefer in meine feuchte Wärme, bevor sie erneut um meine Klitoris kreiste. Mein ganzer Körper bebte bei diesem direkten Kontakt. Um mich abzustützen, drückte ich meine linke Hand auf die Arbeitsplatte. George machte weiter, erhöhte die Geschwindigkeit und den Druck ihrer Finger, mit denen sie meine Klitoris umkreiste, und saugte fester an meiner rechten Brustwarze.

Zeit verlor jede Bedeutung, als die Lust die Oberhand gewann, und dann plötzlich lehnte ich mich zurück und stützte mich mit beiden Händen ab, als ein intensiver Orgasmus durch mich hindurchströmte, sodass ich meinen Rücken krümmte und vor Lust aufschrie.

Als die Wogen des Höhepunktes verebbten, beugte ich mich vor und legte eine Hand auf jede von Georges rosigen Wangen. Sie sah zu mir auf, errötete und lächelte, und mein Herz machte einen Sprung. *Verdammt. Ich mag diese Frau wirklich. Sehr.*

„Das. War. Fantastisch", stieß ich immer noch außer Atem hervor, während ich sie ansah. „Kannst du mir jetzt runterhelfen, damit ich, ähm … Sachen mit dir machen kann?" Nicht der geschmeidigste Vorschlag, aber bei George machte es mir nichts aus, nicht ganz so geschmeidig zu sein.

George grinste und zog eine Augenbraue hoch. „Sachen mit mir machen? Was denn für Sachen?"

„Hilf mir herunter, dann wirst du es herausfinden", antwortete ich mit einem neckischen Ton in der Stimme.

George legte ihre Hände um meine Taille und half mir, von der Küchentheke auf den Boden zu rutschen.

Ich beugte mich vor, um sie noch einmal zu küssen, streichelte Georges Brust und genoss die zusätzliche Bewegungsfreiheit, die ich jetzt hatte, da ich wieder auf festem Boden stand. „Da ich kleiner bin als du, wird es wohl nichts mit dir auf der Theke. Ist das Bett okay für dich?"

George nickte grinsend. Ich nahm ihre Hand und zog sie ins Schlafzimmer. Max sprang vom Bett, sobald wir hereinkamen, und machte sich klugerweise schnell aus dem Staub. Ich konzentrierte mich wieder auf die wunderschöne Frau neben mir.

„Mmmm", stöhnte ich voller Bewunderung, während ich Georges Körper betrachtete, so stark und sexy. Ich trat näher, sodass sich unsere Brüste berührten, und ein Schauer der Lust durchlief mich bei der sanften Wärme dieses Hautkontakts. Ich küsste sie erneut zärtlich, bevor ich aufs Bett stieg und meine Hand ausstreckte. „Komm her, du. Und zieh bitte deine Shorts aus."

George grinste, schüttelte den Kopf, gehorchte aber und streifte ihre Shorts ab, sodass sie nur noch ihren schlichten, schwarzen Slip trug. Sie griff nach meiner Hand und folgte mir aufs Bett. Wir knieten uns auf der Matratze gegenüber, unsere Schenkel berührten sich, und wir schlangen unsere Arme umeinander und umarmten uns innig. Ich atmete Georges vertrauten, leicht holzigen Duft ein und schmolz bei dem Gefühl dahin, ihren nackten Körper an meinem zu spüren. George so nah zu sein, fühlte sich unglaublich an. Intim, behaglich und erregend zugleich. Ich hob meinen Kopf und fing an, kleine Küsse auf Georges Schlüsselbein zu verteilen, während ich mir langsam meinen Weg ihren Hals hinaufbahnte. Als ich ihr Ohrläppchen erreichte, streifte ich es sanft mit den Zähnen. George stöhnte und ich tat es noch einmal, diesmal mit mehr Druck. Sie stöhnte lauter. Ermutigt wandte ich mich wieder ihrem Ohr zu und hob meine Hände, um sanft an ihren Haaren zu ziehen. George krallte sich noch stärker an mir fest.

„Können wir das ausziehen? ", murmelte ich in ihr Ohr und zupfte an ihrem Höschen.

„Ja", antwortete sie atemlos und wir beeilten uns beide, unser letztes verbliebenes Kleidungsstück auszuziehen.

Ich ließ meinen Blick voller Verlangen zu den dunkelbraunen Locken zwischen Georges Beinen schweifen, während sie ihre Unterwäsche über ihren linken Fuß zog. Ich biss mir auf die Lippe.

Sobald George wieder auf den Knien war, zog ich sie sofort näher zu mir. Sie packte meinen Hintern und stöhnte leise in mein Ohr, wobei die Wärme ihres Atems meine Nervenenden zum Kribbeln brachte. „Du machst mich verrückt", murmelte sie, bevor sie ihren Kopf senkte, um mich zu küssen.

Unsere tiefen und leidenschaftlichen Küsse, gepaart mit Georges Worten, wühlten mich vor Verlangen so auf. Während wir einander weiter gierig küssten, streichelte ich mit meiner Hand über ihre linke Brust. Mit meinem Daumen glitt ich über ihre steife Brustwarze. Sie stöhnte vor Lust, was ich als Zeichen dafür nahm, meine Zärtlichkeiten zu intensivieren. Und so ließ ich meine andere Hand zu ihrer rechten Brust gleiten, um diese mit der gleichen Intensität zu verwöhnen.

„Verdammt, Hannah", bettelte George und keuchte zwischen den Küssen.

Ich fuhr mit einer Hand über ihre Schamhaare und umschloss ihren Venushügel. „Okay?"

„Ja", stöhnte George und ich tauchte meine Finger in ihre feuchte Muschi, entschlossen, George dazu zu bringen, noch lauter zu stöhnen. Ich umkreiste ihre Klitoris mit der einen Hand und ihre Brustwarze mit der anderen, und es dauerte nicht lange, bis mein Wunsch in Erfüllung ging.

„Oh, verdammt", stöhnte George mit rauer Stimme, unsere Küsse waren jetzt hemmungslos. George ließ ihre Hände über meinen Körper gleiten, packte meinen Hintern und dann meine Haare.

Ich bewegte meine Hand so, dass mein Daumen auf

ihrer Klitoris lag, während ich mit zwei Fingern in sie eindrang, immer und immer wieder.

„Möchtest du dich hinlegen?", keuchte ich, frustriert, dass unsere Position es nicht erlaubte, dass ich tiefer in sie eindrang. George legte sich auf dem Bett zurück und ich krabbelte zwischen ihre Beine. Ich fand mit der Zunge die Stelle, an der sich zuvor mein Daumen befunden hatte, und drang mit den Fingern tiefer in sie ein. Sie roch und schmeckte unglaublich. *Nicht zu fassen, dass ich das tatsächlich tue.*

George packte mich an den Haaren und ich beschleunigte mein Tempo, wobei ich genau auf ihr Stöhnen achtete, um abzuschätzen, welchen Druck und welche Geschwindigkeit sie am liebsten mochte. *Verdammt, ist das sexy.*

Schließlich zog sich ihre Muschi um meine Finger zusammen. Sie bäumte sich auf dem Bett auf und murmelte Flüche, während sie zum Höhepunkt kam. Ich hörte jedoch nicht auf und genoss die Lust, die ich ihr bereitete. Das Gefühl, dass ich fast selbst noch einmal zum Orgasmus kommen könnte, kribbelte in mir. Nur davon, dass ich George befriedigte. Lachend rief sie: „Genug!"

Zwischen ihren Beinen hindurch schaute ich auf und betrachtete ihr leicht benommen lächelndes Gesicht. Ein Glücksgefühl durchströmte mich.

„Komm her, du", sagte sie liebevoll. Ich rutschte zu ihr, wischte mir das Gesicht ab und gab ihr einen langen, sanften Kuss, bevor ich mich neben sie und meinen Kopf auf ihre Brust legte. Wir lagen ein paar Minuten schweigend da, George streichelte sanft meinen Rücken und ich lauschte ihrem Herzschlag. Es fühlte sich so richtig an, so natürlich, so angenehm. Obwohl es erst früher Abend war, wurden meine Augenlider schwer und mein Körper völlig entspannt. Ich war genau dort, wo ich sein sollte, und das mit der richtigen Partnerin.

Ein Piepton riss mich aus meinen Gedanken.

George zuckte zusammen. „Verdammt, ich schiebe den Kuchen besser in den Ofen, und dann sollten wir wirklich über unser Abendessen nachdenken."

ICH SEUFZTE ZUFRIEDEN. Sex, ein köstlicher, vietnamesischer Hühnersalat zum Abendessen, noch mehr Sex und jetzt mit George in ihrem Bett kuscheln – das war ein perfekter Abend. Aber anstatt bereit zu sein, einzuschlafen, hatten unsere Aktivitäten etwas in mir entfacht – etwas, das ich unbedingt zu Papier bringen wollte.

„George?"

„Ja?", antwortete sie.

„Ich weiß, das ist seltsam, aber würde es dir etwas ausmachen, wenn ich mir deinen Laptop ausleihe, um etwas zu schreiben?" Ich schrieb zwar manchmal auf meinem Handy, aber der Akku war fast leer und ich wollte die Worte so schnell wie möglich zu Papier bringen.

„Ist das dein Ernst? Aber es ist so schön und gemütlich, hier zu liegen." Zu meiner Erleichterung klang George nicht verärgert, sondern nur müde und ein wenig überrascht.

„Ich weiß. Tut mir leid. Ich finde es auch großartig. Aber ich hatte gerade eine Eingebung und aus Erfahrung weiß ich, dass sie verfliegt, wenn ich sie nicht sofort zu Papier bringe."

George lachte leise. „Das ist okay. Ich akzeptiere, dass Künstler für ihre Arbeit Opfer bringen müssen, auch wenn sie eine der besten Löffelchenstellungen aller Zeiten beenden müssen, wenn die Inspiration zuschlägt." Sie löste ihre Arme von meiner Taille, richtete sich auf und schwang ihre Beine aus dem Bett.

Eine Welle von Schuldgefühlen überkam mich. „Du musst deswegen nicht extra aufstehen. Sag mir einfach, wo dein Laptop ist, und ich finde ihn ."

„Nein, schon gut. Ich muss den Kuchen sowieso wegstellen. Er sollte inzwischen abgekühlt sein."

Ich folgte ihr ins Gästezimmer, wo sie ihren Laptop öffnete, ihr Passwort eingab und ihn auf dem Schreibtisch aufbaute. „Bitte schön. Kann ich dir etwas bringen? Tee, Kaffee, heiße Schokolade?"

Ich lächelte, denn Georges Angebot weckte Erinnerungen an den Abend, an dem sie mich dabei erwischt hatte, wie ich mitten in der Nacht achthunderteinundvierzig Exemplare von *Im Reich der Furien* im Novel Gossip signieren wollte. „Nein, du solltest wieder ins Bett gehen. Ich komme nach, sobald ich das hier erledigt habe."

Vierzig Minuten später lehnte ich mich auf Georges Schreibtischstuhl zurück. Die Worte „[hier heiße Sexszene einfügen]" in meinem Manuskript waren durch die heißeste Sexszene ersetzt worden, die ich je geschrieben hatte. Und sie war mir mühelos aus der Feder geflossen. Niemand konnte sich beschweren, dass es diesmal hölzern war oder die Chemie nicht stimmte. Ich musste leise lachen. Ich bedauerte zwar, dass ich meinen Eltern nichts von meinem Erfolg als Autorin erzählt hatte, aber wenigstens bedeutete das auch, dass sie dieses Kapitel nie lesen würden.

Ich klappte den Laptop zu, schlich mich zurück in Georges Zimmer, legte mich wieder neben sie und schlang meine Arme um ihren warmen Körper. Was für ein perfekter Tag. Ich war gerade dabei, einzuschlafen, als Max, der jetzt am Fußende des Bettes lag, laut zu schnarchen anfing. Ich drehte mich auf die rechte Seite, sodass mein Ohr mit dem unbeeinträchtigten Gehör gegen das Kissen gepresst wurde. Da nur mein linkes Ohr frei lag, war das Schnarchen nicht annähernd so intensiv, und ich kuschelte mich an Georges warmen Körper.

24

HANNAH

„GUTEN MORGEN! Wie lief es gestern Abend mit dem Schreiben?" George, die gerade etwas in den Kühlschrank gestellt hatte, schloss die Tür. Ich stand am Eingang der Küche. Sie kam mit einem breiten Lächeln auf dem Gesicht zu mir und küsste mich auf die Stirn.

„Es lief wirklich gut. Ich habe das Gefühl, dass du meine Muse sein könntest." Ich schlang meine Arme um ihre Taille und blickte zu ihrem strahlenden Gesicht auf.

„Oh, wirklich? Was für eine Szene hast du denn geschrieben?" George kniff misstrauisch die Augen zusammen.

Ich lachte. „Kein Kommentar." Ich war mir ziemlich sicher, dass George, wenn sie das Buch las, genau wüsste, welche Szene ich geschrieben hatte, da ich die Ereignisse der letzten Nacht großzügig darin hatte einfließen lassen.

Von unten war ein leises Rumpeln zu hören.

„Das müssen die Tischler sein", sagte George. „Können wir dieses Gespräch bitte später weiterführen? Ich muss runter ins Café. Aber es steht eine Kanne Kaffee auf dem Herd, Brot auf der Theke und Müsli und Aufstriche im

Schrank. Ich habe ein frisches Handtuch und eine Zahnbürste für dich ins Badezimmer gelegt und wenn du dir etwas von meiner Kleidung ausleihen möchtest, kannst du das gerne tun. Bedien dich einfach. Und wenn du Fragen hast, weißt du ja, wo du mich findest." George küsste mich sanft auf die Lippen, kraulte Max den Kopf und machte sich auf den Weg zur Haustür.

„Oh", sagte sie und drehte sich um. „Und ich sollte nachfragen. Ist es okay für dich, wenn ich der Café-Crew sage, dass wir ein Paar sind?"

Ein warmes Kribbeln breitete sich in meinem Bauch aus, als George den Begriff *Paar* verwendete, dicht gefolgt von Überraschung, als mir die Bedeutung ihrer Frage klar wurde.

„Heute?", fragte ich. Es war genau die Art von unangenehmer Unterhaltung, die ich aufgeschoben hatte, bis es dringend notwendig war, die Information preiszugeben.

„Wenn du keine Einwände hast, war das mein Plan. Ich denke, es ist besser, es hinter uns zu bringen, bevor die Leute anfangen zu tratschen oder das Gefühl haben, dass wir etwas verheimlichen wollen."

Ich stand schweigend da und dachte darüber nach. Während ich es instinktiv so lange wie möglich hinauszögern wollte, war Georges Argumentation vernünftig. Nach dem, was ich im Novel Gossip mitbekommen hatte, war der Klatsch und Tratsch in Sapphire Springs genauso schlimm wie die Gerüchteküche in den Kleinstadt-Krimis und Liebesromanen, die ich so liebte. Die Nachricht, dass wir ein Paar waren, würde sich mit ziemlicher Sicherheit wie ein Lauffeuer verbreiten, sobald wir in der Öffentlichkeit gesehen würden und irgendwelche Zeichen der Zuneigung zeigten. Daher hatte George recht damit, die Sache selbst in die Hand zu nehmen und zu kontrollieren, was über sie verbreitet wurde. Und obwohl wir die Dinge schnell angingen, war mir George bereits so wichtig, dass ich mir keine Sorgen darüber machte, dass die Sache im Sande verlaufen könnte, bevor sie überhaupt begonnen hatte.

„Wenn du dich nicht wohl dabei fühlst, ist das okay, Hannah." George trat auf mich zu und sah mich mit sanftem Blick an.

„Nein, nein", erwiderte ich, schüttelte den Kopf und lächelte. „Das ist in Ordnung. Ich denke, es ist eine gute Idee. Wir sehen uns gleich unten."

Ich sah George mit etwas Bedauern gehen und die Erinnerungen an die letzte Nacht rauschten zu mir zurück. In einer perfekten Welt würde ich George zurück ins Bett schleifen und wir würden den Tag dort verbringen. Aber wir waren Erwachsene mit Verantwortung. Und heute bedeutete diese Verantwortung, dass wir beide im Café arbeiten mussten. Ich schenkte mir Kaffee ein, beschmierte eine Scheibe Toast mit Himbeermarmelade und machte es mir auf dem Sofa neben Max gemütlich, um zu frühstücken. Von unten waren weitere Schläge zu hören und ich fragte mich, was die von George erwähnten Tischler wohl bauten. Ich hatte nichts bemerkt, was repariert werden musste.

Nachdem ich aufgegessen hatte, begutachtete ich Georges Kleiderschrank. Die große Menge an kurzärmeligen Hemden mit Knopfleiste und Chinos brachte mich zum Schmunzeln. Ich konnte sie nicht tragen, wenn ich nach unten ging, sonst würde das Café-Personal sofort Verdacht schöpfen, bevor George die Gelegenheit hatte, mit ihnen zu sprechen. Ich fand ein schlichtes, schwarzes T-Shirt und eine anthrazitfarbene Hose und beschloss, dass sie für den Zweck am besten geeignet waren. Die Hose war etwas zu weit und ich musste die Hosenbeine hochkrempeln, aber da locker sitzende Kleidung gerade in war, würde es wahrscheinlich niemandem auffallen. Zumindest schrie das Outfit nicht: *„George und ich haben letzte Nacht miteinander geschlafen, und jetzt trage ich ihre Klamotten."* Allerdings wäre Romina bereits in der Küche, sodass die Wahrscheinlichkeit, dass sie mich nicht bemerkte, wenn ich Georges Treppe hinunterkam, gering war. Ich runzelte die Stirn. Hmmm. Hoffentlich hatte George vor, gleich mit ihr zu sprechen.

Als ich aus der Dusche kam, hatte George mir eine Nachricht geschickt.

Ich hoffe, du hast alles gefunden, was du brauchst. Romina ist heute Morgen in einer schrecklichen Stimmung, weil ihre Soße hollandaise nicht gelungen ist, also habe ich ihr noch nichts von uns erzählt. Wenn du ihr aus dem Weg gehen willst, gibt es eine Feuerleiter aus dem Fenster im hinteren Zimmer, die du hinunterklettern kannst (aber es ist auch in Ordnung, wenn du einfach die Treppe nehmen willst!).

Ich lächelte. Da Romina dazu neigte, Kochpannen äußerst persönlich zu nehmen, machte ich George keinen Vorwurf, dass sie mit ihrer Eröffnung warten wollte, bis sie sich beruhigt hatte. Ich war auch erleichtert, dass es einen Fluchtweg gab, bei dem ich der schlecht gelaunten Romina nicht gegenübertreten musste.

Das Hämmern unten wurde lauter. Ich konnte es kaum erwarten, herauszufinden, was los war, zog mir Georges Klamotten an, kämmte mir die Haare und ging ins hintere Zimmer. Zum Glück sah die Feuerleiter nicht annähernd so wackelig aus wie die in meinem alten Wohnhaus in Manhattan und ich schaffte es ohne Probleme nach unten. Ich hatte vorgehabt, das *Novel Gossip* durch die Hintertür zu betreten, aber ich entdeckte ein Tor, das auf die kopfsteingepflasterte Gasse hinter dem Café führte. Also beschloss ich, dass dieser Weg sicherer war, um nicht aufzufallen. Bei meinem Glück würde Ben früh ankommen oder Romina die Küche verlassen und bemerken, wie ich mich von hinten anschlich. Ich ging durch das Tor, zurück zur Main Street und betrat das Café dann durch die Eingangstür.

Die Ursache des Lärms war sofort klar. An der unverputzten Ziegelwand des Cafés, die noch nicht mit Bücherregalen bedeckt war, wurden schwebende Holzregale angebracht. Einige der Regale waren lang, andere kurz, und sie wurden an verschiedenen Stellen an der Wand befestigt, was diesem Teil des Novel Gossips eine gemütliche, eklektische Atmosphäre verlieh.

George, die die Tischler anwies, wo das nächste Regal angebracht werden sollte, drehte sich um und grinste, als sie mich sah.

Ich ging zu ihr hinüber und bewunderte die Regale aus der Nähe. „Sie sehen toll aus! Was willst du darauf stellen?"

„Hauptsächlich Bücher. Das untere Regal könnte ich für Gemeindezeitschriften, lokale Flyer und dergleichen verwenden. Nachdem ich mit dir gesprochen hatte, wurde mir klar, wie laut es hier werden kann. Also habe ich nach Möglichkeiten gesucht, den Lärm zu reduzieren, und glücklicherweise stellte sich heraus, dass Bücher dabei helfen können. Da wir sowieso mehr Bücherregale gebrauchen können, schien es eine Win-win-Lösung zu sein. Und ich habe einen Teppich für den Sesselbereich und Gummikappen bestellt, die ich an den Stuhlbeinen befestigen kann, damit sie nicht so laut über den Boden kratzen, was hoffentlich auch helfen wird."

Wärme durchflutete meinen Körper. „Oh, wow. Das ist unglaublich, George."

Ich hatte mein verdammtes Hörgerät immer noch nicht gefunden. Ich hatte mich im Grunde damit abgefunden, dass ich einfach ein neues kaufen musste, aber zwischen der Arbeit im Café, dem Schreiben und der Zeit mit George und ihren Freunden hatte ich noch keine Gelegenheit dazu gehabt. Aber selbst mit Hörgerät wusste ich, dass die Hintergrundgeräusche des Novel Gossips trotzdem eine Herausforderung darstellen würden. Die Tatsache, dass George sich so sehr bemühte und Geld investierte, um die Situation für mich und andere schwerhörige Menschen zu verbessern, bedeutete mir sehr viel.

„Es ist nicht viel, aber hoffentlich wird es dir dabei helfen, Bestellungen besser zu verstehen – und auch meinen Gästen helfen. Wie der Name Novel Gossip schon sagt, möchte ich, dass dies ein Ort ist, an dem man allein ein Buch genießen oder sich mit Freunden oder der Familie zum Plaudern treffen kann. Und wenn es zu laut ist, wird beides zu einer Herausforderung."

Ich widerstand dem Drang, George in die Arme zu nehmen, und strahlte sie stattdessen an.

Ihr Blick wanderte von meinem Gesicht zu meinem Körper und verweilte dort einen Moment. „Meine Klamotten stehen dir gut", murmelte sie und versetzte meinen Körper mit ihren Worten in einen Zustand der Begierde. *Verdammt.* Ich hatte nicht darüber nachgedacht, wie schwierig es sein könnte, mit George zusammenzuarbeiten, jetzt, da wir ein Paar waren, und ich eigentlich nur wieder mit ihr ins Bett springen und dort weitermachen wollte, wo wir letzte Nacht aufgehört hatten.

Ich war begierig auf Ablenkung und bot an, Hugo für den Tag startklar zu machen. Doch während ich ihn einschaltete, den Wasserstand überprüfte und mich vergewisserte, dass die Milchschäumer funktionierten, musste ich immer wieder an George denken. George hatte so viel für mich getan, mich in ihrem Café und in ihrer Freundesgruppe willkommen geheißen, auf ihren Schlaf verzichtet, um mir beim Signieren von achthunderteinundvierzig Büchern zu helfen, mich dazu inspiriert, wieder zu schreiben, und jetzt das. Ich wollte etwas tun, um ihr zu zeigen, wie dankbar ich war, um etwas von ihrer Freundlichkeit zurückzugeben. Aber was?

Zwischen dem Aufräumen, nachdem die Tischler gegangen waren, dem Bedienen der Kunden, sobald das Café geöffnet hatte, und der Hoffnung, dass es bis zu meiner Mittagspause noch ein Stück Kirschkuchen geben würde, verbrachte ich den Morgen damit, Ideen zu sammeln. Am frühen Nachmittag kam eine Frau Mitte siebzig herein und fragte nach Fantasy-Empfehlungen für ihren Enkel im Teenageralter. Ich ergriff die Gelegenheit, ihr zu helfen, und begleitete sie zur Fantasy-Abteilung, wo mein Blick auf ein Chris Chen-Buch fiel, und mir kam eine Idee. Nicht nur wäre das erste Buch in Chris Chens Reihe perfekt für ihren Enkel, sondern Chris Chen selbst könnte das Richtige für George sein ...

Ich hatte Chris zwar noch nie getroffen, aber dey lebte in New York und wir hatten mehrere E-Mails ausgetauscht, in denen wir von der Arbeit des jeweils anderen geschwärmt hatten. Chris war sehr dankbar dafür gewesen, dass ich dayer Buch, das kürzlich erschienen war, mit einer Rezension auf dem Einband versehen hatte. Ich wusste, dass dey noch immer PR-Arbeit dafür betrieb. Vielleicht wäre Chris also bereit, nach Sapphire Springs zu kommen, um eine Veranstaltung im Novel Gossip abzuhalten. Wenn Chris zustimmte, müsste ich wohl oder übel einer weiteren

Person meine wahre Identität preisgeben. Dennoch war ich bereit, mich aus meiner Komfortzone herauszuwagen, wenn ich damit George etwas Gutes tun konnte. Sobald ich Zeit hatte, würde ich Chris eine E-Mail schreiben.

GEORGE

„VERDAMMT!", fluchte ich leise, als mein Fuß an einem Rucksack hängen blieb, der auf dem Boden neben dem Stuhl eines Kunden lag. Mein Herz setzte einen Schlag aus, weil ich fast gestürzt wäre. Ich fing mich wieder, entschuldigte mich bei dem Kunden und machte mich auf den Weg zurück in die Küche.

Die Arbeit mit Hannah war schon ablenkend gewesen, bevor wir zusammengekommen waren. Jetzt, da mir die Erinnerungen an die letzte Nacht durch den Kopf schwirrten – Hannah oben ohne auf meiner Arbeitsplatte, ihren Rücken vor Lust gekrümmt. Hannahs warmer, nackter Körper, den sie auf dem Bett an meinen presste, und dann die Wellen des Orgasmus, die mich überkamen –, war es noch schwieriger, mich auf die Arbeit zu konzentrieren. Ich hatte bereits zwei Kunden die falsche Kaffeebestellung gebracht und stolperte nun fast über einen Stapel schmutziger Teller, weil ich mich daran erinnerte, wie ich Hannahs Brüste gestreichelt hatte. Aber obwohl es mich beunruhigte, dass meine Bedenken, unsere Beziehung könnte Folgen für das Novel Gossip haben, nicht völlig unbegründet waren, waren meine Gefühle für Hannah viel zu stark, als dass ich echte Zweifel an uns hätte hegen können. Die letzte Nacht war unglaublich gewesen und ich bereute absolut nichts.

Ich warf einen Blick auf die neu installierten Holzregale und lächelte. Auch die Regale bereute ich nicht, vor allem nicht, nachdem ich Hannahs Reaktion darauf gesehen hatte.

Ich schaffte es unbeschadet zurück in die Küche und ließ die schmutzigen Teller auf der Arbeitsplatte stehen. Romina und Shane waren mit dem Kochen beschäftigt, Rominas Gesicht immer noch finster. Jetzt war definitiv kein guter Zeitpunkt, um mit ihnen über mich und Hannah zu sprechen. Ich war ungewöhnlich nervös, wie das Team auf die Neuigkeiten reagieren würde. Nicht, weil wir ein gleichgeschlechtliches Paar waren – das bereitete mir keine Sorgen. Aber sie könnten zu Recht besorgt sein, dass unsere Beziehung die Teamdynamik beeinträchtigen könnte, oder sie könnten es für unangemessen halten, da ich ihre Chefin war. Und einige der Informationen, die mich davon überzeugt hatten, dass ich keine ethische Grenze überschritt – wie zum Beispiel, dass Hannah eine Bestsellerautorin war, die eigentlich nicht in einem Café arbeiten musste –, konnte ich dem Team nicht erzählen. Mit Josie an Bord und Hannah, die immer noch fast jeden Tag arbeitete, waren meine Personalprobleme endlich gelöst. Ich hoffte nur, dass diese Neuigkeit das Gleichgewicht des Teams nicht stören würde.

Am Nachmittag war nicht viel los. Romina und Shane hatten die Vorbereitungen für den nächsten Tag abgeschlossen und waren dabei, die Küche zu putzen. Zum Glück hatte sich Rominas Stimmung im Laufe des Tages verbessert, sodass es ein günstiger Zeitpunkt für eine Teambesprechung zu sein schien. Josie arbeitete heute nicht, aber ich würde morgen mit ihr sprechen. Hannah war bereits gegangen. Sie hatte angeboten, für das Gespräch zu bleiben, um moralische Unterstützung zu leisten, aber ich hatte den starken Eindruck, dass sie sich davor fürchtete. Also sagte ich ihr, dass es wahrscheinlich besser sei, wenn sie nicht dabei wäre, da der Rest des Teams sich in ihrer Abwesenheit wohler fühlen könnte, Bedenken zu äußern oder Fragen zu stellen. Der Ausdruck der Erleichterung, der über ihr Gesicht huschte, als ich das sagte, überzeugte mich davon, dass ich die richtige Entscheidung getroffen hatte.

„Ben, kommst du mal kurz mit in die Küche?" Meine Hände waren trotz der Klimaanlage klamm.

Ben folgte mir in die Küche und ich räusperte mich.

„Ich wollte euch etwas sagen", erklärte ich.

Romina schrubbte weiter die Herdplatte, aber ich nahm es nicht persönlich. Sie war gern in Bewegung. Ben und Shane lehnten sich an eine der Küchentheken, Ben beäugte mich interessiert, Shane starrte auf seine Füße.

Ich holte tief Luft. „Ähm, ich wollte euch nur wissen lassen, dass Hannah und ich jetzt ein Paar sind. Das hat keine Auswirkungen auf die Arbeit – wir werden es sehr professionell halten –, aber ich dachte, ich sollte es euch alle wissen lassen, da sich Klatsch und Tratsch in dieser Stadt schnell verbreiten. Hat jemand Fragen?"

Romina, die inzwischen damit beschäftigt war, die Dunstabzugshaube abzuwischen, schnaubte. „Ist das alles? Glaubst du, wir haben nicht bemerkt, dass sie heute Morgen deine Klamotten anhatte? Und wie ihr beide euch Blicke zuwerft, seit Hannah hier angefangen hat?"

Ich lachte verlegen in einer Mischung aus Bestürzung darüber, dass es anscheinend so offensichtlich war, und Belustigung über Rominas Reaktion. Typisch Romina, kein Blatt vor den Mund zu nehmen. Aber zumindest schien sie keine Einwände zu haben.

Ich warf Shane einen Blick zu. Sein Gesichtsausdruck verriet keinerlei Emotionen. Er schaute auf seine Uhr und war sichtlich darauf aus, seine Schicht zu beenden. Ich schätze, es war nicht überraschend, dass ein Teenager sich nicht allzu viele Gedanken über ethische Fragen machte und sich auch nicht für das Liebesleben seiner Chefin interessierte. Mein Blick wanderte weiter zu Ben, der grinsend dastand.

„Ben?"

„Nun, ich kann nur sagen: Gott sei Dank, denn es war, ehrlich gesagt, schmerzhaft, euch beiden in den letzten zwei Wochen dabei zuzusehen, wie ihr euch mit verliebten Augen angeschmachtet habt, ohne etwas zu unternehmen."

Ich lachte, nahm sein Feedback als Akzeptanz und entspannte mich. Das war gar nicht so schlecht gelaufen. Alle verbleibenden Bedenken, die ich wegen des wahrgenommenen Machtgefälles zwischen mir und Hannah gehabt hatte, hatten sich jetzt in Luft aufgelöst.

25

GEORGE

„ICH ZIEHE NUR SCHNELL meine Arbeitsklamotten aus. Fühl dich wie zu Hause.“

Hannah hing ihre Tasche an einen Haken neben der Eingangstür und verschwand in einem Zimmer auf der linken Seite. Wir waren jetzt offiziell seit einer Woche zusammen und ich war zum ersten Mal in Hannahs Haus, also war meine Neugier groß. Mit der Papiertüte mit dem Essen, das wir auf dem Weg hierher bei *Pok Pok* abgeholt hatten, in der Hand, begann ich ein wenig herumzuschnüffeln. *Sie hat ja gesagt, ich solle mich wie zu Hause fühlen ...*

Ich spähte in das Zimmer gegenüber – ein Arbeitszimmer. *Hier muss die Magie passieren.* Ein antiker Holzschreibtisch mit Blick auf den vorderen Garten, ein Laptop, ein Notizblock und ein Stift darauf.

Ich hatte mich immer noch nicht ganz daran gewöhnt, dass Hannah meine Lieblingsautorin war. Wenn ich darüber nachdachte, überkam mich ein Gefühl von *kneif mich, das ist irgendwie unfassbar*, gemischt mit einem leichten Gefühl des Unbehagens. Ich hatte es abgetan und mir eingeredet, dass es eine Weile dauern würde, bis ich mich daran gewöhnt hätte, vor allem, da ich Hannah zuerst nur als Hannah kannte, nicht als H. M. Stuart.

Ein großes Bücherregal bedeckte die Wand hinter dem Schreibtisch. Ich ging hinüber und konnte nicht widerstehen, die Bücher darin zu mustern. Bücher über das Handwerk des Schreibens. *Sehr* viele Fantasy-Bücher. Aber auch eine vielseitige Sammlung anderer Genres, von Liebesromanen und Thrillern bis hin zu literarischer Belletristik und Sachbüchern über Gender-Theorie und Feminismus. Ich lächelte anerkennend.

Ich wollte mir unbedingt ein Bild vom Rest des Hauses machen, bevor Hannah zurückkam, also riss ich mich von den Bücherregalen los und setzte meine Erkundungstour fort. Im nächsten Raum befand sich ein kleines Badezimmer. Ich ging weiter und betrat eine schlichte Küche mit Essbereich im hinteren Teil des Hauses. Die Küchenzeile war meiner Meinung nach völlig unzureichend. Sie nahm nur eine Wand des Raums ein und hatte nur sehr wenig Arbeits- und Stauraum sowie einen kleinen Ofen, der nicht besonders gut aussah. Aber der Blick aus dem großen Fenster auf üppige grüne Bäume und auf den Hudson war alles andere als schlecht. Ich stellte die Tüte mit dem Essen auf die Arbeitsplatte und trat näher an die Fensterscheibe heran.

„Die Aussicht ist das Beste an diesem Haus", bemerkte Hannah hinter mir. „Einfach auf meine Terrasse gehen zu können, frische Luft zu atmen und von Natur umgeben zu sein, ist unglaublich. Mir war nicht klar, was mir alles entgangen ist, bis ich hierhergezogen bin."

„Es ist ziemlich spektakulär, aber das ist diese Aussicht auch." Ich drehte mich um und grinste sie an. Sie hatte eine

Jeans und ein weißes Hemd angezogen, aber selbst in dem schlichten Outfit sah sie toll aus.

Hannah lächelte und verdrehte die Augen. „Sollen wir den Wein aufmachen? Wir könnten auf der Terrasse essen und die Aussicht noch etwas länger genießen."

„Das klingt perfekt nach der Woche, die wir hinter uns haben."

Die letzte Woche war hektisch gewesen. Mit dem wärmeren Wetter war ein Zustrom von Touristen in die Stadt gekommen, was zur Folge hatte, dass wir im Café sehr viel zu tun hatten. Und außerhalb der Arbeit konnten Hannah und ich nicht die Finger voneinander lassen, was zwar sehr angenehm war, aber dazu führte, dass keiner von uns so viel Schlaf bekam wie sonst. Ich hatte auch keine Zeit gehabt, den Novel Gossip-Veranstaltungskalender für Juli und August zu planen – etwas, das ich mir für diese Woche vorgenommen hatte. Obwohl ich jede freie Minute mit Hannah verbrachte, erinnerte mich mein mangelnder Fortschritt mit den Veranstaltungen an meine anfänglichen Bedenken, eine Beziehung mit ihr einzugehen. So großartig dies alles auch war, würde es auf Kosten des Novel Gossips gehen?

Ich verdrängte den Gedanken, als wir Teller und Weingläser herausholten und uns an Pad Thai, Pad See Ew und gebratenem Gemüse bedienten, zusammen mit einem großzügigen Glas trockenem Riesling.

Wir hatten uns geschworen, dass wir heute einen entspannten Abend ohne Sex verbringen und zu einer angemessenen Zeit ins Bett gehen würden. Der Plan hatte heute Morgen, als wir beide einen zusätzlichen Kaffee trinken mussten, um die Auswirkungen einer weiteren Nacht voller Lust, in der wir uns in den Körpern des anderen verloren hatten, auszugleichen, vollkommen Sinn ergeben. Aber meine Erschöpfung war meiner Lust auf Hannah nicht gewachsen, und als ich sie jetzt ansah, überkam mich eine Welle der Erregung. Ich schüttelte mich innerlich. *Nicht heute Abend, George.*

Hannah führte mich in den nächsten Raum, ein gemütliches Wohnzimmer mit einer großen Glasschiebetür, die auf die hintere Terrasse führte. Die Wände waren mit noch mehr Büchern bedeckt. Mein Blick blieb einen Moment lang daran hängen, aber der Duft von Zitronengras, Galgant und Knoblauch war stärker als mein Wunsch, die Bücherregale zu erkunden, und so folgte ich Hannah auf die Terrasse. Hannah stellte ihr Essen und den Wein auf einen alten, runden Holztisch und wir setzten uns auf wackelige Holzstühle.

Ich trank einen Schluck Wein und ließ meinen Körper auf dem Stuhl zur Ruhe kommen, der trotz seines Aussehens überraschend bequem war. Es war ein weiterer perfekter Sommerabend – warm genug, um Shorts und T-Shirt zu tragen, ohne dass es drückend heiß war. Und hier draußen zu sein, mit Hannah, umgeben von Tannen und Eichen, war unglaublich friedlich. Ich atmete tief durch. Nach einer arbeitsreichen Woche war das genau das, was ich brauchte. Ich liebte meine Wohnung, aber sie konnte mir diese Art von Auszeit nicht bieten.

„Das ist wunderschön", erklärte ich und lächelte Hannah an, die genauso entspannt aussah, wie ich mich fühlte.

Wir verschlangen das Essen und unterhielten uns über die neuen Bücher, die heute geliefert worden waren, und über zwei unserer Stammgäste, Jasper und Maya, die sich gerade verlobt hatten. Jenny war praktisch ins Novel Gossip hineingetanzt, um uns die Neuigkeiten zu erzählen. Sie schrieb es sich selbst als auf die Fahnen, die beiden auf

Amandas Hochzeit im letzten Jahr zusammengebracht zu haben.

Wir beobachteten, wie die Vögel davonflogen und der Himmel sich langsam verfärbte, als die Sonne unterging. Ich konnte mich nicht daran erinnern, dass ich mich bei jemandem, mit dem ich gerade erst eine Beziehung angefangen hatte, je so wohlgefühlt hatte. Mit Alexis hatte ich ein paar Monate gebraucht, um ihr gegenüber ganz ich selbst zu sein. Ich hatte so viel Ehrfurcht vor ihrer öffentlichen Persona, dass es schwer war, darüber hinwegzusehen. Aber obwohl Hannah meine Lieblingsautorin war, war sie auch einfach nur ... Hannah. Warmherzig, witzig, freundlich, interessiert an Menschen und Ideen. Selbst Mom, die Vorbehalte gegenüber Alexis gehabt hatte, würde Hannah mit Sicherheit mögen. Das erinnerte mich daran ...

„Hey, übrigens, meine Mutter kommt Ende Juni zu Besuch. Sie wird bei mir wohnen und mit ziemlicher Sicherheit viel Zeit im Café verbringen. Ich weiß, dass es etwas früh dafür ist, sich den Eltern vorzustellen, aber ich würde mich freuen, wenn du sie kennenlernst.“

„Natürlich“, sagte Hannah lächelnd. Ihr Lächeln wirkte zwar echt, aber sie rutschte auf ihrem Stuhl hin und her. Ich konnte das Gefühl nicht abschütteln, dass sie sich wegen irgendetwas Sorgen machte.

Der Himmel war fast dunkel, als wir mit dem Essen und dem Wein fertig waren.

Nachdem wir das Geschirr gespült hatten, sanken wir auf das Sofa.

„Da wir uns geschworen haben, dass sonst nichts passiert, möchtest du dir vielleicht einem Film ansehen?“, fragte Hannah.

Ich war versucht, einen schlechten Witz darüber zu machen, dass wir den Schwur einfach vergessen sollten, um zu sehen, wie Hannah darauf reagieren würde, aber ich beherrschte mich. *Es ist nur ein Abend, George. Du schaffst das.* „Was würdest du denn gern sehen?", fragte ich.

„*Drag Race?* Ich habe die neueste Staffel noch nicht gesehen. Oder wie wäre es mit etwas ganz anderem? Ich habe gehört, dass die Beckham-Dokumentation gut sein soll." Hannah grinste. „Ich muss dich warnen, ich habe keine besonders hohen Ansprüche, was das Fernsehen angeht."

„Ich urteile nicht. Ich habe mir eine ganze Staffel von *The Real Housewives of Beverly Hills* angesehen, als dieser schlimme Schneesturm im Januar alles lahmgelegt hat. Lass uns mit *Drag Race* anfangen."

Wir hatten gerade zehn Minuten gesehen, als Hannah mich etwas misstrauisch ansah. Besorgt pausierte ich die Sendung.

„Ist alles in Ordnung?"

„Ähm, würdest du bitte die Untertitel einschalten, wenn es dir nicht zu lästig ist? Ich habe Schwierigkeiten, alles zu verstehen."

„Natürlich." Ich schaltete die Untertitel ein und lehnte mich wieder auf dem Sofa zurück. Ich fragte mich, warum Hannah so nervös gewesen war, mir diese Frage zu stellen und runzelte die Stirn. Vielleicht fühlte sie sich mit mir nicht so wohl wie ich mich mit ihr. Ich hoffte, dass war nicht der Fall.

„Danke." Sie kuschelte sich neben mich. Ich konzentrierte mich darauf, das Gefühl von Hannahs Körper an meinem und die Mätzchen der Queens bei *Drag Race* zu genießen, und schob meine Bedenken beiseite.

Nach zwei Folgen beschlossen wir, es gut sein zu lassen, und machten uns bettfertig.

Wie der Rest ihres Hauses war auch Hannahs Schlafzimmer klein, gerade groß genug für ein Doppelbett, zwei kleine Nachttische und eine Kommode. Es gab keine Bücherregale, die mich ablenken konnten, während ich versuchte, nicht hinzuschauen, als Hannah ihren Schlafanzug anzog. Hannah drehte sich zu mir um und sah in ihrer roten Seidenshorts und einem passenden kurzärmeligen Hemdchen bezaubernd aus. Langsam tauchte in meinem Kopf das Bild auf, wie sie ihr Oberteil aufknöpfte. Ich schüttelte es ab. *Vielleicht solltest du eine kalte Dusche nehmen.*

„George."

Ich konzentrierte mich auf ihr Gesicht und mein Herz setzte einen Schlag aus, als ich bemerkte, dass sie auf ihrer Unterlippe herumkaute. Sie sah wieder nervös aus. Was war los?

„Ja?" Ich zog meine Boxershorts an.

„Weißt du noch, dass du gesagt hast, du hättest Interesse an Autorenveranstaltungen im Novel Gossip?"

Mein Körper entspannte sich. Diese Art von Gespräch war zwar interessant, klang aber nicht allzu besorgniserregend. Allerdings beschlich mich ein schlechtes Gewissen, weil ich diese Woche noch keine Veranstaltungen organisiert hatte.

„Ja?" Ich neigte den Kopf und setzte meinen besten ermutigenden Gesichtsausdruck auf, um Hannah zu beruhigen.

„Nun ... ich hoffe, es macht dir nichts aus – ich wollte es dir nicht sagen, falls es nicht zustande kommt –, aber ich habe Chris Chen gefragt, ob dey Interesse an einer Veranstaltung im *Novel Gossip* hätte."

Ich erstarrte. *Hannah kennt Chris Chen und hat dens ins Novel Gossip eingeladen?*

„Chris hat gesagt, dass es am Donnerstag klappen

würde, wenn das passt? Dey kann nachmittags oder abends. Ich weiß, dass das ziemlich kurzfristig ist, aber dayer Terminkalender ist ziemlich voll mit Veranstaltungen zur Buchvorstellung. Wärst du interessiert?"

„Ist das dein verdammter Ernst?" Ich starrte Hannah fassungslos an.

„Ja. Ist das okay?"

Das nervöse Zittern in ihrer Stimme versetzte mir einen Stich. Ich ging zu ihr hinüber und schlang meine Arme um ihre Taille. „Natürlich ist das okay. Das ist unglaublich! Chris Chen ist mein zweitliebster Autor – nach dir natürlich." Ich fuhr mit meinem Daumen über Hannahs Wange und küsste sie. „Und Donnerstag ist perfekt. So haben wir genug Zeit, um alles zu organisieren und die Nachricht zu verbreiten."

„Okay, gut." Hannah lächelte mich an.

Mir wurde ganz warm ums Herz, als ich Hannah in die Augen sah. Verdammt, sie war wunderbar. Ich hatte mir gerade Sorgen über meinen Mangel an Veranstaltungen gemacht und sie hatte eine für mich organisiert. Aber Hannahs Zurückhaltung, bestimmte Gesprächsthemen mit mir anzusprechen, war besorgniserregend. Ich wollte unbedingt, dass Hannah sich mit mir genauso wohlfühlte wie ich mich mit ihr und dass sie mit mir über Probleme sprechen konnte, die sie beschäftigten.

„Hey, Schatz. Ist alles in Ordnung?", fragte ich mit leiser Stimme. „Ich hatte den Eindruck, dass du nervös warst, als du mich vorhin gebeten hast, die Untertitel einzuschalten. Und auch gerade eben, als du mir die tollen Neuigkeiten über Chris erzählt hast. Du weißt doch, dass du mich alles fragen oder mir alles erzählen kannst, oder?"

Hannah lächelte mich sanft und ein wenig beschämt an. „Ich weiß. Es tut mir leid." Sie atmete aus. „Normalerweise fühle ich mich mit dir sehr wohl, aber ich habe offensichtlich noch einige Probleme, die aus dem Zusammenleben mit Tania stammen. Sie hat sich immer darüber beschwert, dass ich Untertitel eingeblendet habe, weil sie das als störend empfand. Und es gab ein paar Mal, als ich versucht habe, etwas Nettes für sie zu tun, jedoch völlig danebenlag. Und sie scheute sich nicht, mich das spüren zu lassen." Hannah seufzte. „Tut mir leid, ich weiß, dass du nicht Tania bist, aber ich glaube, ich habe immer noch ein paar Restängste aus dieser Beziehung. Und es wird eine Weile dauern, bis die verschwinden."

Ich lächelte sie erleichtert an, beugte mich näher zu ihr und strich ihr eine Strähne hinter das Ohr.

„Ich verstehe schon. Es dauert eine Weile, bis man über so etwas hinwegkommt. Und jetzt, da ich verstehe, woher es kommt, wird es hoffentlich für uns beide einfacher", versuchte ich, sie zu beruhigen.

„Verdammt, George O'Grady. Könntest du noch perfekter sein?", fragte Hannah leise.

Sie nahm ihre Brille ab, legte sie auf den Beistelltisch und drehte sich wieder zu mir um.

Ich beugte mich vor und küsste sie erneut, meine Hände fanden ihren Weg unter ihr seidiges Schlafanzugoberteil und ich streichelte die nackte Haut ihres Rückens. Unsere Küsse wurden intensiver, unsere Münder verlangten nach mehr.

„Wenn wir so weitermachen, werden wir heute Abend unseren Schwur brechen", murmelte ich zwischen den Küssen.

Hannah drückte mich sanft aufs Bett und setzte sich auf mich. Sie beugte sich vor, küsste mein Gesicht entlang bis zu meinem Ohrläppchen. Sie zupfte vorsichtig mit den

Zähnen daran und ihr warmer Atem sandte ein lustvolles Prickeln durch meinen Körper.

„Nun, im Hinblick auf alle Schwüre, die gebrochen werden könnten, denke ich, dass dies einer der besseren ist. Das heißt, natürlich nur, wenn du möchtest", murmelte Hannah in mein Ohr.

„Ich möchte immer", erwiderte ich keuchend, als ich sie auf den Rücken drehte und ihr Schlüsselbein küsste, während ich meine Hände über ihre weiche, warme Haut wandern ließ. All meine Erschöpfung war verschwunden, ersetzt durch pulsierende Lust.

„Was hältst du von Spielzeug?", keuchte Hannah.

Ich grinste. Ich fand es toll, dass Hannah sich mit mir wohl genug fühlte, um das Thema anzusprechen. „Ich stehe Spielzeug sehr positiv gegenüber. An was hättest du gedacht?"

„Nun, ich habe eine Auswahl ... in der grauen Kiste unter meinem Bett."

Ich rollte mich von Hannah und warf mich über die Bettkante, wobei ich es gerade noch schaffte, meinen Unterkörper auf dem Bettrahmen im Gleichgewicht zu halten. Ich spähte unter das Bett und entdeckte die Kiste nur wenige Zentimeter entfernt. Ich riss sie aufgeregt heraus und wäre fast von der Matratze gefallen.

Ich fühlte mich wie ein Kind, das am Weihnachtsmorgen Geschenke auspackte, und mein Körper vibrierte vor Vorfreude auf das, was Hannahs Sexspielzeugkiste enthüllen würde.

Nach meinem Beinahe-Sturz zog ich die Kiste, die vielversprechend schwer war, vorsichtig auf das Bett und öffnete den Deckel. Hannah lag mit einem zaghaften Lächeln auf dem Gesicht auf der Seite, während sie mich dabei beobachtete, wie ich den Inhalt erkundete.

Dildos in verschiedenen Größen und Farben, ein Harness und eine Reihe von Vibratoren, von kleinen Kugel- und Saugmodellen bis hin zu einem gigantischen Magic Wand, Handschellen, Seidenkrawatten, eine Augenbinde und Federn. *Wow.* Mit einer solchen Sammlung hatte ich nicht gerechnet. Ich holte tief Luft und versuchte, mich nicht zu sehr auf den Gedanken zu freuen, all diese Spielzeuge mit Hannah auszuprobieren.

Etwas am Boden der Kiste erregte meine Aufmerksamkeit. „Ähm, Hannah, wofür ist das?" Ich zog ein kleines, gebogenes Stück rosé-goldenes Plastik mit einem sehr dünnen Schlauch und einem winzigen, kegelförmigen Stück Silikon am Ende heraus und betrachtete es neugierig. War das kegelförmige Ding der kleinste Vibrator der Welt? Ich runzelte die Stirn. Es sah nicht sehr ansprechend aus und war auch nicht leicht zu bedienen, mit Miniaturschaltern, die sich in den Wogen der Leidenschaft nur schwer bedienen lassen würden.

„Oh mein Gott!", rief Hannah, riss es mir aus der Hand und starrte es mit großen Augen an. Ich zuckte zusammen, verlor fast das Gleichgewicht und wäre beinahe in die Schachtel gefallen. „Wie zum Teufel ist das da reingekommen?"

Mir schossen alle möglichen Erklärungen durch den Kopf. Es war für eine ungewöhnliche Vorliebe, für die sich Hannah schämte. Eines ihrer Spielzeuge war kaputt gegangen, und dies war ein fehlendes Teil.

„Ähm, was genau ist das?"

„Es ist mein Hörgerät", erwiderte Hannah grinsend. „Es wird dir keinen Orgasmus verschaffen, aber es wird mir helfen, deinen noch lauter zu hören – sobald ich es aufgeladen habe, meine ich."

Ich setzte mich auf sie, nahm ihr das Hörgerät aus der

Hand und legte es auf den Beistelltisch. Dann beugte ich mich so weit vor, dass mein Gesicht nur noch wenige Zentimeter von ihrem entfernt war. „Na gut, in diesem Fall muss ich mich wohl darauf konzentrieren, *dich* heute Nacht zum Kommen zu bringen – so laut, dass die ganze verdammte Stadt es hören kann.“

26

HANNAH

ICH GING auf die Eingangstür des Novel Gossips zu, spielte an meinem Hörgerät herum und überprüfte, ob es funktionierte, obwohl es keinen Grund gab, daran zu zweifeln. Ich hatte mich endlich wieder daran gewöhnt, es zu tragen. In den ersten Tagen war mir sehr bewusst gewesen, dass meine Haare das Mikrofon berührten und wie laut bestimmte Geräusche waren, wie das Tippen meiner Finger auf der Tastatur und das Zwitschern der Vögel. Aber es war eine nervöse Angewohnheit, es zu betasten.

Autsch. Ein Schmerz schoss mir ins Bein, als ich mich auf einen Stuhl setzte. Normalerweise kannte ich mich im Novel Gossip mit geschlossenen Augen aus, aber wir hatten die Tische und Stühle so umgestellt, dass sie zu einer erhöhten Plattform mit zwei Sesseln und einem kleinen, runden Tisch unter den neu montierten, schwebenden Regalen ausgerichtet waren, und ich war über alle Maßen nervös.

Als ich mich an Chris gewandt hatte, hatte ich mich selbst davon überzeugt, dass es in Ordnung wäre, den Autor persönlich als H. M. Stuart zu begrüßen. George zuliebe war es das wert. Aber jetzt, da der Moment unmittelbar bevorstand, überkam mich ein flaues Gefühl im Magen. Es würde eine Enttäuschung werden. Ich würde den Mund halten, nervös werden und kein Gespräch führen können. Jedes Wort, das über meine Lippen käme, wäre peinlich und unpassend. Chris hingegen würde all das sein, was ich nicht war. Um mich zu beruhigen, ging ich im Stillen die Gesprächsthemen durch, die ich mir zuvor überlegt hatte, da es unvermeidlich war, dass Chris und ich uns heute Abend unterhalten würden. Zumindest würde George den größten Teil des Abends an meiner Seite sein.

Ich schaute aus dem Fenster. George hatte Chris vom Bahnhof abgeholt, das Gepäck im Willow Inn, einer wunderschönen Frühstückspension in der Nähe des Flusses, abgegeben und war gerade vor dem Novel Gossip vorgefahren.

Als George und Chris auf das Novel Gossip zukamen, holte ich tief Luft, setzte ein Lächeln auf und öffnete die Eingangstür.

Meine Befürchtungen waren völlig unbegründet. Chris war ein paar Zentimeter größer als ich, Ende zwanzig, mit kurzen, schwarzen Haaren, schwarzer Jeans, schweren, schwarzen Stiefeln und einem schwarzen T-Shirt mit einem ausgefallenen Schnitt. Der Look schrie förmlich „*Cooler Schriftsteller aus NYC*". Aber während das Outfit einschüchternd cool war, war Chris selbst alles andere als das. Chris stellte sich als warmherzig, freundlich und auch ein wenig unbeholfen heraus, was mich sofort beruhigte. Als George sich entschuldigte, um bei der Vorbereitung des Cafés für die Veranstaltung zu helfen, war ich erleichtert, dass es mir überhaupt nicht schwerfiel, mit Chris ins Gespräch zu kommen. Wir sprachen über Neuigkeiten aus der Verlagswelt – einige namhafte Lektoren hatten kürzlich den Verlag gewechselt, und wir beklagten, dass ein kleiner New Yorker Verlag von einem der *Big Five*-Verlagshäuser übernommen worden war. Positivere Nachrichten gab es von *Cobble Hill Books,* einer beliebten unabhängigen Buchhandlung in Brooklyn, die es geschafft hatte, der Schließung zu entgehen, nachdem ihr Vermieter damit gedroht hatte, die Miete fast zu verdoppeln. Die örtliche Gemeinschaft hatte sich zusammengeschlossen und den Vermieter unter Druck gesetzt, den Mietvertrag mit nur einer bescheidenen Mieterhöhung zu verlängern.

„Kein Problem, wenn du nicht darüber reden möchtest – das verstehe ich vollkommen –, aber wenn doch … wie läuft es mit deinem aktuellen Buch?", fragte Chris mit einem offenen Lächeln.

„Wenn du mich vor einem Monat gefragt hättest, hätte ich mich wahrscheinlich auf dem Boden zusammengekauert, aber ich habe heute Morgen die ersten sechzigtausend Wörter an meinen Lektor geschickt und bin auf dem besten Weg, es in der nächsten Woche oder so fertigzustellen, was eine große Erleichterung ist." Es hatte sich heute Morgen großartig angefühlt, auf „*Senden*" zu klicken.

„Oh, das ist ja toll! Deine Lektorin ist Tania Haynes, oder? Wie ist sie so? Sie klingt super einschüchternd. Ich habe sie vor ein paar Wochen bei einer Veranstaltung sprechen sehen und sie schien ziemlich tough zu sein. Nicht wie jemand, mit dem man sich anlegen möchte."

Ich war überrascht, wie wenig mich die Erwähnung von Tanias Namen berührte. Ich lächelte. Chris wusste, dass ich Hannah mit Vornamen hieß, aber mein richtiger Nachname war nicht zur Sprache gekommen. Selbst wenn dey wüsste, dass Hannah Taylor sich gerade von Tania scheiden ließ, nachdem sie herausgefunden hatte, dass diese mit einer sehr talentierten dreiundzwanzigjährigen Liebesromanautorin schlief, mit der sie ebenfalls zusammenarbeitete, hatte Chris wahrscheinlich keinen Zusammenhang hergestellt.

„Sie ist eine sehr talentierte Lektorin", erwiderte ich diplomatisch. Und das stimmte – das war sie. Es fühlte sich gut an, Tania objektiver sehen zu können, ohne von Schmerz und Emotionen beeinflusst zu werden. Tania war zehn Jahre älter als ich, selbstbewusst, unglaublich klug und eine der besten Lektorinnen in der Branche. Und sie war eine der ersten gewesen, die das Potenzial in meinem Schreiben erkannt hatte. Rückblickend war es nicht überraschend, dass ich mich in sie verliebt hatte, trotz ihrer Eiskö-niginnen-Ausstrahlung. „Aber ich habe Lektoren gewechselt. Ich arbeite jetzt mit Michael Burrows zusam-men. Das aktuelle Buch, das ich gerade schreibe, ist unser erstes gemeinsames, es ist also noch sehr früh."

Während ich über Tania sprechen konnte, ohne dass meine Angst wieder aufkam, schnürte sich mir bei dem Gedanken, dass Michael gerade den ersten Teil meines Manuskripts lesen könnte, die Kehle zu. Ich war mir sicher, dass es sich um eine meiner besten Arbeiten handelte, aber was wäre, wenn Michael anderer Meinung war? Was wäre, wenn er meine Vision für das Buch nicht teilte oder wenn er nicht in der Lage war, das konstruktive Feedback zu geben, das ich brauchte, um es noch besser zu machen? Trotz all ihrer Schwächen hatte Tania entscheidend dazu beigetragen, dass meine Manuskripte ihr volles Potenzial entfalten konnten. Würde Michael das Gleiche tun?

„Oh wow, ein Lektorenwechsel muss schwierig sein. Aber ich habe Gutes über Michael gehört." Ich wusste es zu schätzen, dass Chris nicht fragte, was hinter dem Wechsel steckte. „Und dein neuestes Buch erscheint nächste Woche, nicht wahr? Planst du hier auch eine Leserveranstaltung? Es ist ein großartiger Veranstaltungsort."

Ich blinzelte Chris an. Ich war so sehr damit beschäftigt gewesen, mein aktuelles Buch fertigzustellen, Zeit mit George zu verbringen und den Rest meines neuen Lebens in Sapphire Springs zu genießen, dass ich den Veröffentlichungstermin von *Im Reich der Furien* ganz vergessen hatte. Aber Chris hatte recht – es war nächste Woche. Ein Vorteil, wenn man eine zurückgezogen lebende Autorin ist, war, dass man in den Wochen vor der Veröffentlichung seines Buches nicht viel tun muss. Das stand in krassem Gegensatz zu Chris, mit dem vollen Terminkalender von Werbeveranstaltungen und Medieninterviews für die neueste Veröffentlichung.

„Ja, es erscheint am Dienstag, aber ich habe keine Buchvorstellung geplant", erklärte ich. Mir war von Nervosität ganz flau im Magen. Hoffentlich wurde es genauso gut aufgenommen wie mein letztes Buch der Reihe. Ich wollte nicht darüber nachdenken, was passieren würde, wenn es ein Flop wäre.

„Oh, natürlich. Entschuldige, ich vergaß, dass du dich eher bedeckt hältst", bemerkte Chris.

Ich wechselte das Gesprächsthema zu Chris' neuester Veröffentlichung, von der ich schwärmte. Mir wurde gerade klar, dass dies eine schlechte Wahl des Themas gewesen war, da Chris so unbeholfen aussah, wie ich mich normalerweise fühlte, wenn Leute positive Dinge über meine Bücher sagten, als George zu uns herüberkam.

„Die Gäste sollten in den nächsten Minuten eintreffen. Wenn du also vor Beginn der Veranstaltung noch auf die Toilette gehen oder etwas trinken oder essen möchtest, sag mir Bescheid."

Chris fuhr sich mit der Hand durchs Haar. „Okay, danke. Wo ist die Toilette?"

George erklärte es und wandte sich mir zu, als Chris im Flur hinter der Küche verschwand.

„Wie geht es dir?“ George legte eine Hand auf mein Kreuz. „Es sieht so aus, als mangelt es euch nicht an Gesprächsstoff.“ Ich hatte George zuvor erzählt, wie nervös ich war.

„Überraschend gut. Chris ist großartig und in Wirklichkeit viel weniger einschüchternd, als ich es mir vorgestellt hatte.“ Ich lächelte und gab George einen schnellen Kuss auf die Wange.

„Ha! Das fand ich auch, als ich erfahren habe, wer du bist.“ George drückte mich kurz. „Weißt du noch, wie gestresst ich war, als ich mir vorgestellt habe, wie es wäre, H. M. Stuart zu treffen?“

„Du hattest ja keine Ahnung, dass du *ihn* bereits getroffen hattest.“ Ich musste bei der Erinnerung lachen. Es fühlte sich an, als wäre es erst Tage und nicht Wochen her.

George drückte meine Hand. „Hey, danke noch mal, dass du das für mich organisiert hast. Ich glaube, es wird ein richtig guter Abend.“

Die ersten Gäste trudelten ein. Innerhalb von fünfzehn Minuten waren die Sitzreihen fast voll. Die Zeit, die wir damit verbracht hatten, Flyer in der Main Street und in den Nachbarstädten aufzuhängen, hatte sich ausgezahlt. Ich sprang hinter die Theke, um Getränke zu servieren, während Chris und George, die heute Abend den Interviewer spielte, auf der Bühne Platz nahmen.

Als ich sah, wie Chris, so selbstsicher und beeindruckend, jede von Georges Fragen nachdenklich und klar beantwortete, konnte ich nicht anders, als ein wenig neidisch zu sein. Ich wünschte, ich hätte das nötige Selbstvertrauen, um vor eine Menschenmenge zu treten und über meine Bücher zu sprechen. Aber allein der Gedanke daran ließ mich innerlich erschaudern. So gern ich auch so wäre, ich war es nicht. Und im Grunde war ich mit meinem ruhigen, unauffälligen Leben in Sapphire Springs vollkommen zufrieden.

Mein Blick wanderte zu George, die Chris begeistert eine weitere Frage stellte, und mir wurde ganz warm ums Herz. Ich konnte immer noch kaum glauben, wie gut sich alles entwickelt hatte. Eine fantastische Freundin, ein neuer Job und Freunde, die ich liebte. Mein Manuskript war fast fertig, und wenn *Im Reich der Furien* nächste Woche kein Flop wurde, war Barbs Zukunft hoffentlich zumindest vorerst gesichert.

27

GEORGE

MAX und ich stürmten beide den Flur hinunter, um Hannah zu begrüßen.

„Hey, Schatz." Ich küsste sie. „Wie lief es mit dem Schreiben?"

„Gut! Ich muss nur noch ein paar Kapitel überprüfen, dann bin ich fertig." Hannah grinste, schlang ihre Hände um meinen Hals und zog mich für einen weiteren Kuss an sich.

Ich legte meine Hände auf ihre Hüften und genoss das Gefühl ihrer weichen Lippen auf meinen. Hannah hatte heute nicht im Café gearbeitet, also hatte ich sie seit dem Morgen nicht mehr gesehen, nachdem sie meine Wohnung verlassen hatte. Und ich hatte sie den ganzen Tag vermisst. Ich wusste, dass ich nicht mehr so viel Zeit mit Hannah verbringen konnte, wie ich es gewohnt war, wenn meine Mutter morgen Nachmittag ankam, und ich bereitete mich bereits mental darauf vor.

Aber trotz meiner Bedenken freute ich mich darauf, dass Mom Hannah kennenlernte. Mom hatte gemischte Gefühle in Bezug auf Alexis gehabt, aber ich war zuversichtlich, dass sie Hannah lieben würde. Wie sollte sie auch nicht?

„Das ist großartig. Ein ganzes Buch zu schreiben, noch dazu ein Fantasy-Buch, und das in nur einem Monat, ist eine enorme Leistung", lobte ich sie. „Ich kann es kaum erwarten, es zu lesen. Weißt du, wenn du möchtest, dass noch jemand anderes einen Blick darauf wirft, bevor du den Rest an deinen Lektor schickst ..."

Hannah funkelte mich an und schüttelte den Kopf, aber ihre Lippen zuckten amüsiert. „Wie oft muss ich dir noch sagen, dass du es nicht lesen darfst, bis ich die Korrekturen von Michael zurückbekomme und das Manuskript überarbeitet habe? Sosehr ich dein Feedback auch schätze, möchte ich auch, dass du ein halbwegs anständiges Buch zu lesen bekommst."

Ich hob meine Hände in gespielter Kapitulation. „Na gut, na gut. Ich warte. Es war einen Versuch wert."

Ihr Blick wurde sanfter und sie klatschte in die Hände. „Okay, sollen wir mit der Erdbeertorte anfangen? Ich nehme an, wir müssen den Teig kühlen."

„Genau, Masterchef." Ich lachte, beeindruckt davon, wie schnell Hannah das Backen erlernte. Wir hatten an den Abenden, an denen ich an der Reihe war, damit begonnen, gemeinsam den Kuchen des Tages zu backen. Ich hoffte, dass dies zur Tradition werden würde. Es hatte etwas so Entspannendes, wenn wir beide in der Küche standen und gemeinsam etwas erschufen. Manchmal unterhielten wir uns einfach über irgendwelche Zeitungsartikel oder Bücher, die wir gelesen hatten, aber am liebsten redeten wir über das Kapitel, an dem Hannah gerade schrieb, und ich half ihr beim Brainstorming für die Handlung. Kreatives Multitasking in seiner besten Form. Es war ziemlich unglaublich, zu wissen, dass ich zur Entwicklung meiner Lieblingsbuchreihe beitrug, auch wenn die Autorin mich ihre Entwürfe nicht lesen ließ.

„Wann kommt deine Mutter morgen an?“, fragte Hannah, während sie Mehl für den Teig durchsiebte.

Ein unsicherer Ton in ihrer Stimme veranlasste mich, zu ihr aufzuschauen. Sie biss sich auf die Unterlippe, was, wie ich inzwischen wusste, bedeutete, dass sie entweder nervös war oder mich küssen wollte. In Anbetracht des Kontextes konnte man davon ausgehen, dass es sich dieses Mal um Nervosität handelte.

„Ihr Zug sollte um sechs Uhr ankommen. Wie fühlst du dich bei dem Gedanken, sie kennenzulernen? Ich weiß, dass es so früh in einer Beziehung etwas seltsam ist, aber ich denke, ihr werdet euch gut verstehen.“

Hannah lächelte schwach. „Nein, ich bin sicher, dass es wirklich nett wird. Ich habe nur keine guten Erfahrungen mit Eltern gemacht. Wie du weißt, stehe ich meinen eigenen Eltern nicht gerade nahe. Und Tanias Eltern waren extrem wohlhabende New Yorker Prominente, mit denen ich nur sehr wenig gemeinsam hatte.“ Sie verzog das Gesicht. „Ich wusste nie, worüber ich mit ihnen reden sollte. Ich hatte immer den Verdacht, dass sie dachten, Tania hätte es besser treffen können als mit mir.“

Ich beugte mich vor und küsste sie auf die Stirn. „Wenn sie das dachten, dann haben sie sich gewaltig geirrt.“

„Hmmm“, sagte Hannah, offensichtlich nicht überzeugt.

Ich trat ein paar Zentimeter zurück und schaute ihr in die Augen. „Hey, das wird schon. Um ehrlich zu sein, glaube ich auch nicht, dass du viel mit meiner Mutter gemeinsam haben wirst – sie liest nicht viel, liebt Klatsch und Tratsch und hat einen schrecklichen Fernsehgeschmack." Ich musste lachen, als ich an ihre Besessenheit mit *Reich und Schön* dachte.

„Nun, unser Geschmack ist auch nicht gerade anspruchsvoll", erwiderte Hannah lächelnd.

„Stimmt. Aber sie ist ein guter Mensch und kann hervorragend Small Talk führen, sodass du dir keine Sorgen über peinliche Stille machen musst. Ich glaube, du wirst sie mögen, auch wenn sie ganz anders ist als wir." Ich legte meine Arme um ihre Taille und lächelte sie an. „Vielleicht bringe ich euch beide dazu, einen Kuchen zu backen, um eine Verbindung herzustellen, so wie Mom und ich uns als Kind beim Kochen nähergekommen sind."

Hannahs Ausdruck wurde weicher. „Okay, bei einer Backaktion, die uns zusammenschweißt, bin ich dabei. Wenigstens ist es kein Kajakfahren oder Kirschenpflücken – alles Dinge, die ich nicht besonders gut beherrsche. Ich möchte auf keinen Fall einen schlechten ersten Eindruck bei deiner Mutter hinterlassen."

„Ich glaube nicht, dass das möglich ist", erwiderte ich und schloss sie fester in die Arme. „Hey, ich weiß, dass es nicht der beste Zeitpunkt ist, da Mom kommt, aber ich dachte, wir sollten morgen etwas unternehmen, um die Veröffentlichung von *Im Reich der Furien* zu feiern, und auch die Tatsache, dass dein neues Buch fast fertig ist."

„Oh, du brauchst dir keine Sorgen um mich zu machen. Du wirst mit deiner Mutter und allem anderen beschäftigt sein."

„Hannah", sagte ich sanft. „Ich möchte deine Erfolge feiern. Ich weiß, dass du es gern ruhig angehst, also habe ich nichts allzu Extravagantes geplant. Vielleicht könnten wir die Arbeit etwas früher als sonst beenden und unten am Flussufer ein Glas Champagner trinken, bevor Mom kommt?"

Hannahs Gesicht strahlte. „Das klingt großartig. Abgemacht."

Ich grinste. „Hervorragend. Jetzt lass uns die Erdbeertorte backen. Wenn wir uns beeilen, können wir heute Abend vielleicht noch ein paar andere Aktivitäten in Angriff nehmen."

Ich beugte mich vor und gab Hannah einen langsamen, sinnlichen Kuss, damit sie keinen Zweifel daran hatte, an welche Art von Aktivitäten ich dachte.

HANNAH

„HAST DU MEIN HANDY GESEHEN?"

Die Erdbeertorte war gebacken, wir hatten ein köstliches Pesto-Nudelgericht genossen, das George gezaubert hatte, und wir machten uns bettfertig für die anderen „Aktivitäten", auf die George angespielt hatte.

George drückte Zahnpasta auf ihre Zahnbürste, betrachtete mein Spiegelbild im Badezimmerspiegel und runzelte die Stirn. „Ich glaube, das letzte Mal habe ich es in der Küche gesehen?"

Ich ging in die Küche, genoss den Duft von Erdbeeren und frisch gebackenem Kuchen, der noch immer in der Luft lag, und fand mein Handy unter einem Geschirrtuch auf der Arbeitsplatte. Ich musste es dort liegengelassen haben, nachdem ich vorhin den Abwasch gemacht hatte.

Automatisch tippte ich auf den Bildschirm, ohne Benachrichtigungen zu erwarten.

Ich runzelte die Stirn. Sechs verpasste Anrufe und dreiundzwanzig ungelesene Nachrichten. Meine Brust zog sich zusammen. *Was zum ...?*

Oh Gott, ich hoffe, dass für die morgige Buchveröffentlichung nichts schiefgelaufen ist. Oder bei Barb? Oder bei Mom und Dad?

Ich hatte zwei verpasste Anrufe von meinen Eltern, einen von meiner Agentin Emma und drei von „Freunden" aus New York, von denen ich seit Monaten nichts gehört hatte. Es war eine so willkürliche Mischung von Leuten. *Warum zum Teufel haben sie alle beschlossen, sich heute bei mir zu melden?*

Ich klickte auf meine Nachrichten und hoffte, dass sie mehr Licht ins Dunkel bringen würden.

Mein Magen zog sich zusammen, als ich die Nachrichten las, von denen die meisten von Freunden und Bekannten aus New York stammten.

> Ich kann nicht glauben, dass du uns das nie erzählt hast! Ich liebe deine Bücher. Wir sollten uns mal wieder treffen. Ich würde gerne hören, wie es dir geht xxx Mel

> Hannah! Ich habe gerade den Artikel gesehen! Wie hast du es geschafft, das die ganze Zeit vor uns geheim zu halten? Möchtest du nächste Woche etwas mit mir trinken gehen? x Rae

Mein Herz fing an zu rasen. Um was zum Teufel ging es in diesem Artikel?

Mit zitternden Händen googelte ich meinen Namen und klickte auf den Top-Nachrichtenartikel mit dem Titel „Enthüllt – Die wahre Identität der Bestsellerautorin H. M. Stuart".

Die öffentlichkeitsscheue Autorin H. M. Stuart eroberte vor vier Jahren mit der Veröffentlichung des ersten Buches ihrer Buchreihe, Im Reich des Donners, *die Fantasy-Welt im*

Sturm. Seitdem stürmen ihre Romane die Bestsellerliste der New York Times, und das Interesse an der Identität der Autorin wächst stetig. Einen Tag vor der Veröffentlichung ihres vierten Buches wurde bekannt, dass H. M. Stuart das Pseudonym von Hannah Taylor ist, Absolventin des Studiengangs für Englische Literatur an der New York University und Tochter von Professor Douglas Taylor und Professor Genevieve Taylor von der Universität Chicago. Miss Taylor reichte im März die Scheidung von ihrer Frau, der Lektorin Tania Haynes, ein. Das Scheidungsverfahren ist noch nicht abgeschlossen ...

Dem Artikel war ein Foto von mir beigefügt. *Es war bekannt geworden?* Mir stieg Galle in der Kehle auf.

Als mir klar wurde, dass meine sorgfältig gehütete Identität nicht länger geheim war, schnürte sich mir die Kehle zu. *Verdammt. Verdammt. Verdammt.*

Tränen stiegen mir in die Augen und ich stieß ein ersticktes Schluchzen aus, während meine Gedanken rasten.

Wer zum Teufel hatte meine Identität preisgegeben? Verschiedene Möglichkeiten schossen mir durch den Kopf. Tania? Sicherlich nicht. Sie hatte ihre Schwächen, aber sie war nicht nachtragend – zumindest glaubte ich das nicht.

Ich war so lange unentdeckt geblieben. Konnte es jemand gewesen sein, der erst kürzlich von meiner Identität erfahren hatte? Mein neuer Lektor Michael? Ich kannte ihn nicht sehr gut, also war das durchaus möglich. Chris? Ich konnte mir nicht vorstellen, dass Chris mein Vertrauen missbrauchen würde. George oder Blake? Ich schüttelte energisch den Kopf und ärgerte mich über mich selbst, dass ich diese Möglichkeit überhaupt in Betracht zog. Nein, das würden sie niemals tun.

Meine Hände zitterten immer noch, als ich meine E-

Mails überprüfte, um zu sehen, ob sie weitere Einblicke in das, was zum Teufel passiert war, geben konnten. Eine E-Mail von meinen Eltern, in der sie mich baten, sie anzurufen. Und eine weitere von Michael von heute Morgen. In der Hoffnung, dass sie etwas Licht ins Dunkel bringen könnte, klickte ich darauf.

Hallo Hannah,

ich habe den ersten Teil des Manuskripts gelesen, das du mir geschickt hast. Hättest du Zeit für ein Treffen, um es zu diskutieren? Es gibt viel zu besprechen. Ich bin von Dienstag bis Donnerstag im Büro.

Danke,

Michael

Scheiße. Das klang nicht gut. Wenn Michael eine umfassende Überarbeitung wollte – oder schlimmer noch, wenn er wollte, dass ich noch einmal von vorn anfing –, würden wir die Frist für die Veröffentlichung im März nächsten Jahres verpassen. Und wenn das passierte, wäre Barbs Zukunft in ihrem Seniorenheim in Gefahr. George zahlte zwar mehr als den Mindestlohn, aber selbst wenn ich Vollzeit im Novel Gossip arbeiten würde, könnte ich nicht genug verdienen, um die Rechnungen zu bezahlen. *Mist.*

Erst wird meine Identität öffentlich gemacht, und jetzt das. Meine Brust zog sich noch mehr zusammen, als ein stechender Schmerz einsetzte, und plötzlich rang ich nach Luft. Ich versuchte, meine Atmung unter Kontrolle zu bringen, um langsam einzuatmen, die Luft anzuhalten und dann auszuatmen, genau wie es mir meine Therapeutin beigebracht hatte, aber es funktionierte nicht. Keuchend sank ich auf den Küchenboden. Mein Gesicht fühlte sich wie tausend Nadelstiche an.

„Hannah?", rief George. Dann hörte ich ihre Schritte. „Oh, Mist! Geht es dir gut? Was ist los?"

George hockte sich neben mich und musterte mein Gesicht besorgt. „Soll ich Blake oder einen Krankenwagen rufen?"

Ich schüttelte den Kopf. „Nein", brachte ich mit erstickter Stimme hervor. „Panikattacke."

„Würde es dir helfen, wenn ich dich in den Arm nehme?" Georges Stimme war ruhig und leise.

Ich nickte. George setzte sich neben mich und schlang ihre Arme um mich. Ich konzentrierte mich auf die Wärme ihres Körpers, ihren beruhigend vertrauten, holzigen Duft, diesmal gemischt mit Gebäck. Der Schmerz in meiner Brust ließ nach und meine Atmung und mein Herzschlag begannen sich zu beruhigen. Ich fühlte mich immer noch nicht wieder komplett normal, aber zumindest konnte ich wieder atmen.

„Möchtest du darüber reden?", fragte George nach ein paar Minuten.

Ich hatte das Gefühl, in Tränen ausbrechen zu müssen, wenn ich erklärte, was passiert war, also rief ich stattdessen den Zeitungsartikel auf und reichte George das Handy.

George runzelte die Stirn, als sie ihn überflog. „Oh, scheiße!"

„Ich habe einen ganzen Haufen Nachrichten und verpasste Anrufe von Leuten, die den Artikel gesehen haben, einschließlich meiner Eltern", sagte ich mit zitternder Stimme.

„Das tut mir so leid, Hannah", sagte George und gab mir mein Handy zurück.

„Und zu allem Überfluss habe ich auch noch eine E-Mail von meinem Lektor über den ersten Teil des Manuskripts erhalten, den ich ihm geschickt habe. Sie klingt wirklich bedrohlich. Er möchte sich persönlich mit mir treffen, weil es *viel zu besprechen* gäbe. Wahrscheinlich hasst er das Manuskript." Tränen stiegen mir in die Augen.

„Hey, wir wissen doch gar nicht, dass ..."

Mein Handy, das immer noch auf lautlos gestellt war, leuchtete auf. Tania rief an. *Genau, was ich jetzt brauche.*

Wir starrten beide auf das Display. Ich war nicht in der Lage, mit ihr zu sprechen, also ließ ich den Anruf zur Mailbox gehen.

„Gibt es etwas, womit ich dir helfen kann?", fragte George, nachdem Tanias Name verschwunden war.

Ich schüttelte den Kopf. „Ich glaube nicht."

Unzusammenhängende Gedanken schossen mir durch den Kopf, während ich versuchte, das Geschehene und seine Auswirkungen zu verarbeiten. Mein sorgfältig gehütetes Pseudonym war nun öffentlich und hatte bereits die Art von Aufmerksamkeit erregt, die ich so verzweifelt zu vermeiden gesucht hatte. Meine Eltern wussten Bescheid. Jemand hatte mein Vertrauen missbraucht. Und mein neuer Lektor hasste mein Manuskript.

Mein erster Impuls war, mich zurückzuziehen – die Anrufe und E-Mails zu ignorieren, mein Manuskript aufzugeben und mich auf absehbare Zeit in Georges Wohnung zu verstecken, nur mit George und Max als Gesellschaft. Aber selbst in meinem verzweifelten Zustand wusste ich, dass das keine echte Lösung war. Es würde mir auf lange Sicht nicht helfen, und mein Manuskript aufzugeben, würde auch für Barb ganz sicher nicht hilfreich sein.

Vielleicht könnten meine Anwälte den Artikel aus dem Netz nehmen lassen. Vielleicht könnten wir sogar wegen Verletzung der Privatsphäre oder so etwas klagen? Ich seufzte. Ich musste akzeptieren, dass das Kind bereits in den Brunnen gefallen war. Selbst wenn wir den Artikel aus dem Netz nehmen ließen, hätte sich die Nachricht bereits verbreitet, und es wäre unmöglich, das rückgängig zu machen.

Anstatt Geld für Anwaltskosten auszugeben, war es wahrscheinlich am sinnvollsten, sich mit Emma und meinem PR-Berater zusammenzusetzen, um herauszufinden, wie sich die öffentliche Aufmerksamkeit am besten eingrenzen ließ. Wir drei, alle im selben Raum, konnten sicherlich einige Ideen entwickeln, wie wir den Schaden begrenzen könnten. Mir gefiel die Idee zwar nicht, nach Manhattan zurückzukehren, aber diese Angelegenheit effektiv zu regeln und sicherzustellen, dass mein Verleger es ernstnahm, überwog diese Bedenken. Eine Telefonkonferenz hatte nicht das gleiche Gewicht wie die Teilnahme an einem formellen Geschäftstreffen.

Außerdem konnte ich zwei Fliegen mit einer Klappe schlagen und mich auch mit Michael treffen. Ein persönliches Treffen könnte es einfacher machen, ihn davon zu überzeugen, dass mein Manuskript nicht so schlecht war, wie er dachte. Wenn er es nicht sehen konnte, dann – und bei dem Gedanken wurde mir ganz anders –, würde ich versuchen müssen, Tania als Lektorin zurückzubekommen. Sie würde mein Buch verstehen. Und so unangenehm es auch wäre, wieder mit ihr zusammenzuarbeiten, wäre es immer noch besser, als das Manuskript komplett zu verwerfen und von vorne anfangen zu müssen oder meinen Verleger davon zu überzeugen, mir einen neuen Lektor zu suchen. Für beides hatte ich keine Zeit. Und wenn ich Tania anbetteln musste, schien es definitiv die Art von Gespräch zu sein, die man persönlich führen sollte, um seine Ex davon zu überzeugen, mit einem zusammenzuarbeiten, nachdem sie einen betrogen und man sie abserviert hatte. Bei dem Gedanken erschauderte ich.

George und ich saßen ein paar Minuten lang schweigend auf dem Küchenboden, während meine Gedanken rasten. George streichelte mein Haar. Ich wollte die Situation unbedingt in den Griff bekommen. Die Kontrolle über diesen Teil meines Lebens zurückgewinnen, der plötzlich aus den Fugen geraten war. In die Stadt zurückzukehren, um mich meinen Problemen zu stellen, schien der beste Weg dafür zu sein. Ich würde mich in meine Figur Esmae verwandeln und für meine Privatsphäre, mein Manuskript und Barb kämpfen.

„George", sagte ich mit krächzender Stimme.

„Ja?"

George schaute mich mit solcher Sorge und Zuneigung an, dass mir die Schuldgefühle im Hals hochstiegen. Ich atmete zitternd ein und dann wieder aus. Sosehr ich den Gedanken hasste, George zu verlassen, musste ich mich meinen Problemen doch direkt stellen.

„Es tut mir wirklich leid, aber ich glaube, ich muss nach New York fahren, um zu versuchen, das alles zu klären. Kommst du ein paar Tage ohne mich zurecht?"

„Natürlich", erwiderte George mit leiser, verständnisvoller Stimme. „Nimm dir so viel Zeit, wie du brauchst."

HANNAH

ICH KAM am späten Vormittag nach einer qualvollen Zugfahrt in Manhattan an. Während der Fahrt hatte ich mich durch die wachsende Zahl von Nachrichtenartikeln und Social-Media-Beiträgen gescrollt und den Zustrom von Nachrichten von Bekannten ignoriert, die plötzlich erpicht darauf waren, wieder Kontakt zu mir aufzunehmen. Und ich war besessen davon, herauszufinden, wer meine Identität preisgegeben haben könnte. Außerdem hatte ich für heute ein Treffen mit Michael und für morgen einen Termin mit meiner Publizistin und Emma vereinbart. Ich war enttäuscht, dass sie sich nicht früher mit mir treffen konnten, aber fairerweise musste man sagen, dass ich unglaublich kurzfristig Bescheid gegeben hatte. Das Positive daran war, dass der Artikel seit über sechzehn Stunden veröffentlicht war und niemand in Sapphire Springs ihn oder die anschließende Medienberichterstattung gesehen zu haben schien. Oder wenn doch, war es ihnen anscheinend egal, da ich keine Nachrichten von meinen neuen Freunden empfangen hatte. Aber diese eine gute Nachricht trug nicht dazu bei, das schwere, beklemmende Gefühl in meinem Magen und meiner Brust oder die graue Wolke, die seit letzter Nacht über mir hing, zu lindern.

Ich hatte gehofft, dass mein Hotelzimmer früher fertig sein würde, damit ich mich ins Bett legen und versuchen könnte zu schlafen, aber das war nicht der Fall. Ich stand in der Hotellobby und warf einen Blick auf mein Handy, um die Uhrzeit zu überprüfen, ohne die neuen Benachrichtigungen zu beachten, die seit meinem letzten Blick darauf erschienen waren. Ich sollte Michael um vierzehn Uhr treffen, hatte also noch fast drei Stunden Zeit. Da ich mich nicht in meinem Zimmer verkriechen konnte, beschloss ich, in die U-Bahn zu steigen und in einem meiner Lieblingscafés im West Village zu Mittag zu essen. Es handelte sich um ein von Australiern geführtes Lokal mit köstlichem, frischem Essen und Kaffee, der fast so gut war wie der von George. Mein Appetit war gleich null, aber ich musste etwas essen, und zumindest würde mich der Besuch im Village auf Trab halten. Ich ließ meinen Koffer im Hotel und setzte eine Kappe und eine Sonnenbrille auf, um das Risiko zu verringern, erkannt zu werden – es waren weitere Fotos von mir im Internet aufgetaucht, darunter ein nicht gerade schmeichelhaftes, auf dem ich bei einer Spendengala mit Tania zu sehen war und finster schaute.

ICH GING die schmutzigen Treppen zur U-Bahn-Station hinunter und wurde von einem Schwall feuchter, heißer Luft getroffen, als eine U-Bahn vorbeifuhr. *Das habe ich nicht vermisst.* Eine riesige Ratte huschte davon, als ich den Bahnsteig entlangging. *Überhaupt nicht.* Zum Glück dauerte es nicht lange, bis ein Zug der Linie B kam. Eine Viertelstunde später erreichte ich das West Village und schlenderte durch die grünen Straßen, die von roten Backsteinhäusern, Cafés, Bars und Restaurants gesäumt waren. Ich hatte nicht darüber nachgedacht, als ich mich entschlossen hatte, hierherzukommen, aber das Village weckte viele Erinnerungen an Tania in mir. Bei unserer ersten Verabredung waren wir in ein italienisches Restaurant gegangen, an dem ich gerade vorbeigekommen war. Im *Cubbyhole*, eine winzige, bunte Lesbenbar und ikonischer Ort in New York, hatten wir uns das erste Mal geküsst. Unsere Eheringe wurden von einem Juwelier in der Bleeker Street gefertigt. Aber zu meiner Überraschung schmerzten diese Erinnerungen nicht mehr. Sie waren ein Teil meines Lebens, der sich sehr nach Vergangenheit anfühlte, fast so, als wären sie einer anderen Person passiert.

Ein niedlicher, weißer Lattenzaun, der die Begrenzung des Cafés auf dem Bürgersteig markierte, und blaue Markisen signalisierten, dass ich mein Ziel erreicht hatte. Ich war früh genug da, sodass ich nicht auf einen Tisch warten musste, und schaffte es, einen im Außenbereich zu ergattern. Ich kämpfte gegen den Drang an, wieder auf mein Handy zu schauen, konzentrierte mich stattdessen auf die Speisekarte und entschied mich für Avocado-Toast und einen Latte.

Während ich auf meine Bestellung wartete, bereitete ich mich mental auf mein Treffen mit Michael vor.

Ich war sehr offen für konstruktive Kritik – durchdachtes Feedback, das ich berücksichtigen und nutzen konnte, um mein Manuskript noch besser zu machen. Aber aufgrund der E-Mail, die er mir geschickt hatte, war ich überzeugt, dass Michael es in der Luft zerreißen oder mir sagen würde, dass ich das Ganze verwerfen sollte. Mein Puls raste, als ich über Michaels mögliche Kritikpunkte nachdachte und wie ich darauf reagieren könnte. Ich musste darauf vorbereitet sein, für mich und mein Manuskript einzustehen. Ich verlor mich in Grübeleien, stellte mir beißende Kommentare vor und entschied, dass dieser Gedankengang kontraproduktiv war. Viel besser wäre es, sich auf positive Dinge zu konzentrieren: George, meine neuen Freunde und das Leben in Sapphire Springs. Ich lächelte und fühlte mich gleich viel besser.

Mein Leben hatte sich wirklich um 180 Grad gedreht, seit ich George kennengelernt hatte. Ich war so unglücklich gewesen, als ich New York verließ, von der Trennung immer noch am Boden zerstört, einsam und mit einer Schreibblockade kämpfend. Jetzt war mein Leben in Sapphire Springs alles, wovon ich hätte träumen können. Und das alles dank George. Wenn ich an diesem Tag nicht ins Novel Gossip gegangen wäre, um mit George zu sprechen, hätte ich kein fast fertiggestelltes Manuskript, keine großartige neue Gruppe von Freundinnen oder die starke Verbindung, die ich jetzt zur Gemeinde von Sapphire Springs verspürte. Ich hätte auch keine fürsorgliche Freundin, die mich allein in den letzten zwölf Stunden durch meine Panikattacke getröstet, um meine Veröffentlichung zu feiern Pfannkuchen zum Frühstück gebacken und mich dann zum Bahnhof gebracht hatte. Ehrlich gesagt, fühlte sich das alles zu schön an, um wahr zu sein.

War es zu schön, um wahr zu sein?

Ein Gefühl des Unbehagens wuchs in mir. Ich atmete tief durch. *Hannah, du machst gerade ein paar harte Tage durch. Jetzt ist nicht der richtige Zeitpunkt, um alles zu sehr zu analysieren und Probleme zu erfinden, die es nicht gibt.* Aber meine Sorgen zu rationalisieren, ließ sie nicht verschwinden. Wieder in New York zu sein, ließ Erinnerungen an meine Beziehung zu Tania hochkochen. Und obwohl sie nicht mehr schmerzhaft waren, erinnerten sie mich an die Probleme, die wir gehabt hatten. Und eines der vielen Probleme war, dass ich mich zu sehr auf Tania verlassen hatte. Wie George war sie die extrovertiertere von uns beiden und ich hatte im Grunde ihren Freundeskreis adoptiert. Und als ich herausfand, dass Tania mich betrog, war mein Leben zusammengebrochen. Ich hatte meine Fähigkeit zu schreiben *und* meine Freunde verloren. War ich dabei, wieder in genau dieselbe Falle zu tappen?

All meine neuen Freunde und meinen Job hatte ich George zu verdanken. Sie hatte meine Leidenschaft für mein aktuelles Manuskript entfacht, die heißen Szenen inspiriert und mir geholfen, Probleme zu lösen, wenn ich nicht weiterkam. War das wirklich gesund? Würde ich, wenn wir uns trennten, wieder zu einer arbeitslosen Autorin ohne Freunde werden, die unter einer Schreibblockade litt und sich den Kopf darüber zerbrach, wie sie Barbs und alle anderen Rechnungen bezahlen sollte?

Ich seufzte. Ich war mir ziemlich sicher, dass dieser ganze Gedankengang auf meine Angst zurückzuführen war, aber die Sorgen fühlten sich plötzlich sehr real an. Vielleicht sollte ich mich von George zurückziehen, um mich zu schützen. Wir hatten uns sehr schnell aufeinander eingelassen.

Mein Latte wurde serviert. Da die Gedanken an George und Sapphire Springs meine Angst auch nicht zu lindern schienen, versuchte ich, dem Rat meiner Therapeutin zu folgen und stattdessen Achtsamkeit zu üben, indem ich mich auf den milden, leicht nussigen Geschmack des Latte und das warme Gefühl konzentrierte, als er mir die Kehle hinunterlief. Für einen Moment schien es zu funktionieren, aber dann piepste mein Telefon und meine Konzentration war dahin, ersetzt durch einen Wirbel von Theorien darüber, wer mir eine Nachricht geschickt haben

könnte. Meine Eltern, Tania, ein Medienunternehmen ...
die Hypothesen fühlten sich schlimmer an, als es zu wissen,
also griff ich nach meinem Handy. Zu meiner Erleichterung
war es eine Nachricht von Chris.

> Hey, ich habe gerade diesen Artikel
> gesehen. Es tut mir so leid. Das ist echt
> beschissen. Wenn du jemanden zum
> Reden brauchst, lass es mich einfach
> wissen. Chris.

Ich schaffte es, ein schwaches Lächeln zustande zu
bringen. Chris war einer der wenigen Freunde, die ich
unabhängig von Tania und George kennengelernt hatte.
Vielleicht würde es helfen, mit einem anderen Autor über
die Geschehnisse zu sprechen. *Es sei denn, dey war die
Quelle des Artikels ...* Ich schüttelte den Kopf. Ich kannte
Chris zwar nicht gut, aber auf mich wirkte dey warmherzig und aufrichtig. Ich konnte nicht glauben, dass dey
meine Identität preisgeben würde. Ich war mir nicht
einmal sicher, ob Chris meinen richtigen Nachnamen
kannte. Ich schrieb eine Nachricht, in der ich dens wissen
ließ, dass ich für ein paar Tage in New York sein würde,
und fragte, ob dey Zeit für ein Treffen hätte. Chris
antwortete schnell, lud mich für morgen um siebzehn Uhr
zu einer Veranstaltung für dayer neueste Veröffentlichung
in Cobble Hill ein und schlug vor, danach etwas trinken
zu gehen.

Etwas besser gelaunt betrachtete ich den Avocado-
Toast, welcher gerade gebracht worden war. Mein Appetit
war zwar immer noch gedämpft, aber es sah verdammt
lecker aus. Diese Vermutung bestätigte sich, sobald ich
hineinbiss. Die cremige Avocado passte perfekt zum
würzigen Ziegenkäse, und die Tomaten und Mikrokräuter

sorgten für zusätzliche Geschmacksexplosionen. Es war genau, was ich brauchte. Deftig, gesund und wohltuend.

Gerade als ich aufstehen und bezahlen wollte, leuchtete eine weitere Benachrichtigung auf meinem Handy auf. Mein Herzschlag beschleunigte sich, als ich sah, dass es eine Nachricht von George war.

> Hey, meine Schöne, ich wollte dir nur
> sagen, dass ich an dich denke und hoffe,
> dass es dir gut geht. Wenn du reden willst,
> ruf mich einfach an. Es ist mir egal, wie
> spät es ist. Viel Glück für dein Treffen mit
> Michael xoxo

Meine Augen füllten sich mit Tränen, die ich hastig wegblinzelte. George war so verdammt süß. Nicht nur das, ihre Nachricht war eine gute Erinnerung daran, dass sie nicht Tania war. Vielleicht war ich zu abhängig von ihr – etwas, worüber ich mehr nachdenken musste –, aber wenn ich alles auf eine Karte setzen müsste, wäre George meine erste Wahl.

> Danke, Schatz. Ich vermisse dich. Ich
> schreibe dir nach dem Meeting eine
> Nachricht, um dir zu erzählen, wie es
> gelaufen ist, und vielleicht können wir
> heute Abend reden. xoxo

MIR WURDE ERST KLAR, dass ich Tania in New York treffen könnte, als ich mit der U-Bahn in Richtung Norden fuhr. Immerhin arbeitete sie im selben Bürogebäude wie Michael und meine Publizistin – dem Büro, in dem ich Michael treffen wollte.

Plötzlich fiel mir das Schlucken schwer. Dieses

Gefühl hielt an, während ich in der Lobby des Gebäudes auf Michael wartete. Ich berührte mein Hörgerät, um mich zu vergewissern, dass es funktionierte, und schaute mich dann in der Lobby um. *Bitte begegne Tania nicht. Bitte begegne Tania nicht.* Obwohl ich das Gefühl hatte, endlich über sie hinweg zu sein, wollte ich sie nicht sehen, vor allem nicht in meinem derzeitigen Zustand. Sie würde mit ziemlicher Sicherheit etwas Verletzendes sagen, wodurch ich mich noch schlechter fühlen würde. Und wir hatten immer noch nicht über die formelle Aufteilung unseres Vermögens gesprochen – ein Gespräch, für das ich derzeit nicht die mentale Kapazität hatte. Ich konnte auch den Gedanken nicht loswerden, dass sie vielleicht diejenige gewesen war, die meine Identität preisgegeben hatte. Es schien nicht zu ihrem Charakter zu passen, aber vielleicht steckte irgendwo ein Motiv dahinter.

Mein Handy vibrierte und ich zog es heraus, um zu sehen, wer anrief. Meine Eltern. Ich seufzte und schob das Handy wieder in meine Tasche. Sie hatten wahrscheinlich die Neuigkeiten über meinen Künstlernamen und meine Scheidung gehört und riefen an, um mir zu sagen, wie enttäuscht sie waren. Jetzt war definitiv nicht der richtige Zeitpunkt dafür.

Ich entdeckte Michael mit seinem ordentlich geschnittenen, dunkelbraunen Haar und der dicken, schwarz umrandeten Brille, der sich durch ein Sicherheitstor von den Aufzügen näherte. Ich ging auf ihn zu, halb erleichtert, dass ich nicht mehr in der Lobby warten musste, wo ich für Tania leicht zu entdecken wäre. Außerdem war ich nervös, weil ich endlich erfahren würde, was Michael über mein Manuskript dachte.

„Hallo, Hannah." Michael schüttelte mir die Hand und

brachte kaum ein Lächeln zustande. Angst stieg in mir auf und ließ den Kloß in meinem Hals noch größer werden.

„Hallo", brachte ich hervor.

Einen Moment lang herrschte eine unangenehme Stille, als wir in der Lobby standen. Ich nahm an, dass Michael mich in einen seelenlosen Besprechungsraum im Büro meines Verlegers bringen würde, vielleicht einen mit einer Leinwand, damit er eine PowerPoint-Präsentation über all die Dinge halten konnte, die an meinem Manuskript falsch waren.

„Möchtest du einen Kaffee trinken gehen? Das Café an der Ecke ist ganz gut", schlug er stattdessen vor. Sein Tonfall und Gesichtsausdruck waren so neutral, dass man nicht erahnen konnte, was er dachte.

„Ähm, sicher", antwortete ich verblüfft. Ein Café schien nicht der professionellste Ort zu sein, um eine Autorin in der Luft zu zerreißen.

Während wir die Lobby verließen und zu einem hellen und luftigen Café voller skandinavischer Möbel gingen, führten wir gestelzten Small Talk über das Wetter. Wir ließen uns an einem Tisch in der Nähe des Fensters nieder und ich war erleichtert, dass es im Café ruhig war – weniger Leute, die meine Demütigung miterleben würden.

Ich bestellte mir einen koffeinfreien Kaffee, da ich aus Erfahrung wusste, dass zu viel Kaffee meine Angst verstärken konnte. Angesichts meiner derzeitigen Gemütslage wollte ich das nicht riskieren.

„Danke, dass du mich persönlich triffst, vor allem nach den Ereignissen der letzten vierundzwanzig Stunden. Es tut mir leid, dass du das durchmachen musstest." Michaels neutrale Ausdrucksweise passte nicht zu seinen entschuldigenden Worten. „Ich werde morgen nicht bei eurem Treffen mit dem PR-Team und Emma dabei sein, aber ich habe sie gebeten, mir danach ein Update zu geben. Ich wollte dich auch wissen lassen, dass wir eine interne Untersuchung einleiten, um sicherzugehen, dass die undichte Stelle nicht von uns stammt, da wir die Privatsphäre unserer Autoren sehr ernst nehmen.“

„Oh. Ähm, danke“, erwiderte ich überrascht. Mir war nicht in den Sinn gekommen, dass sie so etwas tun könnten. Hatten sie einen Grund zu der Annahme, dass es sich bei dem Datenleck um einen Insider handelte? Jetzt, da ich Michael gegenübersaß, konnte ich mir nicht vorstellen, dass er es getan hatte. Er war so ernst und zurückhaltend. Und was hätte er davon, meine Identität öffentlich zu machen?

Er fuhr im gleichen Ton fort und ich brauchte ein paar Augenblicke, um zu begreifen, dass er das Thema gewechselt hatte. „Ich wollte dich auch wissen lassen, dass wir mit dem bisherigen Verlauf der Veröffentlichung von *Im Reich der Furien* sehr zufrieden sind. Es gab einige hervorragende erste Rezensionen, ein hohes Volumen an Vorbestellungen und großes Interesse von Buchhandlungen.“

„Oh, das ist großartig zu hören, danke“, antwortete ich und spürte, wie mich Erleichterung überkam. Wenn es sich weiter gut verkaufte, würde ich den Vorschuss hoffentlich schnell herausholen und Tantiemen bekommen.

„Danke, dass du mir dein Teilmanuskript geschickt hast.“ Er holte ein Notizbuch und einen Stapel Papier heraus, den ich sofort als den ersten Teil meines Manuskripts erkannte, und mir drehte sich der Magen um. *Jetzt geht's los.* Ich stählte mich innerlich.

Michael schaute auf seine Notizen und starrte mich dann mit einem ernsten Gesichtsausdruck an.

„Ich habe offensichtlich nicht den gesamten Roman gelesen“, *okay, gut, zumindest zieht er das in Betracht,* „aber basierend auf dem, was ich gelesen habe“– ich holte tief

Luft, um mich auf das Schlimmste vorzubereiten – „denke ich, dass dies deine bisher beste Arbeit ist, bei Weitem. Du warst schon immer eine talentierte Autorin, Hannah, aber hiermit hast du dich wirklich weiterentwickelt."

Ich starrte ihn an und hatte Mühe, seine Worte zu verarbeiten. Er sah aus, als hätte er mir gerade mitgeteilt, dass meine Katze gestorben war. Sein Ton war so flach wie ein Pfannkuchen, aber seine Worte ... seine Worte bedeuteten mir alles. Eine Welle der Erleichterung, die an Begeisterung grenzte, überkam mich.

„Oh, wow! Ich dachte, aufgrund deiner E-Mail, dass du es hasst."

Michael runzelte die Stirn. „Nein." Er schüttelte den Kopf. „Ich freue mich wirklich darauf, den Rest zu lesen." Und obwohl ich noch nie jemanden gesehen hatte, der „wirklich begeistert" war und dabei äußerlich so gelassen blieb wie Michael, glaubte ich ihm.

Fünfundvierzig Minuten später, nachdem er ernsthaft alle Dinge durchgegangen war, die ihm an dem Manuskript gefielen, und mir ein paar durchdachte Verbesserungsvorschläge gemacht hatte, hatte sich meine Meinung über meinen neuen Lektor völlig verändert. Er *hatte* das Buch verstanden. Und die meisten seiner Vorschläge würden es sogar noch besser machen. Nicht nur das, sondern sein Ansatz schien auch auf Kollaboration zu beruhen. Tania hatte mir oft nur *gesagt,* wie ich meine Bücher verbessern könnte, während Michael deutlich machte, dass seine Kommentare nur Ideen waren, die ich annehmen oder ablehnen konnte. An seine trockene Art könnte ich mich gewöhnen, wenn diese Art der Zusammenarbeit die Belohnung war. Ein leises Gefühl der Aufregung durchströmte mich. Vielleicht war es doch keine so schlechte Idee gewesen, den Lektor zu wechseln. Eine neue Perspektive könnte meine Bücher und mein Schreiben verbessern. Ich freute mich schon darauf, einige von Michaels Vorschlägen einzuarbeiten.

Auf dem Weg zurück zum Hotel, um einzuchecken, las ich noch einmal die E-Mail, die Michael mir gestern Abend geschickt hatte. Wie war es dazu gekommen, dass ich alles so falsch verstanden hatte? Wenn ich sie mir noch einmal ansah, ohne in Panik zu geraten, klang die E-Mail neutral. Ich hatte eindeutig viel zu viel in seinen nüchternen Schreibstil hineininterpretiert. Ich hatte auch nicht akzeptiert oder verstanden, dass Michaels Kommunikationsstil vielleicht einfach anders war als das, was ich gewohnt war. Vielleicht war er wie ich sozial gehemmt, neurodivers oder einfach ein ernster Typ. Ich seufzte. Ich hasste es, wenn meine Angst so mit mir durchging. Ich redete mir immer wieder ein, dass es vorbeigehen würde, wie schon so oft, aber wenn die Anspannung hoch war, fiel es mir schwer, es zu glauben. Und leider war der ursprüngliche Auslöser für meine Angst, die Offenlegung meiner Identität als Autorin, immer noch ein sehr reales Problem, mit dem ich mich auseinandersetzen musste.

Ich änderte die Richtung und ging die Sixth Avenue hinauf in Richtung Central Park, um meinen Spaziergang zu verlängern. Bewegung half mir normalerweise, wenn meine Angst mich zu übermannen drohte, ebenso wie ausreichend Schlaf und eine gesunde Ernährung. Ständig auf mein Handy zu schauen, half *nicht*, aber als ich meine E-Mails abrief, hatte ich zwei neue Nachrichten erhalten, und die Neugierde siegte.

> Hallo Hannah. George hat uns von dem Artikel erzählt. Es tut mir so leid. Wenn ich irgendetwas tun kann, lass es mich bitte wissen. xxx Olivia

Wir denken an dich. Wenn du einen
Mädelsabend im Frankie's brauchst, um
etwas Dampf abzulassen, sag einfach
Bescheid. xo Jenny

Ich lächelte. Dass Olivia und Jenny unabhängig voneinander Kontakt zu mir aufnahmen, um zu sehen, wie es mir ging, war unerwartet, aber ich freute mich darüber. Im Gegensatz zu den Nachrichten, die ich von einigen meiner New Yorker Freunde und Bekannten erhalten hatte, hatte ich nicht das Gefühl, dass es eine versteckte Agenda oder sie ein plötzlich neues Interesse an mir hatten, nur weil sie herausgefunden hatten, dass ich H. M. Stuart war. Sie schienen sich tatsächlich um mich zu sorgen. Ein Stich der Sehnsucht nach Sapphire Springs, nach meinen Freundinnen und nach George traf mich erneut. Ich musste nur die morgigen Meetings überstehen. Wenn alles nach Plan lief, wäre ich am nächsten Tag bereits wieder zurück. Und bis zu meiner Rückkehr würde ich die unerwünschte Publicity hoffentlich so gut wie möglich im Zaum halten können und meine Angst in den Griff bekommen.

GEORGE

MEINE MUTTER und ich saßen beim Abendessen an meinem kleinen Esstisch und meine Mutter informierte mich über den neuesten Klatsch aus Dunedin, während ihr vertrauter, grauer Bob beim Sprechen auf und ab wippte. Meine Mutter sah immer gepflegt aus und selbst nach einem langen Anreisetag war heute keine Ausnahme. Sie trug eine gebügelte, marineblaue Hose und eine geblümte Bluse und ihr Gesicht war sorgfältig geschminkt.

Ich schob den Lachs, den ich gebraten hatte, auf dem Teller hin und her. Ich hatte das Gefühl des Unbehagens nicht abschütteln können, das sich in meinem Magen festgesetzt hatte, als ich Hannah heute Morgen verabschiedete. Ich hatte sie noch nie so verzweifelt gesehen und es brachte mich um, dass ich nichts tun konnte, um zu helfen. Besonders jetzt, da sie kilometerweit entfernt war. Wäre sie hier gewesen, hätte ich zumindest dafür sorgen können, dass sie etwas aß, ihr körperlichen Trost spenden und sie auf jede erdenkliche Weise unterstützen können.

Anstatt früher Feierabend zu machen, um Hannahs Bucherscheinung wie geplant zu feiern, hatte ich wie üblich meine Schicht beendet und war dann zum Bahnhof gefahren, um Mom abzuholen. Bevor Hannah heute Morgen gegangen war, hatte ich ihr Pfannkuchen gebacken, um sie zu verwöhnen. Aber Hannah war verständlicherweise so mit den Ereignissen der letzten vierundzwanzig Stunden beschäftigt, dass es sich nicht sonderlich feierlich angefühlt hatte. Ich hatte sie zum Bahnhof gefahren und sie mit der wärmsten und tröstlichsten Umarmung verabschiedet, die ich aufbringen konnte. Ich vermisste sie bereits schrecklich. Zumindest klang es laut der Nachricht, die Hannah mir geschickt hatte, so, als sei das Treffen mit ihrem Lektor viel besser verlaufen als erwartet.

Ich hatte so viel zu tun, dass ich bis jetzt nicht viel Zeit gehabt hatte, mich damit zu beschäftigen. Ben war heute Morgen zu einem viertägigen Ausflug nach Fire Island aufgebrochen, sodass nur Josie und ich im Service arbeiteten. Wir waren die ganze Schicht über komplett ausgelastet gewesen. Als Hannah gestern Abend gefragt hatte, ob sie nach New York fahren könnte, hatte ich ihr gesagt, dass Ben, Josie und ich schon zurechtkommen würden, aber ich hatte Bens Urlaub vergessen. Ich hätte Hannah sowieso ermutigt, zu fahren, also war es vielleicht am besten, dass ich mich nicht daran erinnert hatte. So konnte ich Hannah ehrlich antworten, ohne zu ihrem Stress beizutragen, aber es war schreckliches Timing. Da die Sommerferien gerade erst begonnen hatten, war das Café belebter denn je, und es kamen mehr Kunden herein, als wir beide bewältigen konnten. Und morgen wäre Josie auch nicht da – sie hatte einen Termin bei einem Spezialisten in der Stadt, der den größten Teil des Tages in Anspruch nehmen würde. Ich war mir nicht sicher, wie ich es allein bewältigen sollte. Ein Stich von Schuldgefühlen, dass ich nicht so viel Zeit mit Mom verbringen konnte, wie ich es geplant hatte, durchfuhr mich.

„Hast du keinen Hunger?", fragte meine Mutter und starrte auf meine halb gegessene Mahlzeit.

Meine Schuldgefühle nahmen zu, als mir klar wurde, dass ich mir so viele Sorgen um Hannah, die Arbeit und darüber gemacht hatte, nicht in der Lage zu sein, meiner Mutter genug Aufmerksamkeit zu schenken, dass ich ihr gar nicht richtig zugehört hatte.

„Nein. Ich habe mittags viel gegessen. Wenn du nicht zu müde von der Reise bist, wie wäre es, wenn du mir bei einem Apfel-Zimt-Kuchen hilfst?"

„Natürlich", sagte Mom lächelnd, stand auf und krempelte die Ärmel ihrer Bluse hoch. „Ich dachte schon, du fragst nie."

Nach dem Abendessen wuschen wir ab und machten uns dann ans Backen.

Mom unterbrach das Schälen der Äpfel und warf mir einen Blick zu. „Also, wann werde ich Hannah kennenlernen? Ich hatte gehofft, dass sie heute Abend zum Essen kommt. Du klingst so glücklich, seit ihr beide zusammen seid. Ich freue mich wirklich darauf, sie kennenzulernen."

Mir wurde bang ums Herz. Ich hatte mich auch sehr darauf gefreut, dass sie einander kennenlernen würden. Aber ich war mir nicht sicher, wie lange Hannah in New York bleiben würde. Es bestand die Möglichkeit, dass sie Mom ganz verpassen würde.

Ich nahm das Backpulver und schüttete es in die Rührschüssel. „Leider musste sie wegen einer Arbeitsangelegenheit nach New York. Wir wissen nicht, wie lange das in Anspruch nehmen wird. Aber hoffentlich ist sie zurück, bevor du abreist. Sie freut sich auch sehr darauf, dich kennenzulernen."

„Oh, das ist aber schade." Mom runzelte die Stirn. „Moment mal, warum muss sie beruflich nach New York reisen? Wollt ihr in die Stadt expandieren oder so?"

Ups. Ich hatte darauf geachtet, niemandem außer Blake von Hannahs Pseudonym als H. M. Stuart zu erzählen, und das schloss Mom mit ein. Mom wusste nur, dass Hannah mit mir im Novel Gossip arbeitete, und da Mom lieber „Frauenliteratur" und Landhauskrimis las, war es nicht überraschend, dass sie die Zeitungsartikel und Social-Media-Beiträge über Hannahs Pseudonym verpasst hatte. Aber jetzt, da es öffentlich bekannt war, dachte ich, ich sollte sie besser einweihen. Mir wäre es lieber, wenn es von mir käme als von einem Novel Gossip-Kunden.

„Ähm, nein. Hannah arbeitet nicht nur im Novel Gossip, sondern schreibt auch Fantasy-Romane. Sie schreibt unter einem Pseudonym und hat ihre wahre Identität geheim gehalten. Aber gestern wurde sie ohne ihre Zustimmung enthüllt. Sie ist nach New York gefahren, um sich mit ihrem Verleger und ihrer Agentin zu treffen und zu besprechen, was zu tun ist. Ihre Bücher sind ziemlich beliebt, daher wurde viel darüber spekuliert, wer sie ist. Und jetzt, da ihre Identität bekannt ist, steht sie im Mittelpunkt des öffentlichen Interesses."

Ich hatte heute nicht viel Zeit gehabt, mir die Nachrichten oder die sozialen Medien anzusehen, aber ich hatte genug gesehen, um zu wissen, dass X und Threads beide voller Beiträge über Hannah waren, und einige Leute versuchten, mehr über sie herauszufinden.

Ich rührte den Zucker in die Rührschüssel und warf einen Blick auf meine Mutter, die ungewöhnlich ruhig war.

„Also ist sie auch berühmt?", fragte meine Mutter, legte das Messer hin und schaute mich an.

Mir wurde flau im Magen. Ich wusste sofort, worauf

Mom hinauswollte. Mom mochte Alexis als Person und als Politikerin, aber sie war kein Fan von Alexis als Partnerin für mich gewesen. Sie hatte stets das Gefühl, dass Alexis' Karriere Vorrang vor unserer Beziehung hatte und dass ich alle Kompromisse eingehen musste, damit wir zusammen sein konnten. Jetzt, wo ich darüber nachdachte, leuchtete es mir ein, dass Mom begeistert gewesen wäre zu hören, dass Hannah so gut in mein Leben passte – dieselbe Stadt, derselbe Job, dieselben Freunde – und dass sie jetzt weniger begeistert war, zu hören, dass Hannah tatsächlich eine weitere, überaus erfolgreiche Karriere hatte, die das Potenzial hatte, meine in den Schatten zu stellen.

„Nun, nur in bestimmten Kreisen. Nichts im Vergleich zu Alexis. Und nur sehr ungern. Sie hat ihre Identität geschützt, weil sie die Aufmerksamkeit nicht mag."

„Wirst du das Café ohne sie gut managen können?", fragte Mom mit ernstem Gesicht.

Ich war mir nicht sicher, ob ich überempfindlich war oder ob dies eine gezielte Frage war, deren Subtext sagen sollte, dass Hannah mich im Stich gelassen hatte. Mom wusste, dass ich in letzter Zeit mit der Personalbesetzung zu kämpfen gehabt und die Dinge gerade erst unter Kontrolle gebracht hatte. Ich überlegte, wie ich antworten sollte. Meine erste Reaktion war, in die Defensive zu gehen und Mom zu sagen, dass alles in Ordnung wäre. Wäre Mom noch in Florida, hätte das auch funktioniert. Aber Mom war hier, in Sapphire Springs, und wenn sie auch nur kurz im Café vorbeischaute, würde sie schnell merken, dass es schwierig war, sowohl Hannah als auch Ben zu ersetzen. Und morgen würde es ein Albtraum werden, wenn auch Josie nicht da war.

„Weißt du, ich helfe wirklich gern im Café aus. Es wäre

schön, deine Stammgäste kennenzulernen und ein paar neue Dinge zu lernen", erklärte Mom sanft.

Mom musste mich durchschaut haben. Die Art, wie ich die Eier in die Schüssel schlug, mein Gesichtsausdruck oder mein Schweigen mussten mich verraten haben.

„Hannah hat mich gefragt, ob es in Ordnung ist, bevor sie gegangen ist. Sie wusste nicht, dass Ben diese Woche weg ist, und ich hatte es selbst auch völlig vergessen", sagte ich.

Ich überdachte Moms Vorschlag. Ein zusätzliches Paar helfende Hände zu haben, während Hannah weg war, wäre eine große Hilfe, besonders morgen. Aber ich war mir nicht sicher, ob dieses zusätzliche Händepaar Moms sein sollte. Sie hatte keine Erfahrung im Gastgewerbe und nach Jahren im Ruhestand war ich mir nicht sicher, wie sie es schaffen würde, in einem schnelllebigen Arbeitsumfeld zurechtzukommen. Es könnte in einer Katastrophe enden. Andererseits hatte ich mir Sorgen gemacht, dass ich nicht viel Zeit mit ihr verbringen könnte, sodass ihr Vorschlag zwei Fliegen mit einer Klappe schlagen würde – ich könnte arbeiten *und* Zeit mit ihr verbringen. Es wäre nicht gerade eine schöne Zeit, nicht bei dem Trubel, der in letzter Zeit im Café geherrscht hatte, aber vielleicht wäre es wie damals, als wir zusammen gekocht hatten, und es würde uns einander näherbringen. Es würde ihr sicherlich ein besseres Verständnis für meinen Alltag vermitteln.

In der Hoffnung, dass ich es nicht bereuen würde, legte ich einen Arm um meine Mutter und drückte sie. „Wenn du dir sicher bist, dass du im Café aushelfen willst, wäre das großartig."

Mit etwas Glück wäre Hannah im Nu wieder zurück. Die Arbeit war zwar ohne sie schwierig, aber es war noch schwieriger, sich Sorgen darüber zu machen, was sie durchmachte. Nachdem der Kuchen im Ofen war, rief ich sie an, um zu hören, wie es ihr ging.

30

HANNAH

OBWOHL MEIN GESTRIGES Treffen mit Michael dazu beigetragen hatte, einige meiner Sorgen zu lindern, war ich trotzdem um fünf Uhr morgens aufgewacht. Meine Gedanken überschlugen sich mit allem, was in den letzten Tagen passiert war. Als ich daran dachte, dass die Informationen, die ich so sorgfältig geschützt hatte, gegen meinen Willen öffentlich bekannt waren, wurde mir flau im Magen. Ich konnte nicht aufhören, darüber nachzudenken, wer meine Identität preisgegeben haben könnte, und ging in Gedanken alle durch, die mein Pseudonym kannten. Ich überlegte, welche Motive sie haben könnten, es zu enthüllen. Jedes Mal, wenn ich an George und Blake dachte, übersprang ich sie schnell, weil ich nicht einmal in Betracht ziehen wollte, dass sie beteiligt gewesen sein könnten.

Mein Magen verkrampfte sich vor Nervosität, als ich zum Bürogebäude meines Verlags zurückging, um mich mit Emma und dem PR-Team zu unserem Mittagsmeeting zu treffen.

„Entschuldigung!" Eine Frau in ihren Zwanzigern, die

weite Jeans und ein kurzes rotes T-Shirt trug, kam auf mich zu und hielt ihr Handy in der Hand.

Mein ganzer Körper spannte sich an. *Oh Mist. Hatte sie mich erkannt?* Ich machte mich bereit.

„Wissen Sie, wo das Rockefeller Center ist?", fragte sie. „Mein Akku ist leider leer."

Ich atmete aus, gab ihr schnell eine Wegbeschreibung und wünschte ihr viel Glück, während ich mich wie eine Närrin fühlte.

Ich war erleichtert, Emmas vertrautes Gesicht in der Lobby zu sehen, aber wir hatten kaum Zeit, uns zu begrüßen, bevor meine Publizistin Rosie auftauchte und wir ihr in einen Aufzug folgten.

„Schön, euch beide zu sehen", sagte sie lächelnd, nachdem sie den Knopf für den fünfunddreißigsten Stock gedrückt hatte. „Und danke noch mal, dass du all diese Vorbestellungen unterschrieben hast, Hannah. Einige davon wurden versehentlich ein oder zwei Tage zu früh geliefert, aber aus Publicity-Sicht war es gut. Ich habe gesehen, dass ein Fan ein TikTok über die Zeichnung eines Buchs gemacht hat, das du neben deine Unterschrift gemalt hast. Das war so eine süße Idee."

Trotz meiner Nervosität musste ich lächeln, als ich mich an das Buch erinnerte, das George mir gezeichnet hatte, nachdem mir an diesem Abend im *Novel Gossip* der Stift ausgerutscht war. Ich war froh, dass der Empfänger es zu schätzen wusste.

Die Aufzugtüren öffneten sich und Rosie führte uns in einen kleinen Besprechungsraum mit Blick auf den Broadway.

Nachdem wir Rosies Chefin Lucy, die im Raum auf uns wartete, begrüßt hatten, nahmen wir Platz.

Lucy beugte sich vor und runzelte die Stirn. „Zunächst

einmal wollte ich sagen, wie leid es uns tut, dass deine Identität aufgedeckt wurde." Ihr Gesicht entspannte sich und ihr Tonfall wurde fröhlicher, als sie fortfuhr. „Aber das Positive daran ist, dass der Zeitpunkt aus Publicity-Sicht nicht besser hätte sein können, da *Im Reich der Furien* gerade erst veröffentlicht worden ist. Es hat wirklich dazu beigetragen, das Interesse an dem Buch zu steigern. Viele Medien haben sich an uns gewandt und gefragt, ob du für Interviews zur Verfügung stehst, und Emma hat ähnliche Anfragen erhalten. Ich weiß, dass du dir das alles anders vorgestellt hast, aber wenn du einigen dieser Anfragen zustimmst, wäre das großartige Werbung für *Im Reich der Furien*." Lucys Augen leuchteten vor Aufregung. „Ich meine, wir reden hier von *Good Morning America, NPR, The New York Times* ... Gelegenheiten, für die die meisten Autoren morden würden. Jetzt, da jeder weiß, wer du bist, hast du nicht viel zu verlieren. Ich habe eine Liste mit Medienangeboten ausgedruckt und die, die wir meiner Meinung nach definitiv annehmen sollten, mit Sternen markiert. Sag mir einfach, mit welchen du dich wohlfühlst, und wir können sie in die Wege leiten."

Ich starrte sie sprachlos an. Der Sinn dieses Treffens bestand darin, darüber zu sprechen, wie ich meine Privatsphäre am besten schützen konnte, und nicht darin, alles zu verderben. Was zum Teufel hatte Lucy sich dabei gedacht?

Vielleicht dachte das PR-Team, dass sie damit durchkommen würden, wenn Tania, die so hoch angesehen war, nicht mehr für mich einsprang.

Ich runzelte die Stirn, als mir ein Gedanke kam. Hatten Lucy oder Rosie meine Identität preisgegeben? Wie Lucy gerade gesagt hatte, war der Zeitpunkt aus Publicity-Sicht perfekt gewesen. Bei dem Gedanken stieg Wut in mir auf. Ich holte tief Luft, um mich zu beruhigen. Ich hatte keine

Beweise dafür, dass sie es gewesen waren, und ich wollte das Treffen nicht mit unbegründeten Anschuldigungen zum Scheitern bringen. Es war besser, auf das Ergebnis der internen Untersuchung zu warten, die Michael erwähnt hatte.

Emma warf mir einen besorgten Blick zu. „Möchtest du, dass ich spreche?"

Ich schüttelte den Kopf. „Nein, ist schon okay. Ich schaffe das."

Ich sah Lucy direkt ins Gesicht. „Lucy, ich werde keine Interviews geben. Meine Identität mag jetzt bekannt sein, aber ich möchte mich trotzdem bedeckt halten. Wenn ich dem zustimme, würde das nur noch mehr Aufmerksamkeit erregen, und genau das möchte ich vermeiden. Ich habe dieses Treffen anberaumt, um darüber zu sprechen, wie ich die Folgen der Verletzung meiner Privatsphäre minimieren kann, nicht um daraus Kapital zu schlagen. Ich weiß, dass du willst, dass *Im Reich der Furien* erfolgreich ist, und das will ich auch, aber ich bin nicht bereit, meine Privatsphäre dafür zu opfern. Wenn ich es richtig verstehe, waren die Vorbestellungen und das Interesse der Buchhändler bereits stark, bevor meine Identität bekannt wurde, sodass *Im Reich der Furien* eindeutig für sich selbst sprechen kann." Ich blieb ruhig und höflich, aber bestimmt.

Lucy versuchte noch einmal, mich davon zu überzeugen, zumindest bei *Good Morning America* aufzutreten, aber im nationalen Fernsehen aufzutreten war buchstäblich mein schlimmster Albtraum. Es fiel mir nicht schwer, den Vorschlag energisch abzulehnen und das Thema zu wechseln, um mich auf mein Hauptanliegen zu konzentrieren. Das genaue Gegenteil von Lucys Anliegen: wie man die Aufmerksamkeit auf mich reduzieren konnte.

Am Ende des Treffens hatten wir eine Standardantwort

für Emma und meinen Verlag, die sie bei der Ablehnung von Interviewanfragen verwenden konnten, und Lucy hatte widerwillig zugestimmt, dass ihr Team sich nicht an Social-Media-Posts über meine Identität beteiligen oder weitere Informationen über mich bereitstellen würde. In meiner offiziellen Autorenbiografie würde weiterhin nur mein Pseudonym erwähnt werden.

Als wir den Besprechungsraum verließen, lehnte Michael an einer Wand und wartete. *Hm. Ich frage mich, was er hier macht.* „Hannah und Emma, habt ihr kurz Zeit? Ich wollte mit euch über die undichte Stelle sprechen.“

Ich schluckte und meine Gedanken überschlugen sich. Wusste Michael, wer es war? *Verdammt.* Wenn ja, bedeutete das wahrscheinlich, dass es ein Insider war. Vielleicht war es Tania gewesen? Oder Lucy oder Rosie? Oder wollte Michael selbst ein Geständnis ablegen? Wie immer verriet Michaels Gesichtsausdruck nichts.

Michael wartete, bis Lucy und Rosie den Raum verlassen hatten. Er führte Emma und mich wieder hinein und bedeutete uns, uns zu setzen.

Sobald wir saßen, räusperte er sich.

„Also, wir haben die Quelle des Datenlecks gefunden.“ Michael rutschte auf seinem Stuhl hin und her.

Ich starrte ihn erwartungsvoll an und wollte, dass er weitersprach.

Er räusperte sich erneut und zupfte an seinem Kragen. *Okay, irgendetwas ist ihm definitiv unangenehm.*

„Also, wer war es?“, platzte ich heraus, die Spannung brachte mich um.

„Ähm ... du warst es.“ Michael verzog das Gesicht.

Ich blinzelte. *Was?*

„Ich?“, krächzte ich, während Verwirrung in meinem Kopf herumwirbelte. *Wie konnte ich es gewesen sein?*

„Ähm, ja. Einer unserer Assistenten hat den Journalisten angerufen, der die Geschichte veröffentlicht hat. Sie wurden durch ein Video auf TikTok von einem Leser darauf aufmerksam, der *Im Reich der Furien* vorbestellt hatte und verwirrt war, als er feststellte, dass es von H. M. Taylor anstatt von H. M. Stuart signiert worden war. Der Journalist googelte deinen richtigen Namen, sah deinen Abschluss und die Hochzeitsankündigung in der *New York Times*, in der stand, dass du und Tania geheiratet hattet, und zählte eins und eins zusammen."

Ich wurde blass und klammerte mich an den Tisch, um mich abzustützen, während mir Michaels Worte durch den Kopf gingen.

Verdammt. Ich war in der Nacht, in der ich die Bücher im *Novel Gossip* signiert hatte, so müde gewesen, dass es nicht überraschend war, dass ich einen Fehler gemacht hatte. Ich fragte mich, wie viele Bücher ich fälschlicherweise mit meinem richtigen Namen signiert hatte. Ich zuckte zusammen.

„Oh mein Gott", murmelte ich.

„Geht es dir gut?", fragte Emma leise und legte eine Hand auf meinen Arm.

„Ich komme mir so dumm vor", sagte ich, während mir die Schamesröte in die Wangen schoss. Ich hatte alle anderen verdächtigt, einen Fehler gemacht zu haben. Ich hatte nie in Betracht gezogen, dass ich es selbst gewesen sein könnte. Wenn ich es nicht aufgeschoben hätte, George zu sagen, wer ich wirklich war, und die Bücher wie geplant am ersten Tag, an dem ich im Novel Gossip angekommen war, signiert hätte, hätte ich diesen Fehler sicher nie gemacht. So viel zum Thema Karma.

„Hey, jeder macht mal Fehler", tröstete Emma mich und klopfte mir auf die Schulter.

Ich wandte mich Michael zu. „Es tut mir so leid, dass ich deine Zeit mit den Ermittlungen verschwendet habe."

„Das ist schon in Ordnung. Keine Ursache", antwortete er.

Benommen verließ ich das Büro mit Emma und Michael.

Als Emma und ich allein im Aufzug standen, drehte sich Emma mit großen Augen zu mir um. „Bist du sicher, dass es dir gut geht?"

„Ich ärgere mich wirklich über mich selbst. Ich habe meinen richtigen Namen so viele Jahre lang geheim gehalten, und jetzt habe ich alles durch einen dummen Fehler auffliegen lassen ..." Ich verstummte, weil mir die Worte fehlten.

„Hey, geh nicht zu streng mit dir ins Gericht. Du hast in letzter Zeit viel durchgemacht", wiederholte Emma sanft.

Ich lächelte schwach. „Das Positive daran ist, dass es sich zumindest um einen Fehler und nicht um eine böswillige Absicht handelt und ich aufhören kann, mich zu fragen, wer dahintersteckt."

Mein Versuch, die Nachricht positiv zu interpretieren, war wohl nicht überzeugend, denn Emma sah mich besorgt an. „Warum gehen wir nicht Mittagessen?", fragte sie.

Ich warf einen Blick auf meine Uhr. Eigentlich wollte ich nur George anrufen und ihr erzählen, was passiert war. Aber es war kurz nach dreizehn Uhr und sie würde noch mitten im Mittagsgeschäft stecken.

„Das wäre schön", antwortete ich und war nach Michaels schockierender Nachricht dankbar für etwas Gesellschaft. Hoffentlich würde mich Emmas Anwesenheit davon abhalten, in Selbstvorwürfen zu versinken.

31

GEORGE

„GEORGE?" Ich goss gerade Milch in einen Becher zum Mitnehmen und schaute auf, als ich Moms verzerrtes Gesicht sah. „Ich habe verschentlich die falschen Zahlen eingetippt und Mrs. Seabourne vierhundert Dollar für ihren Cappuccino berechnet, anstatt vier Dollar. Kannst du das in Ordnung bringen?"

Ich holte tief Luft und nickte. Sosehr ich es auch schätzte, dass Mom aushalf, während meine Mitarbeiter abwesend waren, war der erste Tag der Zusammenarbeit ein holpriger Start. Ein Tablett mit Plätzchen war bereits auf den Boden gefallen, als Mom sie in die Vitrine stellen wollte, und zwei Personen hatten die falschen Bestellungen erhalten.

„Kein Problem. Ich storniere es. Könntest du die Eier und den Speck zu Mr. Goldsworthy in der Ecke bringen?" Ich neigte meinen Kopf in Richtung Rory Goldsworthy und verdrängte mein schlechtes Gewissen, Mom zu bitten, mit einem meiner schwierigsten Kunden zu interagieren.

Ich kümmerte mich um die Rückerstattung für Mrs. Seabourne und kochte ihr einen Kaffee, wobei ich ein Auge auf Mom und Rory behielt. Nur für den Fall, dass ich eingreifen musste. Zu meiner Überraschung schienen sie sich zu unterhalten. Ich blinzelte. *Und zu lachen?*

Nachdem ich Mrs. Seabourne ihren Kaffee zum Mitnehmen gereicht hatte, ignorierte ich die Tische, die abgeräumt werden mussten, und schaute stattdessen auf mein Handy. Ich hatte gestern Abend mit Hannah gesprochen, und obwohl sie nach dem Treffen mit ihrem Lektor etwas positiver geklungen hatte, machte ich mir Sorgen um sie. Heute hatte sie ein Treffen mit ihrer Agentin und Publizistin, also behielt ich mein Handy im Auge, falls sie anrief. Wenn alles nach Plan lief, wollte sie morgen wieder in Sapphire Springs sein. Bei dem Gedanken wurde mir leichter ums Herz. Ich konnte es kaum erwarten, sie zu sehen.

Moms Bemerkungen über Hannahs Berühmtheit und die Ähnlichkeiten zwischen ihr und Alexis hatten mich gestern Abend beim Backen des Kuchens etwas aufgewühlt. Die Aufmerksamkeit der Medien, die Hannah aufgrund der Veröffentlichung ihres richtigen Namens zuteilwurde, und ihre Abwesenheit weckten einige unliebsame Erinnerungen an Alexis.

Zumindest hatte das Gespräch mit Hannah vor dem Schlafengehen meine Sorgen gelindert. Hannah war zwar verständlicherweise mit den großen Ereignissen in ihrem Leben beschäftigt, aber sie war immer noch ... Hannah. Sie hatte mich gebeten, Mom von ihr zu grüßen, sich noch einmal bei ihr zu entschuldigen, Max für sie den Kopf zu streicheln und sie hatte mich gefragt, wie mein Tag gewesen war. Unnötig zu erwähnen, dass ich ihr nicht erzählt hatte, wie hektisch es zuging, weil sowohl sie als auch Ben abwesend waren. Und dass Mom einspringen würde, um zu helfen. Ich wollte sie nicht noch mehr stressen. Als wir uns eine Gute Nacht gewünscht hatten, klang ihre Stimme belegt. Sie sagte mir, wie sehr sie mich vermisste und dass sie es kaum erwarten konnte, nach Sapphire Springs zurückzukehren.

„George, möchtest du jetzt deine Pause machen? Es ist ruhig, also sollte ich allein zurechtkommen. Du musst etwas essen, um bei Kräften zu bleiben", erklärte Mom, die wieder neben mir auftauchte.

Ich schaute mich im Café um. Alles schien unter Kontrolle zu sein. Der Mittagsansturm würde bald beginnen, und wenn ich jetzt nichts aß, würde ich wahrscheinlich erst nach vierzehn Uhr dazu kommen.

„Okay, ich esse schnell etwas und dann können wir tauschen. Aber wenn du Hilfe brauchst, sag mir einfach Bescheid. Und wenn jemand einen Espresso möchte, mache ich ihn sofort."

Ich schnappte mir einen belegten Bagel und setzte mich an einen Tisch gegenüber der Theke, damit ich alles im Auge behalten konnte. Nicht, dass ich Mom nicht traute, aber sich im Café zurechtzufinden, war eine echte Herausforderung.

Kaum hatte ich den ersten Bissen meines Bagels genommen, kam Rory mit ein paar Büchern an die Theke. Er legte sie vor Mom und fing an, zu reden. Ich kniff die Augen zusammen. Ich hätte näher an der Theke sitzen sollen, damit ich hören konnte, worüber sie sprachen. *Oh nein, er ist nicht ...* Plötzlich erkannte ich diese Bücher. Es waren dieselben, die er vor ein paar Wochen zurückgeben wollte. Ich biss die Zähne zusammen. Er musste gewartet haben, bis ich nicht an der Theke war, um Moms Unkenntnis auszunutzen. Ich schob meinen Stuhl zurück und wollte gerade aufstehen, als Mom die Bücher entschlossen zu Rory zurückschob und mit strengem Gesichtsausdruck mit ihm sprach. Rory runzelte die Stirn und nahm widerwillig den Stapel Taschenbücher zurück. Doch anstatt angewidert davonzustürmen, beugte er sich mit einem Lächeln im Gesicht zu Mom hinüber und redete weiter mit ihr. Zu meiner Erleichterung bezahlte er nach ein paar Minuten sein Essen und ging, ohne eine Szene zu machen oder mit rechtlichen Schritten zu drohen, wie beim letzten Mal.

Trotz meiner Bedenken kam meine Mutter gut zurecht, während ich mein Mittagessen in Windeseile hinunterschlang. Einmal war sie etwas abgelenkt, weil sie sich mit dem Buchclub unterhielt, einer Gruppe von fünf Damen in ihren Sechzigern, die sich einmal pro Woche im Novel Gossip trafen, und bemerkte erst, dass ein Kunde auf seine Bestellung wartete, als die Glocke auf der Theke läutete, aber ansonsten verlief alles völlig ereignislos.

Nachdem ich mit dem Essen fertig war, ging ich hinter die Theke und nutzte die Ruhe im Café, um uns beiden einen Kaffee zu machen.

Meine Mutter lehnte sich an die Theke und wischte sich Kakaopulver von ihrem Hemd, während ich die Milch aufschäumte. „Weißt du was? Das gefällt mir wirklich gut, George. Es ist so schön, mit Leuten zu plaudern und ihnen leckeres Essen zu bringen. Der Buchclub hat mich sogar zu ihren Treffen eingeladen, wenn ich in der Stadt bin. Vielleicht sollte ich mir einen Teilzeitjob in einem Café suchen, wenn ich wieder zu Hause bin. Es ist nicht so, dass ich das Geld brauche, aber es wäre eine gute Möglichkeit, mit mehr Menschen in Kontakt zu treten und meinem Tag etwas Struktur zu verleihen.“

Ich lachte. „Warum nicht?“ Ich verkniff mir, zu sagen, dass Hannah genau das tat, falls es Mom einen weiteren Grund liefern würde, zu glauben, dass Hannah mich und meine Karriere nicht so unterstützte, wie Mom es für richtig hielt. „Ich habe gesehen, dass du Ärger mit Rory hattest. Ich hoffe, er war nicht zu anstrengend." Ich goss die Milch in unsere Kaffeetassen, reichte Mom eine und trank einen großen Schluck von meiner.

„Oh nein. Er wollte mit mir ausgehen", antwortete Mom beiläufig.

Fast hätte ich meinen Kaffee wieder ausgespuckt. „Er … was? Hast du Ja gesagt?" Der Gedanke an Rory als meinen Stiefvater ließ mich erschauern.

„Gott, nein", lachte meine Mutter und schüttelte den Kopf. „Er scheint ein echter Griesgram zu sein. Aber es ist schön, zu wissen, dass ich es noch draufhabe."

Ich brach in Gelächter aus und wünschte mir sofort, Hannah wäre hier, damit ich ihr das neueste Update über unseren schwierigsten Kunden geben konnte.

32

HANNAH

EINE WILLKOMMENE BRISE frischer Luft traf mich, als ich aus der U-Bahn-Station Bergen Street trat und eine Straße voller prächtiger Sandsteinhäuser und grüner Eichen in Richtung Court Street entlangging. Ich atmete tief durch. Es fühlte sich nicht nur gut an, aus der U-Bahn zu steigen, die im Sommer nie angenehm war, sondern es war auch schön, Manhattan zu verlassen. Brooklyn war nur eine Brücke weit entfernt, aber es fühlte sich wie eine völlig andere Welt an.

Nachdem ich Zeit gehabt hatte, Michaels Aussage zu verarbeiten, hatte sich meine Stimmung deutlich verbessert. Ich ärgerte mich zwar immer noch darüber, dass ich ein vorbestelltes Buch mit dem falschen Namen signiert hatte, aber es war eine große Erleichterung, der Sache auf den Grund gekommen zu sein und festzustellen, dass niemand böse Absichten gehabt hatte. Und obwohl das PR-Treffen mit Rosie und Lucy nicht wie geplant begonnen hatte, war ich froh, dass wir am Ende einen Plan hatten, um das Interesse an mir zu minimieren.

Ich bog in die Court Street ein und stand bald vor dem

Buchladen *Cobble Hill Books*. Ein Stich von Heimweh nach dem Novel Gossip überkam mich, als ich durch die großen Fenster in den Buchladen spähte. Gott sei Dank hatte sich die örtliche Community zusammengetan, um ihn zu retten. Er war *fast* genauso niedlich und gemütlich wie das Novel Gossip. Und verdammt, was hätte ich dafür gegeben, dass es George wäre, die dort mit strahlendem Gesicht hinter der Theke stand, wie es normalerweise der Fall war, wenn ich hereinkam, um meine Schicht zu beginnen.

Mein Mittagessen mit Emma hatte länger gedauert als erwartet. Nicht nur gab es angesichts der Ereignisse der letzten Tage viel zu besprechen, sondern wir hatten uns auch seit Monaten nicht mehr richtig ausgetauscht. Ich hatte versucht, George nach dem Essen anzurufen, aber sie hatte nicht geantwortet. Wahrscheinlich war sie mit der Arbeit oder ihrer Mutter zu beschäftigt.

Ich schickte George eine Nachricht, in der ich ihr mitteilte, dass ich zu Chris' Vortrag gehen würde und für die nächsten paar Stunden nicht verfügbar wäre, und stieß dann die Tür zum Buchladen auf. Die in Reihen aufgestellten Stühle waren fast voll, also zog ich meinen Hut und meine Sonnenbrille ab, ging hinein und setzte mich nach hinten. Ich winkte Chris, der vor der Menge saß, auf dem Weg dorthin kurz zu. Dey winkte lächelnd zurück und ein paar Zuschauer drehten sich um, um mich anzusehen.

Als ich saß, wurde mir klar, dass es für jemanden, der das Rampenlicht meiden wollte, wahrscheinlich eine schlechte Idee war, die Veranstaltung eines anderen Fantasy-Autors zu besuchen, während ich im Fokus der Medien stand. Diese entzückende Buchhandlung war voller begeisterter Fantasy-Leser, von denen viele wahrscheinlich meine Bücher gelesen und die jüngsten Artikel oder Social-Media-Beiträge gesehen hatten. Mir wurde flau im Magen und ich schaute nach unten, um jeglichen Blickkontakt zu vermeiden.

Ich überstand das Interview und die Fragen aus dem Publikum, ohne dass mich jemand erkannte, aber als ich mich zwischen den Bücherregalen verstecken wollte, bis Chris mit dem Signieren fertig war, kam ein junger Mann mit gerötetem Gesicht auf mich zu.

„Entschuldigung. Ähm ... es tut mir leid, Sie zu stören, aber sind Sie H. M. Stuart?“

Ich verspannte mich und erwog, es zu leugnen, aber zu lügen, kam mir nicht richtig vor.

„Ja“, sagte ich und versuchte zu lächeln. Eine Gruppe von Leuten in der Nähe musste es mitbekommen haben, denn sie drehten sich um und kamen näher zu mir.

Die nächsten zwanzig Minuten verbrachte ich damit, mit einigen der Anwesenden Small Talk zu führen. Obwohl sie alle sehr nett waren und nur Positives über meine Bücher zu sagen hatten, bestätigte diese Erfahrung nur meine Entscheidung, mich heute Vormittag gegen mein Publicity-Team durchzusetzen. Meine Small-Talk-Fähigkeiten hatten sich verbessert, wahrscheinlich aufgrund meiner Arbeit im Novel Gossip, aber ich hasste es nach wie vor, im Mittelpunkt der Aufmerksamkeit zu stehen, und fand die ganze Erfahrung unerträglich unangenehm. Ich unterhielt mich gern mit Menschen, solange wir auf Augenhöhe waren. Dass sie mich in erster Linie als erfolgreiche Fantasy-Autorin sahen, machte die Sache schwierig. Während ich mir Sorgen machte, dass ich vielleicht egoistisch war, erinnerte ich mich daran, dass ich es vorzog, meinen Fans auf eine Weise etwas zurückzugeben. Auf eine, die mir keine Unannehmlichkeiten bereitete, wie das Signieren von achthunderteinundvierzig vorbestellten Büchern, das Schreiben von kostenlosen Bonus-Szenen und das Beantworten von E-Mails, die ich von Lesern erhielt. Ich machte mir auch Sorgen, dass ich Chris die Show stehlen könnte, aber jedes Mal, wenn ich hinüberblickte, war Chris damit beschäftigt, vor einer langen Schlange von Menschen Bücher zu signieren. Zumindest sah es so aus, als müsste ich mir darüber keine Sorgen machen.

Sobald ich konnte, entschuldigte ich mich, um auf die Toilette zu gehen, und setzte mich auf den Toilettensitz, wo ich durch meinen Instagram-Feed scrollte – der aus Fotos einiger Freunde, vielen süßen Hunden und meinen Lieblingscomedians bestand –, bis ich mich entspannter fühlte.

Ich atmete tief durch und machte mich bereit, wieder in die Buchhandlung zu gehen.

„Da bist du ja! Bist du bereit, etwas trinken zu gehen?", fragte Chris, sobald ich die Toilette verlassen hatte. „Bitte sag ja." Ich konnte Verzweiflung aus dayer Stimme heraushören.

Ich musste lachen. „Aber sicher. Weißt du schon, wo du hinwillst?"

Chris nickte und wir gingen die Court Street hinunter zum Congress, einer kleinen Bar, die für ihre Cocktails bekannt war. Wir bestellten Getränke beim freundlichen Barkeeper und setzten uns dann an einen Tisch in der Ecke.

Chris trank einen großen Schluck von dem Old Fashioned und lehnte sich mit einem zufriedenen Seufzer zurück. „Diese Veranstaltungen sind wirklich anstrengend für mich. Ich kann es kaum erwarten, dass sie alle vorbei sind, damit ich mich wieder in meine Höhle verkriechen und mich dem widmen kann, was mir wirklich Spaß macht – dem Schreiben."

Ich schaute Chris überrascht an. „Ich weiß nicht, wie du Events meisterst. Ich fände sie unglaublich stressig. Aber du bist so gut darin, öffentlich zu sprechen. Deine Antworten sind immer klar, du fügst lustige Anekdoten ein und wirkst so authentisch und herzlich. Bei beiden Gelegenheiten, bei denen ich dich gesehen habe, hast du das Publikum in deinen Bann gezogen." Ich nippte an meinem Gimlet, die erfrischende Kombination aus Limette und Gin war ausgesprochen lecker.

Chris verzog das Gesicht. „Das ist sehr nett von dir, aber ich finde sie nervenaufreibend. Ich habe wochenlang Interviews geübt und diese Anekdoten einstudiert. Und ich habe immer noch das Gefühl, dass ich mich übergeben muss, bevor sie anfangen. Ich wünschte, ich könnte so mutig sein wie du und mich einfach weigern, so etwas zu machen."

Ich schaute Chris erschrocken an. „Ähm, ich glaube nicht, dass es besonders mutig ist, öffentliche Reden zu vermeiden. Wenn überhaupt, dann ist es das Gegenteil."

„Das sehe ich nicht so. In dieser Branche stehen Autoren unter enormem Druck, ihre Bücher zu verkaufen – ständig in den sozialen Medien präsent zu sein, eine Website zu haben, Interviews zu geben und an Veranstaltungen teilzunehmen. Verlage erwarten das und die meisten Autoren, die ich kenne, haben das Gefühl, dass sie es machen müssen, obwohl sie oft lieber ihr nächstes Buch schreiben würden. Die Tatsache, dass du in der Lage warst, klare Grenzen zu ziehen und diese Erwartungen zurückzuweisen, erscheint mir ziemlich mutig."

Hm. So hatte ich das noch nie betrachtet. Es hatte sich immer wie ein persönliches Versagen angefühlt, dass ich nicht bereit war, mich öffentlich zu präsentieren. Aber wenn ich auf die ersten Gespräche zurückblickte, die ich mit Emma und Tania und anderen Vertretern meines Verlags geführt hatte, als sie mir einen Buchvertrag angeboten hatten, dann hatten alle Beteiligten großen Druck auf mich ausgeübt, all die Dinge zu tun, die Chris gerade beschrieben hatte. Aber ich hatte standhaft an meiner Position festgehalten, dass es meine Aufgabe war, die Bücher zu schreiben, und die Aufgabe meines Verlags, sie zu verkaufen.

Ich runzelte die Stirn. „Weißt du, ich bin mir nicht sicher, ob ich sie allein hätte überzeugen können. Ich glaube, Tania an meiner Seite zu haben, hat mir sehr geholfen. Sie hatte und hat immer noch großen Einfluss auf den Verlag und hat wirklich für mich gekämpft." Tania und ich waren nicht zusammen gewesen, als ich den Buchvertrag unterschrieben hatte – wir waren kurz darauf zusammengekommen –, aber sie hatte gesehen, wie wichtig mir meine Privatsphäre war. Tania war keineswegs perfekt, aber sie hatte auch einige gute Eigenschaften.

„Vielleicht sollte ich mal schauen, ob ich auch den Lektor wechseln kann", sagte Chris mit einem scherzhaften Funkeln in den Augen.

„Nun, sie könnte eine Stelle freihaben, da sie kürzlich eine ihrer Autorinnen verloren hat", erklärte ich lächelnd. „Und sie ist eine hervorragende Lektorin."

***

AUF DER U-BAHNFAHRT nach Hause schaute ich auf mein Handy. Zwei Nachrichten. Eine von George, die mir mitteilte, dass sie heute Abend Zeit hätte, wenn ich noch reden wollte. Ich grinste. Ich konnte es kaum erwarten, ins Hotel zurückzukehren und sie anzurufen. Und eine von Tania. Mein Herzschlag beschleunigte sich, als ich sie öffnete.

> Hallo, ich habe gehört, du bist in New York.
> Wir müssen über die Aufteilung unseres
> Vermögens sprechen und ich würde es
> vorziehen, wenn wir uns gütlich einigen
> könnten, anstatt unsere Anwälte
> einzuschalten. Hast du morgen Zeit, dich
> mit mir zu treffen und das zu besprechen?
> T

Ich schloss die Augen. Obwohl ich das Gefühl hatte, Tania endgültig hinter mir gelassen zu haben, wollte ich nicht mit ihr über die Aufteilung unseres Vermögens sprechen. Es gab einige Dinge, wie das Gemälde unseres Hundes Henry, der vor ein paar Jahren gestorben war, von denen ich wusste, dass wir sie beide haben wollten. Der Gedanke, diese Fragen klären zu müssen, bereitete mir Bauchschmerzen. Vielleicht würde ich mich, sobald sich die Aufmerksamkeit der Medien gelegt hatte und ich wieder in Sapphire Springs war, besser auf dieses Gespräch vorbereitet fühlen.

Als ich wieder im Hotelzimmer war, zog ich meine Schuhe aus und meinen Schlafanzug an. Dann rief ich George per FaceTime an. Als ich ihr lächelndes Gesicht sah, wie sie an der Kopfseite ihres Bettes saß, und ihre Stimme hörte, durchströmte mich ein warmes Gefühl. Max schnarchte irgendwo in der Nähe. Ich wünschte, ich könnte mich neben sie teleportieren und mich an ihre Brust kuscheln.

„Hallo, meine Schöne. Wie geht es dir?", fragte George.

Ich lehnte mich auf meinem Hotelbett zurück und berichtete ihr von dem Treffen mit dem PR-Team. Mir stiegen die Tränen in die Augen, als ich George erzählte, dass ich selbst die undichte Stelle war.

„Ich weiß, dass es wirklich scheiße ist, aber versuch,

nicht zu hart mit dir ins Gericht zu gehen, weil du mit dem falschen Namen unterschrieben hast", sagte George sanft.

„Das ist schwer, weil ich mir das alles selbst eingebrockt habe", erklärte ich und blinzelte die Tränen weg.

„Das würde ich nicht sagen. Du hast eine große Veränderung durchgemacht, die durch etwas verursacht wurde, das außerhalb deiner Kontrolle lag – Tania hat dich betrogen. Du hattest mit einer Scheidung, einem Umzug, einer Schreibblockade, finanziellen Problemen und Sorgen um Barb zu kämpfen. Du musst nachsichtiger mit dir selbst sein."

Ich schluckte und nickte.

„Weißt du, für jemanden, der keine schwierigen Gespräche mag, hast du das heute ziemlich gut gemacht. Es war sicher nicht einfach, deinem PR-Team so die Stirn zu bieten", bemerkte George.

Mir gelang ein schwaches Lächeln. „Chris hat mir heute etwas Ähnliches gesagt – dass ich ,mutig' sei, weil ich mich geweigert habe, Öffentlichkeitsarbeit zu machen, obwohl Autoren so sehr unter Druck gesetzt werden, dies zu tun. Ich hatte immer das Gefühl, dass das ein Charakterfehler von mir sei. Ich sei zu schüchtern, zu introvertiert, zu sozial inkompetent."

„Ich sehe das überhaupt nicht als Charakterschwäche. So bist du nun mal. Sicherlich denken viele Autoren genauso. Wie hoch ist die Wahrscheinlichkeit, dass Menschen, die die meiste Zeit in imaginären Welten verbringen, gleichzeitig extrovertiert sind und das Rampenlicht lieben?"

„Stimmt. Obwohl ich das Glück hatte, Tania an meiner Seite zu haben, die sich für mich einsetzte, als ich mich gleich zu Anfang gegen die ganze Publicity gewehrt habe."

„Das ändert nichts an der Tatsache, dass es ein schwieriges Gespräch war, aber du bist standhaft geblieben. Und du hast mit Michael über das Buch gesprochen, auch wenn du dachtest, er würde es in Fetzen reißen."

Ich lachte leise. „Ich bin so froh, dass ich das getan habe. Sonst hätte ich mir tagelang Sorgen darüber gemacht, was er sagen würde, obwohl es überhaupt nicht nötig war."

George machte erneut eine Pause. „Hey, Hannah. Warum, glaubst du, fielen dir diese Gespräche leichter als einige der anderen Gespräche, mit denen du Probleme hattest?" Ihre Stimme war leise und nachdenklich.

Es herrschte Stille, während ich Georges Frage in meinem Kopf hin und her wälzte und an all die Gespräche dachte, mit denen ich mich so schwergetan und die ich hinausgezögert hatte. George und meinen Eltern zu sagen, dass ich H. M. Stuart war, Tania wegen ihrer Untreue zur Rede zu stellen und jetzt mit ihr über die finanzielle Seite unserer Scheidung zu sprechen.

„Wenn ich zurückblicke, frage ich mich, ob das alles von meinen Eltern herrührt. Sie waren so distanziert und unnahbar, dass es mir wirklich schwerfiel, mit ihnen zu reden. Und wenn ich den Mut dazu fand, waren sie so oft abweisend. Ob es um meinen Wunsch ging, Schriftstellerin zu werden, oder um meinen Wunsch, aus den Theater- und Debattierklubs auszutreten."

George runzelte die Stirn. „Das muss wirklich schwierig gewesen sein. Kinder müssen sich bei ihren Eltern wohlfühlen."

„Ja." Ich lächelte George leicht an. „Ich glaube, die Gespräche, mit denen ich am meisten zu kämpfen habe, sind die persönlicheren, weil es für mich mehr Möglichkeiten gibt, verletzt zu werden oder andere zu verletzen." Ich rutschte auf dem Bett herum und versuchte, die richtigen Worte zu finden, um meine Gefühle auszudrücken.

„Wie bei dir und meinen Eltern hatte ich Angst, dass ihr mich für seltsam haltet oder in einem anderen Licht seht, wenn ich euch sage, dass ich H. M. Stuart bin. Und dass meine Eltern dann verletzende Dinge über meine Karriere sagen könnten. Und ich habe es immer wieder aufgeschoben, mit Tania über die Aufteilung unseres Vermögens zu sprechen. Auch das ist sehr persönlich, besonders wenn es um Dinge wie Möbel oder Kunstwerke geht, die wir beide lieben. Mit dem Verleger hingegen geht es ums Geschäft." Ich presste die Lippen zusammen und versuchte immer noch, meine Gedanken zu ordnen. „Obwohl ich trotzdem sagen muss, dass ich gestern sehr nervös war, mit Michael zu sprechen. Negatives Feedback zu meiner Arbeit zu bekommen, ist ziemlich persönlich. Ich habe mir auch Sorgen darüber gemacht, was es finanziell bedeuten würde, wenn ich alles komplett neu schreiben müsste."

„Nun, dann war es sogar noch mutiger, es trotzdem zu tun."

Ich lächelte. „Ich glaube, die Ereignisse der letzten Monate haben mir klar gemacht, dass es selten von Vorteil ist, das Unvermeidliche aufzuschieben. Es gibt mir nur mehr Zeit, mir über die ganze Sache den Kopf zu zerbrechen – so wie damals, als ich dich kennengelernt habe und tagelang darüber nachdachte, wann und wie ich dir sagen sollte, dass ich H. M. Stuart bin. Bei Michael wusste ich, dass ich herausfinden würde, was sein Problem war, wenn ich den Mut aufbrächte, mit ihm zu sprechen. Sonst hätte ich mir tagelang den Kopf zerbrochen, was er kritisieren könnte, und mich in eine noch größere Angstspirale gestürzt. Und sobald ich diese Informationen kannte, konnte ich zumindest etwas tun – sei es durch die Überarbeitung meines Buches oder etwas Drastischeres. Vielleicht werde ich also besser darin, schwierige Gespräche zu führen.“

„Das ist toll. Und es macht Sinn, dass es schwieriger ist, je persönlicher es wird“, bemerkte George sanft. „Als Alexis und ich uns getrennt haben, ging ich eine Weile zu einer Therapeutin. Sie hat mir wirklich geholfen, einige Gespräche, die ich mit Alexis führen musste, anzugehen. Ich habe irgendwo ein Arbeitsblatt mit einigen Tipps, das sie mir geschickt hat. Ich werde versuchen, es zu finden.“

„Das wäre fantastisch.“ Die Tatsache, dass George mit ähnlichen Problemen zu kämpfen hatte, war seltsam tröstlich. Sie schien so gut darin zu sein, Probleme direkt anzusprechen, dass es mir Hoffnung machte, zu hören, dass ich tatsächlich daran arbeiten und besser darin werden konnte.

„Meine Therapeutin hat auch betont, dass ich nur kontrollieren kann, wie ich meinen Teil des Gesprächs führe. Ich kann nicht kontrollieren, wie die andere Person auf das, was ich sage, reagiert. Ich musste meine Sorgen darüber, wie Alexis reagieren würde, loslassen und mich stattdessen darauf konzentrieren, auf die netteste Art und Weise mit ihr Schluss zu machen. Es war irgendwie befreiend, das zu hören.“

Ich nickte nachdenklich. „Das ist eine gute Sichtweise.“

Je mehr ich darüber nachdachte, desto mehr wurde mir klar, dass ich wahrscheinlich nicht viel zu verlieren hatte, wenn ich mit meinen Eltern und Tania sprechen würde. Bei meinen Eltern waren meine Gefühle bereits verletzt, nachdem sie meine Karriere als Schriftstellerin jahrelang nicht unterstützt und sich auch nicht bemüht hatten, mir nahe zu sein. Konnten sie mir wirklich noch mehr wehtun? Und was Tania betraf, so hatte sie derzeit alle Vermögenswerte, die zur Diskussion standen, in ihrem Besitz. Es sei denn, sie weigerte sich, mir überhaupt irgendetwas zu geben, was höchst unwahrscheinlich war, konnte ein Gespräch mit ihr meine Position nur verbessern. Ich fasste einen Entschluss. Anstatt weiterhin zu vermeiden, Tania und meinen Eltern gegenüberzutreten, wollte ich es einfach hinter mich bringen.

„Tania hat mir eine Nachricht geschickt, um zu fragen, ob ich mich morgen mit ihr treffen könnte, um über die Aufteilung unseres Vermögens zu sprechen. Würde es dir etwas ausmachen, wenn ich noch eine Nacht länger bleibe, um zu versuchen, das zu klären? Und wenn ich schon dabei bin, sollte ich wahrscheinlich auch meine Eltern anrufen." Mein Puls beschleunigte sich bei dem Gedanken, aber ich war auch erleichtert, dass ich mich endlich entschlossen hatte, etwas zu unternehmen.

George lächelte sanft. „Natürlich ist das in Ordnung. Und wenn du möchtest, dass ich dir mit einem Rollenspiel üben helfe, sag mir einfach Bescheid." George verzog das Gesicht zu einem frechen Grinsen.

Ich lächelte. „Rollenspiel, was? Ich kann mir viel bessere Rollenspiele vorstellen, als dass du so tust, als wärst du meine Ex oder meine Eltern ..."

„Ach, wirklich? Möchtest du mir davon erzählen?", fragte George in einem verspielten Tonfall.

„Lass uns warten, bis ich zurück bin." Meine Stimme wurde ernst. „Aber George, vielen Dank, dass du mit mir über all diese Dinge sprichst. Ich weiß das wirklich zu schätzen", erklärte ich mit bebender Stimme. *Gott, George ist wunderbar.* Ich war von meinen starken Gefühlen für sie fast überwältigt. Ich räusperte mich. „Wie auch immer, das reicht jetzt mit meinen Problemen. Wie läuft der Besuch deiner Mutter?"

33

HANNAH

WÄHREND ICH DUSCHTE und mich für den Tag zurechtmachte, dachte ich über das Gespräch mit George am Vorabend nach. Es hatte mir eine neue Sichtweise auf die Dinge gegeben und mich in dem Moment sehr getröstet, aber an diesem Morgen fragte mich eine quälende Stimme im Hinterkopf immer wieder, ob dies ein weiteres Beispiel dafür sei, dass ich mich zu sehr auf George verließ.

Wenn ich mich bei emotionaler Unterstützung, schriftstellerischer Inspiration und ihrem Freundeskreis auf George verließ und wir uns dann trennten ... bei dem Gedanken schnürte sich mir die Kehle zu und ich bekam kaum Luft. Der Gedanke, George zu verlieren, war unerträglich. Ich wusste nicht, wie ich damit zurechtkommen würde, auch alles andere zu verlieren.

Nein. Ich holte tief Luft, um meine Angst in Schach zu halten.

Wenn ich anfing, mich zu sehr auf George zu verlassen, sollte ich dem entgegenwirken. Anstatt mich darauf zu verlassen, dass George mir bei der Bewältigung meiner Probleme half, könnte ich einen Spezialisten hinzuziehen.

Nachdem ich meine Hose und mein T-Shirt angezogen hatte, rief ich die Terminseite meiner Therapeutin auf. Normalerweise war sie für Wochen ausgebucht, aber jemand musste kurzfristig abgesagt haben, da später an diesem Nachmittag ein Termin frei war. *Ich könnte genauso gut die Gelegenheit nutzen und sie persönlich aufsuchen.* Ich buchte den Termin, bevor jemand anderes schneller war. Ein Therapie-Termin war schon lange überfällig. Es war zwar gesund, mit seiner Partnerin offen über seine Probleme zu sprechen, aber es war nicht gesund, von ihr zu erwarten, dass sie sie für einen löste. Das musste ich selbst tun – idealerweise mithilfe eines ausgebildeten Experten.

Apropos ausgebildete Experten: George hatte mir das Arbeitsblatt ihrer Therapeutin geschickt, auf dem verschiedene Techniken für schwierige Gespräche aufgeführt waren.

Nachdem ich mich fertiggemacht hatte, setzte ich mich auf mein Hotelbett und las es noch einmal durch. Alle Tipps machten absolut Sinn, wenn ich sie las, aber es waren nicht unbedingt Dinge, an die ich selbst gedacht hätte. Zum Beispiel, meine Sichtweise mit „Ich"-Aussagen auszudrücken, wie „Ich fühle" anstatt „Du"-Aussagen an die andere Person zu richten, um nicht zu anklagend zu klingen. Aktiv zuzuhören und das Gesagte umzuformulieren, um den Standpunkt der anderen Person zu verstehen. Zu versuchen, respektvoll und ruhig zu bleiben, auch wenn man mit dem, was die andere Person sagte, nicht einverstanden war.

Ich las das Arbeitsblatt zum dritten Mal und überlegte, wie ich es mit Tania und meinen Eltern in die Praxis umsetzen konnte, als mein Handy vibrierte. Es war Tania.

Ich hatte ihre Nachricht beantwortet, nachdem ich gestern Abend mit George gesprochen hatte, und gefragt, wann und wo sie sich treffen wollte, um über unsere Vermögensaufteilung zu sprechen. Ich holte tief Luft, als ich ihre Nachricht las. Es passierte jetzt wirklich.

> Ich kann dich um 8:30 Uhr bei Jean-Jacques treffen, wenn das nicht zu kurzfristig ist?

Ich schaute auf mein Handy. Es war kurz nach sieben Uhr dreißig. Ich hatte also noch viel Zeit, um die U-Bahn zu nehmen und um acht Uhr dreißig in meinem alten französischen Stammcafé zu sein. Tatsächlich würde es nur etwa zwanzig Minuten dauern, sodass ich noch jede Menge Zeit hatte.

Angenommen, meine Eltern wären aus Griechenland zurück – was sie laut Reiseplan sein sollten –, wären sie beide wach und würden wahrscheinlich schon am Esstisch die Zeitung lesen. Dann könnte ich auch gleich mein Gespräch mit ihnen hinter mich bringen. Ich war mir nicht sicher, welches Gespräch ich am meisten fürchtete, das mit Tania oder das mit meinen Eltern, aber es schien nicht die schlechteste Idee zu sein, beide direkt nacheinander anzugehen. Dann könnte ich mir sagen, dass in zwei Stunden alles vorbei wäre.

Ich machte mir einen Kaffee mit dem Kaffeeautomaten in meinem Zimmer und trank einen großen Schluck. Mit dem dringend benötigten Koffein im Blut holte ich tief Luft und rief meine Eltern per Videoanruf an.

Es klingelte mehrmals und ich wollte schon fast aufgeben, als die Zimmerdecke meiner Eltern auf meinem Handy erschien, gefolgt von den Nasenlöchern meines Vaters.

„Hallo?", sagte ich.

„Wer ist das?", fragte meine Mutter mit deutlich verärgerter Stimme.

„Hannah", antwortete mein Vater.

Meine Mutter musste das iPad meines Vaters gegriffen haben, denn die Zimmerdecke verschwand und wurde durch den größten Teil von Moms Gesicht ersetzt, das mich stirnrunzelnd ansah. „Wir haben versucht, dich zu erreichen."

Meine erste Reaktion war, darauf hinweisen zu wollen, dass sie meine Anrufe auch nicht immer beantwortet hatten, aber stattdessen atmete ich tief durch. *Bleib ruhig und respektvoll und höre aktiv zu.* „Es muss frustrierend gewesen sein, nicht mit mir sprechen zu können. Es tut mir leid. In den letzten Tagen war viel los. Wie war euer Urlaub?"

„Gut", erwiderte meine Mutter schroff. „Aber nach Hause zu kommen und zu erfahren, dass du und Tania euch nicht nur scheiden lasst, sondern dass du außerdem vier *Fantasy*-Romane veröffentlicht hast, war das Letzte, was wir jetzt brauchen." Sie betonte das Wort Fantasy. „Und du hast uns nichts davon erzählt. Es war demütigend, die Nachricht von einem Freund zu erfahren, der einen Artikel darüber gelesen hatte. Nicht nur das, es hat auch die Veröffentlichung des neuesten Buches deines Vaters überschattet." Mom schwenkte die Kamera zu Dad, der seine Lippen aufeinanderpresste und ein ernstes Gesicht machte. Er sagte nichts.

Ich widerstand dem Drang, den Kopf zu schütteln. *Gütiger Himmel.* Es war ja nicht so, dass ich meine Identität absichtlich preisgegeben hätte, um meinen Vater zu sabotieren. Und es gab sicherlich keine große Schnittmenge zwischen der Leserschaft meiner Romane im *Fantasy-Genre* und der akademischen Literatur meines Vaters.

„Ehrlich gesagt, dachte ich, wir hätten dich besser erzogen", schloss meine Mutter.

Ich holte noch einmal tief Luft und verkniff mir einen bissigen Kommentar darüber, dass es Barb und nicht sie gewesen war, die mich erzogen hatte. Stattdessen sagte ich meinen Eltern zum ersten Mal in meinem Leben, wie ich mich fühlte, und versuchte, alle Fähigkeiten aus dem Arbeitsblatt zu nutzen. Ich erklärte, dass ich das Gefühl hatte, sie hätten meine Träume vom Schreiben nicht gebilligt. Dass ich mich nicht wohl dabei gefühlt hatte, ihnen zu erzählen, dass ich endlich einen Buchvertrag unterschrieben hatte. Und wie ich, als meine Bücher erfolgreich zu werden begannen, ihnen die Neuigkeiten nicht mitteilen wollte, weil ich befürchtete, dass sie meinen Erfolg nur schlechtreden würden. Und was Tania anging ... nun, ich hatte seit unserer Trennung ein paar Mal versucht, sie anzurufen, aber sie hatten meine Anrufe nicht entgegengenommen. Und es war nicht die Art von Sache, über die man einfach eine Nachricht schreibt.

„Nun ja, wir waren beschäftigt", erwiderte meine Mutter abwehrend und ich seufzte. Sie waren immer beschäftigt. Das schien die einzige Antwort meiner Eltern auf das zu sein, was ich gesagt hatte, sodass ich nicht viel Gelegenheit hatte, meine Fähigkeiten des aktiven Zuhörens zu üben. Ich fragte meinen Vater nach seinem Buch und wir unterhielten uns noch ein paar Minuten lang oberflächlich, bevor wir auflegten. Ich starrte auf mein leeres Telefondisplay. Es war so gelaufen, wie ich erwartet hatte. Es hatte keinen Moment der Einsicht gegeben, in dem wir alle den Fehler unseres Handelns erkannten und uns geschworen hätten, einander näher zu sein, aber es fühlte sich gut an, dass ich offen und ehrlich zu ihnen war. Ich hatte meinen Teil gesagt, sie darauf aufmerksam gemacht, welche Wirkung ihre Worte und Taten auf mich hatten, und ich konnte nicht kontrollieren, wie sie darauf reagierten. Was ich kontrollieren konnte, war, wen ich in meinem Leben haben wollte. Wie George.

Ein Gespräch erledigt, eins noch zu führen.

Ich schaute auf die Uhrzeit auf meinem Handy. Ich hatte zwar noch etwas Zeit, aber ich konnte genauso gut schon mal ins Jean-Jacques aufbrechen.

Die Fahrt mit der U-Bahn verlief ereignislos. Es war ein seltsames Gefühl, an der Station 79th Street mit ihrem engen Treppenhaus und den gewölbten Oberlichtern auszusteigen. *Früher war ich zweimal am Tag hier.* Ich überquerte den Broadway und ging die 73rd Street entlang, bis ich an Jean-Jacques' rot-weiß-blau gestreifter Markise ankam.

Paul, der Besitzer des Cafés, der gerade eine Vase mit Blumen auf einen der Tische an den Fenstern stellte, schaute auf, als ich hereinkam. „Hannah! Wir haben dich schon so lange nicht mehr gesehen!", rief er aus. „Wie geht es dir?"

„Sehr gut. Danke, Paul", antwortete ich lächelnd. Vor drei Monaten hätte ich nicht ahnen können, dass ich das sagen und tatsächlich so meinen würde, vor allem nicht unmittelbar vor dem Treffen mit Tania für das Gespräch, das ich genauso lange vermieden hatte.

„Hannah." Ich drehte mich um und sah Tania direkt hinter mir.

Sie hatte denselben kurzen, dunkelbraunen Bob, dieselbe schwarz umrandete Brille und trug ihre übliche Hemd-und-maßgeschneiderter-Hosenanzug Kombination – heute ein weißes Hemd zu einem marineblauen Anzug und braunen Oxford-Schuhen. Selbst in ihren flachen Schuhen war Tania ein paar Zentimeter größer als ich. Sie bewegte sich mit derselben Selbstsicherheit, die ich früher so attraktiv gefunden hatte. Sie kam mir so vertraut, aber gleichzeitig auch wie eine Fremde vor. Jede Verbindung zwischen uns war verschwunden. Paul war ebenfalls weg. Ich konnte es nicht vorwerfen.

„Hallo", begrüßte ich sie. Wir standen unbeholfen da und starrten einander an. *Mist. Ich hatte mich auf unser Gespräch vorbereitet, aber nicht auf dieses erste Wiedersehen. Wie ist hier die Etikette?* Ich wollte sie nicht umarmen. Aber ein Händedruck fühlte sich zu förmlich und geschäftsmäßig an.

„Sollen wir uns einen Tisch suchen?", fragte Tania forsch und zog eine Augenbraue hoch.

„Klar", erwiderte ich und ging voran zu einem Tisch am Fenster. Früher hätte mich Tanias schroffer Ton nervös gemacht, aber es war ermutigend zu erkennen, dass es mir egal war, was sie von mir dachte. Infolgedessen war ihre Fähigkeit, meine Gefühle zu verletzen, erheblich gemindert. Trotz dieses Durchbruchs war ich immer noch ausgesprochen angespannt vor Nervosität, wie unser Gespräch verlaufen würde.

Wir nahmen Platz und lasen schweigend die Speisekarte, obwohl wir sie beide auswendig kannten und immer dasselbe bestellten – ein Croissant mit Erdbeermarmelade. Jean-Jacques war eine Institution – eine Institution, die es nicht für nötig hielt, die Speisekarte jemals zu ändern.

Paul tauchte wieder auf, stellte sich neben den Tisch und warf Tania und mir verstohlene Blicke zu, als befürchtete er, wir würden mitten im Jean-Jacques' normalerweise friedlichem Morgenbetrieb eine Szene machen und er wäre gezwungen, uns rauszuwerfen. Er hatte offensichtlich von der Scheidung gehört oder meine Abwesenheit in den letzten Monaten bemerkt und eins und eins zusammengezählt. „Möchtet ihr das Übliche?"

Tania nickte. Ich öffnete den Mund, um zuzustimmen,

aber der Wunsch, etwas Neues auszuprobieren, überkam mich. „Weißt du was, ich glaube, ich probiere heute mal das Croque Monsieur. Und einen koffeinfreien Latte." Ich gab Paul die Speisekarte mit einem Lächeln zurück.

Aus irgendeinem Grund gab mir meine Entscheidung, meine Bestellung zu ändern, einen Schub an Selbstvertrauen.

„Danke, dass du so kurzfristig Zeit für mich hast. Und es tut mir leid, dass ich mich nicht früher gemeldet habe", erklärte ich und hoffte, dass Tania durch meine Einleitung klar wurde, dass ich zu einem ruhigen und vernünftigen Gespräch bereit war.

„Schon okay." Tania presste die Lippen zusammen. „Das Ende unserer Beziehung kann nicht leicht für dich gewesen sein."

Ich lächelte. „Es hat sich alles zum Besten gewendet." Und das meinte ich wirklich so. Wenn Tania mich nicht betrogen hätte, würde ich wahrscheinlich immer noch in einer unglücklichen Ehe leben. Mein neues Leben in Sapphire Springs war tausendmal besser.

„Wirklich?" Tania musterte mich genau und konnte die Überraschung in ihrer Stimme nicht verbergen. „Nun, das ist gut."

„Ich habe die Liste mit den Vermögenswerten, die du mir geschickt hast, auf meinem Laptop. Ich dachte, ich könnte sie öffnen und wir könnten sie einzeln durchgehen? Wenn es Sachen gibt, die wir beide wollen, können wir vielleicht eine separate Liste davon erstellen und dann am Ende versuchen, sie gerecht aufzuteilen?"

Tania warf einen Blick auf ihre Uhr. „Ja. Lass uns loslegen", sagte sie mit geschäftsmäßiger Stimme.

Während wir frühstückten, arbeiteten wir uns die nächsten vierzig Minuten durch die Liste. Das Croque

Monsieur war ein Gedicht und meiner Meinung nach deutlich leckerer als das Marmeladencroissant. Als wir am Ende der Liste angekommen waren, gab es nur noch wenige Gegenstände – darunter das Bild unseres Hundes Henry und ein Sessel aus der Mitte des Jahrhunderts, den wir in einem Vintage-Laden gekauft hatten –, die wir beide liebten.

Wir bestellten noch eine Runde Kaffee und stürzten uns dann in den schwierigsten Teil unseres Treffens – wie wir die Objekte, die wir beide wollten, aufteilen sollten.

Wir gingen Punkt für Punkt durch und sprachen darüber, was jedes einzelne für uns bedeutete. Ein paar Mal wurde Tanias Ton schärfer, als sie für die Objekte, die sie wollte, argumentierte, aber ich blieb ruhig. Schließlich kamen wir zu einem Kompromiss, der sich fair und vernünftig anfühlte, auch wenn wir beide nicht alles bekamen, was wir wollten.

Nach ein paar Minuten höflichen Small Talks stand Tania auf. „Nun, ich mache mich besser an die Arbeit. Es war schön, dich zu sehen, Hannah." Sie verzog ihre Lippen zu einem schwachen Lächeln. „Schick mir deine Adresse, dann lasse ich alles liefern."

Sie machte einen Schritt und drehte sich noch einmal zu mir um. Ich stählte mich für eine bissige Bemerkung.

„Oh, und Hannah. Du scheinst ... anders zu sein. Selbstbewusster. Das steht dir gut."

Ich blinzelte, als sie sich umdrehte und zur Tür ging. Ich brauchte Tanias Anerkennung nicht mehr, aber die Tatsache, dass sie eine Veränderung an mir bemerkt hatte, war seltsam befriedigend, auch wenn es sich ein wenig herablassend angefühlt hatte.

Nachdem ich mich von Paul verabschiedet hatte, ging ich zurück zum Bahnhof. Eine Last war von meinen Schultern gefallen. Es war erst kurz nach neun Uhr morgens und ich hatte es bereits geschafft, zwei Gespräche hinter mich zu bringen, die mir seit Monaten oder, im Fall meiner Eltern, seit Jahren Kopfzerbrechen bereitet hatten. Voller Energie rief ich meine Anwältin an, um zu fragen, ob sie nach meiner Therapiesitzung am Nachmittag Zeit für mich hätte, um mein Testament zu aktualisieren. Da ich heute schon so viele Ziele erreicht hatte, konnte ich auch eine weitere Aufgabe von meiner Liste streichen. Ich hatte schon seit Monaten vor, Tania aus meinem Testament zu streichen. Es musste persönlich unterschrieben und bezeugt werden, sodass heute die perfekte Gelegenheit dafür zu sein schien.

Auf dem Weg mit der U-Bahn zurück zu meinem Hotel scrollte ich gedankenverloren auf Instagram und blieb an einem wunderschönen Foto von einem Strand bei Sonnenuntergang hängen. *Falls George eine weitere Mitarbeiterin einstellte, würde sie dann vielleicht gern mit mir an den Strand fahren? Wir könnten ein hübsches Airbnb-Zimmer mieten, am Strand faulenzen und Bücher lesen, vielleicht sogar unsere Kajakfähigkeiten verbessern ...* Ich musste bei dem Gedanken lächeln, schaute mir das Foto genauer an und musste zweimal hinschauen, als ich feststellte, dass Ben es spät in der Nacht gepostet hatte. Der Ort, an dem es aufgenommen wurde, war Fire Island.

Mein Herz setzte einen Schlag aus. *Scheiße.*

Ich klickte auf seinen Namen und navigierte zu seinen Storys, wo ein Foto von fünf Männern zu sehen war, einer davon er, an einem Pool, ebenfalls auf Fire Island. Wenn Ben auf Fire Island war, dann war George ernsthaft unterbesetzt. George und ich hatten zu kämpfen gehabt, als ich im Novel Gossip angefangen hatte und nur wir beide im Service gearbeitet hatten. Und in dieser Woche, wenn die

Sommerferien begannen, wäre das Café noch voller. George und Josie würden komplett untergehen, wenn weder Ben noch ich als Hilfe zur Verfügung standen. *Das fehlt gerade noch, wo doch Georges Mutter zu Besuch ist.* Schuldgefühle überkamen mich.

Sobald ich wieder im Hotel war, packte ich meine Koffer. Wenn ich mich beeilte, konnte ich es noch vor dem Mittagsansturm zurück nach Sapphire Springs schaffen. Nachdem ich ausgecheckt hatte, ging ich, so schnell ich konnte, zum Grand Central Bahnhof, wo ich eine Fahrkarte für den nächsten Zug der Hudson Line kaufte, der in zehn Minuten abfahren würde. Ich überlegte, George anzurufen oder ihr eine Nachricht zu schicken, um ihr mitzuteilen, dass ich auf dem Rückweg war, aber ich wollte sie nicht ablenken. Sie hatte mit dem Öffnen des Novel Gossip genug zu tun.

Stattdessen sagte ich, während ich auf den Zug wartete, meine Termine bei der Therapeutin und meiner Anwältin für heute Nachmittag ab. Dieses Mal schob ich sie nicht aus Angst vor einem schwierigen Gespräch auf. Ich verschob sie, damit ich für George da sein konnte. Und das war mehr als Grund genug.

34

GEORGE

ICH TRANK einen großen Schluck Kaffee und hoffte, dass er den Folgen meines schlechten Schlafs Abhilfe schaffen würde. Ich hatte einen lebhaften Traum gehabt, in dem Alexis die Präsidentschaftswahl gewonnen hatte. Ich war bei ihrer Siegesrede, stand mit einem Lächeln im Gesicht hinter ihr auf der Bühne und wünschte mir verzweifelt, dass nicht Hunderte von Augen und Kameras auf mich gerichtet wären. Meine Freude über Alexis' Erfolg war gemischt mit dem Entsetzen, dass ich kurz davorstand, First Lady zu werden, und dass ich das Novel Gossip verkaufen musste, um mich auf meine neue Rolle zu konzentrieren. Aber als ich mich zu Alexis umdrehte, stand stattdessen Hannah hinter dem Podium und strahlte, als sie verkündete, dass sie für zwölf Monate auf eine weltweite Lesereise gehen würde – eine Lesereise, von der sie mir nichts erzählt hatte. Ich war bei dieser Nachricht erschrocken aufgewacht und hatte dann zwei Stunden gebraucht, um wieder einzuschlafen. Ich redete mir immer wieder ein, dass Hannah nicht wie Alexis war und dass im Novel Gossip schon alles gut werden würde. Aber ich fragte mich trotzdem, ob der

Traum ein Zeichen dafür war, dass mein Unterbewusstsein nicht ganz überzeugt war.

„Wann kommt Hannah zurück?" Ich saß auf dem Sessel und hatte meine Tasse mit den Händen umschlossen, als Moms Stimme meine Gedanken unterbrach. „Wenn du willst, dass ich mich um das Café kümmere, während du sie abholst, ist das für mich in Ordnung. Ich glaube, ich habe den Dreh langsam raus."

Ich lächelte Mom zu, die auf dem Sofa Müsli aß. Max hatte sich neben ihr zusammengerollt. Als wir gestern das Café geschlossen hatten, hatte Mom sich voll und ganz in ihrer Rolle zurechtgefunden. Wäre sie eine bezahlte Angestellte, hätte ich mich nur darüber beschwert, dass sie zu viel Zeit mit dem Plaudern mit Kunden verbrachte. Und ich hatte ihr angeboten, sie zu bezahlen – ein Angebot, das sie entschieden abgelehnt hatte.

„Das hast du. Wenn du so weitermachst, werde ich deine Dienste jedes Mal in Anspruch nehmen, wenn du zu Besuch kommst", entgegnete ich. Mom grinste stolz. „Aber um deine Frage zu beantworten, Hannah wird noch einen Tag länger bleiben. Es ist etwas dazwischengekommen, um das sie sich kümmern muss."

Enttäuschung huschte über Moms Gesicht. „Oh, das ist schade. Alexis hat so etwas auch ständig gemacht ..."

„Mom!", unterbrach ich sie abrupt, ohne die Frustration in meiner Stimme unterdrücken zu können. „Hannah ist nicht Alexis."

Ich biss die Zähne zusammen. Alexis musste ihre Geschäftsreisen oft verlängern oder unsere Pläne in letzter Minute absagen, weil eine politische Krise, ein unerwartetes Medieninterview oder eine Netzwerkveranstaltung dazwischenkam, aber das hier war anders. Obwohl Mom nur mein Bestes wollte, war es nicht hilfreich, dass sie diese

Vergleiche anstellte. Tief im Inneren wusste ich, dass Moms Bedenken gegenüber Hannah unbegründet waren, aber ihre Worte lösten dennoch einen Anflug von Zweifel in meinem Kopf aus und brachten latente Unsicherheiten zum Vorschein.

„Nun, ich habe sie gestern Abend gegoogelt und sie hat im Moment jede Menge Medienaufmerksamkeit", entgegnete Mom defensiv.

„Ja, und sie hat nicht darum gebeten", fuhr ich sie an und hatte sofort ein schlechtes Gewissen. „Mom, ich weiß, dass du es gut meinst, aber ich möchte jetzt nicht darüber reden. Du kennst Hannah noch nicht einmal, also wäre ich dir dankbar, wenn du keine voreiligen Schlüsse über sie ziehen würdest. Lass uns das Thema wechseln." Ich lächelte sie an und verdrängte meinen Ärger. „Also, wie viele Männer werden sich heute mit dir verabreden wollen?"

<hr>

„DEINE MUTTER SCHEINT sich wirklich zu amüsieren", bemerkte Blake grinsend, während ich ihr einen Kaffee machte. Ich schaute auf und sah, wie Mom sich mit einem weiteren Gast anfreundete.

Ich musste grinsen. „Ja, sie war in den letzten Tagen wirklich eine große Hilfe."

„Hast du etwas von Hannah gehört?"

Ich schaute auf und vergewisserte mich, dass keine anderen Kunden in der Schlange standen. Zum Glück war es gerade eine ruhige Phase. „Ja, es scheint, als liefe alles den Umständen entsprechend gut, und sie hat beschlossen, einen Tag länger zu bleiben, um ein paar Scheidungsangelegenheiten mit ihrer Ex zu klären."

Ich klopfte mit dem Krug mit aufgeschäumter Milch auf die Theke, um einige größere Blasen zum Zerplatzen zu bringen, die sich gebildet hatten.

Blake verzog das Gesicht. „Das klingt nicht sonderlich spaßig. Kommst du zurecht?"

Ich goss die aufgeschäumte Milch in einen Becher. „Ja. Ich mache mir keine Sorgen um ihre Ex oder so etwas ..."

„Ich habe das Gefühl, dass da ein *Aber* kommt."

Ich hielt inne und sammelte meine Gedanken. „Erinnerst du dich daran, dass ich mir, bevor wir zusammengekommen sind, Sorgen gemacht habe, dass unsere Beziehung unausgewogen sein könnte, weil ich ihre Chefin bin?" Blake nickte. „Nun, all die Ereignisse der letzten Tage haben mir vor Augen geführt, wie erfolgreich Hannah ist. Und obwohl ich das großartig finde und sie es verdient, hatte ich wohl unterschwellig die Sorge, dass unsere Beziehung vielleicht doch unausgewogen sein könnte, nur nicht so, wie ich ursprünglich dachte. Es ist nicht hilfreich, dass Mom immer wieder versucht, Parallelen zwischen Hannah und Alexis zu ziehen. Es ist auch eine echte Herausforderung, sie nicht mehr um mich zu haben, was mich wieder darüber nachdenken lässt, welchen Einfluss unsere Beziehung auf das Novel Gossip haben könnte."

Blake presste nachdenklich die Lippen zusammen. „Ich glaube nicht, dass eine Beziehung jemals vollkommen gleichberechtigt sein wird. Jenny hat so viel für mich getan, als wir uns kennengelernt haben. Und jetzt arbeitet sie hart daran, ihr eigenes Unternehmen aufzubauen, und ich kümmere mich mehr um den Haushalt. Ich schaue nach den Haustieren und so weiter, um ihr die Last abzunehmen. Diese Art von Auf und Ab ist ganz anders als das, was du mit Alexis beschrieben hast, wo du im Grunde alle Opfer gebracht hast, ohne dass es Anzeichen dafür gab, dass sie bereit wäre, dasselbe für dich zu tun, und zwar so sehr, dass du dich völlig elend gefühlt hast. Zumindest aus der Sicht einer Außenstehenden scheint das bei dir und Hannah nicht der Fall zu sein."

Ich nickte und dachte an all die Male, die Hannah mir geholfen hatte. Hannah hatte zunächst weiter im Café gearbeitet, weil sie sich schlecht gefühlt hatte, mich im Stich zu lassen. Sie hatte mehrere Kuchen des Tages mit mir gebacken, das Novel Gossip davor bewahrt, abzubrennen, und Chris Chens Vortrag organisiert, was ihr, wie ich sehen konnte, sehr viel Angst bereitet hatte. Ich lächelte. Es war definitiv ein Auf und Ab mit uns. Und Hannah hatte mich zuerst gefragt, ob es in Ordnung sei, nach New York zu fahren. Also war es wirklich nicht fair, ihre Abwesenheit als Beweis dafür zu werten, dass unsere Beziehung dem Novel Gossip schaden könnte oder sie mich nicht schätzte. Meine Mitarbeiter mussten sich auch mal freinehmen können. Ich musste einfach aufhören, mich von Mom verrückt machen zu lassen.

Ich atmete aus. Ich konnte es kaum erwarten, dass Hannah morgen wieder in Sapphire Springs war. *Es sei denn, etwas anderes verzögert ihre Rückkehr.* Ich verdrängte den Gedanken. Im Moment war es meine Priorität, Blakes doppelten Latte Macchiato zu kochen.

Eine Stunde später machte ich gerade einen weiteren Kaffee, als jemand durch die Tür kam. Wie üblich hob ich den Kopf, um sie zu begrüßen, und schaute zweimal hin. Mein Herz machte einen Sprung.

Ich blinzelte.

Genau wie beim ersten Mal stand Hannah in der Nähe der Eingangstür. Sie trug braune Sandalen, eine marineblaue Hose mit weitem Schnitt und ein weißes T-Shirt und sah absolut hinreißend aus. Aber dieses Mal starrte sie mich an und lächelte.

Ein riesiges Grinsen breitete sich auf meinem Gesicht aus, sodass meine Wangenmuskeln schmerzten. *Was zum Teufel macht sie hier?* Ich musste mich sehr zusammenreißen, um nicht den Milchkrug fallen zu lassen, zu ihr hinüberzulaufen und sie in meine Arme zu schließen, aber ich hatte diesen Latte fast fertig und der Kunde, der ihn bestellt hatte, hatte auf die Uhr geschaut und geseufzt. Auf jeden Fall sah es wahrscheinlich nicht besonders professionell aus, mitten in meinem Café eine Wiedersehens-Knutscherei zu veranstalten. Sicher würde sie jeden Moment hierherkommen.

Aber Hannah entdeckte einen kürzlich frei gewordenen Tisch, der noch nicht abgeräumt worden war, und ging stattdessen schnurstracks darauf zu. Sie fing an, die Teller zu stapeln. *Verdammt. Ich will sie hier haben, jetzt.*

Mom, die gerade eine Essensbestellung aus der Küche geholt hatte und dabei war, sie an einen Tisch zu bringen, blieb stirnrunzelnd neben mir stehen.

„Warum räumt diese Kundin die Tische ab, Schatz? Soll ich ihr sagen, dass sie aufhören soll?"

Ich lachte. „Das ist keine Kundin. Das ist Hannah, Mom." Ich goss die aufgeschäumte Milch in den Latte und zwang mich, mich auf den Kaffee zu konzentrieren, anstatt auf die Tatsache, dass Hannah jetzt auf uns zukam.

„Oh!" Mom beobachtete sie einen Moment lang schweigend. „Nun, ich schätze, ich bringe das besser zu Mr. Jackson. Und dann kannst du uns richtig vorstellen."

Ich reichte ihr den dreifachen Karamell-Latte, gerade als Hannah mit einem Stapel Teller und Kaffeetassen hinter die Theke kam. Sie lächelte immer noch und ihre Augen leuchteten. *Scheiß auf Professionalität.*

Ich ging auf sie zu, nahm die Teller, stellte sie auf die Theke und schlang meine Arme um ihre Taille. Ich küsste sie, schloss die Augen und genoss ihre weichen Lippen und ihren vertrauten Duft. *Verdammt, das hatte mir gefehlt.*

Bevor ich mich zu sehr gehen ließ, zog ich mich zurück, öffnete die Augen und schaute sie aufmerksam an. „Warum bist du schon zurück? Ich dachte, du bleibst noch mindestens einen Tag länger. Ist alles in Ordnung?"

„Ich habe Bens Fotos von Fire Island auf Instagram gesehen. Ich kann nicht glauben, dass du mir nicht gesagt hast, dass er diese Woche weg ist. Wie bist du allein zurechtgekommen?"

Ich grinste. „Ich habe eine neue Mitarbeiterin gefunden."

„Echt?" Hannah machte große Augen.

„Hannah, darf ich dir die neueste Mitarbeiterin des Novel Gossips vorstellen: meine Mutter, Helen." Ich zog mich zurück und drehte Hannah sanft herum, als Mom hinter die Theke kam.

Hannah erstarrte für einen Moment, bevor sie einen Schritt nach vorn machte und Mom in eine herzliche Umarmung schloss. „Es ist so schön, Sie endlich kennenzulernen. Es tut mir so leid, dass ich nicht hier war, als Sie angekommen sind. Und jetzt wurden Sie auch noch zur Arbeit gezwungen."

Mom zog die Augenbrauen hoch, als sie mich über Hannahs Schulter ansah und vorsichtig ihre Arme um Hannah legte. Nach ein paar Augenblicken trat Mom einen Schritt zurück und sah Hannah an. „Nun, jetzt bist du ja hier, Hannah. Wir können doch du sagen, oder?", erklärte meine Mutter mit einem halben Lächeln. „Und weißt du, eigentlich macht es mir gar nichts aus, hier zu arbeiten."

„Ja, es ist wirklich nicht schlimm. Obwohl die Chefin

ganz schön streng ist", antwortete Hannah und drehte sich mit funkelnden Augen zu mir um.

Meine Mutter lachte und ich atmete erleichtert darüber aus, dass ihr erster Kontakt anscheinend reibungslos verlief.

„Sie hat sich bereits mit allen Stammgästen angefreundet und wurde von Rory Goldsworthy zum Essen eingeladen!", erklärte ich aufgeregt, um Hannah endlich den neuesten Tratsch zu erzählen.

„Was?!" Hannah zog die Augenbrauen hoch.

„Keine Sorge. Ich habe ihn abgewiesen", versicherte meine Mutter ihr.

Hannah brach in schallendes Gelächter aus. Unsere Blicke trafen sich und ich hätte sie am liebsten in meine Arme gehoben und sie mit herkulischer Kraft, die ich definitiv nicht hatte, die Treppe hinauf und in die Privatsphäre meiner Wohnung getragen.

Ein Räuspern holte mich in die Realität zurück. Ich drehte mich um und stellte fest, dass sich vor der Theke eine Schlange gebildet hatte. Hannah sprang in Aktion, nahm Bestellungen auf und kümmerte sich um die Zahlungen, während ich den Kaffee zubereitete. Mom und Josie brachten das Essen aus der Küche und nahmen die Bestellungen der Kunden an den Tischen entgegen.

„George, ist das, was ich denke?", fragte Hannah eine halbe Stunde später hinter mir.

Ich drehte mich von der Theke weg und sah, wie sie mich strahlend anschaute und einen Teller mit Beef Wellington, Dauphinoise-Kartoffeln und grünen Bohnen in der Hand hielt, den sie gerade aus der Küche geholt hatte.

Ich grinste. „Ja. Romina hat es am Dienstag als Spezialität zubereitet, aber es war so beliebt, dass ich es in die Speisekarte aufnehmen möchte." Ich erwähnte nicht, dass es ein Spezialgericht war, das ich Romina gebeten hatte, für

Hannah zuzubereiten, um die Veröffentlichung von *Im Reich der Furien* zu feiern.

„Oh mein Gott!", rief Hannah aus.

„Keine Sorge, ich habe Romina bereits gebeten, sicherzustellen, dass es einen Teller für dich zum Mittagessen gibt."

„Du bist ein Schatz, George O'Grady", flüsterte Hannah mir ins Ohr, legte mir verstohlen die Hand auf den Hintern und kniff ihn, während sie an mir vorbeiging, um das Essen zu servieren.

Da wir zu viert arbeiteten, lief alles wie am Schnürchen. Nachdem der Ansturm zur Mittagszeit vorbei war, lauerte ich Mom auf, die Teller zurück in die Küche brachte. „Mom, warum nimmst du dir nicht den Rest des Nachmittags frei und entspannst dich? Du hast schließlich Urlaub."

„Nein, nein. Ich bleibe gerne und helfe", protestierte Mom.

Hannah, die in der Nähe stand, drehte sich um. „Warum macht ihr beide nicht früher Schluss, damit ihr etwas Zeit miteinander verbringen könnt? Josie und ich kommen auch ohne euch zurecht."

Ein Teil von mir wollte Hannah nicht allein lassen, aber ich wollte auch dafür sorgen, dass Mom ihren Aufenthalt hier genoss. Bisher hatte sie eigentlich nur gearbeitet und mir beim Kochen geholfen. Es wäre schön, mit ihr über die Main Street zu spazieren, in den Antiquitätenladen zu gehen, den sie so liebte, und vielleicht ein Eis aus der Eisdiele zu holen und am Wasser entlangzugehen. Moms Gesicht strahlte bei Hannahs Vorschlag, was mir die Entscheidung erleichterte.

„Bist du sicher?", fragte ich.

Hannah nickte nachdrücklich. „Absolut. Geht nur!

Geht und habt Spaß! Ihr zwei habt euch nach den letzten Tagen eine Auszeit verdient."

MOM und ich hatten einen schönen Nachmittag mit all den Dingen, die ich geplant hatte, obwohl ich mich die ganze Zeit über schuldig fühlte, weil ich unbedingt nach Hause wollte, um Hannah zu sehen. Als wir ins Novel Gossip zurückkehrten, war Josie gegangen und Hannah war fast mit dem Putzen fertig. Ihr fielen die Haare ins Gesicht, während sie einen hartnäckigen Fleck vor der Theke schrubbte. *Wie zum Teufel schafft sie es, selbst beim Putzen heiß auszusehen?*

„Mom, warum gehst du nicht nach oben? Ich helfe hier unten beim Aufräumen", erklärte ich, ohne den Blick von Hannah abzuwenden.

Hannah blickte auf und ein ansteckendes Lächeln breitete sich auf ihrem Gesicht aus. *Verdammt, es ist schön, sie wiederzuhaben.*

„Hier, lass mich das machen." Ich streckte meine Hand nach dem Wischmopp aus.

„Ich kann das selbst", protestierte Hannah, aber ich schüttelte den Kopf.

„Ich weiß, dass du es kannst", erklärte ich, „aber ich will es machen."

Unsere Hände berührten sich, als sie mir den Mopp reichte, und obwohl es nur kurz war, durchlief mich ein Schauer. *Dafür war später Zeit.* Der Boden würde sich nicht von selbst wischen.

Ich übernahm schnell den letzten Abschnitt des Bodens und dann gingen wir gemeinsam nach oben. Ich brannte darauf, mich richtig mit Hannah zu unterhalten, aber da

Mom hier war, fehlte es uns an Privatsphäre. Zum Glück zog sich Mom zum Duschen zurück, sobald wir die Wohnung betraten.

Als sie außer Sichtweite war, schlang ich meine Arme wieder um Hannah und umarmte sie fest. „Ich habe dich vermisst", flüsterte ich in ihr Haar.

„Ich dich auch. Ich weiß, es waren nur zwei Tage, aber es kam mir wie eine Ewigkeit vor."

„Das kann ich gut verstehen." Ich zog mich zurück, sodass ich ihr ins Gesicht sehen konnte, meine Arme immer noch um sie geschlungen, und erzählte ihr von ein paar Höhepunkten der letzten Tage, in denen ich mit meiner Mutter zusammengearbeitet hatte.

„Es tut mir so leid", brachte sie hervor und versuchte, sich das Lachen zu verkneifen. „Ich wäre nie weggefahren, wenn ich gewusst hätte, dass du so unterbesetzt bist."

„Nun, ich bin froh, dass du es getan hast. Mom hat nicht nur ihre neue Berufung entdeckt, in einem Café zu arbeiten, sondern es klingt auch so, als hättest du es geschafft, eine Menge Dinge zu regeln." Ich hätte noch stundenlang so mit Hannah von Angesicht zu Angesicht weiterreden können, aber mir war bewusst, dass wir sehr spät essen würden, wenn wir die Marinara-Soße nicht bald aufsetzten. „Ist es okay für dich, wenn ich mit dem Abendessen beginne?"

„Natürlich." Hannah nickte und kam mit mir in die Küche. „Wie kann ich dir helfen?"

Ich gab Hannah Knoblauch und Zwiebeln zum Schneiden, während ich den Topf herausholte und nach den Dosentomaten suchte.

„Ich nehme an, du hattest heute noch keine Gelegenheit, mit Tania oder deinen Eltern zu sprechen?", fragte ich und öffnete die Dose. Hannah war vor dem Mittagsansturm im Café angekommen, was bedeutete, dass sie heute Morgen nur sehr wenig Zeit in New York gehabt hatte.

Hannah verzog das Gesicht zu einem Grinsen. „Tatsächlich habe ich beides geschafft!"

Ich war verblüfft. „Wirklich?"

„Ich war sehr effizient – ich habe heute Morgen um halb acht mit meinen Eltern und um halb neun mit Tania gesprochen", erklärte Hannah.

„Wow! Das muss ein ziemlich heftiger Morgen gewesen sein." Mein Gesicht wurde weicher. „Wie ist es gelaufen?"

Während Hannah die Frühlingszwiebeln schnitt, erzählte sie mir von dem Gespräch mit ihren Eltern. Es tat mir in der Seele weh, ihre Reaktion zu hören. Sie klangen schrecklich.

„Es tut mir so leid, dass es nicht gut gelaufen ist."

Hannah lächelte leicht. „Nun, in gewisser Weise ist es das. Mein Teil des Gesprächs lief gut. Ich habe die Ruhe bewahrt und ihnen gesagt, was ich fühle. Auch wenn ihre Reaktion enttäuschend war, fühlte es sich gut an, endlich offen und ehrlich zu ihnen zu sein. Wie deine Therapeutin sagte, kannst du nicht kontrollieren, wie Menschen reagieren."

Ich war so stolz, dass mir ganz warm ums Herz wurde. „Das freut mich zu hören, Schatz. Und wie lief es mit Tania?"

„Das lief besser. Wir haben die Aufteilung des Vermögens geklärt und obwohl das Gespräch definitiv unangenehm war, haben wir es hinter uns gebracht, ohne dass es hässlich wurde."

Hannah warf Knoblauch und Zwiebel in den Topf. Sie brutzelten, als sie mit dem heißen Öl in Berührung kamen.

Sie drehte sich zu mir um und ihr Lächeln wurde breiter. „Es ist so eine Erleichterung, diese beiden Gespräche hinter mir zu haben. Und obwohl ich nicht kontrollieren kann, wie meine Eltern reagieren, kann ich kontrollieren, mit wem ich meine Zeit verbringe." Sie trat auf mich zu und schaute mir in die Augen. „Und es gibt eine bestimmte Person, mit der ich ganz viel Zeit verbringen möchte, wenn sie mich lässt."

„Ach, wirklich?", grinste ich. „Und wer könnte das sein?"

Hannah schlang ihre Arme um meinen Hals und küsste mich sanft, bevor sie sich zurückzog.

„Was denkst du?" Sie lächelte und kleine Lachfältchen bildeten sich um ihre Augen. Wärme breitete sich in meinem Körper aus.

„Nun, ich glaube nicht, dass du von dieser Person Einwände hören wirst." Ich beugte mich vor und küsste sie erneut. „Ich würde sehr gerne rund um die Uhr mit dir zusammen sein."

Als sich unser Kuss vertiefte und ich meine Hände unter ihr Oberteil schob, um die weiche Haut ihres Rückens zu streicheln, rauschte ein aufregender Endorphinschub durch mich.

Verdammt, ich liebe diese Frau.

HANNAH

GEORGE SCHLOSS die Tür zu ihrem Schlafzimmer, drehte sich zu mir um, packte mich an der Hüfte und zog mich zu sich heran. Sie küsste mich langsam, zärtlich und fest auf die Lippen. Es war ein langer Tag, angefangen mit dem Anruf meiner Eltern am frühen Morgen. Aber dank der atemberaubenden Frau vor mir war ich plötzlich hellwach.

Ich erwiderte den Kuss mit voller Inbrunst, schloss die Augen und genoss die weiche, feuchte Wärme von Georges Mund. „Ich habe dich vermisst ... das hier vermisst ... so sehr.“

„Ich dich auch“, antwortete George mit heiserer Stimme.

Obwohl ich das Gefühl genoss, wie sie ihren Körper und Mund an meinen presste, war es nicht genug. Ich schob meine Hände in den hinteren Teil ihrer Shorts, spürte die warme, weiche Rundung ihres Pos und fuhr dann ihren starken Rücken hinauf, wo ich meine Finger über ihre Haut gleiten ließ.

„Mmm“, stöhnte George leise. Geschickt öffnete sie

meinen BH und zog dann mein T-Shirt und meinen BH hoch und aus, bevor sie dasselbe mit ihrem tat. Georges Augen waren dunkel und halb geschlossen, als ihr Blick auf meinen Brüsten verweilte. Der Anblick von ihr, halb nackt, eine sinnliche Mischung aus Stärke und Kurven, kombiniert mit der offensichtlichen Begierde in ihrem Blick, ließ tiefes Verlangen in meinem Inneren erwachen.

„Was ist mit deiner Mutter?", murmelte ich, wohl wissend, dass sie nur ein paar Schritte entfernt war.

„Sie wird nichts hören. Wenn sie nicht schon schläft, hat sie ihre Kopfhörer auf und hört sich eine Geschichte an, die ihr beim Einschlafen hilft."

Erleichtert trat ich einen Schritt vor und drückte meinen Körper an ihren. Sosehr ich Georges Anblick oben ohne genoss, wollte ich unbedingt den Abstand zwischen uns schließen. Davon hatte es in den letzten Tagen viel zu viel gegeben.

„Du bist so verdammt sexy", knurrte sie und kuschelte sich in meinen Hals, bevor sie heiße, feuchte Küsse auf mein Schlüsselbein hauchte.

Ich stöhnte, als ich ihren Rücken streichelte. „Was würdest du gerne machen?", murmelte ich.

„Ich will zusehen, wie du kommst", flüsterte George. „Was hältst du davon, den Strap-on zu benutzen?"

Ich biss mir auf die Lippe, als die Erregung durch mich pulsierte. Wir hatten noch nie zusammen einen Strap-on benutzt.

„Das klingt fantastisch."

George ging zum Nachttisch neben ihrem Bett, öffnete die Schublade und holte ein schwarzes Geschirr und einen lilafarbenen, mittelgroßen Dildo heraus. Sie hielt ihn hoch, sah mich an und zog fragend eine Augenbraue hoch.

Ich nickte, mein Körper pulsierte vor Erregung.

George zog ihre Hose aus, stieg in das Geschirr, schob den Dildo durch den O-Ring und verstellte dann die Riemen, sodass das Geschirr an ihrer Hüfte und den Oberschenkeln befestigt war. Während George damit beschäftigt war, nutzte ich die Gelegenheit, um meine Unterwäsche auszuziehen.

George grinste und kam auf mich zu. „Also, wo waren wir?"

Ich legte meine Hände auf ihren Hintern, zog sie an mich und genoss den Druck des Dildos, der gegen mich presste. Dann gab ich ihr einen langen, leidenschaftlichen Kuss.

„Oh ja", murmelte sie und vertiefte den Kuss, während sie mich langsam zurückschob.

Als meine Oberschenkel die Matratze berührten, setzte ich mich auf das Bett, griff nach Georges Hand und zog sie mit mir nach unten. Ich rollte mich auf sie, die Beine auf ihrer Taille, beugte mich vor, um ihren wunderschönen Mund zu küssen, und fuhr mit meinen Händen über ihren festen Bizeps. *Verdammt, ist sie heiß.*

George schob ihre Hand zwischen meine Beine. Ich hob meine Hüften leicht an, um ihr Zugang zu gewähren, und sehnte mich verzweifelt nach ihrer Berührung. Ich stöhnte, als sie ihre Finger in mich tauchte und dann mit ihrem feuchten Finger sanft meine Klitoris umkreiste.

„Gott, das fühlt sich so gut an", sagte ich, bevor ich mich vorbeugte, um sie erneut zu küssen, und meine Augen schloss, um mich auf die unglaublichen Empfindungen zu konzentrieren.

Nach ein paar Minuten, in denen George mit geschickten Fingern meine Klitoris liebkost hatte, war ich wirklich bereit für mehr. Das Verlangen pulsierte durch meinen Körper und machte es schwer, klar zu denken.

„Ich will dich in mir spüren", keuchte ich und hob meine Hüfte weiter an.

George setzte ihre Magie an meiner Klitoris mit einer Hand fort, schaltete mit der anderen den Vibrator im Geschirr ein, sodass er gegen ihre Muschi drückte, und griff dann nach dem Dildo, den sie für mich aufrecht positionierte. Ich ließ mich darauf hinuntergleiten und schloss die Augen, als er mich ausfüllte.

„Verdammt, das fühlt sich unglaublich an", sagte ich.

Ich öffnete die Augen und unsere Blicke trafen sich, was einen Endorphinschub durch meinen Körper sandte. Die Verbindung, die ich mit George spürte, war mit nichts zu vergleichen, was ich zuvor gefühlt hatte. Sie war intensiv, liebevoll und tief, und ich konnte nicht genug davon bekommen.

„Du bist so hinreißend, Hannah Taylor", knurrte George mit leiser Stimme.

„Du bist auch ziemlich unglaublich, George O'Grady", antwortete ich atemlos.

Langsam wiegten wir unsere Hüften im Einklang und hielten Augenkontakt, während unser Atem unregelmäßiger wurde. Ich beschleunigte das Tempo und George folgte mir, indem sie die Bewegung ihrer Hüfte und den Druck und die Geschwindigkeit ihrer Finger auf meiner Klitoris verstärkte.

Ich packte sie an den Haaren und zog daran. George stöhnte.

„Ich bin so nah dran", wimmerte ich und meine Schenkel bebten.

„Ich auch", sagte George mit heiserer Stimme, während sie ihre Hüfte und ihre Hand noch schneller bewegte.

Eine Welle nach der anderen durchströmte mich. Als der Orgasmus meinen Körper beben ließ, kam auch George zum Höhepunkt, warf den Kopf gegen das Kissen zurück und keuchte, als sie den Dildo weiter in mich hineinschob und die letzten Wellen der Lust über mich hereinbrachen. Es war so intim, zusammen zu kommen, zu wissen, dass wir beide die gleiche außerkörperliche Erfahrung machten.

„Verdammt", sagte George und zog mich zu einem Kuss an sich. „Das war …"

„Phänomenal", beendete ich mit einem Lächeln, während meine Muskeln noch immer von dem heftigen Orgasmus zuckten.

Zehn Minuten später, nachdem mein Herzschlag sich wieder normalisiert und mein Körper sich entspannt hatte, lag ich auf der Seite im Bett und schaute in Georges warme, braune Augen. Sie waren nur wenige Zentimeter von meinen entfernt. Ich stieß einen glücklichen Seufzer aus. Sie hob sanft ihre Hand und strich mir eine Haarsträhne hinter das Ohr.

„Wie fühlst du dich jetzt, wo deine wahre Identität bekannt ist?" Georges Stimme war leise und mitfühlend.

„Ehrlich gesagt immer noch nicht gut." Ich verzog das Gesicht.

„Es tut mir leid, Schatz", sagte George und strich mir über die Haare.

„Sosehr ich meine Leser auch schätze, ich möchte wirklich keine öffentliche Person sein. Und nach Jahren, in denen ich meine Identität sorgfältig gehütet habe, ist es irgendwie ärgerlich, dass jetzt, wenn man H. M. Stuart googelt, mein richtiger Name auftaucht." Ich presste meine Lippen zusammen. „Aber in gewisser Weise war es nicht so schlimm, wie ich dachte. Außer dass ich bei Chris' Buchveranstaltung in Brooklyn erkannt wurde, hat mich niemand angesprochen. Und die Veranstaltung war voll von Fantasy-Lesern. Und es war der Tag nach dem Artikel über meine

Identität, also war es wahrscheinlich nicht so überraschend.“

„Das ist gut. Es sollte nicht allzu schwierig sein, Fantasy-Buchveranstaltungen in Sapphire Springs zu vermeiden, zumal wir die Einzigen sind, die sie organisieren würden“, lächelte George und ihr Grübchen kam zum Vorschein.

„Stimmt.“ Ich lächelte George an. „Und es war beruhigend, dass heute im Café niemand etwas darüber erwähnt hat. Ich habe das gute Gefühl, dass es sich nicht oder nur wenig auf mein Leben in Sapphire Springs auswirken wird. Und da ich weitere Werbung abgelehnt habe, haben wir den Schaden hoffentlich so gut wie möglich eingedämmt.“

„Wenn dich im Café jemand deswegen belästigt, sag mir einfach Bescheid, dann kläre ich das“, erwiderte George mit ernstem Ton.

Ich lächelte und stellte mir vor, wie George einen Kunden streng zurechtwies, der es wagte, mich um ein Autogramm zu bitten. „Ich weiß das Angebot zu schätzen, aber ich bin sicher, dass ich das selbst regeln kann.“ Ich machte eine Pause. „Und obwohl es ziemlich beschissen war, gab es auch ein paar Lichtblicke.“

„So wie Mom, die ihre Berufung gefunden hat?“, meinte George grinsend.

Ich lachte. „Nun, das auch. Aber es hat mir auch Selbstvertrauen gegeben, mit meinen Eltern und Tania zu sprechen. Und es war ein kleiner Weckruf, dass ich wieder zur Therapie gehen muss. Meine Angst war in den letzten Tagen ein wenig außer Kontrolle.“

George rutschte näher an mich heran und legte eine Hand auf meine Taille. „Das tut mir leid. Sag mir, wenn ich irgendetwas tun kann, um dir zu helfen.“

Georges Anwesenheit war so beruhigend und vermittelte mir ein Gefühl der Sicherheit, dass sie mich an die Gedanken erinnerte, die ich mir in Hinsicht auf unsere Beziehung gemacht hatte, während ich in New York war. War die Tatsache, dass ich mich jetzt, wo ich wieder in Sapphire Springs war, so viel besser fühlte, ein Beweis dafür, dass ich mich zu sehr auf George verließ? Vielleicht sollte ich einfach meine neu gewonnenen Fähigkeiten in schwierigen Gesprächen üben und mit ihr über meine Sorgen sprechen. Bevor ich die Chance hatte, einen Rückzieher zu machen, holte ich tief Luft und versuchte es.

„Nachdem Tania und ich uns getrennt hatten, wurde mir klar, dass ich viel zu abhängig von ihr geworden war. Wir arbeiteten und lebten zusammen. Ich verließ mich in meinem Sozialleben vollkommen auf sie – alle meine Freunde waren ursprünglich ihre Freunde und wir lebten in einer Wohnung, die sie gekauft hatte. Es fühlte sich auch so an, als wäre sie so wichtig für meinen Schreibprozess, dass ich ohne sie nicht schreiben konnte. Als unsere Beziehung in die Brüche ging, hatte ich das Gefühl, alles verloren zu haben – mein Zuhause, meine Freunde und meine Schreiblust. Tut mir leid, ich weiß, das klingt wirklich dramatisch." Ich lächelte George schwach an.

„Nein, das ergibt Sinn", erwiderte George.

Ich schluckte und rutschte auf dem Bett ein Stück näher an George heran. „Und ich schätze, ich habe mir Sorgen gemacht, ob ich bei dir in dieselbe Falle tappe. Ich habe das Gefühl, dass ich mich schon so sehr auf deine Unterstützung verlasse, sowohl emotional als auch beim Schreiben, und wir arbeiten ja offensichtlich auch zusammen. Ich habe es auch geschafft, mich in deinen Freundeskreis einzuschleichen. Ich finde es zwar toll, wie sehr du mich unterstützt, aber ich möchte sichergehen, dass ich mich nicht zu sehr auf dich verlasse. Deshalb habe ich darüber nachgedacht, wie ich das vermeiden kann."

Ich biss mir auf die Lippe und starrte George an, um ihre Reaktion abzuschätzen, und ließ meine Worte fast wie eine Frage im Raum stehen. George schaute mich mit sanften Augen an, als würde sie meine Bedenken sorgfältig abwägen.

Sie streckte die Hand aus und strich mir eine verirrte Haarsträhne hinters Ohr. „Hey, das ergibt auch Sinn. Wenn wir uns jemals trennen sollten, wäre dein Job hier sicher – obwohl du, wie du selbst gesagt hast, nicht im Novel Gossip arbeiten musst. Ich bin auch zuversichtlich, dass Blake, Jenny, Olivia und Amanda alle weiterhin deine Freundinnen sein wollen würden. Sie mögen dich wirklich. Und obwohl du manchmal Ideen mit mir besprichst, ist alles, was du schreibst, ganz allein von dir. Abgesehen davon denke ich nicht, dass es falsch ist, sich in Sachen Liebe und Unterstützung auf seine Partnerin zu verlassen."

Ich lächelte und ließ mich in die Matratze sinken. Alles, was George gerade gesagt hatte, war genau das, was ich mir selbst gesagt hatte. Aber irgendwie war es viel überzeugender, es von ihr zu hören. Und irgendwie gefiel mir, dass sie die Worte *Partnerin* und *Liebe* im Zusammenhang mit unserer Beziehung verwendet hatte, wenn auch auf indirekte Weise. Aber es klang trotzdem so ... offiziell. Und ernst. Und genauso empfand ich auch für sie.

„Aber ich möchte deine Bedenken auch nicht herunterspielen. Besonders wenn wir zusammenarbeiten, ist es nur verständlich, dass du einige Bereiche deines Lebens von meinem trennen möchtest." Georges Augen funkelten. „Weißt du, der Buchclub ist immer auf der Suche nach neuen Mitgliedern. Wir könnten deine Schichten so planen, dass du Zeit dafür hast. Oder laut einigen Flyern, die heute Morgen unten ausgelegt wurden, gibt es mittwochabends und samstagmorgens ein regelmäßiges Kajak-Treffen, an dem du teilnehmen könntest."

Ich schnaubte. „Ha ha! Schon klar." Ich runzelte die Stirn und dachte über mögliche Optionen nach. „Ich bin mir ziemlich sicher, dass ich einen Flyer für eine Wandergruppe gesehen habe, was eher mein Ding sein könnte – und für Gespräche besser geeignet ist als Kajakfahren."

George grinste. „Das klingt perfekt. Und danke, dass du mir das erzählt hast."

„Gibt es für dich ein Thema dieser Art, von dem ich wissen sollte?"

George hielt einen Moment inne. „Ja. Ich glaube, mein Problem liegt in einer anderen Art von Ungleichgewicht in der Beziehung: wenn die Karriere oder die Interessen einer Person ständig Vorrang vor denen der anderen haben oder wenn es ein erhebliches Machtgefälle gibt. Und ich bin mir ziemlich sicher, dass das alles auf meine Eltern und Alexis zurückzuführen ist."

„Oh, das ist gut zu wissen", erwiderte ich und fragte mich, ob George solche Bedenken in Bezug auf unsere Beziehung hegte.

„Ja. Mom war Dads Sekretärin – so haben sie sich kennengelernt – und da ihre Ehe nicht sehr glücklich war, habe ich mich immer gefragt, ob die Tatsache, dass sie für ihren Lebensunterhalt von ihm abhängig war, sie davon abgehalten haben könnte, ihn zu verlassen. Und mit Alexis war unsere Beziehung in vielerlei Hinsicht ungleich, was mir damals etwas zu schaffen machte."

„Das muss schwierig gewesen sein." Ich biss mir auf die Lippe. „Kannst du es mir bitte sagen, wenn du jemals das Gefühl hast, dass so etwas unsere Beziehung belastet? Wenn ich auf eine Deadline hinarbeite, kann es sein, dass ich mich manchmal in meinem Arbeitszimmer verkrieche, aber meine Beziehungen haben Vorrang vor der Arbeit." Meine Eltern hatten die Arbeit immer an erste Stelle gesetzt und ich hatte nicht vor, in ihre Fußstapfen zu treten.

George nickte.

Ich beugte mich vor, sodass sich unsere Nasen fast berührten, und küsste George sanft auf die Lippen.

George erwiderte den Kuss und lächelte dann. „Gut, also wird mein Albtraum, dass du dich zu einer zwölfmonatigen internationalen Lesereise verpflichtest, ohne vorher mit mir darüber zu sprechen, wahrscheinlich nicht wahr?"

Ich lachte. „Ich würde sagen, mehr als unwahrscheinlich. Unmöglich. Ich kann mir nichts Schlimmeres vorstellen. Ich werde nirgendwo hingehen – außer vielleicht ab und zu in die Stadt und ein paar Mal im Jahr nach Chicago, um Barb zu besuchen."

„Das freut mich zu hören." George zog mich zu einem weiteren Kuss an sich. „Ich werde auch nirgendwo hingehen."

36

GEORGE

„WIE LIEF der Rest des Nachmittags?" Ich saß auf dem Sofa und massierte Hannahs Füße, während Mom wieder einmal eine perfekt getimte Dusche nahm. Ich fing an, zu glauben, dass sie das absichtlich tat, damit Hannah und ich etwas Zeit für uns hatten, denn ich hätte schwören können, dass sie normalerweise morgens duschte und normalerweise nur einmal am Tag.

„Gut!", grinste Hannah. „Ich habe mich für den Buchclub nächste Woche angemeldet."

Ich schaute abrupt von Hannahs Füßen auf. „Wirklich?"

Hannah lachte. „Ja. Ich weiß, du hast es nur aus Spaß vorgeschlagen, aber je mehr ich darüber nachgedacht habe, desto besser fand ich die Idee. Es wird schön sein, über Bücher aus der Perspektive eines Lesers zu sprechen. Und nur weil die anderen Teilnehmerinnen alle viel älter sind als ich, heißt das nicht, dass wir nicht Freunde sein können. Ich meine, du verstehst dich wirklich gut mit deiner Mutter, und sie ist in den Sechzigern. Und Barb ist in den Achtzigern und eine meiner engsten Freundinnen."

„Na, in diesem Fall ist es mir nur recht", sagte ich.

„Hier, lass uns tauschen. Du warst den ganzen Tag auf den Beinen. Ich hatte wenigstens den Vormittag frei." Hannah zog ihre Füße von meinem Schoß und bedeutete mir, meine auf ihren Schoß zu legen. Hannah hatte erneut darauf bestanden, dass Mom und ich nach dem Mittagsansturm aufhören sollten zu arbeiten, also waren wir zum Skulpturenpark gefahren und hatten den Nachmittag damit verbracht, ihn zu erkunden.

„Wie ist es gelaufen?" Einen Moment lang hatte ich Sorge, dass Hannah nicht verstehen würde, was ich meinte, aber sie wusste sofort, worauf ich anspielte.

„Die Therapiesitzung war wirklich gut. Ich habe bereits drei weitere für die nächsten Wochen gebucht."

„Das ist toll, Schatz." Ich unterdrückte ein Stöhnen, als Hannah die Ferse meines linken Fußes massierte und ein warmes Kribbeln durch mein Bein sandte.

Ich war so stolz auf die Fortschritte, die sie machte. Und unser Gespräch gestern Abend hatte etwas Befreiendes an sich gehabt. Wir hatten uns gegenseitig unsere größten Beziehungssorgen anvertraut und waren einander mit Unterstützung und Verständnis begegnet. Alle Zweifel, die ich in den letzten Tagen an Hannah gehabt hatte, waren wie weggeblasen. Sie hatte ihren Trip abgebrochen, um zurückzukommen und mir zu helfen, und sie war eindeutig in ihr Leben in Sapphire Springs investiert. Ich konnte mir nicht vorstellen, dass sie mich für Ruhm und Publicity im Stich lassen würde, wie Mom angedeutet hatte.

Das erinnerte mich an etwas. Mom und Hannah hatten sich zwar gut verstanden, aber sie hatten noch keine Gelegenheit gehabt, sich richtig kennenzulernen. Ich spürte immer noch, dass Mom einige Vorbehalte Hannah gegenüber hatte, aber ich war überzeugt, dass sie sich verstehen würden, wenn sie etwas mehr Zeit miteinander verbrachten, nur die beiden, und dass alle Sorgen, die Mom hatte, verschwinden würden.

„Hey, hast du immer noch Lust auf eine gemeinsame Backstunde mit Mom? Ich dachte, heute Abend wäre eine gute Gelegenheit, da der Kuchen, den ich geplant habe, ziemlich einfach ist – mein Blaubeer-Zitronen-Kuchen. Aber kein Druck, wenn du keine Lust hast. Ich weiß, dass in den letzten Tagen viel los war."

Hannah lächelte mich an, während sie ihre Aufmerksamkeit auf meinen Spann richtete und eine weitere Welle angenehmer Empfindungen auslöste. „Ja, natürlich."

„Ausgezeichnet", sagte ich. Jetzt musste ich nur noch Mom ins Boot holen.

Nachdem Mom aus der Dusche kam und wir mit dem Abendessen fertig waren, setzte ich meinen Plan in die Tat um.

„Ich muss heute Abend unbedingt mit Max Gassi gehen. Würde es euch beiden etwas ausmachen, schon mal mit dem Kuchen des Tages anzufangen, während ich weg bin?" Ich kämpfte gegen den Drang an, Hannah zuzuzwinkern.

„Warum geht ihr beide nicht mit Max raus und ich kümmere mich um den Kuchen?", fragte meine Mutter und versuchte offensichtlich, zu helfen. Mein Herz wurde schwer.

Ich zerbrach mir den Kopf, warum das eine schreckliche Idee sein sollte.

Zum Glück kam Hannah mir zu Hilfe. „Schon okay. Ich würde das gerne mit dir machen, Helen, wenn es dir nichts ausmacht." Sie lächelte meine Mutter schüchtern an.

„Ausgezeichnet! Also, wir gehen dann mal. Bis gleich!" Ich nahm Max' Leine und meine Schlüssel vom Dielentisch und ging nach unten, bevor Mom die Gelegenheit hatte, zu antworten.

Die nächste Stunde verbrachte ich damit, mit Max die Main Street hinunter, am Fluss entlang und dann durch ein Gewirr kleinerer Straßen eines Wohngebiets zu laufen, wodurch unsere Route viel länger wurde als gewöhnlich. Während ich bei meinem Aufbruch noch zuversichtlich gewesen war, fragte ich mich jetzt, ob es nach hinten losgehen könnte. Ich wusste, wie sehr sich meine Mutter um mich sorgte. Würde sie Hannah gegenüber Bedenken äußern, in der falschen Annahme, mich zu beschützen? Bei dem Gedanken beschleunigte ich meinen Schritt.

„Gehen wir nach Hause, kleiner Freund“, sagte ich zu Max, der seine Ohren spitzte und unseren Marathonspaziergang offensichtlich leid war.

Als wir die Treppe zu meiner Wohnung hinaufgingen, hörte ich ein Klappern von Metall und erhobene Stimmen. *Scheiße, Scheiße, Scheiße!* Der Puls rauschte in meinen Ohren. Es war doch nicht so schlimm gelaufen, dass es zu Geschrei und einem Wurfspiel mit Pfannen gekommen war?

Ich rannte die restlichen Stufen hinauf und schwitzte mehr als während des gesamten Spaziergangs.

Meine Hände zitterten, als ich die Wohnungstür öffnete und in die Küche eilte.

Ich blieb am Brücheneingang stehen und atmete tief durch. Mom und Hannah standen nebeneinander am Spülbecken, Hannah spülte das Geschirr und Mom trocknete es ab, während sie sich unterhielten. Zwei meiner Lieblingsmenschen auf der Welt schienen sich gut zu verstehen. Aber die Geräusche, die ich auf der Treppe gehört hatte, waren besorgniserregend gewesen.

„Ist hier alles in Ordnung? Ich habe beim Reinkommen laute Geräusche gehört."

„Alles ist bestens." Mom drehte sich um und lächelte mich an. „Der Kuchen ist im Ofen, der Abwasch ist fast erledigt und deine nette Freundin hat mir gerade von eurem Kajakvorfall erzählt, was mich so zum Lachen gebracht hat, dass mir eine Pfanne auf den Fuß gefallen ist. Zum Glück hatte ich meine Schuhe an, sonst hätte es wirklich wehgetan."

Ich lehnte mich an die Küchentheke und spürte, wie sich Wärme in meiner Brust ausbreitete. Es schien, als wäre mein Plan, Mom und Hannah zusammenzubringen, doch keine schlechte Idee gewesen.

37

HANNAH

ALS DIE ÖRTLICHEN Feuerwehrfahrzeuge mit blinkenden Lichtern die Main Street entlangfuhren, drehte George das Schild an der Eingangstür des Novel Gossips auf *Geschlossen* und nahm meine Hand.

„Das ist dein erster Unabhängigkeitstag in Sapphire Springs. Lass uns einen unvergesslichen Tag daraus machen!", meinte sie grinsend, während sie mich an den Rand des Bürgersteigs zog, um die Parade zum 4. Juli zu sehen.

George hatte beschlossen, das Novel Gossip früher zu schließen, damit wir die Feierlichkeiten genießen konnten. Es war schade, dass Georges Mutter gestern abgereist war, denn ich war mir sicher, dass Helen die Parade gefallen hätten. George hatte mit ihrer Mutter genau ins Schwarze getroffen. Obwohl wir nicht viel gemeinsam hatten, verstanden wir uns trotzdem sehr gut. Und wir hatten eine sehr wichtige Sache gemeinsam – George.

Als die Feuerwehrautos außer Sichtweite waren, marschierten fünfzehn Dudelsackspieler und Trommler vorbei, angefeuert von den Einheimischen, die die Straßen säumten. Verschiedene Gemeindegruppen folgten: der örtliche Lions Club, die Pfadfinder und die Gruppe, die den Gemeinschaftsgarten betreute. Ein Teenager führte zwei Alpakas vorbei. Ab und zu erkannte ich einen unserer Stammgäste aus dem Café und rief ihnen ermutigend zu.

George warf einen Blick auf ihre Uhr. „Ich mache Max besser fertig für die Haustierparade. Du kannst gerne bleiben und zuschauen, wenn du möchtest."

„Bist du sicher?" Ich war mir ziemlich sicher, dass George mit Max zurechtkommen würde, und war gespannt, wer als Nächstes bei der Parade auftauchen würde. Es machte mir nicht nur Spaß, unsere Stammgäste in einem völlig anderen Kontext zu sehen und dabei mehr über sie zu erfahren – wer hätte gedacht, dass Mrs. Harding Dudelsack spielte –, sondern ich genoss auch das echte Gemeinschaftsgefühl der Feierlichkeiten. Die Thanksgiving- und Pride-Paraden, an denen ich in New York teilgenommen hatte, waren riesige, gut organisierte, kommerzialisierte Veranstaltungen mit überwältigenden Menschenmengen und Festwagen, die für Unternehmen warben. Man hätte niemals zwei Alpakas oder einen Kleinbus voller Bewohner des örtlichen Seniorenheims gesehen, die amerikanische Flaggen schwenkten.

Zehn Minuten später erregte ein aufgeregtes Schnüffeln an meinen Knien meine Aufmerksamkeit. Als ich nach unten schaute, sah ich Max, mit frisch gebürstetem, goldenen Fell, das im Sonnenlicht glänzte, und einem winzigen, roten Paillettenhut auf dem Kopf sowie einem rot-weiß-blauen Halstuch am Hals. An seinem roten Geschirr hatte George die weiß-blauen Pappsterne befestigt, die wir gestern Abend auf dem Fußboden ihres Wohnzimmers ausgeschnitten hatten.

„Oh, was für ein hübscher Kerl." Ich tätschelte Max

den Kopf und achtete darauf, sein Outfit nicht zu zerstören. In den letzten Wochen war Max mir sehr ans Herz gewachsen. Er war intelligent, sanft und anhänglich – seinem Frauchen nicht unähnlich. Obwohl sein Frauchen zum Glück nicht so sabberte und schnarchte. Ich lächelte in mich hinein. Der Begriff *Golden Retriever* wurde von Liebesromanleserinnen oft verwendet, um Liebespartner zu beschreiben, die freundlich, treu, liebevoll und zuverlässig waren, was perfekt zu George passte. Es schien passend, dass sie selbst einen Golden Retriever besaß. Mein Lächeln wurde breiter, als mir klar wurde, dass ein anderer Begriff aus der Liebesliteratur für Georges Persönlichkeit eine *Zimtschnecke* war – auch perfekt angesichts von Georges Backkünsten. *Ich wette, sie backt verdammt gute Zimtschnecken.* Ich schaute zu George hinüber, meine Brust voller Liebe. Ich hatte George zwar noch nicht gesagt, was ich für sie empfand, aber ich hatte es vor. Ich wartete nur auf den richtigen Zeitpunkt.

„Ich habe auch etwas für dich. Zur Feier deines ersten 4. Juli in Sapphire Springs", sagte George grinsend.

Es dauerte einen Moment, bis mir klar wurde, was George mir überreichte. Es war eine Gürteltasche, die mit Pailletten verziert war, die die amerikanische Flagge darstellten.

Ich brach in Gelächter aus. „Oh mein Gott!"

Da war etwas drin. Ich öffnete den Reißverschluss und fand eine kleine Sonnencreme, Lippenbalsam und Handdesinfektionsmittel darin.

„Das ist ja super, danke", sagte ich und beugte mich vor, um George einen Kuss zu geben.

„Du musst sie nicht tragen. Ich habe sie nur gesehen, als ich Max' Hut gekauft habe, und konnte nicht widerstehen, sie für dich mitzunehmen", sagte George, als ich sie um meine Taille schlang und zumachte.

„Nein, ich liebe sie", erklärte ich und schaute nach unten, um die Tasche zu bewundern. Ich zog mein Handy aus der Umhängetasche, die ich getragen hatte, und steckte es in meine Gürteltasche. „Ich lasse meine Tasche hier, da ich jetzt diese viel praktischere und sehr patriotische Gürteltasche habe, in der ich meine Sachen transportieren kann."

Ich rannte zurück ins Novel Gossip, ließ meine Tasche auf einem der Tische im Café stehen und ging dann wieder hinaus, um mich George und Max anzuschließen.

„Ich glaube nicht, dass der Hut lange halten wird", bemerkte George, gerade als Max seinen Kopf an der Straßenlaterne rieb und dabei seinen Hut verlor. „Ja, okay, ich trage ihn einfach in der Hand, bis wir unten am Wasser sind."

Wir gingen die Main Street entlang. Neben uns schwenkte eine Gruppe von Cheerleadern der örtlichen Highschool leuchtend blaue Pompons. Sie trugen blauweiße Lycra-Oberteile und passende Röcke oder Shorts. Ich war selbst nie der Cheerleader-Typ gewesen, aber ihre Begeisterung war ansteckend, und schon bald wippte auch mein Gang deutlich beschwingter.

Der Dockside Park schwirrte voller Leben, als wir ankamen. Vor den Essens- und Getränkeständen hatten sich Schlangen gebildet. Kinder schrien vor Aufregung, als sie auf bunten Hüpfburgen in die Luft sprangen, und auf einer Bühne auf der gegenüberliegenden Seite des Parks spielte eine Bluegrass-Band. Gruppen von Einheimischen saßen auf Picknickdecken oder Klappstühlen und lauschten der Musik. Der Duft von gegrilltem Fleisch und heißen Pommes hing in der Luft.

Ich entdeckte noch mehr Stammgäste des Novel Gossips, von denen viele uns grüßten oder uns zuwinkten. Auf der anderen Seite des Parks funkelte der Hudson River im Sonnenlicht, ein tiefes Blau, das den fast wolkenlosen Himmel widerspiegelte.

„Wow, das ist ja unglaublich!", sagte ich und nahm alles in mich auf. So etwas hatte es in Chicago oder an der Upper West Side, wo ich aufgewachsen war, nie gegeben. Diese Art von Gemeinschaftsgefühl war mir völlig fremd, aber ich fand es großartig.

George grinste. „Das ist einer meiner Lieblingstage im ganzen Jahr." Sie zog an Max' Leine, um ihn davon abzuhalten, einem Kleinkind hinterherzulaufen, das einen halb gegessenen Hotdog in der Hand hielt und dessen Gesicht voller Tomatensoße war. „Also, wo ist die Haustierpa–"

„Hey! Geht ihr zur Tierparade?" Jenny kam in Sichtweite und hielt einen äußerst hübschen, goldbraunen Zwergpudel – ihren Hund Walter – auf dem Arm. Eine weiße Perücke und ein dunkelblauer Dreispitz schmückten seinen Kopf, der von weißen Rüschen um seinen Kragen eingerahmt wurde. Eine winzige Weste mit einer kleinen Unabhängigkeitserklärung vervollständigte das Outfit.

George nickte. Jenny zeigte uns den Weg, während ich darüber schwärmte, wie süß Walter aussah. Sosehr ich Max auch liebte, es war ausgeschlossen, dass er den Wettbewerb gegen Walter gewinnen würde. Wir erreichten eine kleine Bühne in der Nähe einer großen Eiche, wo sich eine Reihe von Haustieren und ihre Besitzer versammelt hatten. Es war nicht überraschend, dass es viele Hunde gab, aber auch andere Tiere waren dabei, einige davon waren ziemlich überraschend. Die beiden Alpakas, die wir zuvor bei der Parade gesehen hatten, trugen jetzt passende rote Hüte mit weißen Sternen und große amerikanische Flaggen auf dem Rücken. Eine Schildkröte hatte blau-rotes Lametta auf ihrem Panzer und einen weißen Hut auf dem Kopf. Ein grün-gelber Papagei saß in einem Vogelkäfig und putzte sich.

Die Sonne schien immer noch stark, also stellten wir uns unter einen Baum und unterhielten uns mit Jenny. Wenig später gesellte sich Blake zu uns, die beschlossen hatte, ihre Katze nicht am Wettbewerb teilnehmen zu lassen, aber gekommen war, um Walter anzufeuern. Max war schnell eingeschlafen und schnarchte vor unseren Füßen.

Der Ansager rief die Haustiere und ihre Besitzer auf, über die Bühne vor die drei Juroren zu treten.

George kniete sich neben Max und tätschelte ihm den Kopf. „Okay, Max, wir könnten jeden Moment an der Reihe sein. Setzen wir dir mal deinen Hut auf, mein Großer, bevor sie dich aufrufen." Max schnaubte, wachte aber nicht auf.

Ich schaute zu George hinunter. „Dein Hund scheint genauso tief zu schlafen wie du", sagte ich lächelnd.

Unsere Blicke trafen sich und George grinste zurück, was ein Glücksgefühl durch meine Adern sandte. Georges beeindruckende Fähigkeit, Max' Schnarchen und das morgendliche laute Herumtrippeln ihrer Mutter in der Küche zu überhören, war in den letzten Tagen Gegenstand einiger sanfter Sticheleien von mir gewesen.

George kicherte und schüttelte ihn leicht.

„Komm schon, Max." Er öffnete ein Auge und funkelte sie an, bevor er es wieder schloss.

„Vielleicht wartet er nur auf die offizielle Ankündigung", schlug ich vor.

George stand auf und schüttelte den Kopf. „Ja, vielleicht." Sie klang nicht überzeugt.

Der Ansager rief Walters Namen und Walter

marschierte unbeeindruckt vom Applaus der Zuschauer in Begleitung von Jenny sehr würdevoll auf die Bühne.

„Wow, er ist ein Profi", murmelte ich George zu.

„Ja, Jenny hat ihn früher immer für die sozialen Medien herausgeputzt, also ist er das gewohnt", erklärte George, während sie die beiden beobachtete.

Als Nächstes wurde der Papagei Stevie aufgerufen, der nun eine kleine rot-weiß-blaue Halskrause mit Rüschen trug. Stevie saß auf der Hand seines Besitzers und sang „America the Beautiful". Ich schaltete mein Hörgerät vorübergehend aus. So beeindruckend Stevies Stimmumfang auch war, sie – oder er, ich war mir nicht sicher – war ein wenig zu schrill.

Auf Stevie folgten zwei Alpakas, und dann wurde Max aufgerufen.

„Max, jetzt bist du dran", sagte George. Aber Max war in einen tiefen Schlaf versunken und zuckte, als würde er davon träumen, Eichhörnchen zu jagen. „Max!" Ich tätschelte seinen Kopf und zog dann vorsichtig an seiner Leine.

George versuchte, seinen Hintern hochzudrücken. Nichts.

Wir schauten uns kopfschüttelnd an. Wäre Max mein Hund gewesen, hätte ich an diesem Punkt aufgegeben. Aber George war offensichtlich fest entschlossen, Max seine Minute des Ruhms zu verschaffen. Sie ging in die Knie und umarmte Max fest. Ich hielt Max' Leine, während George ihn zur Bühne trug, die Treppe hinaufwankte und ihn oben absetzte.

„Komm schon, Max!", sagte George ermutigend.

Jetzt stand Max wach am Rand der Bühne und starrte sie unbeeindruckt an.

Ich zog vorsichtig an der Leine, ohne Erfolg. Mir war

bewusst, dass uns etwa fünfzig Leute anstarrten, und ich suchte nach einer Inspiration. Ich entdeckte einen Mann, der vorbeiging und in eine Wurst mit Senf biss.

„Ich teile mir eine Wurst mit dir, wenn du mitkommst. Siehst du, Wurst!", ich zeigte auf den Mann.

Max sprang auf, riss kräftig an meinem Arm und sprang über die Bühne, um den ahnungslosen Wurstesser zu verfolgen. Dabei fiel ihm der Hut vom Kopf. George eilte mir zu Hilfe und ich registrierte kurz Applaus und Gelächter, als wir Max wieder unter Kontrolle brachten.

„Es tut mir leid", sagte ich zu George, als wir uns auf den peinlichen Weg zurück zu Jenny, Blake und Walter machten. „Ich hätte nicht gedacht, dass meine Bestechung so effektiv sein würde."

George lachte. „Es hat auf jeden Fall funktioniert. Du hast ihn über die Bühne gebracht, obwohl er sich so schnell bewegt hat, dass ich vermute, dass alle Juroren nur einen goldenen Blitz gesehen haben. Aber ich denke, wir wissen beide, dass er sowieso nie eine Chance hatte zu gewinnen", sagte sie mit einem Augenzwinkern.

„Nun, es war nach mehr als fünfzehn Jahren Abwesenheit auf jeden Fall eine dramatische Rückkehr auf die Bühne."

Georges Gesicht verfinsterte sich. „Oh Mist, ich habe deine Vorgeschichte ganz vergessen, Schatz. Ich hoffe, es war nicht zu unangenehm."

Ich lächelte. „Schon gut. Es war etwas ganz anderes, mit dir und Max da oben zu stehen. Und wir alle wissen, wer gerade im Mittelpunkt der Aufmerksamkeit stand, und das war nicht ich." Ich blickte liebevoll auf Max hinunter.

Als wir die anderen erreichten, schlang George ihren Arm um mich und drückte mich. Max ließ sich auf den

Boden fallen und schnarchte die ganze Zeit, während Walter den ersten Platz gewann.

Nachdem die Preise vergeben worden waren, machten wir uns auf den Weg zu einem rot-weiß gestreiften Zelt, in dem der Kuchenwettbewerb stattfinden sollte. Nachdem George den Wettbewerb in den letzten zwei Jahren gewonnen hatte, war sie in die Jury berufen worden. Der Kuchenwettbewerb war sehr beliebt, wie man an der Anzahl der Kuchen auf den langen B,anketttischen erkennen konnte.

George riss die Augen auf, als sie die Menge an Essen vor sich sah.

„Sieht aus, als würde ich eine Weile hierbleiben. Willst du lieber eine Runde drehen und in einer halben Stunde wiederkommen, anstatt mir beim Kuchenessen zuzusehen?"

Zwei Stunden später saßen George, Blake, Jenny, Olivia, Amanda und ich entspannt auf zwei karierten Picknickdecken. Im Hintergrund spielte eine Bluesband. Ich aß eine Wurst, auf die ich mich seit dem Vorfall bei der Haustierparade gefreut hatte, während George, die geschworen hatte, nach der Bekanntgabe der Kuchengewinner nie wieder etwas zu essen, fast eine Portion Barbecue-Rippchen und Maisbrot verputzt hatte. Ich grinste sie an. An ihren Fingern klebte Barbecue-Soße und sie verschlang die Rippchen genussvoll.

Ich spülte den letzten Bissen Wurst mit einem Schluck Apfelwein hinunter und lehnte mich entspannt auf meine Armen zurück. Da Hunde und Feuerwerk nicht gut miteinander harmonieren, hatten wir Walter und Max wieder zu Hause abgesetzt. Jetzt war es Abend und die Kraft der Sonnenstrahlen hatte nachgelassen.

„Wie geht es dir, meine Schöne?", fragte George und legte einen Arm um mich.

„Gut. Tatsächlich perfekt", erwiderte ich und drehte meinen Kopf, um sie anzulächeln.

Der heutige Tag war perfekt gewesen. Ich hatte den Rest meines Manuskripts heute Morgen an Michael geschickt, Barb per FaceTime über die jüngsten Ereignisse informiert und sie wissen lassen, dass George und ich im August einen Besuch planten, eine Schicht im Novel Gossip gearbeitet und dann den Rest des Tages die Feierlichkeiten zum 4. Juli genossen. Und jetzt lag ich mit George und meinen Freundinnen an einem wunderschönen Sommerabend hier draußen.

Während wir zusammen auf der Picknickdecke saßen, erschien und verblasste ein weiterer atemberaubender Sonnenuntergang in Gelb, Rot und Violett. Dann strahlte das Feuerwerk, das von einem Lastkahn auf dem Fluss gezündet wurde, mit leuchtenden Farben über dem Nachthimmel. Sternformen, Kreise und Lichtschauer explodierten um uns herum, und ich konnte nicht anders, als vor Freude zu jubeln. Ich kuschelte mich näher an George. Ein perfekter Abschluss zu einem perfekten Tag.

Die Worte, die ich schon seit einiger Zeit sagen wollte, hatten plötzlich eine Dringlichkeit, der ich nicht mehr widerstehen konnte.

„Hey, George", murmelte ich.

„Mmm?", murmelte George leise an meinem Ohr.

Ich schaute zu ihr auf. Eine Mischung aus Nervosität und Adrenalin durchströmte mich bei dem Gedanken an das, was ich sagen wollte.

Ich holte tief Luft und sprach die Worte aus. „Ich liebe dich."

Ein strahlendes Lächeln huschte über ihr Gesicht. Es

leuchtete wie das Feuerwerk, das wir gerade gesehen hatten, und alle Sorgen, die ich mir darüber gemacht hatte, wie George reagieren würde, waren verflogen.

„Ich liebe dich auch", erwiderte sie und gab mir einen langsamen, zärtlichen Kuss.

Ich schmolz in dem Kuss dahin und genoss ihre weichen Lippen auf meinen. *Ein noch perfekteres Ende eines ohnehin schon perfekten Tages.*

Als George und ich Hand in Hand nach Hause gingen, beugte sich George zu meinem Ohr. „Wenn wir zu Hause sind, möchte ich dir unbedingt eine intime Pyrotechnik-Show mit einem hoffentlich explosiven Finale bieten", murmelte sie.

Mit Herzklopfen lachte ich und neigte meinen Kopf, um sie erneut zu küssen. „Brauchst du dafür nicht eine Lizenz? Obwohl ich überhaupt nicht abgeneigt bin, den Abend mit einem Knall zu beenden."

ZEHN MONATE SPÄTER

„OH, das habe ich vermisst."

„Ich auch." Ich schloss die Augen, genoss das sanfte Schaukeln des Wassers sowie die Wärme der Sonne auf meiner Haut.

Es war der erste warme Tag Anfang Mai, also hatten wir die Gelegenheit genutzt, um Kajak fahren zu gehen.

Nachdem ich im letzten Sommer mein Buch zur Überarbeitung bei Michael abgegeben und George zwei weitere Bedienungen im Novel Gossip eingestellt hatte, konnten wir endlich auch außerhalb der Arbeit mehr Zeit miteinander verbringen. Und eine unserer Lieblingsbeschäftigungen als Pärchen war es, ein Kajak zu mieten und zu paddeln, bis wir Sapphire Springs nicht mehr sehen konnten. Wir lehnten uns zurück und faulenzten in der Sonne, so wie jetzt, um uns zu entspannen und zu plaudern – aber diesmal natürlich mit Sonnencreme. Alle unsere Freunde dachten, wir wären zu Kajak-Enthusiasten geworden. Olivia hatte sogar vorgeschlagen, eine Kajak-Übernachtungstour zu machen. Sie ahnten nicht, dass wir bei unseren Ausflügen tatsächlich nur wenig paddelten.

Wir lagen ein paar Minuten schweigend da, während die Sonne meine Knochen durchwärmte.

„Hey, Hannah?", fragte George. Etwas schwang in ihrer Stimme mit, bei dem ich mich aufgesetzt und sie angesehen hätte, wenn ich mich nicht so verdammt wohlgefühlt hätte.

„Ja?"

„Ich habe mich gefragt ..." George hielt inne und es erinnerte mich an das unangenehme Gespräch, das wir vor elf Monaten im Kajak über unseren ersten Kuss geführt hatten. Ich runzelte die Stirn. Es war untypisch für George, zögerlich zu klingen.

Das Kajak schwankte. Ich öffnete die Augen und sah George an, die jetzt im Kajak saß und auf mich herabblickte. Ich blinzelte. Das war unerwartet.

Sie legte eine Hand auf meine Schulter. „Möchtest du mit mir zusammenziehen? Ich weiß, dass dein Mietvertrag bald ausläuft, und wir verbringen sowieso jede Nacht zusammen."

Oh. Jetzt verstand ich. Ich hatte schon eine Weile darüber nachgedacht. Ich wollte mit George zusammenleben. Sehr sogar. Ich konnte mir mein Leben ohne sie nicht vorstellen. Und wenn wir ausnahmsweise einmal eine Nacht getrennt verbrachten, vermisste ich sie.

Aber so sehr mir Georges Wohnung auch gefiel – hauptsächlich, weil es *Georges* Wohnung war –, wollte ich nicht permanent dort leben. Ich hatte Wert darauf gelegt, dass wir mindestens ein paar Tage in der Woche in meinem kleinen Häuschen verbrachten.

Ich lächelte sie an. „Ich würde liebend gerne bei dir einziehen, aber ich habe Angst, dass ich mich nicht wohlfühle. Nicht wegen des Zusammenlebens mit dir", erklärte ich hastig, „sondern nur in deiner Wohnung. Nun, nicht wirklich wegen der Wohnung selbst, eher wegen der Lage. Ich mag deine Wohnung, aber ich liebe es wirklich, in der Natur zu sein, auf meine Terrasse zu gehen und nur Bäume, Gras und den Hudson zu sehen. Und ich mag es, wenn ich Arbeit und zu Hause trennen kann – zumindest bei einem meiner Jobs. Aber du besitzt deine Wohnung, während ich nur zur Miete wohne, also weiß ich, dass es für mich Sinn machen würde, bei dir einzuziehen. Ganz zu schweigen davon, wie praktisch es ist, so nah an der Arbeit zu sein." Vor zwölf Monaten hätte ich mich vor diesem Gespräch gescheut. Stolz stieg in mir auf, weil ich mich George gegenüber jetzt öffnen konnte.

George streichelte meinen Kopf und lächelte mich an. „Ich dachte mir schon, dass du so denkst. Und ich habe mir überlegt, dass wir uns ein gemeinsames Haus suchen könnten. So ähnlich wie dein jetziger Bungalow, nur mit etwas mehr Platz, damit wir Besuch empfangen können und du trotzdem ein richtiges Arbeitszimmer für dich zum Schreiben hast."

Ich runzelte die Stirn. „Bist du sicher? Ich möchte nicht, dass du deine Wohnung nur meinetwegen verlässt."

George streichelte mir weiterhin sanft über den Kopf. „Ich bin mir sicher. Und es ist nicht nur deinetwegen. Es wäre für uns beide gut. Ich denke, dass es wichtig ist, ein gemeinsames Haus zu haben. Max würde sich über einen Außenbereich zum Herumtoben freuen und ich würde mir auch eine etwas stärkere Trennung von Arbeit und Privatleben wünschen."

Georges Worte beruhigten mich.

„Was würdest du mit deiner Wohnung machen? Es wäre eine Verschwendung, sie einfach leer stehen zu lassen."

„Ich habe mit Ben gesprochen und er hätte Interesse daran, sie zu mieten. Ich habe ihn bezüglich der Trennung von Arbeit und Privatleben gewarnt, aber er ist trotzdem total begeistert. Sie ist doppelt so groß wie seine jetzige Wohnung und ich biete ihm einen Rabatt an, weil er dem Novel Gossip damit praktisch zusätzliche Sicherheit bietet. Du weißt schon, nur für den Fall, dass jemand beschließt, mitten in der Nacht einzubrechen, um Hunderte von Büchern zu signieren, oder so."

Ich lachte. „Wer, der bei klarem Verstand ist, würde so etwas Lächerliches tun?"

„Wer in der Tat?" George grinste mich liebevoll an, beugte sich dann zu mir hinunter und küsste mich auf den Kopf, wodurch das Kajak erneut ins Wanken geriet und wir fast im Wasser gelandet wären.

Ich kreischte. „George! Es mag für Anfang Mai ein warmer Tag sein, aber das Wasser ist immer noch eiskalt! Bitte bring uns nicht zum Kentern."

George lachte. „Okay, keine Küsse mehr, bis wir aus dem Kajak gestiegen sind, sonst gehen wir noch über Bord. Aber du hast meine Frage noch nicht beantwortet. Was denkst du? Möchtest du mit mir zusammenziehen?"

Ich lächelte George an. „Ich bin offiziell an Bord, ein Zuhause zu finden, das uns beiden gefällt."

George verdrehte die Augen und lachte mich an. „An Bord, was? Fall nicht ins Wasser." Sie brachte das Kajak erneut zum Schwanken.

„Aber jetzt mal im Ernst, ich würde liebend gerne mit dir zusammenziehen."

Ich lehnte mich entspannt im Kajak zurück und schaute zu George auf.

Es war kaum zu glauben, dass es noch kein Jahr her war, seit ich sie kennengelernt hatte. Wir mussten uns ein paar

Problemen stellen, aber wir hatten es gemeistert, indem wir uns gegenseitig unterstützt und – zumindest in meinem Fall – dabei viel dazugelernt hatten. Meine Liebe zu George rauschte durch meine Adern, als ich ihr Gesicht musterte.

„Weißt du was, vergiss es! Komm wieder runter und gib mir einen Kuss!" Und damit streckte ich die Hand aus, umfasste Georges Gesicht mit meinen Händen und zog meine wunderschöne Freundin sanft zu mir heran, ohne darauf zu achten, wie bedrohlich das Kajak zu schwanken begann.

BONUS KAPITEL: Ich hoffe, dass dir die Liebesgeschichte von Hannah und George gefallen hat. Wenn du eine kostenlose Bonusszene über sie lesen und erfahren willst, wann die nächsten Bücher der Sapphire Springs-Reihe erscheinen, melde dich bitte zu meinem Newsletter an: https:// elizabethluly.com/deutschleser

HAST DU JENNYS UND BLAKES LIEBESGE-SCHICHTE SCHON GELESEN? Falls du es noch nicht getan hast, findest du sie hier Nicht nur Freundinnen: https://mybook.to/NichtnurFreun dinnen

AN MEINE LESER*INNEN,

Danke, dass du **_Neues Kapitel: Liebe_** _gelesen hast._

Wenn es dir gefallen hat, würde ich mich sehr freuen, wenn du eine Rezension auf Amazon oder Goodreads hinterlässt oder deine Gedanken auf #booktok oder #bookstagram teilst.

Wenn du ein Bonus-Kapitel für **_Neues Kapitel: Liebe_** erhalten und erfahren möchtest, wann die nächsten Bücher der Sapphire-Springs-Reihe erscheinen, abonniere bitte meinen Newsletter: https://elizabethluly.com/deutsch leser.

Falls du die Liebesgeschichte von Jenny und Blake noch nicht gelesen hast (**_Nicht nur Freundinnen_**), findest du sie hier: https://mybook.to/NichtnurFreun dinnen

Nochmals vielen Dank,

Liz

Wie Hannah habe auch ich in den letzten Jahren einen unerklärlichen Hörverlust des linken Ohrs erlitten. Außerdem trage ich wie Hannah ein Hörgerät, das ich ständig verlege! Hannahs Erfahrungen mit Hörverlust in diesem Buch basieren auf meinen eigenen. Ich möchte jedoch betonen, dass jeder Mensch Hörverlust anders erlebt, sodass meine Erfahrungen/Hannahs Erfahrungen in keiner Weise repräsentativ für alle sind.

Falls es hilfreich ist, findest du unten einige Tipps für die Kommunikation mit schwerhörigen Menschen, die ich für wichtig halte:

1. Errege die Aufmerksamkeit der Person, bevor du ein Gespräch beginnst (z. B. sage den Namen der Person oder mache eine Geste, um ihre Aufmerksamkeit zu erregen).

2. Suche nach Möglichkeit einen ruhigen Ort ohne Hintergrundgeräusche für ein Gespräch auf.

3. Halte Blickkontakt mit der Person, sieh sie direkt an und vermeide es, wenn möglich, deinen Mund mit den Händen oder anderen Gegenständen zu verdecken. Lippenlesen und Mimik helfen bei der Kommunikation.

4. Sprich deutlich und wenn nötig langsamer. Etwas lauter zu sprechen kann manchmal helfen, aber Schreien kann kontraproduktiv sein, da es die Worte verzerren und das Lippenlesen erschweren kann.

5. Überlege, ob du das Gesagte umformulieren oder wiederholen solltest, wenn die Person Schwierigkeiten hat, dich zu verstehen.

6. Manche Menschen, wie ich, hören auf einem Ohr besser als auf dem anderen. Wenn du dir dessen bewusst bist (in meinem Fall ist es das Ohr ohne Hörgerät), versuche, dich auf der entsprechenden Seite der Person zu positionieren.

7. Sei geduldig und verständnisvoll. Der Umgang mit Schwerhörigen kann frustrierend sein, aber bitte versuche, rücksichtsvoll zu sein. Ich finde es furchtbar frustrierend, wenn ich etwas nicht hören kann und jemanden bitten muss, es zu wiederholen, aber es liegt nicht daran, dass ich es nicht versuche!

DANKSAGUNG

Vielen Dank an meine Familie für ihre anhaltende Unterstützung und Ermutigung, insbesondere an meine Mutter, die das Manuskript zweimal gelesen hat, einmal mit heftigem Jetlag!

Vielen Dank an Lauren für deine aufmerksamen Kommentare und an Jenn Lockwood für das hervorragende Korrekturlesen (alle Tippfehler, die sich eingeschlichen haben, sind mit ziemlicher Sicherheit darauf zurückzuführen, dass ich nach Jenns Korrektur einige Änderungen in letzter Minute vorgenommen habe!).

An meine großartigen Beta-Leser: Euer hilfreiches Feedback und eure unterstützenden Kommentare waren für mich von unschätzbarem Wert.

Ein riesiges Dankeschön an Sam von Ink & Laurel, der Hannah und George durch das fantastische Einbanddesign zum Leben erweckt hat.

Amy, vielen Dank, dass ich deinen Instagram-Namen @novelgossip als Namen für Georges Café verwenden durfte.

Vielen Dank auch an Annie Metcalf von Magers & Quinn Booksellers in Minneapolis, die mir sehr hilfreiche Informationen über Signierstunden gegeben hat, und an Mary von @maryandherlibrary und @diversifyyourshelves, die mir mit ihrem unschätzbaren Feedback dabei geholfen hat, eine deutsche Übersetzerin für dieses Buch zu finden.

Und an alle anderen, die mir Feedback gegeben und mich auf meinem Weg unterstützt haben, vielen Dank.

ÜBER DIE AUTORIN

Elizabeth Luly lebt mit ihrer Frau, ihrem Kleinkind und ihrem Schnoodle in Melbourne in Australien in einem Haus, das bis zum Rand mit Büchern gefüllt ist. Sie liebt (in keiner bestimmten Reihenfolge) Liebesromane, Kaffee, Hunde und Reisen.

Melde dich für ihren Newsletter an und bleibe über ihre Bücherneuigkeiten auf dem Laufenden: https://elizabeth luly.com/deutschleser

Du findest sie auch hier:
    Webseite: https://elizabethluly.com/deutschleser
    Facebook: www.facebook.com/elizabethlulyauthor
    Instagram: www.instagram.com/elizabethlulyauthor
    Goodreads: https://www.goodreads.com/author/show/ 22986218.Elizabeth_Luly

SAPPHIRE SPRINGS-REIHE
Nicht nur Freundinnen (Buch 1)

Eine Grumpy/Sunshine Sapphire Springs Herbstromanze mit Blake, der örtlichen Ärztin in Sapphire Springs, und Jenny, einer Influencerin auf der Flucht vor einem Social Media-Skandal.

Neues Kapitel: Liebe (Buch 2)

Eine sapphische Sommerromanze zwischen George, der Golden Retriever-Besitzerin der Café-Buchhandlung, Novel Gossip, und Hannah, einer ängstlichen Fantasy-Autorin, die sich mit jeder Menge Roman-Dilemmas quält.

The Floral Arrangement (Buch 3)

Eine Frühlingsromanze zwischen einer eiskalten Geschäftsfrau und einer quirligen Floristin mit Altersunterschied, in der aus Feindinnen Liebende werden. Jetzt zur Vorbestellung erhältlich.

WEITERE BÜCHER

From LA to London, With Love

Ein mit dem Koru-Preis ausgezeichneter M/F-Promiroman, mit Schauplatz in London, in dessen Mittelpunkt Sophia Shah, eine bisexuelle, alleinerziehende Mutter, Chris Trent, ein gedemütigter Filmstar, und eine Reihe queerer Charaktere stehen.

www.ingramcontent.com/pod-product-compliance
Lightning Source LLC
Chambersburg PA
CBHW031739180726
48283CB00005B/1577